BİR KIŞ GECESİ EĞER BİR YO[illegible]

Italo Calvino 1923'te Küba'da [illegible] olarak doğdu. Oğulları iki yaşın[illegible] ya'ya döndü ve San Remo'ya y[illegible] reniş hareketine katılan Calvino [illegible] Parti'ye girdi. Yirmili yaşlarında, [illegible] şan antifaşist entelektüellerle, özel[illegible] Pavese ile ilişki kurdu. Daha sonra 1945 yılında, *Aretusa* isimli dergide onun ilk öykülerinden birini yayımlatan Pavese olmuştur. Yazarlığın yanı sıra gazetecilik yapan, editör olarak çalışan Calvino, çeşitli gazete ve dergilerde yayımlanan yazılarıyla savaş sonrası İtalyan edebiyatının önemli isimlerinden biri haline geldi. 1972 yılında, İtalya'nın en prestijli edebiyat ödüllerinden biri olan Feltrinelli Ödülü'nü kazandı. Calvino, 1985 yılında geçirdiği beyin kanaması sonucu Siena'da öldü.

Başlıca Yapıtları: *Ağaca Tüneyen Baron* (1957), *Varolmayan Şövalye* (1959), *Marcovaldo ya da Kentte Mevsimler* (1963), *Kozmokomik Öyküler* (1965), *Görünmez Kentler* (1972), *Kesişen Yazgılar Şatosu* (1973), *Bir Kış Gecesi Eğer Bir Yolcu* (1979), *Palomar* (1983), *Amerika Dersleri* (1988).
Italo Calvino'nun eserleri, YKY tarafından bir külliyat olarak yayımlanmaktadır.

Eren Yücesan Cendey İtalyan Lisesi ve İstanbul Üniversitesi Edebiyat Fakültesi Felsefe bölümü mezunudur. Dilimize çevirdiği kitaplardan bazıları şunlardır:

Yüreğinin Götürdüğü Yere Git; Anima Mundi; Eve Doğru; Yanıtla Beni; Rüzgar Ne Diyor; Büyülü Çember, Tombul Yürek; Tobia ve Melek, Sevgili Matilda... (Susanna Tamaro); *Bir Çift Yürek* (Marlo Morgan); *Büyük İskender* (V. M. Manfredi); *Kozmokomik Öyküler; Karga Sona Kaldı* (Italo Calvino); *Tepedeki Ev; Güzel Yaz; Ağustos Tatili* (Cesare Pavese); *Ka* (Roberto Calasso); Geronimo Stilton Dizisi; *Korkmuyorum* (Niccolo Ammaniti); *Atlıkarıncada Bir Tur Daha* (Tiziano Terzani); *Cecü'nün Yer Cüceleri* (Umberto Eco); *Secretum* (Francesco Sorti, Rita Monaldi).

Italo Calvino'nun
YKY'deki kitapları:

Görünmez Kentler *(2002)*
Palomar *(2003)*
Marcovaldo ya da Kentte Mevsimler *(2004)*
Paris'te Münzevi *(2005)*
Sandık Gözlemcisinin Uzun Günü *(2005)*
Öyküler - Arjantinkarıncası, Emlak Vurgunu,
Kirli Hava Bulutu ve diğerleri *(2007)*
Jaguar Güneş Altında *(2007)*
Amerika Dersleri *(2007)*
Bütün Kozmokomik Öyküler -
Sıfır Zaman ve Yayımlanmış Yayımlanmamış
Bütün Kozmokomikler *(2007)*
Kesişen Yazgılar Şatosu *(2007)*
Örümceklerin Yuvalandığı Patika *(2007)*
Sen "Alo" Demeden Önce *(2007)*
Bir Kış Gecesi Eğer Bir Yolcu *(2008)*
Atalarımız *(2008)*
Klasikleri Niçin Okumalı? *(2008)*
San Giovanni Yolu *(2008)*
Kum Koleksiyonu *(2008)*
Yeni Bir Sayfa *(2008)*

Doğan Kardeş serisinden çıkan kitapları:

Dere Tepe Ters *(2009)*
İkiye Bölünen Vikont *(2009)*
Ağaca Tüneyen Baron *(2009)*
Varolmayan Şövalye *(2009)*

ITALO CALVINO

Bir Kış Gecesi Eğer Bir Yolcu

Çeviren:
Eren Yücesan Cendey

Roman

Yapı Kredi Yayınları

Yapı Kredi Yayınları - 2650
Edebiyat - 811

Bir Kış Gecesi Eğer Bir Yolcu / Italo Calvino
Özgün adı: Se una notte d'inverno un viaggiatore
Çeviren: Eren Yücesan Cendey

Kitap editörü: Filiz Özdem
Düzelti: Hakan Toker

Kapak tasarımı: Nahide Dikel
Kapak fotoğrafı: Kaan Eryürek

Baskı: G.M. Matbaacılık ve Ticaret A.Ş.
100. Yıl Mah. Mas-Sit 1. Cadde No: 88 34204 Bağcılar - İstanbul
Tel: (0 212) 629 00 24 (pbx) Faks: (0 212) 629 20 13
Sertifika No: 12358

Çeviriye temel alınan baskı: Se una notte d'inverno un viaggiatore, Oscar Mondadori
1. baskı: İstanbul, Şubat 2008
6. baskı: İstanbul, Haziran 2012
ISBN 978-975-08-1381-8

Yapı Kredi Kültür Sanat Yayıncılık Ticaret ve Sanayi A.Ş.
Yapı Kredi Kültür Merkezi
İstiklal Caddesi No. 161 Beyoğlu 34433 İstanbul
Telefon: (0 212) 252 47 00 (pbx) Faks: (0 212) 293 07 23
http://www.ykykultur.com.tr
e-posta: ykykultur@ykykultur.com.tr
İnternet satış adresi: http://alisveris.yapikredi.com.tr

İÇİNDEKİLER

Sunuş-Italo Calvino • 7

Birinci Bölüm • 19
Bir Kış Gecesi Eğer Bir Yolcu • 26
İkinci Bölüm • 39
Malbork Kasabasının Dışında • 47
Üçüncü Bölüm • 54
Sarp Yamaçtan Sarkarken • 65
Dördüncü Bölüm • 78
Rüzgârdan ve Baş Dönmesinden Korkmadan • 86
Beşinci Bölüm • 98
Gölgenin Yoğunlaştığı Aşağıya Bakarak • 109
Altıncı Bölüm • 120
Birbirine Bağlanan Çizgilerin Ağında • 135
Yedinci Bölüm • 142
Birbiriyle Kesişen Çizgiler Ağında • 160
Sekizinci Bölüm • 167
Ay Işığıyla Aydınlanan Yapraklardan Halının Üstünde • 194
Dokuzuncu Bölüm • 204
Boş Bir Mezarın Çevresinde • 214
Onuncu Bölüm • 226
Oracıkta Sonunu Bekleyen Öykü Hangisi? • 235
On Birinci Bölüm • 243
On İkinci Bölüm • 249

Sunuş

Bir Kış Gecesi Eğer Bir Yolcu ilk olarak 1979 Haziranında Einaudi Yayınevi tarafından yayımlandı. Kitabın çıkmasından sonra Calvino pek çok gazete ve dergiyle söyleşi yaptı. Kitabın yapısı ve anlamı üzerinde düşünmek ve tartışmak için en doğru fırsat ona eleştirmen Angelo Guglielmi tarafından sunuldu: Calvino 1979 Aralık ayında *Alfabeta* aylık dergisinde "Eğer Bir Kış Gecesi Bir Anlatıcı" adıyla şu sunumu yaptı:

Sevgili Angelo Guglielmi, "bu noktada Calvino'ya iki sorum olacak" diye yazıyorsun, ama *Alfabeta* dergisinin 6. sayısında "Italo Calvino'ya Sorular" başlıklı yazında benim *Yolcu*'mla ilgili yönelttiğin gizli ya da açık pek çok soru var. Seni elimde geldiğince yanıtlamaya çalışacağım.

Yazının soru sormayan bölümünden başlayacağım; burada sözlerimiz başlangıçta aynı yönde ilerliyor, ama daha sonra bazı görüşler yüzünden yollarımız çatallanarak birbirinden uzaklaşıyor. Kitabı son derece sadık bir yaklaşımla tanıtıyorsun ve birbiri ardına sunulan on romanı okura belirgin bir biçimde açıklıyorsun:

"... Bir romanda gerçeklik sis gibi ele geçirilemez bir özellik taşır; bir başkasında konular fazlasıyla cismanilik ve cinsellik yüklüdür; bir üçüncüde kazanan, zihinsel eylemleri inceleme yaklaşımı oluyor; bir başkasında tarihe, siyasete ve eyleme gönderme yapan varoluşsal bir gerilim söz konusudur; gene bir başkasında son derece kaba bir şiddet yaşanır, bir başkasında ise sıkıntı ve kaygı yüzünden dayanılması güç bir duygu yükselir. Ve sonra bir erotik-yoldan çıkmış, bir yeryüzüne ilişkin-ilkel ve son olarak bir de kıyamet habercisi roman vardır.*

Bu on 'başlagıç'ı tanımlamak için eleştirmenlerin büyük bir bölümü olası modeller ve kaynaklar arama yoluna giderlerken (ve bu yazar listelerinde genellikle hiç aklıma gelmeyen adlar belirdi; bu şimdiye dek pek keşfedilmemiş bir alana dikkat çekti: Farklı metinler arasında zihinsel bağlantılar: Bir metin hangi yollarla zihnimizde bir başka metinle bağdaştırılır ya da benzetilir) sen benim yolumu izledin; bana her seferinde biçemle ve dünyayla kurulan ilişkiyle ilgili bir düzenleme önerdin (ardından, doğal olarak, bunun çevresinde pek çok okunmuş kitabın yankılarının yoğunlaşmasını bekliyorum); senin önerilerin on kitabın onunda da uygundu.

On kitabın onunda da mı? Daha dikkatli bir incelemeyle senin dokuz örnek verdiğini görüyorum. Nokta koyduktan sonra bir arada bir atlama olmuş ve "Ve sonra bir" diyerek başladığın cümlede aynalarla ilgili öykü söz konusu ediliyor (*Birbiriyle Kesişen Çizgiler Ağında*), yani burada bir mantıksal işlem veya geometrik figür hatta satranç partisi gibi işlenmiş bir anlatı örnek veriliyor. Biz de özel adlara yaklaşmak istersek bu tarz anlatının en ünlü babası olarak Poe'nun adını verebiliriz ve en güncel ve

* Beş yıl sonra Italo Calvino, Buenos Aires İtalyan Kültür Enstitüsü'nde verdiği bir konferansta kitabın tanımı konusunda bu sözleri anımsadı: "Düzmece romanlar yazmaya girişmeyi, yani benim dışımda ve var olmayan bir yazar tarafından yazıldıklarını sandığım romanlar konusunu *Bir Kış Gecesi Eğer Bir Yolcu* kitabımda sonuna kadar irdeledim. Bu, roman okumanın keyfine ilişkin bir romandır; kahraman Erkek Okur'dur ve on kez bir roman okumaya başlar, ama kendi iradesi dışında gelişen olaylar yüzünden bu romanları sona erdiremez. Bu nedenle hayalî yazarlara ait olan on roman başlangıcı yazdım; hepsi benden ve birbirlerinden farklıydılar: Kuşkulardan ve karmaşık duygulardan oluşan bir roman; biri tamamen kanlı ve sert; biri içedönük ve simgesel, biri varoluşçu devrimci; biri sinik-kaba; biri takıntılı; biri mantıksal ve geometrik; biri erotik ve yoldan çıkmış; biri yeryüzüne ilişkin-ilkel; biri kıyamete ilişkin ve alegorik romanlardı. Kendimi bu on romanın yazarlarıyla özdeşleştirmekten çok okurla özdeşleştirmeye çalıştım; gerçek ve doğru bir metni değil, belli bir türü okumanın hazzını sunmaya uğraştım. Gene de arada sırada bu var olmayan on yazarın yaratıcı enerjisinin beni sarmaladığını hissettim. Ama özellikle vurgulamak istediğim her kitabın başka kitapların varlığıyla can bulduğu; onlarla ilişki ve karşılaştırma içinde bulunduğu noktasıydı. (I. Calvino, *Il libro, i libri*, [Kitap, kitaplar]; "Yeni İtalyan Defterleri". Buenos Aires 1984. s. 19)

tamamlanmış varış noktası olarak Borges'i anabiliriz. Birbirinden uzak görünse bile bu iki ad arasına en romantik duygularını seyreltilmiş bir soyutluk sergileyen zihinsel iklimlere yansıtmaya çalışan; kimi zaman bunu çok değerli bilgilerle donatan ne çok yazar ekleyebiliriz.

Birbiriyle Kesişen Çizgiler Ağında öteki eleştirmenler tarafından -biraz abartılı bile olsa- çok yüceltildi, oysa sen bunu unutan tek eleştirmen oldun. Neden? Çünkü, diyorum ben, eğer sen onu da saysaydın, dönemimizi ortaya koyan edebî formlar arasında *kapalı* ve *hesaplı* bir yapıt olduğunu göz önünde bulundurmak zorunda kalacaktın ve bu kapalı ve hesaplı olma durumu güvenin tam zıt gerçekliğine işaret eden çelişkili bahis olarak (bütünlük ve tutma gücü olarak) eğreti, dengesiz, un ufak olmuş bir dünyanın anlamını iletir.

Eğer bunu kabul edersen, *Yolcu* kitabının bütünüyle bir ölçüde bu modele uygun düştüğünü de kabul etmek zorunda kalırsın (en başta -bu türün tipik bir örneği olarak- denetlenmesi olanaksız güçlerin evrensel komplosunun eski romansı *topos*'unun kullanımı gelir bu en azından Chesterton'dan sonra komik ve alegorik bir anahtar oluşturmuştur- ve bu komplo çeşitli formlar altında boy gösteren *deus ex-machina* tarafından yönetilir; çok basit bir buluş olarak nitelendirdiğin ve bir kınama olarak bana yönelttiğin Büyük Yalancı kahraman, bu metinde zorunlu olduğunu söylemem gereken bir malzemedir); bu modelde oyunun ilk kuralı 'hesapları tutturmak'tır (daha doğrusu: Aslında tutmadığını bilsek de, hesapları tutmuş gibi göstermektir). Senin gözünde 'hesapları tutturmak' sadece işi kolaylaştıran bir çözümdür, oysa aşağıda duran boşluğa meydan okumak – ve onu göstermek– için yapılan akrobatik bir cambazlıktır.

Sözün kısası; sen 'geometrik romanı' atlamasaydın (ya da listenden silmeseydin), sorularının ve itirazlarının bir bölümü boşlukta kalacaktı; en başta da 'bitirilememe' konusunda. (Ben 'bitirdiğim' için sen dehşete düşüyorsun ve kendine şunu soruyorsun: "Bizimkinin bir dikkatsizliği mi söz konusu?" Hayır, tam tersine çok dikkat ettim ve öyle bir hesap yaptım ki, en geleneksel "mutlu son" -erkek ve kadın kahraman evlendiler–, genel kargaşayı kucaklayan çerçeveye damgasını vursun.)

"Bitmemiş olan" üzerindeki tartışmaya gelince –genel yazın anlamında burada çok doğru şeyler söylüyorsun– öncelikle zemini yanlış anlama olasılıklarından temizlemek isterim. Özellikle iki noktanın aydınlanmasını arzu ediyorum:

1) Kitabımın merkezini oluşturan okumanın konusu ne 'yazınsal' ne 'romansı' olandır; yani –popüler ve tüketime yönelik anlatıma ait olan, ama eğitimli edebiyatın da benimsediği – belirli bir yazınsal işlemin ilk temel noktası, dikkati yaklaşmakta olanın sürekli beklentisi üzerindeki yoğunlaştırmaktır. 'Romansı' romanda, kesintiye uğrama bir travmadır, ama kurumsallaştırılabilir de (tefrika romanlarda anlatı doruk noktasında yarıda kesilir; bölümler kesilir; 'geriye dönüşler yapılır'). Kitabımda temel motif olarak yer alan anlatıların yarıda kesilmesi olgusu bu belirgin anlam ve sınır içinde yer alır ve sanatta ve edebiyatta bambaşka bir olgu olan 'bitmemiş' sorunsalı ile ilgisi yoktur. Belki şöyle söylemek daha doğru olur: Burada söz konusu olan 'bitmemiş' değil 'yarıda kesilerek bitirilmiş' olandır; 'sonu gizli ya da okunmaz olan bir bitiştir'; bu, sözcüğün hem yazınsal hem eğretileme anlamı açısından böyledir. (Sanırım bir yerlerde şöyle diyorum: "Başlayan, ama bitmeyen öyküler dünyasında yaşıyoruz.")

2) Benim roman başlangıçlarımın yarıda kesintiye uğradığı doğru mudur? Bazı eleştirmenler (Luce d' Eramo, *Il Manifesto*, 16 Eylül) ve bazı hassas damaklı okurlar böyle olmadığını söylüyorlar: Onlar bunların bitmiş romanlar olduğunu düşünüyorlar, söylenmesi gereken her şeyin söylendiğini, eklenecek bir şey kalmadığını öne sürüyorlar. Bu noktada ben susuyorum. Bir tek şunu ifade edebilirim ki; başlangıçta niyetim yarıda kalmış romanlar yazmaktı, ya da: yarıda kalan romanlar yazınını temsil etmekti; sonra öykü olarak bağımsızca yayımlayabileceğim metinler çoğunluğu oluşturdu. (Ben bir romancıdan çok öykü yazarı olarak tanındığıma göre bu son derece doğal bir durumdu.)

"Romansı" olanın doğal adresi ve kullanıcısı 'ortalama okur'dur ve ben de bu nedenle *Yolcu*'nun kahramanı olarak onu seçtim. Çifte kahraman, çünkü daha sonra Erkek Okur ve Kadın Okur olarak ikiye bölünüyor. Başlangıçta ona belirgin bir kişilik ve özel zevkler yüklemedim: Rastgele ve seçmeci bir okur olabilirdi. İkincisi ise hevesli bir kadın okurdur; beklentilerini ve okumak istemediklerini açıklamayı bilir (bunları olabildiğince entelektüel olmayan terimlerle yapar, çünkü entelektüel dil kaçınılmaz olarak günlük konuşmaya sıkışır); 'kadın okur' un yüceltilmesinde çıkarsız bir tutkuyla donanmış sosyal kadın okur rolüyle gurur duyuş vardır. Bu benim inandığım bir sosyal roldür ve sadece bu kitabın değil, aynı zamanda benim işimin varsayımıdır.

Benim 'ortalama okur'u hedef almam senin en derinlemesine incelediğin konu olduğu için şu soruyu yöneltiyorsun: "Calvino bilinçsizce de olsa, Ludmilla'yı kullanarak ortalama okuru baştan mı çıkarıyor (pohpohluyor) ve kitabının gerçek okuru (müşterisi) olanlara eşsiz Ludmilla'nın olağanüstü niteliklerini ödünç mü veriyor?"

Bu cümlede benim hazmedemediğim nokta şu *'bilinçsizce de olsa'* söylemi. Bilinçsizce ne demek? Eğer Erkek Okur ile Kadın Okur'u kitabımın merkezine oturttuysam, ne yaptığımı biliyordum. Kaldı ki bir an için bile okurun (yazdıklarımdan aldığım teliflerle hayatımı sürdürdüğüme göre) satın alan kişi, kitabın pazarda satılan bir ürün olduğunu unutmam mümkün değil. Varoluşun ekonomik yönünü ve buna bağlı olan her şeyi göz önünde bulundurmadan yaşanabileceğini savunan kişi asla benim saygımı kazanamamıştır.

Her neyse, bana baştan çıkaran adam dersen, tamam; yağcı dersen tamam; panayıra çıkmış tacir dersen o da tamam, ama bana bilinçsiz dersen işte o zaman alınırım! Eğer *Yolcu*'da okurun (*sıradan* okurun) hiç beklemediği bir kitaba katılımını temsil etmek (ve bunu simgelerle anlatmak) istediysem; bütün önceki kitaplarımda da var olan istikrarlı ve bilinçli niyetimi açıkça ortaya koymaktan başka bir şey yapmadım. Burada, okuma sosyolojisi (hatta okuma siyaseti) üzerine bir konu açılabilir, ama söz konusu ettiğimiz kitabın tartışma mahiyetine uzak düşer bu.

Senin tartışma konunun belkemiğini oluşturan iki ana soruya dönmek daha iyi olacak: 1) ben'in geride bırakılması için ben'lerin çoğaltılması yoluna gidilebilir mi? 2) olası bütün yazarlar on taneye indirgenebilir mi? (Belleğimdekileri böyle özetliyorum, ama sana yanıt verirken metnindeki bütün noktaları göz önünde bulunduracağım.)

İlk nokta için sadece şunu söyleyebilirim ki bütünlüğü, farklı dilsel olanaklar fihristi aracılığıyla izlemek bu yüzyılın edebiyatının bütün bir dilimini ortaya koyan bir işlemdir; Dublin'de yaşayan bir kişinin sıradan bir gününü, farklı tarzlarda yazılmış on sekiz bölümde ele alan romandan başlayarak buna örnek verebiliriz.

Bu seçkin örnekler, senin sözünü ettiğin o 'kullanılabilirlik hali'ne ulaşmaktan hoşlanmayacağım anlamına gelmez; "bu hal sayesinde dünyayla ilişki, doğruluğunu kabul etme terimleriyle değil araştırma biçimi olarak ele alır"; ne var ki en azından bu kitap boyunca "araştırma biçimi" benim için –kurallara uygun olarak– temelde yatan konu birliği üzerinde aynı yöne ilerleyen (ya da ışıyan) bir çoğulluk anlamına geldi. Burada kesinlikle yeni bir şey yoktu derken şunu ifade etmek istiyorum: Daha 1947 yılında, Raymond Queneau'nun yayınladığı *Exercises de style* içinde birkaç satırlık bir anekdot 99 farklı redaksiyonla işlenmişti.

Ben tipik romansı durum olarak şöyle açıklayabileceğim bir şema seçtim:

Birinci tekil şahıs ağzıyla anlatan erkek kahraman kendine ait olmayan bir rolü üstlenmek zorunda kalır; içine düştüğü durumda kadın kahramanın çekimine kapılır ve düşmanların ortaklaşa karanlık tehditleri ona kaçış yolu tanımaz. Temeldeki bu anlatı çekirdeğini, kitabımın sonunda, *Binbir Gece*'nin apokrif öykü hali olarak yer alan öyküde açıkladım, ama sanıyorum hiçbir eleştirmen (çünkü büyük bir çoğunluğu kitabın temasal bütünlüğüne vurgu yaptı) bunu bulup çıkaramadı. Kaldı ki, aynı durum çerçeve içersinde de fark edilebilir (bu durumda kahramanın kişilik buhranı bir kişiliğe sahip olmamasından; herkesin kendi 'ben'i ile özdeşleştirebileceği bir 'sen' olmaktan kaynaklanmaktadır).

Bu benim her zaman zorla kabul ettirmek istediğim oyunun kurallarından ya da *contraintes*'lerden biridir. "Çerçeve"ye ait her bölümde bir sonra gelecek olan roman tipinin Kadın Okur'un ağzından dile getirildiğini gördün. Üstelik her "roman" bir gereklilikten kaynaklanan bir isme sahiptir, çünkü bütün roman adları birbiri ardına okunduğunda kendi başına bir romanın giriş bölümünü oluşturacaktır. Bu başlık da gene edebî olarak anlatının konusuna anlam kattığından her "roman" Kadın Okur'un beklenti içinde olduğu başlığa uygun olacaktır; bu da kadın tarafından bir önceki bölümün akışı içinde şekillendirilecektir. Bütün bunları söylememin nedeni, dikkatlice bakarsan, "başka benlerle özdeşleşme" yerine, kitabın yaratıcı düzeni olan zorunlu süreçler örgüsü ile karşılaşırsın, bu ses yinelemesi Raymond Roussel tarafından kendi romansı işlemlerinde hareket ve varış noktası olarak ortaya konuyordu.

Böylece 2 numaralı soruya geliyoruz: Neden tam olarak on roman? Bunun yanıtı son derece açıktır ve birkaç paragraf sonra kendin de bunu dile getiriyorsun: "Elbette mantıklı bir sınır belirlenmeliydi"; çoğulluğun anlamını verebilmek için on iki, yedi ya da yetmiş yedi roman başlangıcı yazabilirdim. Ama sen bu yanıtı hemen dışlıyorsun: "Calvino, bir araya getirme niyetiyle, daha belirsiz bir oyuna temel hazırlıksızlığını göz önüne sermemek için on olanağı müthiş bilgelikle ortaya koyuyor."

Bu nokta üzerinde kendimi sorguladığımda kendime şu soruyu sordum: "Ne gibi bir derde soktum başımı?" Gerçekten de, bütünlük düşüncesine karşı her zaman tepki duymuşumdur; "bir araya getirme niyeti"ndeyse kendimi bulamıyorum; gene sayfalar susmuyor: Burada ben –ya da kahramanım Silas Flannery– tam olarak 'bütün olası kitaplardaki bütünlük'ten söz ediyor. Sorun burada sadece 'bütün' değil 'olası' sözcüğünde; zaten sen de bu noktada karşı çıkıyorsun; öyle ki, 2 numaralı soru gene senin tarafından hemen şöyle formüle ediliyor: "Calvino gerçekten *olası* olanın *varolan* ile örtüştüğüne inanıyor mu?" Gayet etkileyici olarak beni uyararak "olası olan sayıya gelmez, hiçbir zaman bir toplamın sonucu olmamıştır ve olası, daha çok içinde her noktanın bütünün sonsuz niteliğine katkıda bulunduğu, gözden yiten bir tür çizgidir."

Üstesinden gelebilmek için belki de kendime sormam gereken soru şudur: Peki neden bu on roman da, başka on roman değil? Son derece açıktır ki, bu on roman türünü seçmemin nedeni bana daha anlamlı görünmeleridir, bana iyi gelmeleridir, yazarken beni daha çok eğlendirmeleridir. Sürekli olarak listeye ekleyebileceğim başka roman türleri karşıma çıkıyordu, ama ya başaramamaktan korkuyordum ya da benim için yeterince güçlü bir biçimsel yarar taşımıyorlardı ya da kitabın taslağı yeterince yüklüydü ve daha fazla genişletmek istemiyordum. (Örneğin kaç kez şunu düşündüm: Neden anlatıcı olan 'ben' bir erkek olmak zorunda? Yazı neden 'dişil' olmak zorunda? Peki ama, 'dişil' *bir* yazı var mıdır? Yoksa her 'eril' roman tipi için 'dişil' bir eşdeğer hayal edilebilir mi?)

O halde şöyle söyleyebiliriz; benim kitabımda *olası* olan mutlak olası değildir; *benim için olası*'dır. Hatta benim için bütün olası olan değildir; örneğin edebî özyaşamöykümü yeniden katetmek, daha önce yapmış olduğum anlatı türlerini yinelemek istemiyordum; benim olduğum ve yaptığım şeyin sınırında bulunan olasılıklar olmalıydı; benden dışarı bir sıçrayışla ulaşılmalıydı, *olası* bir sıçrayışın sınırında kalmalıydı.

İşimin bu sınırlayıcı tanımı (bana atfettiğin 'bir araya getirme niyeti'ni reddetmek için ileri sürdüm), işime her zaman eşlik etmiş olan zıt yöne teşviki göz önünde bulundurmazsam noksan kalır: Ben her zaman yapmakta olduğum işin sadece benim için değil, başkaları için de bir anlamı olup olmayacağını sordum kendime. Özellikle son aşamalarda, kitap pratikte sona erdiği ve zorunlu eklentiler son değişiklikleri engellediğinde, kavramsal olarak örgüsünün, akışının, düzeninin haklılığını kanıtlayabilecek miyim diye dert ediyordum. Sadece kişisel bir açığa kavuşturma yakalayabilmek için farklı özetler ve taslaklar denedim, ama yüzde yüz içime sinen bir çerçeve yakalayamadım.

İşte bu noktada taslağı en bilgili dostuma okuttum ve bana açıklayıp açıklayamayacağını görmek istedim. Kendisine göre kitabın birbirini izleyen silme eylemleriyle ilerlediğini ve 'kıyamet romanında' dünyanın silinmesiyle bunun tamamlandığını söyledi bana. Bu düşünceyle eşzamanlı olarak Borges'in *Almotásim'e Yaklaşma* öyküsünü yeniden okumam beni, (artık bitmiş olan) kendi kitabımı da, 'gerçek roman' araştırması olabilecek bir okumaya daha ve bununla birlikte dünyaya karşı doğru tutumu takınmaya yöneltti; bu okumada, her başlamış ve yarıda kalmış 'roman' yön değiştiren bir yola tekabül ediyordu.

Bu bakış açısıyla kitap, -benim için- olumsuz anlamda bir özyaşamöyküsü anlamına geliyordu: Yazabileceğim, ama bir kenara bıraktığım romanlardı bunlar ve bunun yanı sıra -benim ve başkaları için- aynı biçimde tıkalı olan yollara götüren varoluşsal duruşların gösterge kaydıydı.

Bilgili arkadaşım, Platon'un *Sofist* adlı yapıtında elinde olta tutan balıkçıyı tanımlamak için kullandığı yan yana uzanan iki yol örneğini hatırladı: Her vazgeçilen seçenekte, geriye kalan da kendi içinde çatallanır. Kitabın çerçevesini oluşturan bu çizginin sahip olduğu yönteme anlam kazandıracak taslaklar çizmeye başlamam için bu çağrı yeterli oldu. Sana bunlardan birini iletiyorum: Burada, hemen hemen her sefer senin seçtiğin sözcükleri kullanarak hazırladığım on romana ilişkin tanımlamalarımı bulacaksın.

Son açıklamanın ilk açıklamaya ulanabileceğini göz önünde bulundurarak, bunun döngüsel bir taslak olduğunu söyleyebilirim. Peki bir araya getirici mi? Bu anlamda, öyle olması elbette hoşuma giderdi. Bu biçimde çizilmiş, hayal kırıklığı yaratan sınırlar, beyaz bir bölgeyi çevreleseler ve buraya senin aldatıcı olmayan tek örnek olarak önerdiğin, dünyaya karşı 'onu tanımazdan gelme' davranışı yerleştirilse iyi olurdu; sen, "Dünyanın tanığı olunamaz (ya da dünya üzerine vaaz verilemez); bireysel ya da ortaklaşa her çeşit himayeden kurtulmuş ve kendi indirgenemezliğine iade edilmiş dünya, sadece tanımazdan gelinir," diyorsun.

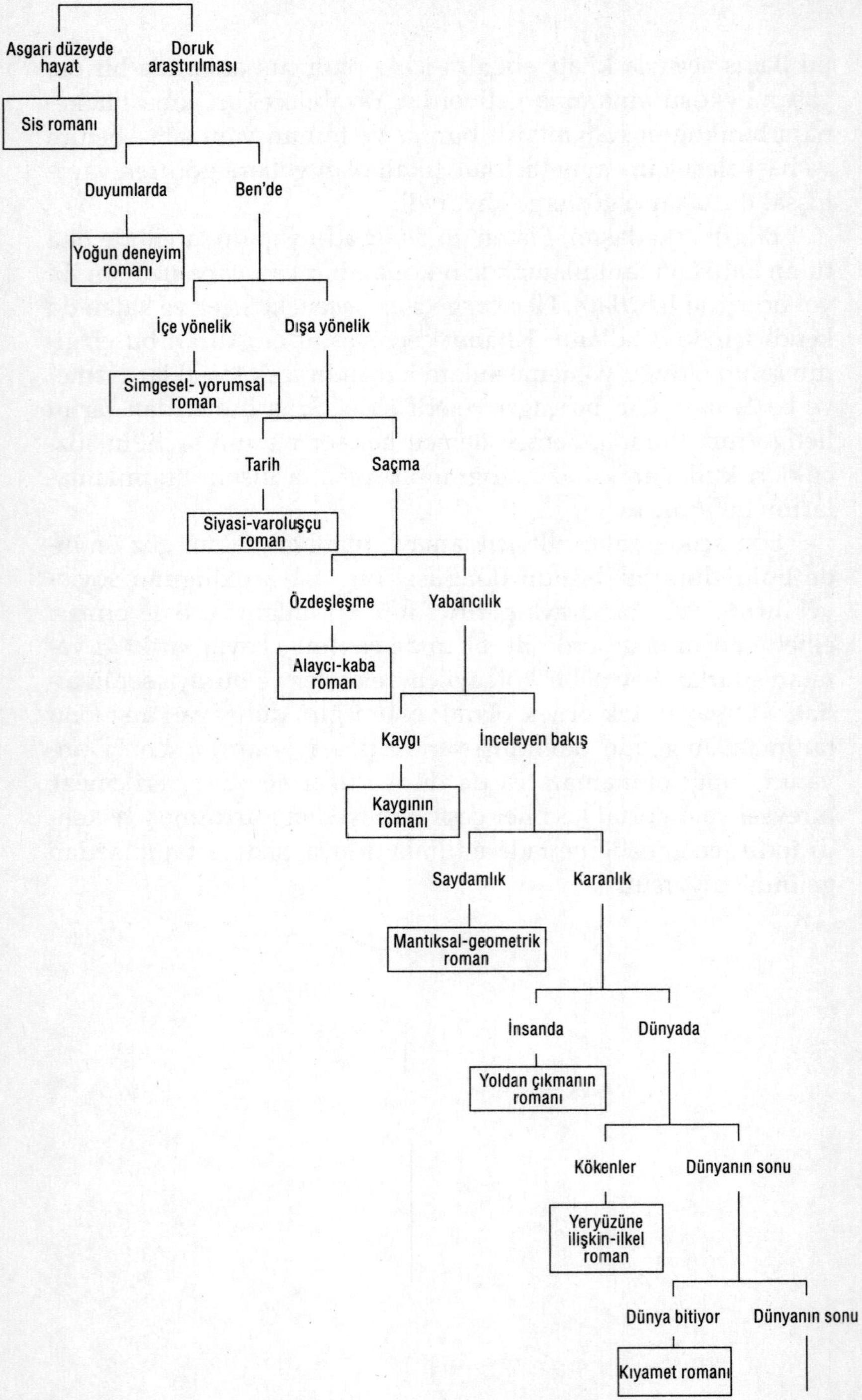
Asgari düzeyde hayat
Doruk araştırılması
Sis romanı
Duyumlarda
Ben'de
Yoğun deneyim romanı
İçe yönelik
Dışa yönelik
Simgesel- yorumsal roman
Tarih
Saçma
Siyasi-varoluşçu roman
Özdeşleşme
Yabancılık
Alaycı-kaba roman
Kaygı
İnceleyen bakış
Kaygının romanı
Saydamlık
Karanlık
Mantıksal-geometrik roman
İnsanda
Dünyada
Yoldan çıkmanın romanı
Kökenler
Dünyanın sonu
Yeryüzüne ilişkin-ilkel roman
Dünya bitiyor
Dünyanın sonu
Kıyamet romanı

Daniele Ponchiroli'ye

1

Italo Calvino'nun *Bir Kış Gecesi Eğer Bir Yolcu* adlı yeni romanını okumaya başlamak üzeresin. Rahatla. Toparlan. Zihnindeki bütün düşünceleri kov gitsin. Seni çevreleyen dünya bırak belirsizlik içinde yok oluversin. Kapıyı kapasan iyi olur; öte yanda mutlaka çalışmakta olan bir televizyon vardır. Hemen seslen ötekilere: "Hayır, televizyon seyretmek istemiyorum!" Sesini yükseltmezsen duyamazlar seni. "Kitap okuyorum. Rahatsız edilmek istemiyorum!" O gürültü arasında seni işitmemiş olabilirler, daha yüksek sesle söyle, bağır hatta: Ben, Italo Calvino'nun yeni romanını okumaya başlıyorum!" Bunu söylemek istemiyorsan, seni huzur içinde bırakmalarını umut edelim.

En rahat edeceğin konumu al: otur, uzan, kıvrıl, yat. Koltukta, divanda, sallanan sandalyede, şezlongta, pufta. Bir hamağın varsa, hamakta. Ve elbette yatakta ya da yorganın altında. Yoga duruşuyla baş aşağı bile durabilirsin. Tabii, kitabını da ters tutacaksın o zaman.

Elbette, insan kitap okumak için en ideal duruşunu asla bulamaz. Bir zamanlar, ayaklı bir rahle karşısında dikilerek kitap okunurmuş. İnsanlar o zaman ayakta durmaya alışkınlarmış. At binmekten yorgun düştüklerinde bu biçimde dinlenirlermiş. At sırtında okumayı düşünen kimse olmamış; oysa şimdi, eyerde oturarak, kitabı atın yelesine dayayarak, hatta belki özel bir koşumla kulağına asmak sana ilginç gelebilir. Ayağını üzengilere takmış bir insan herhalde pek rahatça okuyabilir; ayakları yerden kesmek, okumanın tadını çıkarmanın ilk koşuludur.

İyi ya, daha ne bekliyorsun? Uzat bacaklarını, koy ayaklarını bir minderin, iki minderin, divanın kolçaklarının, koltuğun kollarının, çay sehpasının, yazı masasının, piyanonun, hatta coğrafi yerkürenin üstüne. İlk iş olarak ayakkabılarını çıkar. Tabii ayaklarını havaya dikeceksen böyle yap, yoksa yeniden geçir ayağına. Öyle bir elinde ayakkabı, bir elinde kitap kalakalma.

Işığı, görüşünü yormayacak biçimde ayarla. Bunu hemen şimdi yap, çünkü okumaya daldığında bir daha yerinden kımıldamak istemeyeceksin. Öyle ayarla ki, okuduğun sayfa gölgede kalmasın, kurşuni fon üzerindeki kara harfler birbirine dolanmasın, fare sürüsü gibi birbirine yamanmasın; öte yandan kâğıdın üzerine pek güçlü bir ışık gelmemesine ve acımasız beyazlığın Güney ülkesinde öğle güneşi vurmuşçasına harflerin gölgelerini kemirerek yansıtmamasına özen göster. Okuma eylemini yarıda kesmesi olası her ne varsa, hepsini engellemeye çalış. Tiryakiysen, sigaran elinin altında olsun, küllüğün de öyle. Daha ne kaldı? Çişin var mı? Tamam, sen bilirsin.

Özellikle bu kitaptan, özel bir şey beklediğinden değil. Sen, ilke olarak artık hiçbir şeyden hiçbir anlam çıkarmayan birisin. Senden daha genç ya da çok daha genç olan ve kitaplardan, insanlardan, yolculuklardan, olaylardan, yarının bilinmezliğinden olağanüstü deneyimler bekleyerek yaşayan pek çok kişi var. Sen öyle değilsin. Sen, insanın içine gireceği en iyi beklentinin, en kötüden sakınmak olduğunu biliyorsun. Genel, hatta bütün dünyaya ilişkin konularda olduğu gibi kişisel yaşantında da vardığın sonuç budur. Ya söz konusu kitaplar olunca? İşte, bütün alanlarda beklentisizliği seçtiğin halde, kitap gibi çerçevesi iyice belirlenmiş bir konuda bu gençlik hazzına hâlâ ayrıcalık tanıyabileceğini düşünüyorsun; evet bu alanda şansın yaver gitmeyebilir, ama yaşayabileceğin hayal kırıklığı çok da büyük olmayacaktır.

Her neyse, uzun yıllardır kitap yayımlamayan Italo Calvino'nun yeni yapıtı *Bir Kış Gecesi Eğer Bir Yolcu*'nun çıktığını gazetede okudun. Bir kitapçıya uğradın ve kitabı aldın. İyi yaptın.

Daha kitapçının vitrininde aradığın yapıtın adı ilişti gözüne. Bu görsel izi sürerek tezgâhların üstünden kaşlarını çatarak bakan, raflardan seni korkutmaya çalışan Okumadığın Kitaplar kalabalığını yararak dükkânda ilerledin. Ama sen çekinmen gerekmediğini biliyorsun; Okumana Gerek Olmayan Kitaplar, Okunmaktan Başka Amaçlar İçin Yazılmış Olan Kitaplar, Daha Yazılmadan Önce Okunmuş Kitaplar Sınıfına Dahil Olduğu İçin Kapağını Açmaya Gerek Olmadan Okumuş Olduğun Kitaplar silsilesinin hektarlarca uzandığını çok iyi biliyorsun. Böylece kalenin ilk surunu yarmanla, Yaşayacak Başka Hayatların Olsaydı Kesinlikle Bunları da Okurdun Ama Ne Yazık Ki Ömrünün Geri Kalan Günleri Sayılı Olduğu İçin Okuyamayacağın Kitaplar'ın neferleri üzerine saldırıyor. Çevik bir hareketle onları savuşturuyorsun ve kendini Okumaya Niyet Ettiğin Ama Daha Önce Okuman Gereken Başka Kitaplar Olmasaydı Okumak İsteyebileceğin Kitaplar, Şu Anda Çok Pahalı Olduğu İçin Yarı Fiyatına Düşmesini Bekleyeceğin Kitaplar, aynı şekilde Cep Baskılarının Çıkmasını Bekleyeceğin Kitaplar, Birisinden Ödünç Almayı Deneyeceğin Kitaplar, Herkesin Okumuş Olduğu Ve Bu Nedenle Senin de Okumuş Sayılabileceğin Kitaplar'ın kargılı alayının ortasına düşüyorsun. Bütün bu saldırıları göğüslüyorsun ve kalenin kulelerinin altına varmanla burada direnç gösteren

Uzun Zamandan Beri Okumayı Düşündüğün Kitaplar,
Uzun Yıllardan Beri Arayıp Bulamadığın Kitaplar,
Şu Anda Üzerinde Çalıştığın Konuyla İlgili Kitaplar,
Her Olasılığa Karşı Elinin Altında Bulunmasını Arzuladığın Kitaplar,
Belki Bu Yaz Okumak İçin Bir Kenara Kaldırabileceğin Kitaplar,
Kitaplığında Öteki Kitaplara Eşlik Etmesi İçin Gerek Duyduğun Kitaplar,
Sende Beklenmedik Ve Çılgınca Bir İlgi Uyandıran, Üstelik Buna Haklı Bir Gerekçe Bulamadığın Kitaplar

ile burun buruna geliyorsun.

Sahadaki sınırsız sayıdaki gücü elbette gene çok büyük olan, ama hiç olmazsa sınırlı bir sayıyla ifade edilebilecek boyuta indirgedin; ne var ki bu göreceli rahatlama seni tuzağa düşürmek için Çok Uzun Zaman Önce Okunmuş Olsa da Şimdi Yeniden Okunabilecek Kitaplar Ve Hep Okumuş Numarası Yaptığın Ama Artık Gerçekten Oturup Okumanın Zamanı Gelmiş Olan Kitaplar biçiminde pusu kurmuştur.

Hızlı zikzaklar çizerek canını kurtarıyorsun Ve Yazarı Ya da Konusu İlgini Çeken Yeni Kitaplar kalesine dalıyorsun. Bu kalenin içinde de savunma milislerini (senin için ya da genel olarak) Yeni Olmayan Yazarların Ve Konuların Yeni Kitapları ve (en azından senin için) Bütünüyle Yabancı Konuların Ve Yazarların Yeni Kitapları şeklinde saflara ayırıp sıçramalar yapabilir ve üzerinde kurdukları baskı karşısında yeni olan ve yeni olmayan arzularınla gereksinmelerini (yeni olmayanda aradığın yeniliği ve yenide aradığın yeni olmayışı) gerekçe olarak gösterebilirsin.

Bütün bunların sonucu olarak bakışlarınla kitapçıda sergilenmekte olan ciltlerin adlarını hızla taradıktan sonra adımlarını matbaadan yeni çıkmış olan *Bir Kış Gecesi Eğer Bir Yolcu* adlı kitap kümesine doğru çevirdin, bir kopyayı aldın ve üzerinde mülkiyet hakkını kesinleştirmek üzere kasaya götürdün.

Çevrende dizili kitaplara anlamsız bir bakış daha fırlattıktan sonra (daha doğrusu: Belediye köpek toplama evinin kafeslerinde, eski yoldaşlarından birinin tasmasını çekiştiren sahibinin peşinden gidişini gözleyen sahipsiz köpeklere özgü bocalayan bakışlarıyla sana bakanlar raflardaki kitaplardı) dışarı çıktın.

Henüz basılmış bir kitabın verdiği haz gerçekten çok özeldir; bu sadece satın alınmış bir kitap değil, bir yeniliktir; henüz üretimden çıkmış olması ve kitapların da büründüğü o süslü eşek havasını henüz koruduğu için böyledir; nitekim kitaplıkların hızlı hazanında, onun da kapağı sararmaya başlayacak, kenarı puslu bir tülle örtülecek, sırtı köşelerinden yıpranacaktır. Hayır, sen her zaman gerçek yenilikle yüz yüze gelmek istersin, eğer bir zamanlar bir yenilik olarak ortaya çıktıysa, bu niteliğini sonsuza dek sürdürmesini beklersin. Henüz çıkmış kitabı okuyunca artık peşinden koşmana, izlemene gerek kalmayacak ve bu yeniliği ilk andan sahiplenmiş olacaksın. Bakalım bu kez de böyle olacak mı? Hiç belli olmaz. Bakalım nasıl başlıyor.

Belki de daha kitapçıdayken kitabı karıştırmaya başladın. Ya da selofana sarılı olduğu için yapamadın bunu. Şimdi otobüstesin, bir elinle tepedeki direğe asılı olarak, insanların arasında dikilmektesin; hem dala asılı kalıp hem de muzunu soymak isteyen maymunu anımsatan maymunsu davranışlarla, serbest elinle kitabı açmaya uğraşıyorsun. Sağındaki solundaki yolcuları dirseklediğinin farkında değilsin, en azından özür dile bari.

Belki de kitapçı, kitabı sarmadı ve sadece bir poşet içine koydu. Bu işini daha da kolaylaştırır. Otomobilinin direksiyonundasın, kırmızı ışıkta durdun, kitabı torbadan çıkardın, şeffaf kılıfı yırttın, ilk satırları okumaya koyuldun. Arkandakiler çılgın gibi korna çalıyorlar, yeşil yandı ve sen trafiği tıkamaktasın.

Çalışma masanın başındasın, kitabı öylesine ofis evrakının arasına bırakmışsın, bir dosyayı kaldırdığında kitap ortaya çıkıveriyor, umursamaz bir tavırla açıyorsun, dirseklerin masaya dayalıyken şakaklarını yumruk yaptığın ellerine dayıyorsun, sanki sınav sorularına yoğunlaşmış gibi görünsen bile aslında romanın ilk satırlarını keşfetmektesin. Yavaş yavaş sırtını koltuğa yaslıyorsun, kitabı burun hizana kaldırıyorsun, koltuğunu dengede tutarak arka ayakları üzerine abandırıyorsun, ayaklarını dayamak için yazı masanın yan çekmecelerinden birini açıyorsun, okuma sırasında ayakların duruşu son derece önemlidir; bacaklarını masanın, işlem görmemiş evrakların üstüne koyuyorsun.

İyi ama bu sence saygısız bir davranış değil mi? Burada sözünü ettiğim elbette işine değil (kimse senin mesleki verimliliğini yargılayacak değil; senin görevlerinin, ulusal ve uluslararası ekonominin büyük bir bölümünü oluşturan verimsiz etkinlikler arasına düzenli olarak dahil edileceğini kabul ediyoruz), kitaba saygıdır. –Zoraki ya gönüllü olarak– çalışmanın gerçekten çalışmak anlamına geldiğini düşünen insanlardan biriysen, bilinçli ya da bilinçsiz olarak başkaları için gerekli ya da en azından yararsız olmayan bir iş yapıyorsan bu daha da beter bir durumdur: O zaman, bir tür nazarlık ya da tılsım misali iş yerine taşıdığın kitap dur durak bilmeden dikkatini çekmeye çalışacaktır; elektronik fiş delmeye, bir mutfağın ocağına, buldozerin kumanda levyesine, ameliyat masasında bağırsakları ortaya dökülmüş bir hastaya vermen gereken dikkatin, birkaç saniye için kaçamak yapacaktır.

Sözün özü, sabırlı olman ve kitabı evdeyken açman tercih nedenidir. Şimdi zamanı geldi. Odandasın, huzur içindesin, kitabın ilk sayfasını açıyorsun, yok hayır, ne kadar uzun olduğunu anlamak için önce sonuna bakıyorsun. Neyse ki pek uzun sayılmaz. Günümüzde yazılan uzun romanlar belki de bir saçmalık: Zamanın boyutu un ufak oldu, her biri kendi çizgisinde uzaklaşıp ânında gözden yiten zaman parçacıkları içinde düşünmek veya yaşamak durumundayız. Zamanın sürekliliğini sadece aşağı yukarı yüz yıl sürmüş olan, zamanın artık durağan olmadığı ve henüz patlamadığı bir döneme ait romanlarda bulabiliyoruz, işte o kadar.

Elindeki kitabı evirip çeviriyorsun, arka kapak yazısına, kapağın içine kıvrılan bölümüne şöyle bir göz gezdiriyorsun, pek bir şey açıklamayan yuvarlak sözleri okuyorsun. Böylesi daha iyi, kitabın doğrudan iletmesi gereken, senin kitaptan az çok özümseyeceğin konunun patavatsızca önüne geçmeye çalışan bir söylem yok. Elbette kitabın çevresinde böyle dolaşmak, içini okumadan dışını okumak da yeni bir kitabın haz verici yönüdür, ama hazırlık niteliğindeki bütün hazlar gibi eylemin tüketilişinin, yani kitabı okumanın yoğun hazzına taşıması isteniyorsa bunun da uygun bir süresi vardır.

İşte artık kitabın ilk sayfalarına gömülmeye hazırsın. Yazarın benzersiz tarzıyla buluşmak için ilk adımını atıyorsun. Hayır. Bu tarz sana hiç de tanıdık gelmiyor. Zaten bu yazarın başkalarınınkinden farklı olan, benzersiz bir anlatım biçimi olduğunu kim söyledi ki? Kaldı ki, onun kitaptan kitaba farklılıklar gösteren bir yazar olduğu bilinir. Ve zaten onu tanınır kılan da bu farklılıktır. Ne var ki bu kitabın şimdiye kadar yazdıklarıyla en azından senin anımsadıklarınla hiç ilgisi yok gibi görünüyor. Bu bir hayal kırıklığı yarattı mı? Göreceğiz. Belki en başta, hani adını duyduğunda ona belli bir yüz yakıştırdığın kişiyle tanıştığında, zihnindeki çizgileri bu gördüğün yüzdekilere uydurmaya çalıştırıp şaşırman gibi bir bocalama yaşayabilirsin. Ama sonra devam edersin, kitabın gene de kendini sana okuttuğunu fark edersin; yazardan beklentinden bağımsız olarak kitap kendi başına senin ilgini çeker, hatta iyice düşünecek olursan böyle olmasını, tam olarak ne olduğunu bilmediğin bir şeyle yüzleşmeyi yeğlersin.

Bir Kış Gecesi Eğer Bir Yolcu

Roman bir tren istasyonunda başlıyor, bir lokomotif duman çıkarmakta, pistondan çıkan buhar birinci bölümün girişini gölgeliyor, bir duman bulutu ilk paragrafı kısmen örtüyor. İstasyon kokusuna, bir esintiyle istasyon büfesinin kokusu karışıyor. Buğulu camlardan bakan biri büfenin cam kapısını açıyor; içerisi de miyop ya da gözüne kömür tozu kaçmış birinin görüşünü andırırcasına buhara yenik düşmüş durumda. Eski bir trenin camları gibi buğulanmış olan kitabın sayfaları, duman bulutu cümlelerin üzerine iniyor. Yağışlı bir akşam, adam büfeye giriyor, ıslanmış paltosunun düğmelerini çözüyor; buhar dumanı onu da sarıp sarmalıyor; bir düdük sesi yağmurla parlayarak göz alabildiğine uzanan raylar üzerinde uzaklaşıyor.

Büfenin barını işleten yaşlı adamın, sinyal verircesine basıncını yükselttiği kahve makinesi, tren gibi ıslık çalıp buhar salıyor; ikinci paragrafın cümlelerinin birbirlerini izleyişinden anladığımıza göre, masalarda oturan oyuncular iskambil kartlarını yelpaze gibi açarak göğüslerine bastırıyorlar ve boyunlarını, omuzlarını ve iskemlelerini döndürerek içeriye giren yeni kişiye bakıyorlar; bankonun müdavimleri kahve fincanlarını kaldırıyorlar, gözlerini kısarak dudaklarıyla kahvenin yüzeyine üflüyorlar ya da taşırmamaya dikkat eden abartılı hareketle bira bardaklarının üstünden bir yudum içiyorlar. Kedi sırtını kamburlaştırıyor, kasiyer yazarkasayı kapatınca, çling diye bir ses çıkıyor. Bütün bu ipuçları, yeni gelenin hemen fark edildiği küçük bir kasaba istasyonunda bulunduğumuza işaret ediyor.

İstasyonların hepsi birbirine benzer; ışıklar kendi solgun halelerinin ötesini aydınlatamıyorsa da pek önemi yoktur; bütün trenler çekip gitmiş olsa bile mekâna yayılan tren kokusuyla, son tren yola çıktıktan sonra bile duyulan o özel istasyon kokusuyla senin ezbere bildiğin bir yerdir. İstasyonun ışıkları ve okumakta olduğun cümleler, sis ve karanlık örtüsünün altından yüzeye çıkan şeyleri işaret etmektense onların yokluğun içinde çözülüp gitmesini üstlenmişe benziyor. Her ne kadar bu istasyona hayatımda ilk kez bu akşam inmiş olsam da, sanki ömrümü burada bu büfeye girip çıkarak, aslında bekleyişe ait olan ve birbirine karışmış olan sundurma kokusundan tuvaletlerin ıslak talaş kokusuna geçerek, aranan numara asla yanıt vermediği için attığınız jetonu geri almaktan başka bir şey yapamadığınız telefon kulübelerinin kokusunu içime çekerek geçirmişim gibi geliyor.

Büfe ile telefon kabini arasında gidip gelen adam benim. Ya da: O adamın adı "ben" ve ona ilişkin başka bir bilgiye sahip değilsin, aynen bu istasyonun adının sadece "istasyon" olması, onun dışında uzak bir kentin karanlık bir odasında çalan, ama yanıtlanmayan telefon sinyalinden başka bir şey olmaması gibi. Almacı yerine takıyorum, metal hazneden bozuk paramın şıngırtıyla düşmesini bekliyorum, dönüp camlı kapıyı itiyorum, buhar bulutu içinde kurumak üzere üst üste dizilmiş kahve fincanlarına yöneliyorum.

İstasyon büfelerinin espresso kahve makineleri, lokomotiflerle aralarında bir akrabalık olmasıyla böbürlenir; günümüze ve geçmişe ait espresso kahve makineleriyle, günümüze ve geçmişe ait lokomotifler ve elektrikli lokomotifler arasındadır bu ilişki. İleri geri yürüyorum, dönüp dolaşıp volta atıyorum: İstasyonların kaçınılmaz biçimde kurdukları o zamandışı tuzağa ben de düştüm. Bütün tren hatlarında uzun yıllardan beri elektrikle ulaşım yapılmasına karşın istasyonların havasında hâlâ kömür zerrecikleri uçuşursa da trenleri ve istasyonları konu alan bir roman bu duman kokusunu asla aktaramaz. Kaç sayfadır okumayı sürdürdüğüne göre artık sana rötarlı bir trenden indiğim bu istasyonun geçmişe mi yoksa şimdiye ait bir istasyon mu olduğunu söylememin zamanı geldi; oysa cümleler belirsizlik, bozluk, en küçük ortak paydaya indirgenmiş deneyimin kimseye ait olmayan topraklarında akıp gitmeyi sürdürüyor. Dikkatli ol: Bu seni ağır ağır içine almayı, sen farkına varmadan olaya dahil etmeyi amaçlayan bir sistem, bir tuzaktır. Ya da yazarın kararsızlığı hâlâ sürmektedir; kaldı ki okur olarak sen de ne okumaktan hoşlanacağın konusunda emin değilsindir: Sana geçmişe dönme, yitirilmiş zamanları ve mekânları yeniden ele geçirme duygusu yaşatan eski bir istasyona varmak mı, yoksa hayatta olmanın haz verdiğini düşündüğümüz bugünde, günümüzün ışık ve sesler dünyasında yaşamak mı? Bu bar (ya da bir başka söylenişle 'istasyon büfesi') benim gözlerimin miyop ya da kızarık olmasından ötürü bulanık ve dumanlı görünüyor olabilir; gene de ortamın her köşe ve aralığının ışığa boğulması için yerleştirilmiş aynalardan yansıyan ve elektrik tüplerinden yayılan şimşek rengi ışığa boğulmuş olma olasılığı vardır; bar, sessizlik savar o coşkulu aygıttan patlamayla yayılan çok yüksek hacimli müziğin dışarıya taştığı gölgesiz bir mekân da olabilir; tilt makineleri, at yarışını, insan avını canlandıran gerilimli oyunlar hep birlikte faaliyette olabilir, renkli gölgeler televizyon saydamlığında ve tropik balıklar akvaryumunda hava kabarcıklarının düşey akımı içinde neşeyle yüzebilir. Kolum eprimiş ve şişkin bir körüklü çanta taşımak yerine, dörtgen, tekerlekli, sert plastikten yapılmış ve katlanabilir krom bir çubukla hareket ettirilen minik bavulu itiyor olabilir.

Okurum, sen peronu örten çatının altında, bakışlarımın eski istasyonlara özgü yuvarlak saatin mızraksı kollarına takıldığını, onları umutsuzca geriye çevirmeyi, dairevi kabirlerinde cansız uzanan saatler mezarlığında gerisingeriye yürümeyi arzuladığımı sanıyordun. Saatin rakamlarının dikdörtgen pencereciklerinden dışarıyı gözlemediklerini, her dakikanın giyotinin bıçağı misali üzerime inmesini görmediğimi kim söyledi ki sana? Kaldı ki sonuç fazla değişmeyecekti: Kaygan ve cilalı bir dünyada ilerlerken bile tekerlekli valizimin hafif sapını yakalamış olan elim, sanki akışkan bavulum benim için nankör ve huzursuz edici bir ağırlıkmış gibi içsel bir reddediş yaşayacaktır.

Ters giden bir şeyler olmuş olmalı benim için: Yanlış bir yönlendirme, bir gecikme, kaçırılmış bir aktarma; belki de buraya vardığımda, –olasılıkla beni bunca tedirgin eden valizimle ilintili olarak– bekleyen birini bulmalıydım; gene de kaygımın valizi yitirme korkusundan mı, yoksa bir an önce ondan kurtulma sevdasından mı kaynaklandığı pek belirgin değil. Kesin görünen, bunun emanete bırakabileceğim ya da bekleme salonunda unuturmuş gibi yapabileceğim sıradan bir bavul olmadığıdır. Saate bakmamın bir yararı yok: Beni karşılamaya gelen biri olduysa bile çoktan çekip gitmiştir; olmamış olması gereken bir şeyin öncesindeki âna döneceğiz diye saatleri ve takvimleri geri döndürme takıntısına kafa yormanın manası yok. Aslında bu istasyonla işi olmayan, bir trenden inip aynen benim yaptığım gibi bir başkasına binmek üzere yolu bu istasyona düşen biriyle karşılaşmam gerekiyorduysa ve ikimizden biri ötekine elimde kalan ve bana batan bu valiz misali bir şey teslim edecektiyse, elden gelen tek şey kaçırılmış bu buluşmayı yeniden yakalamaya çalışmaktır.

Bir iki kez barın içinden geçerek görünmez kente açılan kapıdan dışarı baktım ve karanlığın oluşturduğu duvar her seferinde beni gerisingeri sisli kentle demiryolu rayları arasında asılı kalmış bu aydınlık zindana yolladı. Zaten çıkıp nereye gidebilirdim ki? Şu dışarıda uzanan kentin henüz bir adı yok, kaldı ki romanın dışında mı kalır yoksa mürekkep karası onu içine alıp yoğurur mu, bu da belli değil. Tek bildiğim bu ilk bölümün istasyondan ve bardan kopmakta oyalanması: hâlâ birilerinin gelip beni sorması olasılığı olduğu için buradan ayrılmam pek temkinli bir davranış olmaz, ne var ki bu koca bavulla başka insanlara görünmem de pek akıllıca değil. Bu nedenle telefona jeton atıp duruyorum, o da hepsini yüzüme tükürüyor: Sanki uzak bir mesafeyi arayacakmışım gibi bir sürü jeton atıyorum: Yönergeler ya da emirler almam gerekenler şimdi kim bilir neredeler; başkalarına bağlı çalışan biri olduğum kesin; özel gerekçeler ya da kendi adına yürüttüğü işi nedeniyle yolculuk eden birine benzemiyorum: Beni gören; bir görevli, pek karmaşık bir işte piyon, büyük bir dişlinin gözle görünmeyecek kadar minik bir çarkı olduğumu anlar: Zaten buradan hiç iz bırakmadan geçmem kararlaştırılmıştı: Oysa burada oyalandığım her dakika iz bırakmayı sürdürüyorum: Kimseyle konuşmazsam ağzını açmak istemeyen biri gibi damgalanacağımdan iz bırakıyorum; konuşursam sarf ettiğim her söz buracıkta kalacak, gelecekte tırnak arasına alınarak ya da alınmayarak bir yerlerden fırlayacak. Belki de bu nedenle yazar, diyalog içermeyen uzun mu uzun paragraflarda varsayım üzerine varsayım üretiyor; benim göze batmadan geçebilmem, ortadan kaybolabilmem için kurşun kalınlığında ve karanlığında bir katman yaratıyor.

Kesinlikle dikkat çekmeyen bir kişiyim; benden daha belirtisiz bir fon önünde belirtisiz bir varlığım; eğer okur olarak beni trenden inenler arasında seçebildiysen, büfe ve telefon kulübesi arasında gidiş gelişlerimi izlemeyi sürdürdüysen, bunun tek nedeni adımın 'ben' olmasıdır ve bu da hakkımda bildiğin tek şeydir; gene de varlığının bir bölümünü bu tanımadığın 'ben'e yöneltmek konusunda dürtü duyman bile yeterlidir. Yazar kendinden söz etmeye niyetli olmadığı halde, onu gözlerden ırak tutmak için kahramanı 'ben' olarak nitelemeye karar verdiği halde –çünkü başka her sıfat ya da adlandırma onu bu yalın adıldan çok daha iyi tanımlardı,– sadece 'ben' yazdığı için, bu 'ben' içine biraz kendinden, kendi hissettiklerinden ya da hissettiğini hayal ettiklerinden katma dürtüsü duyuyor. Benimle özdeşleşmekten daha kolay bir şey yok, çünkü şu anda görünürdeki davranışım aktarma yapacağı treni kaçırmış bir yolcununkiyle aynı ve bu herkesin başına gelebilecek bir deneyim; ama bu durum romanın daha başlangıcında yaşanıyorsa, ya daha önce olmuş ya da olmak üzere olan başka bir olaya gönderme yapıyordur ve bu başka olay, hem sen okur hem yazar için benimle özdeşleşmeyi riskli kılar; bu romanın başlangıcı ne kadar boz, sıradan, belirsiz ve olağansa, sen ve yazar, sıyrılmaya çalıştığı valiz misali peşinden nasıl bir hayat sürüklediğini bilmediğiniz ve roman kahramanının 'ben'ine düşüncesizce yatırım yaptığınız o 'ben'in küçük bir bölümü üzerinde tehlike gölgesinin büyüdüğünü hissedersiniz.

Bir önceki durumu yeniden oluşturmak için ilk koşul valizden kurtulmaktı: Bir önceki derken, daha sonra olan her şeyden daha öncesinden söz ediyorum. Zamanın akışının tersine yüzmek istiyorum derken söylemek istediğim buydu: Bazı olayların sonuçlarını silmek ve en başa dönmek. Ama hayatımın her ânı yeni olaylar birikimiyle yüklü ve bu yeni olayların her biri kendi sonuçlarını beraberinde getiriyor; öyle ki ben yola çıktığım sıfır noktasına dönmek istedikçe ondan daha çok uzaklaşıyorum: Bütün eylemlerim bir önceki eylemin sonucunu silmeye yönelik olsa ve bu silme işleminde yüreğimi ânında ferahlatarak umudumu artıran kayda değer sonuçlar elde etmeyi başarsam da, önceki eylemlerin sonuçlarını silme konusundaki her adımımın, durumu öncesine göre zorlaştıran yeni olaylar yağmuruyla karşılaşmama yol açtığını unutmamam gerekiyor ve sırası gelince onları da temizlemek zorunda kalıyorum. Bu nedenle en az düzeyde karışıklık yaratacak en yetkin silme işlemi için adımlarımı dikkatli atmalıyım.

Her şey yolunda gitseydi, trenden iner inmez tanımadığım bir adam tarafından karşılanacaktım. Boş da olsa, benimki gibi tekerlekli bir valizi olacaktı. İki tren arası, kaldırımda ileri geri yürüyen yolcuların arasında valizlerimiz sanki kazayla olmuş gibi çarpışacaktı. Bu rastlantıyla olabilecek, rastlantısal biçimde yaşananlardan farksız bir olay; cebimden ucu görünen ve manşetinde at yarışlarını yazan gazeteye ilişkin olarak bana bir parola söyleyecekti. "Ah, Elealı Zenon kazandı." Bu esnada valizlerin metal sopalarını değiş tokuş edecek ve belki atlar, tahminler, bahisler üzerine birkaç söz söyleyecek, kendi valizimizi kendi yönümüzde çekerek farklı trenlere doğru yürüyecektik. Kimse bir şey fark etmeyecekti, ama ben yabancının valiziyle orada kalacak, yabancı kişi benimkini yanına alıp gidecekti.

Mükemmel bir plan yapılmıştı; o kadar mükemmeldi ki son derece önemsiz bir nedenden ötürü gerçekleşemedi. Şimdi, yarın sabahtan önce bir trenin ne geleceği ne de hareket edeceği bu istasyonda beklemekte olan son yolcu olarak ne yapacağımı bilemeden burada bulunuyorum. Küçük taşra kentinin kabuğuna çekilme zamanı geldi. İstasyonun barında yalnızca birbirini tanıyan buralı insanlar kaldı; zaten onlar istasyonla ilgisi olmayan, ya çevrede açık başka bir mekân olmadığı için karanlık meydanı geçerek buraya gelmiş olan ya da taşra kasabalarının haberlere açık tek mekânı olan istasyonların çekimine kapılmış insanlar; istasyonların bir zamanlar dünyanın geri kalanıyla iletişim kurulabildiği tek nokta olduğunu anımsayanlar kalmış olmalı.

Artık taşra kenti diye bir şey kalmadığına ve belki de asla var olmamış olduğuna ilişkin bir kanaatim var: Bütün yerleşimler, ötekilerle ânında haberleşebiliyor; bu yalıtılmışlık duygusu yalnızca bir yerden ötekine giderken, yani hiçbir yerdeyken hissediliyor. İşte ben şimdi, ne burada ne başka bir yerde olmayı deneyimliyorum; buraya yabancı olmayanların tarafımdan gözlemlenip kıskanıldıkları süreç içerisinde, yabancı olmayanlar tarafından bir yabancı olarak algılanıyorum. Evet, kıskanıyorum onları. Sıradan ve küçük bir kentin akşam yaşantısına dışarıdan bakarken kim bilir ne zamandan beri sıradan akşamlar tarafından dışlandığımı düşünüyorum; bunun gibi binlerce kenti, akşamın inmesini seyreden insanların doldurduğu binlerce aydınlatılmış mekânı geçiriyorum aklımdan; bu insanların hiçbiri benim zihnimden geçen düşüncelerle meşgul değil; belki kıskanılası olmayan başka tasalara sahipler, ama şu anda konumumu içlerinden herhangi biriyle değiş tokuş etmeye hazırım. Sözgelişi bütün dükkân sahiplerini sırayla dolaşan ve ışıklı levhaların vergilerine ilişkin Belediye'ye sunulacak dilekçe için imza toplayan gençlerden biri, şimdi bunu barmene okuyor.

Roman şimdi burada, bir taşra kentinin gündelik yaşantısını temsil etmekten başka bir işlevi olmayan konuşma parçalarını aktarıyor. "Ya sen Armida, imzaladın mı?" Yalnızca arkadan gördüğüm bir kadına soruyorlar bunu; kenarlarına kürk geçirilmiş, yüksek yakalı pardösüsünün kemeri sarkıyor, elindeki kadehi tutan parmaklarının arasından duman yükseliyor. "Dükkânıma neon ışığı taktırmak istediğimi de nereden çıkardınız?" diye yanıtlıyor. "Belediye, sokak ışıklarından tasarruf etmek istiyor diye yolları kendi cebimden aydınlatacak değilim!" Armida'nın deri mağazasının nerede olduğunu herkes biliyor. "Ben kepenkleri indirdiğim anda sokak zifiri karanlığa bürünür; işte o kadar."

"İşte sen tam da bunun için imzalamalısın," diyorlar ona. Ona, sen diye hitap ediyorlar, hepsi birbirine sen diyor; şiveleri biraz çalıyor; birbirlerini kim bilir kaç yıldır görmeye alışmış insanlar bunlar; konuştukları her konu, eski söyleşilerin devamı niteliğinde. Birbirlerine yaptıkları şakalar ağır da olabiliyor: "Haydi gerçeği saklama, karanlık seni görmeye gelenleri gizliyor, değil mi? Kepengi indirdiğin zaman dükkânın arkasına kimi alıyorsun?"

Bu konuşmalar ayırt edilmeyen bir ses kalabalığı oluşturuyor; arada sırada sonradan gelecek sözleri belirleyecek tek bir söz ya da cümle seçmek mümkün oluyor. Doğru okuyabilmek için sen, hem uğultuyu hem de içinde gizlenmiş niyeti kaydedebilmelisin, ne var ki henüz (aynen benim gibi) bu düzeye varamadın. Bu nedenle okurken aynı anda hem dalgın hem çok dikkatli olmalısın; örneğin ben dirseğimi bar tezgâhına, yanağımı yumruğuma dayamış otururken söyleşiye kulak kabartıyorum. Olur da, roman bu puslu belirsizliğinden uzaklaşıp orada bulunan insanların görünümlerinin ayrıntılarını vermeye başlarsa, amacı, aslında ilk kez gördüğün, ama sanki binlerce kez gördüğünü sandığın yüzlere ilişkin duyguyu iletmektir. Sokaklarında hep aynı insanlara rastladığın kentlerden birindeyiz; yüzler benim gibi burada daha önce hiç bulunmamış kişilere bile yansıttığı bir alışmışlık ağırlığı taşıyor ve ben bar aynasının bu yüz hatlarının derinleşmesine, sarkmasına, ifadelerinin akşamdan akşama çökmesine ya da şişmesine tanıklık ettiğini anlıyorum. Bu kadın belki de kentin en güzeliydi; zaten onu ilk kez gören ben bile çekici olduğunu söyleyebilirim, ama ona barın öteki müdavimlerinin gözleriyle bakarsam, üzerine bir tür yorgunluğun çökmüş olduğunu kabul ederim, ama bu belki de onların (ya da benim ya da senin) yorgunluğunun bir gölgesidir. Hepsi onu genç kızlığından beri tanıyor, hayatını, yaşadığı mucizeleri biliyor, belki de içlerinden bazıları onunla bir ilişki yaşadı, ama hepsi geçmişte kaldı, unutuldu; sözün özü bu kadının imgesi üzerine çöken ve onu boğan başka imgeler tülü onu ilk kez gördüğüm bir insan gözüyle görmemi engelliyor; başkalarına ait anılar lambaların altındaki duman gibi havada asılı duruyor.

Anlaşılıyor ki bar müdavimlerinin en büyük eğlencesi bahse tutuşmak: Gündelik hayatın küçücük olayları üzerine tutuşulan bahisler. Sözgelimi biri şöyle diyor: "Bugün bara ilk olarak kimin geleceği üzerine bahse girelim mi? Doktor Marne mi, yoksa Komiser Gorin mi?" Bir başkası şöyle diyor: "Peki, Doktor Marne buraya geldiğinde eski karısıyla karşılaşmamak için ne yapacak? Tilt oynamaya mı başlayacak yoksa toto fişi mi dolduracak?"

Benim durumumda biri için tahmin yapılması olanaksız: Yarım saat sonra başıma ne geleceğini asla bilemem, sıkı sıkı çizilmiş bir çerçeve içinde en küçük seçeneklerin bile belirlendiği bir hayat düşleyemem kendim için; benim için şöyle mi olacak böyle mi diye bahse girilmesi olanaksızdır.

"Bilmiyorum," diyorum alçak sesle.

"Neyi bilmiyorsun?" diye soruyor kadın.

Her zaman yaptığım gibi kendime saklamayıp paylaşabileceğimi sandığım bir düşüncem var; bunu bar bankosunda yanımda duran, deri dükkânının sahibesi olan kadına söyleyebilirim; bir süredir onunla sohbet etme hevesi duyuyorum. "Sizde böyle midir?"

"Hayır, doğru değil," diye yanıtlıyor beni; ben de bu cevabı vereceğini biliyordum zaten. Her yerde olduğu gibi burada da hiçbir şeyin öngörülemeyeceğini savunuyor: elbette, Doktor Marne muayenehanesini her akşam bu saatte kapatıyor; Komiser Gorin emniyet amirliğindeki görevinden bu saatte çıkıyor ve ikisi de buraya uğruyor; hangisinin önce geleceği belli olmuyor, ama zaten bunun ne anlamı var ki?

"Gene de doktorun, eski karısı Bayan Marne'yi görmezden geleceği konusunda kimsenin kuşkusu yok," diyorum.

"Eski karısı Bayan Marne benim," yanıtını veriyor. "Anlattıkları hikâyelere inanmayın."

Bir okur olarak dikkatin şimdi bütünüyle bu kadına çevrildi; zaten birkaç sayfadan beri etrafında dönüp duruyorsun; ben, hayır yazar, bu dişi varlığın çevresinde dolaşıyor, sen de birkaç sayfadan beri bu dişi hayaletin bütün dişi hayaletlerin yazılı kâğıtlar üzerinde şekillenmeleri misali bir form kazanmasını bekliyorsun; senin bir okur olarak beklentin yazarı kadına doğru itiyor ve ben zihnimden geçen onca düşünceye karşın kadınla konuşmaya koyuluyorum, en kısa zamanda uzaklaşmak, gözden kaybolmak için kesmem gereken bir söyleşiye girişiyorum. Sen, elbette onun nasıl bir kadın olduğuna ilişkin daha fazla bilgi edinmek istersin, ama yazılı sayfalardan pek az ipucu yakalanabiliyor; yüzü dumanla saçı arasında gizli kalıyor, ağzının hüzünlü kıvrımının ötesinde hüzünlü bir kıvrıma ait olmayan ne olduğunu anlamak gerekiyor.

"Ne hikâyeler anlatıyorlar?" diye soruyorum. "Ben hiçbir şey bilmiyorum. Işıklı tabelası olmayan bir dükkânınız olduğunu öğrendim, ama nerede olduğuna ilişkin hiç fikrim yok."

Bana anlatıyor. Burası deri giysiler, valiz ve seyahat malzemeleri satan bir mağaza. İstasyonun bulunduğu alanda değil, yük treninin hemzemin geçidine yakın bir ara sokakta.

"Neden ilgilendiriyor bu sizi?"

"Buraya daha önce gelmiş olmayı dilerdim. Karanlık sokaktan geçer, aydınlık mağazanızı görür, girer size şöyle derdim: 'İsterseniz, kepengi indirmenize yardım edebilirim.'"

Bana, kepengi çoktan indirdiğini, ama sayım yapmak için mağazaya dönmesi gerektiğini söylüyor; geç saatlere kadar kalacak orada.

Barın müdavimleri şakalaşarak, birbirlerinin sırtına şaplaklar indiriyorlar. Bahislerden biri sonuçlandı: Doktor Marne bara giriyor.

"Komiser bu akşam geç kaldı; kim bilir neden?"

Doktor giriyor ve ortadan herkesi selamlıyor: Bakışları karısı üzerinde durmasa da bir erkeğin onunla konuştuğunu fark ediyor. Mekânın en dibine yürüyor, sırtını bar bankosuna dayıyor; elektrikli tilt makinesine para atıyor. Dikkat çekmemeye çalışması gereken ben görüldüm, acısının ve kıskançlığın nesnesine ilişkin hiçbir şeyi ve hiçbir kimseyi unutmayan gözler tarafından görüldüm, resmedildim; kendimi kandırmama olanak yok. Aralarında yaşanan dramın henüz sonuçlanmadığını anlamam için oldukça ağır ve yaşlı gözlerle karşılaşmam yetiyor: Erkek her akşam kadını görmek için bu kahveye geliyor, eski yarasını yeniden kanatıyor, belki de onu bu akşam evine kimin bırakacağını öğrenmek istiyor; kadın da her akşam bu kahveye geliyor, çünkü belki de ona ıstırap çektirmek ya da ıstırap alışkanlığının erkek için bütün ötekiler gibi bir alışkanlık haline gelmesini, yıllardan beri kendi ağzına ve hayatına yapışan hiçlik tadının ona da bulaşmasını umut ediyor.

"Dünyada en çok istediğim şey," diyorum, çünkü artık konuşmayı sürdürmem daha doğru olacaktır, "saatleri geriye çevirebilmektir."

Kadın da son derece sıradan bir yanıt veriyor: "Akreple yelkovanı döndürmek yeter." Bense, "Hayır, bunu düşüncemle, zamanda geri gitmeyi başaracak kadar yoğunlaşarak yapmak istiyorum," diyorum, ama ben bunu gerçekten söylüyor muyum, söylemek mi istiyorum yoksa mırıldandığım bölük pörçük cümlelerden yazar mı bu sonucu çıkarıyor bilmiyorum. "Buraya geldiğimde ilk düşüncem şu oldu: Düşüncemi öyle zorladım ki, zaman geriye doğru tam bir tur attı: İşte ilk yola çıktığım istasyondayım gene, o gün nasıldıysa, bugün hâlâ öyle; hiçbir değişiklik olmamış. Sahip olmuş olabileceğim bütün hayatlar buradan başlıyor: Sevgilim olabilecekken olmamış genç kız burada, aynı saçlar, aynı gözlerle..."

Kadın benimle alay edercesine çevresine bakınıyor; çenemle ona doğru bir işaret yapıyorum, gülümsemek istercesine ağzının köşelerini kıvırıyor, sonra duruyor: Ya fikrini değiştirdi ya da sadece böyle gülümseyebiliyor.

"Bu bir iltifat mı bilmiyorum, ama ben iltifat olarak kabul ediyorum. Peki, sonra?"

"Sonra buradayım işte, elimde şu valizle, şimdiki benim."

Aklımdan hiç çıkarmasam da, valizin adını ilk kez alıyorum ağzıma.

Kadın: "Bu akşam zaten tekerlekli dörtgen valizler akşamı oldu."

Duygularımı belli etmeden, sükûnetimi koruyorum. "Ne demek istiyorsunuz?" diye soruyorum.

"Bugün bu valizin aynını sattım."

"Kime?"

"Dışarlıklı biri. Sizin gibi. Yola çıkmak üzere istasyona gidiyordu. Henüz satın aldığı bomboş valizle. Aynen sizinki gibi."

"Bunda tuhaf ne var ki? Siz valiz satmıyor musunuz?"

"Bu tür valizlerden uzun zamandır bulundurmama karşın buradan hiç kimse satın almamıştır. Hoşlarına gitmiyor herhalde. Ya da işe yaramıyor. Belki de böyle bir valizin varlığından haberleri yok. Oysa işlevsel olmalılar."

"Benim için değil. Sözgelişi bu akşamın benim için harika bir akşam olabileceğini aklımdan geçirsem, peşimden bu valizi sürüklemem gerektiğini hatırlıyorum ve artık bir şey düşünemez oluyorum."

"Neden bırakmıyorsunuz bir yere?"

"Belki de bir valiz mağazasına," diyorum.

"Olabilir. Bir eksik, bir fazla fark etmez."

Bar taburesinden kalkıyor, aynaya bakarak pardösüsünün yakasını, kemerini düzeltiyor.

"Daha sonra oradan geçer ve kepenge vurursam beni duyar mısınız?"

"Deneyin."

Kimseye veda etmiyor. Çoktan dışarıya, meydana çıktı bile.

Doktor Marne, elektrikli tilt makinesinin başından ayrılıp bara doğru yürüyor. Yüzüme bakmak, başkalarından imalı bir söz ya da alaylı bir sırıtma yakalamak istiyor. Ama ötekiler girdikleri bahisten söz ediyorlar, doktorun kendilerine kulak verip vermediğini önemsemeden onun hakkında tutuştukları iddia hakkında konuşuyorlar. Doktor Marne, neşe ve içtenliğin hâkim olduğu, birbirlerinin sırtına vururken eski şakaları ve lafları anımsayan insanların doldurduğu bir ortamın ortasında, ama bu şamatanın merkezinde gene de asla aşılmayan bir saygı sınırı seziliyor; bu sadece Marne'nin hekim, sağlık görevlisi ya da benzeri bir şey olmasıyla ilintili değil; aynı zamanda bir dost, dost olarak kalırken mutsuzluklarını üzerinde taşıyan mutsuz bir insan olmasından kaynaklanıyor.

Komiserin tam o anda bara girdiğini gören biri, "Komiser Gorin bugün bütün tahminleri alt üst edecek kadar geç geliyor," diyor.

Giriyor. "Bütün dostlara merhaba!" Yanıma geliyor, bakışlarını valizime ve gazeteye indiriyor, dişlerinin arasından "Elealı Zenon" diye mırıldanıyor ve sigara otomatına doğru yürüyor.

Polisin eline mi düşürdüler beni? Yoksa o bizim örgüt için çalışan bir polis mi? Sanki ben de sigara alacakmışım gibi otomata yaklaşıyorum.

"Jan'ı öldürdüler. Yok ol!" diyor.

"Ya valiz?" diye soruyorum.

"Al götür. Şimdi gözüm görmesin onu. On birde gelen hızlı trene bin."

"İyi ama, burada durmuyor ki..."

"Duracak. Altı numaralı perona git. Yük trenlerinin durduğu yere in. Üç dakikan var."

"Ama..."

"Toz ol, yoksa seni tutuklamak zorunda kalırım."

Demek ki örgüt son derece kudretli. Polise, trene emredebiliyor. Valizi rayların üzerindeki geçitlerden atlatarak altı numaralı perona kadar ilerliyorum ve peron boyunca yürüyorum. Yük durağı en dipte, sise ve karanlığa gömülmüş hemzemin geçidin orada. Komiser istasyon barının kapısına dikilmiş beni izliyor. Hızlı tren son sürat geliyor. Yavaşlıyor, duruyor, beni komiserin göz eriminden siliyor, yeniden hareket ediyor.

2

Otuz sayfa kadar okuyorsun ve olaylar ilgini çekmeye başlıyor. Belli bir noktada şöyle gözlem yapıyorsun: "İyi ama, bu cümle bana çok tanıdık geldi. Hatta sanki ben bütün bu bölümü daha önce okumuştum." Besbelli: Bunlar hep işlenen konulardır, metin zamanın dalgalanışını dile getirmeye yarayan bu hareketli kalabalıkla dokunmuştur. Sen bu inceliklere karşı duyarlı bir okursun; yazarın niyetini havada kapıyorsun, gözünden hiçbir şey kaçmıyor. Ne var ki aynı zamanda belli bir hayal kırıklığı da yaşıyorsun; şimdi tam sen konuyla ilgilenmeye başladığında, yazar kendini çağdaş edebiyat hünerlerinden birini sergilemek zorunda hissediyor ve bir bölümü olduğu gibi yineliyor. Bir bölümü mü dedin? Yinelenen bir sayfanın bütünü, istersen karşılaştırabilirsin, tek bir virgül bile değişmemiş. İlerleyince ne oluyor dersin? Hiç, okumuş olduğun sayfalar aynen yineleniyor.

Bir dakika, sayfa sayısına bir bak. Aman Tanrım! 32. sayfadan 17. sayfaya döndün! Yazarın yeni bir tarz yaratma kaygısı olarak yorumladığın şey, matbaa hatasından başka bir şey değil: Aynı sayfaları iki kez bağlamışlar. Hata ciltleme sırasında oluşmuş: Her kitap "on altıda bir" diye adlandırılan formalardan oluşur, her forma, üstüne on altı sayfanın basıldığı büyük tek bir kâğıttır ve sekize katlanır; "on altıda bir" bağlanırken, bir formadan kitaba iki kez konabilir; bu arada bir rastlanan bir kazadır. Var olduğuna inandığın 33. sayfaya ulaşabilmek için telaşla sıradaki sayfaları çeviriyorsun; cilde iki kez giren bir forma az rastlanan bir hatadır, ama eğer doğru 'on altıda bir' atlandıysa, işte bu onarılmaz bir yanlışlıktır; bu forma gidip bir başka cilde girmiş, orada forma tekrarına yol açmış, ama burada eksik kalmış olabilir. Her ne olursa olsun sen okumayı sürdürmeye niyetlisin, başka bir şey umurunda değil, tek bir sayfa bile kaçırmaman gereken bir noktaya geldin.

İşte yeniden 31, 32. sayfalar... Arkadan ne geliyor? Gene 17. sayfa. Hem de üçüncü kez! Ne biçim bir kitap satmışlar sana? Aynı kitapta aynı formayı yineleyip durmuşlar, kitapta okunacak tek sayfa kalmadı.

Kitabı yere fırlatıyorsun, sana kalsa pencereden fırlatacaktın; keşke panjurun şeritleri arasından geçseydi de tutarsız sayfaları lime lime olsaydı, cümleler sözcükler biçim birimleri ses birimleri bir daha asla bir söylem oluşturamayacak şekilde dört bir yana savrulsaydı; camdan atacaktın ya, keşke camlar kırılmaz cinsinden olaydı da fotonlarına, dalgalı titreşimlerine, kutuplaşmış renk tayflarına bölünseydi; keşke duvardan geçseydi de, betonun atomları arasından süzülürken kendi moleküllerine ve atomlarına ayrılsaydı, elektronları nötronları nötrinleri ve en küçük zerresine bölünseydi; telefon tellerinden geçseydi de elektrik uyarılarıyla, bilgi akımıyla, ses kalabalığı ve gürültüyle allak bullak olsaydı ve baş döndürücü bir dağıntı içinde çözünseydi. Evden dışarı atmak isterdin, sokaktan, mahalleden, kentten, eyaletten, bölgeden, ülkeden, ortak pazardan, Batı kültüründen, yeryüzünden, atmosferden, biyosferden, stratosferden, güneş sisteminin çekim alanından, galaksiden, galaksi kümesinden, galaksilerin birbirlerinden uzaklaştıkları ve zaman-mekân birliğinin henüz ulaşmadığı, var-olmayışın onu karşılayabileceği hatta var-olmayışın ne önce ne sonra hiç olmadığı yerden öteye atmak isterdin ki yadsınamaz garanti mutlak negatifliğin içinde yok olup gitsin. O bunu, ne daha azını ne daha fazlasını hak etti.

Ama böyle yapmıyorsun: Yerden alıp tozunu silkeliyorsun; sana yenisini vermesi için kitapçıya geri götürmek zorundasın. Beklenmedik biçimde tepki gösteren bir insan olduğunu biliyoruz, ama artık kendini denetlemeyi öğrendin. Seni en çok çıldırtan şey, nesnelere ilişkin durumlarda ya da insan eylemlerinde rastlantısalın, yazgısalın, olasının insafına kalmış olmak, senin ya da başkalarının umursamazlığının, üstünkörülüğünün, özensizliğinin kurbanı olmak. Bu gibi durumlarda sana egemen olan tutku o dalgınlığın ya da umursamazlığın huzursuz edici etkilerini silmek; olayları olağan akışına döndürmek sabırsızlığıdır. Okumaya başladığın kitabın kusursuz bir kopyasını yeniden ellerinin arasına alabilmeyi dört gözle bekliyorsun. Dükkânlar bu saatte kapanmamış olsa şimdi kitapçıya koşardın. Yarını beklemek zorundasın.

Huzursuz bir gece geçiriyorsun, tıpkı romanın okunuşunda olduğu gibi, hep aynı rüyanın tekrarı gibi gelen rüyalarla bölünen kesik kesik bir uyku uyuyorsun. Biçimi ve anlamı olmayan hayatla savaştığın gibi rüyalarınla da savaşıyor, olması gerektiğine inandığın bir motif, seni ne yöne götüreceğini bilmediğin bir kitabı okumaya başladığında beklediğine benzer bir akış bekliyorsun. İçinde doğru ve amacı olan bir yörüngeyle hareket edebileceğin, mutlak ve soyut bir zamanın ve uzamın açılmasını isterdin, ama bunu başardığını sandığında durduğunu, önünün kesildiğini, her şeyi yeni baştan yinelemek zorunda olduğunu fark ediyorsun.

Ertesi gün fırsat bulduğun ilk anda kitapçıya koşuyorsun, çoktan açtığın ve parmağını bir sayfasına dayadığın kitapla dükkâna dalıyorsun; bir tek bu davranışının bile sayfalardaki düzensizliği belirgin kılmaya yettiğini düşünüyorsun. "Bana ne sattığınızın farkında mısınız? Bir bakın şuraya... En heyecanlı yerinde..."

Kitapçı istifini bozmuyor. "Ah, sizinki de mi öyle? Başka yakınmalar da oldu. Zaten bu sabah yayınevinden bir açıklama mektubu geldi. Bakın. 'Yayın listemizin yeni kitaplarının dağıtımında, Italo Calvino'nun *Bir Kış Gecesi Eğer Bir Yolcu* kitabının bir kısım baskısının hatalı olduğu belirlenmiş ve toplatılma kararı alınmıştır. Ciltleme sırasında adı geçen yapıtın sayfaları arasına bir başka yeni kitabımız olan Polonyalı yazar Tazio Bazakbal'ın *Malbork Kasabasının Dışında* kitabının sayfaları karışmıştır. Bu can sıkıcı ve beklenmedik terslik için özür diler, yayınevimizin en kısa zamanda hatalı baskıları değiştirme yoluna gideceğini bildiririz, vb.' Söyleyin ne olur, bu zavallı kitapçı başkalarının dikkatsizliğinin bedelini ödemek zorunda mıdır? Bütün gün deliye döndük. Bütün Calvinoları teker teker elden geçirdik. Neyse ki birkaç adet sağlam baskı bulduk; sizin hatalı *Bir Yolcu*'nuzu hemen tertemiz ve sağlam bir kopyasıyla değiştirebiliriz."

Bir dakika. Kafanı şöyle bir topla. Bir anda üzerine yağan bilgi sağanağını zihninde şöyle bir sırala. Bir Leh romanı. Demek ki heyecanla okumaya koyulduğun, okuduğunu sandığın değil, bir Leh romanıydı. Şimdi ivedilikle ele geçirmen gereken kitap odur. Tuzağa düşme. Niyetini açıkça koy ortaya. "Hayır, inanın Calvino'nun romanı artık umurumda bile değil. Ben Leh romanına başladım ve Leh romanına devam etmek istiyorum. Şu Bazakbal'dan var mı elinizde?"

"Nasıl isterseniz. Bir dakika önce bir başka müşterimiz de aynı yakınmayla geldi ve o da kitabını Leh romanıyla değiştirmek istedi. İşte tezgâhın üstünde yığınla Bazakbal var; şurada tam burnunuzun dibinde. Buyurun alın."

"Peki bu düzgün bir kopya mı?"

"Bakın, bu konuda güvence veremem. En ciddi yayınevleri bile böyle saçmalıklar yaparsa, artık hiçbir şeye güvenilemez. O genç hanıma söylediğimi size de söylüyorum. Gene bir hata olursa, değiştiririz. Daha fazlası gelmez elimden."

Genç hanım; sana bir genç hanım gösterdi. Oracıkta kitapçının rafları arasında; Penguin Çağdaş Klasikleri arasında bir kitap arıyor; incecik, kararlı parmağını solgun patlıcan rengindeki kitap sırtları üzerinde gezdiriyor. Kocaman ve aceleci gözler, esmer ve sağlıklı bir ten, iri bukleli ve adeta saydam saçlar.

İşte şimdi Kadın Okur, sen Erkek Okur'un görüş sahasına mutlu bir giriş yapıyor, aslında senin dikkat sahana girmiş oluyor, ama işin doğrusu sen onun çekiminden sıyrılamadığın için onun manyetik alanına girmiş oluyorsun. O halde zaman yitirme, konuşmayı başlatmak için son derece iyi bir gerekçen var, ortak bir zemin üzerinde bulunuyorsunuz, düşünsene biraz, engin ve farklı edebiyat bilgini ortaya dökebilirsin, haydi at kendini meydana, daha ne bekliyorsun?

"Demek ki siz de, hah hah, şu Polonyalı," diyorsun bir çırpıda, "hani şu başlayıp kalakalan kitap, bana söylediklerine göre siz de ve ben de aynen öyle, biliyor musunuz? Bir deneme yapacaktım, ama şundan vazgeçip bunu alıyorum, ne güzel bir rastlantı, ikimizin de aynı şekilde düşünmesi."

Eh, belki daha iyi toparlayabilirdin gene de esas konuyu dile getirebildin.

Şimdi sıra onda.

Gülümsüyor. Gamzeleri var. Daha da fazla hoşuna gidiyor.

"Ah gerçekten, güzel bir kitap okumayı öyle çok istiyordum ki. Baştan pek sarmadı, ama sonra hoşuma gitmeye başladı... Yarıda kaldığını görünce tepem attı. Üstelik yazar farklıydı. Öteki kitaplarından değişik olduğunu hissetmiştim. Meğer Bazakbal imiş. Bu Bazakbal da iyiymiş. Hiçbir kitabını okumamıştım," diyor.

Güven kazanmış bir edayla, onu da rahatlatarak, "Ben de," diyorsun.

"Anlatım tarzı benim beğenime göre biraz bulanık. Aslında okumaya başladığımda roman bana şaşkınlık yaşatırsa dert etmem, ama ilk izlenim olarak bir sis bulutuyla karşı karşıya kalırsam sis dağılırken benim okuma keyfimin de yitip gideceğinden korkarım."

Düşünceli bir tavırla başını sallıyorsun. "Gerçekten de böyle bir tehlike vardır."

"Beni her şeyin belirgin, somut, iyice vurgulanmış olduğu bir dünyaya sokan romanları okumayı severim," diyor genç hanım. "Olayların, kendi hayatımda önemsiz gibi görünen sıradan şeylerin bile başka türlü değil de belirli biçimde olduğunu bilmek bana özel bir keyif verir."

Katılıyor musun? Eh, durma söyle o halde. "Ah, evet o kitaplar, gerçekten onları okumaya değiyor."

O da şöyle diyor: "Neyse, bunun da ilginç bir roman olduğunu söyleyebilirim; bunu inkâr edemem."

Konuşmanın bu noktada tıkanmasına izin verme. Bir şeyler söyle, yeter ki konuş. "Çok roman okur musunuz? Öyle mi? Ben de , birtakım kitaplar okurum; daha çok roman dışı kitapları yeğlerim...." Bütün söyleyebileceğin bu mu? Ya sonra? Bitti mi? İşte o kadar. Şunu sormayı da mı akıl edemedin: "Peki ya şunu okudunuz mu? Ya bunu? Bu ikisinden hangisini daha çok sevmiştiniz?" İşte sizi yarım saat daha idare edebilecek bir konu buldun.

İşin kötüsü kız senden daha çok roman okumuş, özellikle yabancı yazarları tanıyor ve müthiş bir belleği var; romanlarda geçen belli olaylardan söz ediyor ve sana şunu soruyor: "Henry'nin teyzesi ne demişti hatırlıyor musunuz?" Üstelik bu konu senin ortaya attığın kitaplardan birindeydi; ama sen kitabın sadece başlığını biliyordun, o kadar ve bu kitabı okuduğunun sanılması hoşuna gitmişti. Şimdi yuvarlak yorumlarla bu badireyi atlatman gerektiği için pek umut vermeyen birkaç söz bulup söylüyorsun: "Bana biraz yavaş ilerliyor gibi gelmişti," ya da: "Alaycı bir yanı olduğu için hoşuma gitmişti." Kız bu sefer şöyle deyiveriyor: "Gerçekten öyle mi düşünmüştünüz? Ben buna katılmıyorum." Sen bu sefer bozum oluyorsun. Bir ya da en çok iki kitabını okuduğun için ünlü bir yazardan söz etmeye başlıyorsun; kız hiç duraksamadan yazarın külliyatını sıralamaya başlıyor ve hepsini mükemmel biçimde tanıdığı ortaya çıkıyor; eğer bazı konularda tereddüdü varsa bu daha fena, çünkü sana bir soru yöneltiveriyor: "Peki o ünlü kesik fotoğraf meselesi şu kitapta mıydı, bu kitapta mı? Hep karıştırıyorum." Kızın kafası karıştığı için sen bir tahmin yürütmeye kalkışıyorsun. Ama o, "Nasıl olur, ne diyorsunuz? Olamaz," yorumunu yapıyor. Eh, haydi ikinizin de kafasının karıştığını düşünüp kapatalım bu konuyu.

İkiniz de elinizde aynı kitabı tuttuğunuza göre en iyisi konuyu senin dün akşamki okuma macerana getirmek; kitap, yaşadığınız hayal kırıklığının bedelini ödemek zorunda. "Bu sefer düzgün ciltlenmiş, kusursuz bir kopya almışızdır, umarım," diyorsun; "gene en heyecanlı yerinde takılıp kalmayalım, hep olduğu üzere..." (Nasıl hep oluyor? Ne demek istiyorsun?) "Bu sefer keyifle sonuna kadar okuyabilmeyi dileyelim."

"Ah, evet," yanıtını veriyor. Duydun mu? "Ah, evet," dedi. Şimdi kanca atma sırası sende.

"Siz de kitaplarınızı buradan aldığınıza göre bir dahaki sefere gene karşılaşmayı umut ediyorum; o zaman okuduğumuz bu roman hakkında görüş alış verişinde bulunabiliriz." Kız, "Memnuniyetle," yanıtını veriyor.

Nereye varmak istediğini biliyorsun, ağını maharetle atıyorsun. "En komiği de şu olurdu: Biz Italo Calvino okuduğumuzu sanırken Bazakbal okuduğumuza göre, şimdi de Bazakbal okumak için kitabı açtığımızda Italo Calvino ile karşı karşıya gelebiliriz."

"Ah, hayır! İşte o zaman yayınevine dava açarız!"

"Bakın ne diyeceğim; neden birbirimize telefon numaralarımızı vermiyoruz?" (Sevgili okur, çıngıraklı yılan gibi çevresinde dönüp dolaşırken, senin varmak istediğin asıl nokta buydu!) "Böylece içimizden biri kendi kitabında bir bölümü bulamazsa ötekine sorabilir... İki kişi olunca bir kitabı tam olarak okuma şansımız daha yüksek olur."

Tamam, söyledin. Bir erkek okur ile kadın okur arasında kitap konusunda dayanışma, iş birliği, bağ oluşturulmasından doğal ne olabilir ki?

Bir erkek olarak hayattan bir beklentin olabileceği dönemi kapattığını düşünen sen, şimdi kitapçıdan mutluluk içinde çıkabilirsin. İki farklı beklenti sana yoldaşlık ediyor şimdi ve her ikisi de güzel umutlar dolu günler vaat ediyor: Birincisi –yeniden okumak için sabırsızlandığın– kitabın içeriği, ikincisi de bu telefon numarasının içerdiği ve ilk aramanda seni yanıtladığında duyacağın kâh keskin, kâh buğulu o ses tonuyla yüklü beklenti; kitabın hoşuna gidip gitmediğini sormak, senin kaç sayfa okuduğunu ya da okuyamadığını söylemek, yeniden görüşmek için teklifte bulunmak için fazla oyalanmadan hemen yarın ararsın onu.

Okur, senin kimliğini, yaşını, medeni halini, mesleğini, kazancını sormak gayet yersiz olur. Bunlar seni ilgilendirir, bak işine. Önemli olan, şimdi evinin huzurunda, kitaba gömülmek için kusursuz sükûneti yaratmaya uğraşırken ayaklarını bir uzatıp bir çekip yeniden uzatırken içinde bulunduğun ruh halindir. Ne var ki dünden beri bir şeyler değişti. Artık yapayalnız bir okumaya girişmiyorsun: Seninle aynı anda kitabını açan o kadın okuru düşünüyorsun; öyle ki şimdi okunacak roman üzerine, yaşanması olası bir roman biniyor: Şimdi senin onunla öykünün devamı söz konusu, daha doğrusu olası bir öykünün başlangıcındayız. Bak dünden bu yana nasıl değiştin; sen, somut, karşında duran, net olarak belirlenmiş, tehlikesizce tadını çıkarabileceğin bir şeyi, yani kitabı, her zaman kaypak, sürek-siz, tartışmalı bir şeye yeğlediğini savunurdun. Yani şimdi kitap bir araç, bir iletişim kanalı, bir buluşma noktasına mı dönüştü? Böyle olduğu için kitaptan daha az keyif alacağın anlamına gelmez bu: Tam tersine gücüne güç eklendi şimdi.

Bu kitabın da sayfaları tam açılmamış: Sabırsızlığın karşısında ilk engel belirdi. Güzel bir kitap açacağı ile sırlarına vâkıf olmaya girişiyorsun. Kararlı bir bıçak darbesiyle kitabın adının olduğu sayfadan ilk bölümün başlangıcına geçiyorsun. Ve derken...

Derken daha ilk sayfada elinde tuttuğun romanın dün okuduğunla hiçbir ilgisi olmadığını fark ediyorsun.

Malbork Kasabasının Dışında

Kitabı açmanla kızartma kokusunun havaya süzülmesi bir oluyor; daha doğrusu, yanmaya yüz tutmuş soğanın kavrulmasından yayılıyor bu koku; soğanın önce morlaşan, sonra kararan damarları vardır; özellikle kenarları kesilmiş soğan dilimlerinin uçları altın rengini almadan kararır; renkler ve rayihalar yelpazesini oluşturan, kömürleşmekte olan soğan usaresinin yavaş yavaş kızan yağın kokusuna karışmasıdır. Bunun kolza yağı olduğu belirtilen metinde her şey son derece kusursuz; nesneler ad dizimine ve ilettiği duyuma uygun, bütün yemekler mutfaktaki ocakta yerini almış, hepsi amaca tam yönelik kaplarda, sahanlarda, tavalarda, kazanlarda, hazırlıkların gerektirdiği unlamak, yumurta çırpmak, salatalıkları incecik doğramak, fırına konacak tavuğun içine domuz yağı parçacıkları doldurmak gibi işlemler yapılıyor. Burada her şey son derece somut, biçimli, güvenli bir uzmanlıkla gösterilmiş durumda ya da Sevgili Okur, uzmanlık sayesinde sana verdiği izlenim bu; çevirmen yiyeceklerin adlarını özgün dilinde olduğu gibi bırakmayı yeğlemiş; örneğin *schoëblintsjia* diyor, ama sen *schoëblintsjia* okuyunca *schoëblintsjia*'nın varlığı üzerine yemin edebilirsin; tadını net bir biçimde hissedebilirsin, hatta metinde nasıl bir tat olduğu vurgulanmamış olsa bile bunun kekremsi bir tat olduğunu düşünürsün, çünkü bu sözcük, ünleyişi ya da sadece görsel haliyle kekremsi bir tat iletiyor; bunun bir nedeni de rayihalar ve lezzetler ve sözcükler senfonisinde kekremsi bir notaya gereksinme duyman.

Yumurta yedirilmiş hamuru kıymayla yoğuran Brigd'in altın rengi çillerle örtülü kırmızı ve sert kolları beyaz una bulanmış, yer yer kıymalar yapışmış. Brigd'in belden yukarısı masaya eğilip kalktıkça eteğinin arkası birkaç santim açılıyor ve teninin daha da beyaz olduğu, tam ortasından mavi, ince bir damarın geçtiği baldır ile uyluk arasındaki bölüm görünüyor. İnce ince ayrıntılar, belirgin davranışlar biriktikçe kahramanlar canlanıyor; nükteler, konuşma parçacıkları artarken bunlara örnek olarak yaşlı Hunder şöyle diyor: "Bu yılki ürün, geçen seneninki gibi hoplatmıyor insanı" ve birkaç satır sonra kırmızıbiberden söz edildiğini anlıyorsun ve tenceredeki yemeği tahta kaşıkla tadıp içine bir çimdik kimyon ekleyen Ugurd Teyze "Her geçen sene daha az hoplayan sensin," yanıtını veriyor.

Her dakika yeni bir kahramanın ortaya çıktığını fark ediyorsun; bu koca mutfakta kaç kişi olduğunu anlayamıyorsun; boşuna saymaya gerek yok, çünkü Kudgiwa'ya gelip giden bizler her zaman kalabalık olurduk: Hesabı tutturmak olanaksızdır, çünkü herkesin farklı adları olabilir; duruma göre aynı kişiden vaftiz adıyla, takma adıyla, soyadıyla, aile adıyla hatta 'Jan'ın dul karısı', 'zahire dükkânının çırağı' misali sıfatlarla söz edilir. Önemli olan Bronko'nun kemirilmiş tırnakları, Brigd'in yanaklarındaki şeftali tüyleri gibi romanın vurguladığı fiziksel ayrıntılardır; davranışların yanı sıra bir de et tokmağı, dereotu kurutucusu, tereyağını lüle yapma bıçağı gibi şu ya da bu aletleri kullanan kişiler önce davranış ya da aletlerine ilişkin bir sıfat kazanırlar; bu yeterli olmadığı için haklarında daha fazla bilgi edinmek istenir; sözgelimi tereyağını lüle yapma bıçağının birinci bölümde de aynı bıçağı kullanan birinin karakterini ve kaderini belirlediği düşünülür; bu nedenle sen Sevgili Okur romanın ilerleyişinde bu kahraman karşına çıktığı zaman "Ah, şu tereyağını lüle yapma bıçağını kullanan kişi!" diye haykırmaya hazır ol; böylece yazarın başlangıçta tereyağını lüle yapma bıçağı ile özdeşleşen kişiye ilişkin olaylar ve eylemler yaratmasını sağlarsın.

Kudgiwa'daki mutfağımız günün her saatinde canının istediği yemeği pişiren insanlarla dolu olması için özel yaratılmış bir mekândı sanki; kimi nohut ayıklar, kimi yeşil sazanları turşu yapar, herkes bir şeylere sos döker ya da pişirir ya da bir şeyler yer, kimi gider, yerine başkası gelir, seherden geceye kadar bu böyle sürer giderdi; ben de o sabah erkenden aşağı inmiştim ve mutfak çoktan harıl harıl işlemeye başlamıştı, çünkü bugün diğerlerinden farklı bir gündü: Bir önceki akşam oğlunu yanına katan Bay Kauderer gelmişti ve bu sabah oğlunun yerine yanına beni katıp yeniden yola çıkacaktı. Evden ilk kez ayrılacaktım: Çavdar hasadı yapılana dek bütün mevsimi Bay Kauderer'in Pëtkwo kasabasındaki çiftlik evinde geçirecektim; böylece Belçika'dan ithal edilen yeni kurutma makinelerinin kullanımını öğrenecektim; Kauderer ailesinin en genci olan Ponko da bizim evde kalarak üvez ağaçlarını aşılama tekniğini öğrenecekti.

Evimin alışıldık kokuları ve sesleri o sabah bana elveda dercesine sarıyordu çevremi: O âna dek bildiğim her şeyi çok uzun bir süre için yitirmek üzereydim –bana öyle geliyordu– ve geri döndüğümde ben dahil olmak üzere artık hiçbir şey eskisi gibi olmayacaktı. Bu nedenle benimki sonsuza dek uzanan bir elvedaydı: Mutfağa, eve, Ugurd Teyze'nin *knödel*lerine elveda; bunun için senin ilk satırlarda yakaladığın somutluk duygusu, içinde aynı zamanda yitikliğin, çözülüp gitme sarhoşluğunun duygusunu da barındırıyordu; dikkatli bir Okur olduğun için ilk sayfadan başlayarak bunu da algılamış olduğunu fark ediyordun; yazının içindeki kesinliğin yanı sıra, gerçeği söylemek gerekirse her şeyin parmaklarının arasından sıyrılıp gittiğini hissediyordun; tabii bunun suçlusu çevirmen de olabilir diye düşünmüştün; çeviri her ne kadar tam bir sadakat yansıtsa da bu terimlerin –hangi dilse– özgün dilinde daha dolgun bir ifadesi olabileceğini seziyordun. Sözün özü, her cümle sana Kudgiwa eviyle aramdaki sağlam bağı ve onu yitirmenin hüznünü yansıtmayı amaçlıyordu, ama bununla da kalmıyordu: Öte yandan –belki henüz fark etmedin ama geriye dönüp düşünürsen aynen böyle olduğunu görürsün– ondan kopmam için itilmem, bilinmeze doğru koşmam, *schoëblintsjia*'nın kekremsi kokusundan uzağa savrularak yeni bir sayfa açmam, Aagd tepelerindeki sonsuz günbatımlarında, Pëtkwo'daki pazar günlerinde, Elma Şarabı Sarayı'nda yeni insanlarla tanışmak üzere yeni bir bölüme başlamam da bu satırlarda yer alıyordu.

Kısa kesilmiş kara saçlı, uzun yüzlü bir kızın resmi bir an için boşaltmakta olduğu bavuldan çıkar gibi oldu, ama Ponko onu hemen muşamba iş önlüğünün altına saklayıverdi. O âna dek bana ait olan, ama bundan sonra onun sayılacak olan güvercinliğin altındaki odada, Ponko bavuldan çıkardığı eşyaları, az önce boşalttığım çekmecelere yerleştiriyordu. Artık kapatmış olduğum bavulumun üstüne oturmuş sessizce onu seyrediyor, kenarından çarpıkça çıkmış çiviye mekanik olarak vuruyordum; dişlerimizin arasından hırıldadığımız bir selam dışında tek söz konuşmamıştık; olmak üzere olanı iyice kavramak için bütün hareketlerini dikkatle izliyordum; bir yabancı benim yerimi almak üzereydi, o ben oluyordu; sığırcık kuşlarımın durduğu kafes, stereoskop, çiviye takılı gerçek süvari başlığı, yanımda götüremediğim her şey ona kalıyordu; belki de benim nesnelerle mekânlarla insanlarla ilişkimdi onun olan; zaten ben de o olmak üzereydim, hayatına ait insanlar ve nesneler arasında onun yerini alacaktım.

O kız... "Kim o kız?" diye sorarken düşüncesiz bir davranışla oymalı ahşap çerçeve içindeki fotoğrafı alıp bakmak için elimi uzattım. Bizim yörenin hepsi yuvarlak yüzlü ve sarı saçları örgülü kızlarından farklı bir kızdı bu. Ansızın Brigd'i düşündüm, Ponko ve Brigd'in San Taddeo şenliğinde birlikte dans edişlerini görür gibi oldum; Brigd, Ponko'nun yün eldivenlerini onaracak, Ponko *benim* tuzağımla yakaladığı ağaç sansarını Brigd'e armağan edecekti. Ponko tam o anda "Bırak o resmi!" diye haykırdı ve iki koluma birden mengene gibi yapıştı. "Bırak dedim! Hemen!"

Resmin üstündeki 'Zwida Ozkart'ı hep hatırlaman dileği ile' yazısını okumayı başardım. "Zwida Ozkart kim?" diye sormamla burnuma bir yumruk yemem bir oldu; ben de yumruklarımı sıkarak Ponko'nun üzerine atıldım ve yerde yuvarlanmaya başlayınca birbirimizin kollarını bükmeye, dizlerimizle tekmeler atmaya, kaburgalarımızı kırmaya uğraştık.

Ponko iri kemikliydi; kolları ve bacaklarıyla sert darbeler indiriyordu; yere yatırmak için yakalamaya çalıştığım saçları köpek tüyü gibi sert bir fırçayı andırıyordu. Birbirimize dolandığımızda, bu dövüş sırasında bir dönüşüm olacağı, ayağa kalktığımızda onun ben, benim o haline gelmiş olacağımız şeklinde bir duyguya kapıldım; bu belki de yalnızca şu anda düşündüğüm bir şeydi ya da ben değil, Sevgili Okur sadece sen böyle düşünüyorsundur, hatta o anda onunla dövüşmek, onun eline düşmesin diye kendi kendime ve geçmişime sarılmak anlamına geliyordu; onu mahvetmek uğruna bile olsa aslında mahvetmek istediğim Brigd idi, çünkü Ponko'nun eline düşmesini istemiyordum; aslında Brigd'e âşık olduğumu hiç düşünmemiştim ve şu anda bile düşünmüyordum, ama onunla bir kez, sadece bir kez şimdi Ponko ile yaptığım gibi birbirimizi ısırarak sobanın arkasındaki turba kömürü yığını üstünde yuvarlanmıştık; şimdi, daha o zamandan onu ileride gelecek olan bir Ponko'ya kaptırmamak için kavga ettiğimizi anlıyorum; hem Brigd hem Zwida için savaşıyordum, daha o zamandan rakibime bırakmamak için geçmişimden bir şeyler koparmaya çalışıyordum; rakibim köpek saçlı olan yeni bendi; belki de daha o zamandan, geçmişte henüz tanımadığım kendimden geçmişime ya da geleceğime katacağım bir sırrı ele geçirmeye uğraşıyordum.

Okumakta olduğun sayfa sana ağır ve can yakıcı darbeleri, buna karşılık inen vahşi ve acı verici tokatları, kendi bedeninle bir başka beden üzerinde eylem koymayı, kendi gücünün ağırlığını ve kendini algılamanın kusursuzluğunu şekillendirmeyi ve hasmının sana bir ayna gibi yansıttığı imgeyi geri yansıtmayı aktarabilmelidir. Okuma sırasında edinilen izlenim herhangi bir yaşanmışlığın izlenimi karşısında yoksul kalıyorsa bunun bir nedeni de Ponko'nun göğsünü kendi göğsüm altında ezerken ya da kolumu sırtımın arkasına kıvırdığında direnç gösterirken hissettiklerimin, anlatmak istediğimi anlatabilmek için gereksinme duyduğum izlenimle aynı olmamasıdır; yani Brigd'in tutkulu sahiplenişi, genç kızın, Ponko'nun kemikli gövdesinden çok farklı olan etinin dolugunluğu ve aynı zamanda Zwida'nın tutkulu sahiplenişi, Zwida'da var olduğunu tahmin ettiğim yürek paralayıcı yumuşaklık, çoktan yitirdiğimi hissettiğim Brigd'in ve camaltı fotoğraftan ibaret olan Zwida'nın bedensiz varlığının sahiplenişi son derece farklı izlenimlerdir. Birbirinin eşi ve karşıtı olan erkek kol ve bacaklarının yarattığı kördüğümün boşluğunda beyhude yere sıkıca tutmaya çalıştığım o dişi hayaletler ulaşılmaz farklılıkları içinde yok olup gidiyorlar; aynı anda kendime, belki de evde benim yerime geçecek olan ya da ötekinden koparıp almaya çalıştığım öteki 'ben'e vurmaya çalışıyorum, ama sanki öteki çoktan benim ve başka her şeyin yerini almış ve ben bu dünyadan silinmişim gibi, aldığım darbeler ötekinin yabancılığından ibaret.

En sonunda öfkeli bir itişle hasmımdan sıyrılıp ayağa dikildiğimde dünya bana çok yabancı göründü. Odam, eşyalarımı koyduğum bavulum, küçük penceremin manzarası yabancıydı. Artık hiç kimseyle ve hiçbir şeyle ilişki kuramayacağımdan korkuyordum. Gidip Brigd'i aramak istiyordum, ama ona ne diyeceğimi, ne yapacağımı bilemiyordum; onun da bana ne demesini, ne yapmasını istediğimi bilmediğim gibi Zwida'yı düşünerek Brigd'e yöneliyordum: Aradığım çift-çehreli bir figür olan Brigd-Zwida idi; Ponko'dan uzaklaşırken fitilli kadife giysime bulaşmış –benim ya da onun, benim dişlerimden ya da Ponko'nun burnundan akan– kan lekesini tükürüğümle temizlemeye çalışan ben de çift-çehreli biri olmuştum.

Çift-çehreli biri olarak dikilirken büyük salonun kapısının ötesinde ayakta duran ve yatay bir el hareketiyle önündeki mekânı ölçen Bay Kauderer'i gördüm ve "Derken yirmi iki ve yirmi dört yaşlarındaki Kauni ve Pittö karşıma çıkıverdiler; kurt avında kullanılan kurşunlar, göğüslerini paralamıştı," deyişini dinledim.

Dedem, "İyi ama, ne zaman oldu bu?" diye sordu. "Bizim bir şeyden haberimiz olmadı."

"Yola çıkmadan sekizinci gün törenine katıldık."

"Ozkart ailesiyle aranızdaki sorunların bir süredir bittiğini sanıyorduk. Bunca yıl sonra lanet olası eski öykülerinizin üzerini güzelce örttüğünüzü düşünüyorduk."

Bay Kauderer'in kirpiksiz gözleri boşluğa dikilmişti; reçine sarısı yüzünde hiçbir şey oynamıyordu. "Ozkart ve Kauderer aileleri arasındaki barış bir cenazeden ötekine kadar sürer. Barış, ölülerimizin mezarı üstüne diktiğimiz ve üzerine 'Bunu bize Ozkart ailesi yaptı' yazdığımız taştır."

Sözünü sakınmayan Bronko, "Ya size ne demeli?" dedi.

"Ozkart ailesi de mezar taşlarına şöyle yazıyorlar: 'Bunu

bize Kauderer ailesi yaptı'." Sonra bir parmağını bıyığı üzerinde gezdirerek, "Ponko burada güvende olacak."

İşte o anda ellerini bitiştiren annem şöyle dedi: "Azize Meryem, ya bizim Gritzvi ne olacak? Ya ona da sataşırlarsa?"

Bay Kauderer başını salladı, ama annemin yüzüne bakmadı: "O bir Kauderer değil! Bitmek bilmeyen tehlike sadece bizim içindir!"

Kapı açıldı. Avludaki atların sıcak sidiğinden çıkan buhar, buz gibi havada yükseliyordu. Yamak, soğuktan morarmış yüzünü içeri uzatarak, "Araba hazır!" diye seslendi.

"Gritzvi! Neredesin! Çabuk ol!" diye bağırdı dedem.

Kadife paltosunu ilikleyen Bay Kauderer'e doğru bir adım attım.

3

Bir kitap açacağının yaşatacağı hazlar dokunsal, işitsel, görsel ve özellikle zihinseldir. Okumanın öncesinde, kitabın soyut bütünlüğüne ulaşmak için somut bütünlüğünü aşmak adına yapılan bir hareket vardır. Alt köşeden sayfaların arasına giren bıçak coşkuyla yükselir, birbirine kenetlenmiş lifleri ardı ardına biçerek yükseldiğinde düşey bir kesik atar –iyi yürekli kâğıt, bu ilk ziyaretçiyi şen ve dostane bir hışırtıyla kabul eder çünkü bu rüzgârın ya da bakışların çevireceği sayfaların müjdesi niteliğini taşımaktadır–; en büyük direnişi, hele ki çift sıraysa yatay kat gösterir çünkü gerisingeriye pek de çevik olmayan bir hareket ister, işte bu noktada derinden gelen notaların boğuk sesi duyulur. Kâğıtların kenarı dokunun paralanmasıyla yırtılır; 'bukle' denen incecikten bir talaş kopar; bunun, denizin kumla birleştiği noktada oluşan köpük kadar nazenin bir görüntüsü vardır. Sayfalar barikatını kılıç darbesiyle yararak açmak, sözcüğün içinde barındırdığı ve gizlediği düşünceyle yüz yüze gelmeni sağlıyor: Sık bir ormana dalmışçasına okumanın içinde ilerliyorsun.

Okumakta olduğun roman sana oylumlu, yoğun, ayrıntılı bir dünya sunmak istiyor. Okumaya daldıkça kitap açacağını cildin kalınlığı içerisinde mekanik olarak hareket ettirmeye başlıyorsun: Henüz birinci bölümün sonunu okumadın, ama açtığın sayfa sayısı çok daha fazla. Dikkatinin iyice yoğunlaştığı anda, can alıcı bir cümlenin ortasında sayfayı çeviriyorsun ve bembeyaz iki sayfayla yüz yüze geliyorsun. Bir yara kadar acımasız beyazlığa şaşkın şaşkın bakakalıyorsun, bunun kitaba ışık lekesi yansıtan görme bozukluğundan kaynaklandığını sanıp az sonra zebra gibi çizgi çizgi mürekkepten harflerle dolu dikdörtgenin yavaş yavaş yüzeyde belireceğini umut ediyorsun. Hayır, birbirine bakan iki karşılıklı sayfa gerçekten de el değmemiş bir beyazlık sergilemekte. Yeniden sayfayı çevirdiğinde olması gerektiği gibi yazılı iki sayfa çıkıyor karşına. Kitabı karıştırmayı sürdürüyorsun; her iki beyaz sayfayı iki yazılı sayfa izliyor. Beyaz, yazılı, beyaz, yazılı: Kitabın sonuna kadar böyle gidiyor. Büyük kâğıt tabakasının sadece bir yüzü basılmış, sonra tamammış gibi katlanıp ciltlenmiş. Duygu örgüsünün gayet sık olduğu roman ansızın dipsiz bir uçurumun öte yanında kalmış gibi oldu; yaşamın doluluğu aşağıdaki boşlukla vurgulanmak istenmiş adeta. Boşluğun üzerinden atlamayı, arkadan gelen ve kâğıt bıçağının ayırdığı sayfaların kenarı gibi saçaklanmış olan düzyazı parçacığına tutunmayı deniyorsun. Ne var ki yabancılık hissediyorsun: Kahramanlar ve mekânlar değişmiş, neden söz edildiğini anlamıyorsun. Hela, Casimir gibi kim olduğunu bilmediğin tiplerle karşılaşıyorsun. Başka bir kitabın söz konusu olmasından kuşkulanıyorsun; belki de *Malbork Kasabasının Dışında* adlı gerçek Leh romanı budur; okumuş olduğun başlangıç kim bilir hangisi olan, bambaşka bir romana aittir. Zaten Brigd ve Gritzvi gibi adlar sana pek de Polonya'yı çağrıştırmamıştı. Son derece ayrıntılı güzel bir atlasın var: Adlar dizininden önemli bir merkez olması gereken Pëtkwo'yu, bir nehir ya da göl olduğunu sandığın Aagd'ı arıyorsun. Sonradan yaşanan savaş ve barış anlaşmalarıyla başka ülkelere geçen bu mekânları uzak bir kuzey ovasında buluyorsun. Acaba Polonya'da da olabilir mi? Bir ansiklopediyi ve sonra da bir tarih atlasını inceliyorsun ve Polonya'nın bu durumla ilgisi olmadığını saptıyorsun; bu bölge iki dünya savaşı arasında bağımsız bir devletmiş: Kimmerya adlı bu ülkenin başkenti Örkko, ulusal dili Botno-Ugrik dil ailesine bağlı olan Kimmer diliymiş. Ansiklopedideki 'Kimmerya' maddesi hiç de avutucu olmayan cümlelerle sona eriyor: "Sonraki toprak paylaşımları sonucunda güçlü komşuları bu genç ülkeyi coğrafi haritadan sildi: Yerli nüfus yok oldu; Kimmer dili ve kültürü gelişme göstermedi."

Genç Okur Hanımı aramak, onun kitabının da seninki gibi hatalı olup olmadığını öğrenmek, toparladığın bilgileri ve varsayımlarını ona aktarmak için can atıyorsun... Tanıştığınızda cep defterinde adının karşısına yazdığın numarayı arıyorsun.

"Alo, Ludmilla? Farkında mısınız, bambaşka bir roman çıktı bu da, en azından benimki öyle..."

Telin öteki ucundan gelen ses sert ve biraz alaycı. "Hayır, bakın ben Ludmilla değilim. Ablası Lotaria'yım . (Zaten sana 'Ben yoksam ablam açar telefonu' demişti). Ludmilla yok. Ne vardı? Ne istiyordunuz?"

"Sadece bir kitaptan söz edecektim... Önemi yok, gene ararım."

"Bir roman mı? Ludmilla'nın elinde daima bir roman vardır. Yazarı kim?"

"İşin doğrusu, onun da okumakta olan bir Leh romanından söz ediyorum; Bazakbal adlı yazara ilişkin izlenimlerimizi konuşmak istemiştim."

"Nasıl bir Polonya romanı bu?"

"Eh, ben fena bulmadım."

Hayır, anlamadın. Lotaria, yazarın Çağdaş Düşüncenin Eğilimleri ve Bir Çözüm Bekleyen Sorunlar karşısındaki tutumunu merak ediyor. Ödevini kolaylaştırmak için sana arasına oturtman için Büyük Ustalar listesi sunuyor.

Kitap açacağı seni bembeyaz sayfalarla yüz yüze getirdiğinde yaşadığın duyguyu yeniden deneyimliyorsun. "Tam olarak bilemeyeceğim. Bakın aslında kitabın adından da, yazarından da emin değilim. Ludmilla size anlatacaktır; biraz karışık bir durum söz konusu."

"Ludmilla birbiri ardına romanlar okur, ama sorunları hiç gündeme getirmez. Bana sorarsanız büyük bir zaman kaybı. Sizce de öyle değil mi?"

Tartışmaya başlarsan peşini bırakmayacak gibi görünüyor. Daha şimdiden seni üniversitede kitapların Bilinçli ve Bilinçsiz Yönetmeliklere göre incelendiği bir seminere davet ediyor; Cinselliğin, Sınıfların, Egemen Kültürlerin dayattığı bütün Tabuların burada yıkıldığını söylüyor.

"Ludmilla da gidiyor mu?"

Hayır, anlaşıldığı üzere Ludmilla ablasının katıldığı etkinliklerle ilgilenmiyor. Oysa Lotaria senin katılacağına inanıyor.

Umut vermemeyi yeğliyorsun: "Bakalım, belki uğramaya çalışırım; gene de söz vermeyeyim. Bu arada kız kardeşinize onu aradığımı söylerseniz... Söylemezseniz de önemi yok, ben gene ararım. Çok teşekkür ederim..." Bu kadar yeter. Kapat artık.

Ne var ki Lotaria seni tutuyor: "Bakın, bir daha boşu boşuna burayı aramayın, çünkü burası Ludmilla'nın değil, benim evim. Ludmilla az tanıdığı insanlara benim numaramı veriyor; benim insanları savuşturmayı bildiğimi söylüyor."

Kırılıyorsun. Bir soğuk duş daha: Öylesine umut vaat eden kitap havada kalıyor; bir şeylerin başlangıcı olacağını sandığın telefon numarası da seni sınadığını sanan Lotaria ile çıkmaz bir sokağa dönüşüyor...

"Ah, anlıyorum... O halde özür dilerim."

"Alo? Ah, siz o kitapçıda karşılaştığım bey misiniz?" Şimdi farklı, *ona ait* bir sesin sahibi aldı telefonu. "Evet, ben Ludmilla. Sizin de mi sayfalar boş çıktı? Bunu beklemeliydik. Bu da bir tuzak. Tam sarmıştım, Ponko'nun, Gritzvi'nin geleceğini merak ediyordum..."

O kadar sevindin ki ne diyeceğini bilemiyorsun. "Zwida..." diyorsun...

"Nasıl?"

"Evet, Zwida Ozkart! Ben Gritzvi ile Zwida Ozkart arasında ne olduğunu merak ediyorum... Sizin hoşunuza giden romanlardan biri miydi bu?"

Kısa bir sessizlik oluyor. Sonra, Ludmilla'nın tam olarak tanımlanamayan bir şeyi ifade etmeye çalışırcasına yeniden söze başlayan sesi duyuluyor. "Evet, öyle, çok hoşuma gitti. Ama ben okuduğum şeylerin öyle ayan beyan ortada olmasından hoşlanmam, kim bilir neyin işareti olan, şimdilik ne olduğu bilinmeyen bir şeylerin varlığının belli belirsiz hissedildiği konuları yeğlerim..."

"Evet, bu anlamda ben de..."

"Gene de, burada da gizem unsurunun eksik olduğunu söylemeyeceğim..."

Sen de şöyle diyorsun: "Tamam, bakın bence buradaki gizem şuydu: Bu bir Kimmer romanı, evet Kim-mer; Leh bile değil, ama kitabın adı ile yazar bu olmamalı. Hiçbir şey anlamadınız mı? Bakın şöyle söyleyeyim. Kimmerya; nüfusu 340.000, başkenti Örkko; doğal kaynakları: turba ve alt ürünleri, zift bileşikleri. Hayır, bunlar romanda yazılı değildi..."

Hem ondan hem senden yana bir sessizlik oluyor. Ludmilla belki de almacı eliyle kapadı ve ablasıyla konuşuyor. Belki onun da Kimmerya'ya ilişkin düşünceleri vardı. Dikkatli ol; karşına ne çıkacağı belli olmaz.

"Alo, Ludmilla..."

"Efendim."

Sesin sıcak, inandırıcı ve ısrarcı: "Bakın Ludmilla, sizinle görüşmeliyim, bu konular, rastlantılar, tutarsızlıklar hakkında konuşmalıyız. Sizi hemen görmeliyim, her neredeyseniz, size neresi uygunsa hemen atlar gelirim."

O aynı sakinlikle yanıtlıyor: "Üniversitede Kimmerya yazını dersi veren bir profesör tanıyorum. Gidip ona danışabiliriz. Bir telefon edip bizi ne zaman kabul edebileceğini öğreneyim."

İşte üniversitedesin. Ludmilla, Profesör Uzzi-Tuzzii'yi çalıştığı bölümde ziyaret etmek istediğinizi bildirdi. Profesör telefonda Kimmer yazarlarla ilgilenen kişilere bilgi vermekten hoşnut olacağını dile getirdi.

Aslında sen Ludmilla'yı öncesinde görebilmeyi, onu evden alıp üniversiteye giderken eşlik edebilmeyi yeğlerdin. Telefonda bunu ona önerdin, ama o kabul etmedi, rahatsız olmana gerek olmadığını, o saatte başka işler nedeniyle oralarda olacağını söyledi. Pek becerikli olmadığını, üniversitenin dolambaçlı koridorlarında kaybolabileceğini, on beş dakika öncesinde bir kafede buluşabileceğinizi dile getirdin. Ama böyle de ikna edemedin: Doğrudan orada, 'Botno-Ugrik' diller bölümünde görüşecektiniz; zaten kime sorsan sana yerini gösterirdi. Sonunda Ludmilla'nın o yumuşacık görüntüsünün altında dizginleri elinde tutma, her şeye kendi karar verme isteğinin yattığını anlıyorsun: Peşinden gitmekten başka çaren yok.

Üniversiteye tam zamanında varıyorsun, merdivenlere oturmuş genç kızlarla delikanlıların arasından geçiyorsun; mağara adamlarının, kaygı verici mineral soğukluğunun efendisi olmak, onu tanıdık kılabilmek, kendine ait dahili mekâna dönüştürmek, yaşanmışlık katmak için mağaralarının duvarlarına resim yapmaları misali öğrenci ellerinin abartılı kocaman yazılar ve ayrıntılı graffitilerle süslediği asık suratlı duvarlar arasında şaşkın şaşkın dolaşıyorsun. Sevgili Okur, seni pek iyi tanımadığım için bir üniversite içinde umursamaz bir güvenlik duygusuyla mı yoksa eski ruhsal çöküntülerle mi dolaşıyorsun ya da derin düşünceler sonucu yapılmış seçimler nedeniyle bir üniversite, öğrenci ve öğretim üyeleriyle sana bir karabasan gibi mi görünüyor bilmiyorum. Her neyse, aramakta olduğun bölümden kimsenin haberi yok, zemin katından dördüncü kata yolluyorlar, açtığın her kapı yanlış çıkıyor, kafan karışık bir şekilde geri çekiliyorsun, o beyaz sayfalı kitabın içinde yolunu yitirdiğini ve buradan çıkamadığını sanıyorsun.

Uzun kazaklı bir delikanlı sarsak yürüyüşüyle karşıdan geliyor. Seni görür görmez parmağını uzatıyor ve: "Sen Ludmilla'yı bekliyorsun!" diyor.

"Nereden biliyorsunuz?"

"Anladım. Bir bakışta anlarım ben."

"Sizi Ludmilla mı yolladı?"

"Hayır, ama ben her daim her yerde dolaşırım, şuna buna rastlarım, şurada burada bir şeyler görürüm, sonra aralarında bağlantı kurmak kolay olur."

"Nereye gitmem gerektiğini de biliyor musunuz?"

"İstersen Uzzi-Tuzzii bölümüne götüreyim seni. Ludmilla ya biraz önce gelmiştir ya da az sonra gelir."

Bu insan canlısı ve her şeyden haberdar gencin adı Irnerio. O da 'sen' diye hitap ettiğine göre, sen de öyle yapabilirsin.

"Sen o profesörün öğrencisi misin?"

"Ben hiçbir şey öğrencisi değilim. Nerede olduğunu biliyorum, çünkü Ludmilla'yı almaya gidiyordum."

"O halde Ludmilla bu bölümün öğrencisi."

"Hayır, Ludmilla her zaman saklanacak yer peşindedir."

"Kimden saklanmak istiyor?"

"Herkesten."

Irnerio'nun yanıtları biraz kaçamak olsa da Ludmilla'nın

görmek istemediği kişinin ablası olduğu sonucunu çıkarıyorum. Randevusuna tam zamanında gelmediyse bunun nedeni o saatte dersi olan Lotaria ile koridorlarda karşılaşmamak içindir. Oysa sen, kız kardeşler arasındaki bu uyuşmazlığın istisnaları olduğunu hissediyorsun; en azından telefon konusunda böyle olmuştu. Bu bağlamda Irnerio'nun ağzından daha fazla laf alabilir, daha ayrıntılı bilgiye sahip olup olmadığını öğrenebilirsin.

"İyi ama, sen Ludmilla'nın mı arkadaşısın, Lotaria'nın mı?"

"Ludmilla'nın elbette. Ama Lotaria ile konuşmayı da beceriyorum."

"Okuduğun kitapları eleştirmez mi?"

"Benim mi? Ben kitap okumam ki!" diyor Irnerio.

"Ne okuyorsun o halde?"

"Hiçbir şey. Okumamaya öyle güzel alıştım ki, rastlantısal olarak elime geçen şeyleri bile okumam. Bu çok kolay değildir: Bize küçükten okumayı öğretiyorlar ve bütün bir hayatımız boyunca burnumuza dayadıkları yazılı malzemenin kölesi oluyoruz. Okumamayı öğrenmek için belki başlangıçta biraz kendimi zorlamış olabilirim, ama artık bana çok doğal geliyor. İşin sırrı yazılı sözcüklere bakmayı reddetmek değildir; tam tersine onlar yok olana dek dikkatle bakmaktır."

Irnerio'nun iri gözbebekleri açık renkli ve kımıl kımıl; ormanda doğmuş ve kendini avlanmaya ve yiyecek toplamaya adamış bir yerlininkine benzeyen bu gözlerden hiçbir şey kaçmayacağı besbelli.

"Öyleyse üniversiteye ne yapmaya geliyorsun, söyler misin bana?"

"Neden gelmeyeyim ki? İnsanlar gelip gidiyor, birileriyle karşılaşıyorum, konuşuyorum. Ben bunun için geliyorum, başkalarını bilemem."

Bizi dört bir yanımızdan kuşatmış olan yazı dolu bu dünyanın okumamayı öğrenmiş birine nasıl görünebileceğini anlamaya çalışıyorsun. Aynı zamanda Kadın Okur ile Erkek Okumaz arasında nasıl bir ilişki olabileceğini merak ediyorsun ve onları birlikte tutanın aradaki mesafe olduğunu fark edince kıskanmadan edemiyorsun.

Irnerio'yu biraz daha sorgulamak isterdin, ama artık ikincil bir merdivenden ulaştığınız, üzerinde "Botno-Ugrik Dil Ve Edebiyatı Enstitüsü" tabelası bulunan alçak bir kapıya vardınız. Irnerio kapıya sertçe vuruyor, sana "Hoşça kal" diyor ve oracıkta bırakıp gidiyor.

Kapı zar zor aralanıyor. Kapı pervazındaki badana lekelerinden, koyun kürküyle astarlanmış ceket sahibinin bereli başını uzatmasından, bölümün onarım yüzünden kapalı olduğu, içeride bir badanacı ya da temizlikçiden başka kimsenin olmadığı duygusuna kapılıyorsun.

"Profesör Uzzi-Tuzzii burada mı?"

Berenin altından soruna onay veren bakışlar, bir badanacıdan beklenecek bakışlardan çok farklı: Uçurumun karşı kıyısına atlamaya hazırlanan; aşağıya ve kenarlara bakmaktan kaçınarak kendini zihinsel olarak gözlerini diktiği karşı yakaya yansıtan bir kişi var karşında.

Ondan başkası olamayacağını anlasan da, "Siz misiniz?" diye soruyorsun.

Ufak tefek adam kapıyı aralık tutmakta direniyor. "Ne istiyorsunuz?"

"Özür dilerim, bir bilgi alacaktım... Size telefon etmiştik... Bayan Ludmilla... Bayan Ludmilla burada mı?"

"Burada Bayan Ludmilla diye biri yok..." diyerek geri çekilen profesör duvarlardaki raflarda sık çalılıklar gibi birbiri ardına dizili kitapları, kitap sırtlarında okunamayan yazıları işaret ediyor. "Onu neden bana soruyorsunuz?" Irnerio'nun söylediklerini hatırlayarak Ludmilla'nın burayı gizlenmek için kullandığını anımsıyorsun; Uzzi-Tuzzii el işaretiyle odasının küçüklüğünü göstererek sana adeta: 'Burada olduğunu sanıyorsan, gel de ara' demek isterken Ludmilla'yı içeride gizlemiş olabileceği kuşkuna karşı kendini savunmuş oluyor.

Her şey açık seçik olsun diye, "Aslında birlikte gelecektik," diyorsun.

Uzzi-Tuzzii, "Neden birlikte değilsiniz o halde?" diye soruyor ve bu gözlemi de ne kadar mantıklı olursa olsun kuşkulu bir hava taşıyor.

"Geç kalmayacaktır..." diye onu rahatlatmaya çalışıyorsun, ama sesindeki soru edasıyla Ludmilla'nın alışkanlıkları konusunda Uzzi-Tuzzii'den onay almak ister gibi görünüyorsun; sen Ludmilla'ya ilişkin hiçbir şey bilmezken onun çok daha fazla bilgiye sahip olma olasılığı var. "Profesör, siz Ludmilla'yı tanıyorsunuz değil mi?"

"Tanıyorum... Neden soruyorsunuz bunu bana? Ne bilmek istiyorsunuz?" Bunları söylerken sinirleniyor. "Siz Kimmer yazını ile mi ilgileniyorsunuz, yoksa..." Yoksa Ludmilla ile mi, diye sormak istediği belli, ama cümleyi bitirmiyor; sen de dürüst olmak için Kimmer romanıyla mı yoksa romanın Kadın Okur'u ile mi ilgilendiğini kendinin de bilemediğini söylemelisin. Kaldı ki profesörün Ludmilla adına verdiği tepki Irnerio'nun aktardığı sırlarla birleşince gizemli bir parıltı yaratıyor; Kadın Okur çevresinde, seni Zwida Ozkart'a bağlayandan farklı olmayan anlayışlı bir merak yaratıyor; aslında sen bu ilgiyi bir önceki gün okumaya başladığın ve şimdilik bir kenara koyduğun Bayan Marne'ye karşı da hissetmiştin; işte şimdi vardığın noktada hayalinin ve hayatının yarattığı bütün bu gölgelerin peşine düşmüş durumdasın.

"Ben size... Biz size bir Kimmer yazarına ilişkin sorular soracaktık..."

Ansızın dinginleşen Profesör, "Buyurun, oturun," diyor; belki de rastlantısal ve geçici kaygıları bünyesinde eriterek ortaya çıkan daha inatçı ve sabit bir kaygıya kapılmış olabilir.

Oda son derece küçük, duvarlar silme raf dolu, dar mekân, dayayacak duvar bulunamadığı için ortada duran bir kitaplık tarafından ikiye bölünmüş durumda; bu nedenle profesörün yazı masasıyla senin oturman gereken iskemle adeta bir paravanla bölünmüş gibi duruyor; onunla konuşmak için boynunu uzatıp bakman gerekiyor.

"Bu merdiven altını andıran yerde sıkışıp kaldık... Üniversite genişledikçe genişliyor, biz daraldıkça daralıyoruz... Yaşayan dillerin Külkedisiyiz biz. Tabii Kimmer dili hâlâ yaşayan bir dil olarak kabul edilirse... Ama zaten değeri de buradan kaynaklanıyor!" Profesör bu söylemiyle bir anda sönen coşkuyla alevleniyor, "Çünkü bu dil aynı anda hem modern hem de ölü bir dil sayılıyor... Kimse farkında olmasa bile ayrıcalıklı bir durum..."

"Az öğrenciniz mi var?" diye soruyorsun.

"Kim gelir sanıyorsunuz? Kimmerleri kim anımsar sanıyorsunuz? Bastırılmış diller arasında daha albenili olanlar var... Örneğin Bask dili... Brötanya dili... Çingene dili... Herkes bu dillerin bölümlerine yazılıyor... Maksat dil öğrenmek değil zaten, bunu isteyen yok... Dertleri sorunları tartışmak, başka ülkülere bağlayacak genel ülküler peşindeler. Meslektaşlarım da bu duruma uyum sağlıyorlar, akıntıya kapılıyorlar ve seminerlerine: 'Galler Sosyolojisi', 'Oksitanya Dili Psiko-Dilbilimi' gibi adlar takıyorlar."

"Neden?"

"Kimmerler, yeryüzü adeta onları yutmuş gibi ortadan yok oldular." Bütün sabrını toplamak ve yüz kez söylediği bir şeyi yinelemek istercesine başını salladı. "Burası ölü bir dilin, ölü bir yazının ölü bir bölümü. Bugün neden Kimmer dili öğrenmek istenir ki? Bunu ilk anlayan ve ilk dile getiren kişi benim: Gelmek istemiyorsanız, gelmeyin; bana kalırsa bu bölüm kapanabilir bile. Ama buraya gelip de şey yapmak istiyorlarsa... Hayır, bu kadarı da fazla artık."

"Ne yapmak?"

"Her şey. Ben neler görmek zorunda kalıyorum. Haftalarca kimse uğramıyor, ama biri geliyorsa onun derdi... İstediğiniz kadar uzak durabilirsiniz diyorum ben, ölülerin diliyle yazılmış bu kitaplar sizi ne ilgilendirir ki? Ne var ki, bunu mahsus yapıyorlar, haydi Uzzi-Tuzzii'ye gidelim diyorlar ve ben de ortada, olup biteni görmek zorunda, hatta katılmak durumunda kalıyorum..."

"....Neyi?" diye sorarken buraya gelen, burada belki Irnerio, belki başkalarıyla gizlenen Ludmilla'yı düşünüyorsun.

"Her şey... Belki bu hayat ve ölüm arasındaki belirsizlikte onları çeken bir şeyler vardır, belki hiç anlamasalar da hissettikleri budur. Buraya yapacaklarını yapmaya geliyorlar, ama seminere yazılmıyorlar, derslere devam etmiyorlar; kabristanın mezarlarına gömülmüş gibi bu raflara dizili duran Kimmer yazını ile kimsenin ilgilendiği yok..."

"Tam tersine benim ilgimi çekiyordu... Şöyle başlayan bir Kimmer romanı var mı diye sormaya gelmiştim... Durun, önce kahramanların adlarını söyleyeyim: Gritzvi ve Zwida, Ponko ve

Brigd; olaylar Kudgiwa'da başlıyor, ama burası belki sadece bir çiftlik adıdır, sonra sanırım Aagd üzerindeki Pëtkwo'ya taşınıyorlar...

"Ah, bunu hemen bulabilirim!" diye haykıran profesör bir saniye içersinde takıntılarından sıyrılıp bir lamba gibi ışımaya başlıyor. "Bu eminim yüzyılın ilk çeyreğinde yaşamış olan Kimmer dilinin umut vaat eden yazarlarından Ukko Ahti'den bize kalan tek roman olan *Sarp Yamaçtan Sarkarken* olacak... İşte!" Irmağın akıntılı yerinden fırlayan balık çevikliğiyle bir rafın belli bir noktasına uzanıyor ve yeşil ciltli ince kitabı eline alıp tozunu silkelemek için şöyle bir eline vuruyor. "Bu hiçbir dile çevrilmedi. Öylesine zorluklarla doludur ki, buna kimse cesaret edemedi. Şunu bir dinleyin: 'Bir kanıyı yönlendiriyorum...' Hayır: 'Kendimi yönlendirme eylemine ikna ediyorum...' Bu iki cümlede de fiilin şimdiki zaman olduğunu fark etmişsinizdir..."

Birdenbire bir gerçeği kavrıyorsun; irdelenmekte olan kitabın senin okumaya başladığınla hiçbir ilgisi yok. Bu son derece tuhaf bir ayrıntı olsa da, yalnızca bazı özel adlar iki romanda da aynı, ama bu konuda kafa yormuyorsun, çünkü Uzzi-Tuzzii'nin doğaçlama olarak yaptığı bu çetin çeviri, olayın ana hatlarını belirliyor; sözcük düğümleri bin bir zahmetle çözüldükçe kesintisiz bir anlatı ortaya çıkıyor.

Sarp Yamaçtan Sarkarken

Dünyanın bana bir şeyler söylemek, mesajlar, uyarılar, işaretler yollamak istediğine inanmaya başlıyorum. Pëtkwo'ya geldiğimden beri bunun farkına varıyorum. Her sabah limana yaptığım gündelik gezintim için Kudgiwa pansiyonundan çıkıyorum. Meteoroloji gözlemevinin önünden geçiyor, dünyanın yaklaşan hatta iyice yaklaşmış olan sonunu düşünüyorum. Dünyanın sonu belli bir yerle sınırlı kalacak olsa, burası kesinlikle Pëtkwo Meteoroloji Gözlemevi olurdu: Dört uydurma tahta kazık üstüne serilmiş teneke dam, bir raf üzerine dizilmiş olan ve sarkaç hareketindeki metal kalem ucuna karşı yavaş yavaş saat tik-takıyla dönen dereceli kâğıt rulolarıyla, kayıt edici barometreleri, nemölçerleri, ısıölçerleri koruyor. Belediye bahçesinin dik bayırının ucunda, durağan ve tekdüze inci grisi semaya karşı tek başına dikilen; yüksek bir antenin tepesindeki rüzgârgülü ve yağmurölçerin bodur hunisi gibi kırılgan gereçleriyle gözlemevi, kasırgalara kurulmuş bir tuzak, uzak tropik okyanusların hortumlarını çekmek için bir yem, boraların öfkesine kendini kurban eden bir zavallıydı.

Öyle günler var ki, gördüğüm her şey bana onlarca anlam yüklüymüş gibi geliyor: Başkalarına aktarmamın, tanımlamamın, sözcüklere dökmemin zor olacağı iletiler salt bu nedenle son derece önemli. Hem beni hem dünyayı ilgilendiren uyarılar veya belirtiler bunlar: Benden yana, varlığımın dış olayları değil içimde, ta derinlerde olup bitenler; dünyadan yana ise özellikle tek bir olay değil, genel olarak her şeyin varoluş hali söz konusu. Bu nedenle ufak tefek değinmeler dışında bu konuda konuşmakta çektiğim güçlüğü anlayabilirsiniz.

Pazartesi. Bugün cezaevinin penceresinden bir elin denize doğru uzandığını gördüm. Her zaman yaptığım gibi köhne kalenin arkasına varana dek limanın dalgakıranında yürüyordum. Eğik duvarları kalenin dört bir yanını örter; iki ya da üç kat demir parmaklıklarla korunan pencereler adeta kördür. İçeride mahkûmların kapatılmış olduklarını bilsem de, kale bana her zaman durgun doğanın, maden dünyasının bir parçası gibi görünmüştür. Bu nedenle sanki bir kayayı delerek çıkıyormuş gibi görünen el beni çok şaşırttı. Elin hiç de doğal olmayan bir duruşu vardı; pencerelerin hücre duvarlarının en yüksek noktasına gömülmüş olduklarını tahmin ediyorum; mahkûm elini açık havada sallayabilmek, kolunu onca demir parmaklık arasına sokabilmek için bir cambaz gibi kıvrılıp bükülmüş olmalı. Bu, mahkûmun ne bana ne bir başkasına işaret edişiydi; zaten ben de bunu öyle algılamadım; hatta o anda mahkûmları aklımdan bile geçirmedim; o elin gözüme aynı benimkiler gibi beyaz ve ince göründüğünü, bir kürek mahkûmundan beklenebilecek kabalığa sahip olmadığını söyleyeceğim. Bu işareti bana sanki taş yolluyordu: Taş, ortak bir öze sahip olduğumuz ve bu nedenle varlığımı oluşturan özelliklerin daim olacağı, dünyanın sonuyla ortadan yok olmayacağı konusunda beni uyarıyordu: Hayatın, benim hayatımın ve hiçbir anımın olmadığı çölde her zaman bir iletişim mümkün olacaktı. Size söylediklerim gerçekten önem taşıyan ilk kaydedilmiş izlenimlerimdir.

Bugün, aşağıda kurşuni denize uzanan ıssız kumsal parçasının göründüğü manzara seyirliğine geldim. Sırtları yüksek ve bombeli, sepet örgülü hasır koltuklar rüzgârdan korumak için yarım daire biçiminde dizilmiş halleriyle içinden insan türünün yok olduğu, nesnelerin de hep onların yokluğundan söz ettikleri bir dünyayı işaret eder gibiydiler. Sanki bir dünyadan ötekine yuvarlanıyormuş ve her birine dünyanın sonu geldikten az sonra varıyormuşçasına bir baş dönmesi hissettim.

Yarım saat sonra seyirlikten gene geçtim. Bana arkası dönük bir hasır koltukta leylak rengi bir kurdele uçuşuyordu. Yüksek burnun dik yamacından görüntü açısının değiştiği terasa kadar indim: Beklediğim üzere, sorkun siperliğin arkasına gizlenmiş hasır sandalyesinde beyaz hasır şapkası, dizlerinde resim defteri genç Bayan Zwida oturmaktaydı: Bir deniz kabuğunu resmetmekteydi. Onu görmek beni sevindirmedi, bu sabah karşıma çıkan bütün olumsuz işaretler onunla çene çalmamam gerektiğini haber vermişti, aslında yirmi günden beri kayalıklarda ve kumullarda yaptığım gezintilerde onu böyle tek başına görüyordum ve biraz konuşabilmek için can atıyordum, zaten her gün pansiyondan buraya inmemin nedeni buydu, ama her gün beni caydıracak bir şey oluyordu.

Bayan Zwida Deniz Zambağı Oteli'nde kalıyordu, zaten adını gidip otel kâtibinden öğrenmiştim, bu onun kulağına da gitmiş olmalı, bu mevsim Pëtkwo'da tatil yapmaya pek az kişi gelir, kaldı ki gençlerin sayısı bir elin parmağını geçmez, onunla böyle sık karşılaştığım için günün birinde kendisine selam vereceğimi umuyor olmalı. Olası buluşmamızı engelleyen nedenler birden fazla. En başta, genç Bayan Zwida deniz kabukları topluyor ve bunların resimlerini yapıyor; benim de yıllar önce yetişme çağımda güzel bir deniz kabuğu koleksiyonum vardı, ama sonra hiç ilgilenmedim ve sınıflandırma, biçim bilgisi, değişik türlerin coğrafi dağılımı gibi bilgilerin tümünü unuttum; Bayan Zwida ile konuşursak söz kaçınılmaz biçimde deniz kabuklarına gelecekti ve ben o zaman nasıl bir tutum içine gireceğime karar veremiyordum: Bu konuda kesinlikle cahilmiş numarası mı yapacaktım, yoksa uzak geçmişte ve belirsizlik içersinde yitip gitmiş bir deneyimden mi söz edecektim; bu deniz kabukları konusu, sonuçlandırılmayan ve yarı yarıya silinen şeylerden oluşan hayatımı yeniden gözden geçirmeme neden oluyordu, işte beni kaçmaya yönelten huzursuzluğum da bundan kaynaklanıyordu.

Buna ek olarak kızın deniz kabuklarını çizmesinde, dünyanın da ulaşabileceği, bu nedenle ulaşması gereken bir kusursuzluk arayışı içinde olması var; ben ise bir süredir, bunun tam tersine kusursuzluğun ayrıntısal ve rastlantısal olarak üretildiğine, bu nedenle ilgi görmeyi hak etmediğine, nesnelerin gerçek doğasının yalnızca çöküntü durumunda ortaya çıktığına inanır oldum; Bayan Zwida'ya yaklaştığımda onun resimlerine ilişkin birkaç yorum yapmam –görebildiğim kadarıyla son derece zarif çizim yapıyor– ve bu nedenle ilk anda aslında reddettiğim ahlaki ve estetik ülküye uygunluğunu dile getirmem gerekecek ya da ilk ağızda onu yaralamayı göze alarak duygularımı ortaya koyacağım.

Üçüncü engel şu: Hekimlerin önerisiyle geçirmekte olduğum bu deniz kıyısı dinlencesi sayesinde daha iyiye gitmiş olsa bile, dışarıya çıkmamı ve yabancılarla buluşmamı belirleyen koşul gene de sağlık durumum; ara sıra kriz tutuyor ve can sıkıcı mayasılımın azması yüzünden her türlü sosyalleşme hevesim yarıda kalıyor.

Gözlemevinde karşılaştığım zaman meteoroloji uzmanı Bay Kauderer ile iki üç kelime konuşuyorum. Bay Kauderer verileri toplamak amacıyla öğle saatlerinde buraya uğruyor. Uzun boylu ve sıska bu adamın Kızılderililer gibi kara bir suratı var. Sele üzerinde dengede durabilmek için bütün dikkatini yoğunlaştırması gerekirmişçesine dümdüz ileriye bakarak bisikletle yaklaşıyor. Bisikletini hangara dayıyor, gidona bağlı kesesini çözüyor ve içinden geniş, kısa yapraklı kayıt defterini çıkarıyor. Yüksek zemine tırmanan basamakları çıkıyor, aygıtların sağladığı rakamların kimini kurşunkalemle, kimini büyük bir dolmakalemle, ama dikkatini hiç dağıtmadan kaydediyor. Uzun pardösüsünün altına diz altından bağlanan bol pantolon giyiyor; bütün giysileri ve hatta kasketi bile gri ya da siyah beyaz kareli. Bütün işlemleri bitirdiği zaman, onu izlemekte olduğumu fark edip beni zarifçe selamlıyor.

Bay Kauderer'in varlığının benim için önemli olduğunun ayırdına vardım: Birilerinin hâlâ böylesine titiz ve düzenli bir özenle çalışıyor olması, bütün bunların yararsız olduğunu çok iyi bilsem de, üzerimde sakinleştirici bir etki yaratıyor; bu belki de, –vardığım sonuçlara karşın– bir kabahat olarak yorumladığım düzensiz yaşantımı dengeliyordur. Bu nedenle durup meteoroloji uzmanının çalışmasını seyrediyor, ilgimi çeken sohbetin kendisi olmasa bile, onunla çene çalıyorum. Bana elbette havadan söz ediyor ve bunu durum ve koşullara uygun teknik terimlerle yapıyor, basınç oynamalarının sağlık üzerine etkilerinin yanı sıra içinde yaşamakta olduğumuz düzensiz havalara da değiniyor ve buna örnek olarak yerel hayata ilişkin olayları, gazetede okuduğu haberleri gösteriyor. Bu anlarda ilk bakıştakine oranla daha dışa yönelik bir kişilik örneği sergiliyor, hatta hoşnutsuzluğa yatkın bir adam olduğundan çoğunluğun düşünme ve davranma tarzlarını onaylamadığını anlatırken iyice coşuyor.

Bay Kauderer bugün bana birkaç günlüğüne buradan uzaklaşmayı planladığı için verilerin toplanması işinde yerini tutabilecek birine gereksinme duyduğunu, ama güvenebileceği birini tanımadığını söyledi. Bu minvalde konuşurken meteoroloji aygıtlarını okumayı öğrenmek isteyip istemeyeceğimi sordu ve istersem öğretebileceğini çıtlattı. Ona evet ya da hayır demedim, en azından kesin bir yanıt vermekten kaçındım diyelim, ama kendimi sahanlıkta maksimum ile minimumun nasıl okunacağını, basınç hareketlerini, yağış miktarını, rüzgârların hızını okumayı öğrenirken buldum. Kısa bir süre içinde, neredeyse farkına bile varmadan önümüzdeki günlerde görevini üstlenme işini bana verdi, hatta ertesi gün saat on ikide işe başlamamı öğütledi. Kendime düşünme payı tanımadığımdan, ona bu kadar kısa sürede karar vermemin olanaksızlığından söz etmediğimden biraz dayatmayla üstlenmiş olsam da bu iş hoşuma gitmişti.

Salı. Bu sabah ilk kez Bayan Zwida ile konuştum. Meteorolojik verileri toplama görevim kararsızlığımı yenmemde etkili oldu. Şöyle ki, Pëtkwo günlerimde ilk defa önceden belirlenmiş ve savsaklayamayacağım bir sorumluluğum olmuştu; bu nedenle söyleşimiz nereye uzanırsa uzansın saat on ikiye çeyrek kala "Ah unutuyordum, hemen gözlemevine gitmem gerekiyor, çünkü verileri toplama zamanı geldi," diyecektim. Belki derin bir soluk alarak, belki de üzülerek, ama başka türlü davranamayacağımın verdiği güvenle ona veda edecektim. Bay Kauderer bu öneriyi getirdiği zaman bu görevimin Bayan Zwida ile konuşmamı sağlamakta payı olacağını bir önceki gün belli belirsiz sezmiş olmalıyım: Ama ancak şimdi durum benim için netleşti, en azından net olduğunu hissediyorum.

Bayan Zwida bir denizkestanesini resmediyordu. Rıhtımda, katlanan tabureye oturmuştu. Kayalığın üstünde ters duran denizkestanesi açılmıştı: Doğrulmak için boş yere dikenlerini oynatıp duruyordu. Kızın çizdiği resim yumuşakçanın nemli etinin ayrıntılı çizimiydi; kestanenin genişleyip büzüşmesi gölge ve ışık oyunuyla yansıtılmış, bütün çevresi de sık ve dik taramayla çevrilmişti. Biçiminde yanıltıcı bir uyum sergileyen, kılıfı doğanın gerçek özünü gizleyen deniz kabuklarına ilişkin olarak zihnimde tasarladığım konuşma şimdi duruma uygun düşmüyordu. Ortaya dökülmüş iç organlar misali, denizkestanesinin kendi gibi resmi de hoş olmayan, vahşi duygular uyandırıyordu. Ben de söze denizkestanesi çizmek kadar zor bir işin olamayacağını söyleyerek girdim: Hem dikenli kabuğun tepeden görünümü hem de alt üst olmuş yumuşakça, yapısının simetrik özelliğine karşın düzlemsel bir temsil için kolaylık sağlamıyordu. Bana verdiği yanıtta, bu resmin çiziminin özellikle ilgisini çektiğini, çünkü bunun sık sık rüyalarına giren ve bu nedenle kurtulmak istediği bir imge olduğunu söyledi. Vedalaşırken, ertesi sabah aynı yerde buluşup buluşamayacağımızı sordum. Ertesi gün için başka işleri olduğunu, ama bir sonraki gün resim defteriyle yeniden çıkacağını, o zaman karşılaşacağımızı söyledi.

Ben barometreleri denetlerken iki adam hangara yaklaştı. Onları daha önce hiç görmemiştim: Kara kara paltolar giymişler, yakalarını kaldırmışlardı. Bay Kauderer'in olup olmadığını sordular; sonra da nereye gittiğini, adresini bilip bilmediğimi, ne zaman döneceğini öğrenmek istediler. Bu konuda bilgim olmadığını söyleyerek kim olduklarını ve bunları neden sorduklarını sordum.

"Boş ver, önemi yok," diyerek yanımdan uzaklaştılar.

Çarşamba. Bayan Zwida'ya bir demet menekşe götürmek için otele gittim. Kâtip bir süre önce çıktığını söyledi. Rastlamak umuduyla uzun uzun dolaştım. Kalenin alanında mahkûm aileleri kuyruk oluşturmuştu: Bugün cezaevinin görüş günü. Başları örtülü kadıncıkların ve ağlayan çocukların ortasında Bayan Zwida'yı gördüm. Yüzü şapkasından sarkan kara bir tülle örtülüydü, ama tanınmaması olanaksızdı: Onurlu bir biçimde boynunu ve başını dimdik tutuyordu.

Bir önceki gün beni gözlemevinde sorguya tutan kara giysili iki adam, cezaevi kapısındaki kuyruğu denetlercesine alanın bir köşesine dikilmişlerdi.

Denizkestanesi, kara tül, iki yabancı: Kara renk dikkatimi çekecek biçimde farklı mekânlarda karşıma çıkıyordu: Ben bunu gecenin çağrısı olarak yorumluyorum. Uzun zamandan beri karanlığın varlığını hayatımda azaltmaya özen gösterdiğimi fark ettim. Hekimlerin gün battıktan sonra dışarıya çıkmamı engellemeleri nedeniyle aylardan beri dünyanın gün ışığı altındaki halini görüyorum. Ne var ki yalnız bu değil: Gün ışığında, bu yaygın, solgun, handiyse gölgesiz aydınlıkta geceninkinden çok daha yoğun bir karanlık buluyorum.

Çarşamba Akşam. Gün gelir de birileri okur mu bilmiyorum, ama her akşam, karanlığın ilk saatlerini bu satırları karalayarak geçiriyorum. Kudgiwa pansiyonundaki odamın cam fanusunun aydınlattığı el yazım, geleceğin bir okuru tarafından çözümlenmek için fazlasıyla sinirli. Belki bu günce ölümümden çok yıllar sonra gün ışığına çıkacak ve o zaman da bizim dilimiz kim bilir hangi değişimlere uğramış olacak; sıkça kullandığım sözcükler ve cümle yapıları köhnemiş, anlamları kaymış olacak. Gene de güncemi bulacak kişinin bana göre üstünlüğü olacak: Yazılı bir dilden sözlük ve dilbilgisi üretmek, cümleleri tekilleştirmek, uyarlamak ya da başka dile çevirmek her zaman olasıdır; oysa ben, gün içinde karşıma çıkan olayların birbirlerini izleyişinde dünyanın benden yana niyetlerini çözmeye çalışıyorum ve nesnelerde gizlenen karanlık imaların ağırlığını sözcüklere dökecek bir sözlük olmadığını bilerek el yordamıyla ilerliyorum. Havada süzülen bu önsezilerin ve kuşkuların beni okuyacak kişi tarafından yazdıklarımı anlama konusunda rastlantısal bir engel olarak değil, özün bizzat kendisi olarak algılanmasını isterim; düşüncelerimin akışı, onları izlemek isteyecek kişinin kökten değişim göstermiş zihinsel alışkanlıklardan yola çıkması nedeniyle kaypaklık etse bile, önemli olan nesnelerin satır aralarında beni bekleyen şeyin kaçamak anlamını okuyabilmek için gösterdiğim çabanın okura iletilebilmesidir.

Perşembe. "Yönetimin özel izni sayesinde," diye açıkladı Bayan Zwida, "görüş günlerinde cezaevine girebiliyor, resim kâğıtlarım ve kömür kalemimle görüşme odasında bir masada oturabiliyorum. Tutuklu yakınlarının yalın merhameti, gerçeğe dayalı incelemeler için ilginç özneler sunar."

Ona hiçbir şey sormamama karşın, bir önceki gün alanda gördüğümü fark etmesi üzerine, orada bulunmasının gerekçesini açıklama gereksinmesi duydu. Bana bir şey söylememesini yeğlerdim, çünkü konusu insan figürü olan resimler ilgimi çekmez ve bana gösterse bile onlara ilişkin bir yorumda bulunamam; zaten böyle bir şey olmadı da. Bu tür resimleri özel bir dosyada tuttuğunu, genç hanımın bunu iki ziyaret arasında cezaevi bürosunda bıraktığını düşündüm, çünkü dün –bunu çok iyi anımsıyorum– yanından hiç ayırmadığı resim albümü ve kalem kutusu elinde değildi.

Konuyu değiştirmek istediğim için kesin bir dille, "Resim yapmayı bilseydim sadece cansız nesnelerin biçimlerini incelerdim," dedim; kaldı ki nesnelerin kımıltısız mutsuzluğunda kendi ruh halimi bulmak konusunda doğal bir eğilimim olduğunu hissediyorum.

Bayan Zwida, duraksamadan benimle aynı görüşte olduğunu söyledi: Çizmeyi en çok istediği nesne balıkçı teknelerinde kullanılan "filika demiri" denen dört kollu çıpaymış. Rıhtıma bağlı teknelerin yanından geçerken bana birkaç örneğini gösterdi ve dört kolun değişik eğim ve açıdan çiziminin zorluğundan söz etti. Bu nesnenin bana bir mesajı olduğunu ve bunu çözmem gerektiğini anladım: Çıpa, bir yerde takılıp tutunup kalmam, yere basmam, bu yüzer gezer ve su yüzeyinde kalma durumumdan kurtulmam konusunda bir çağrı olabilirdi. Ne var ki bu yorumun uyandırdığı kuşkular da yok değildi: Belki de demir alıp denizlere açılmam gerekiyordu. Filika çıpası biçimindeki bir şey, dört çengelli diş, dipteki kayalara sürtünerek yıpranmış dört demir kol bana paralanmadan, acı çekmeden hiçbir kararın alınamayacağını hatırlatıyordu. Neyse ki söz konusu olan açık denizlerde kullanılacak ağır bir demir değil, küçük bir çıpaydı: Demek ki benden istenen gençliğin olanaklarından vazgeçmem değildi; bir an için mola vermem, düşünmem, içimdeki karanlığa sonda indirerek yoklamam gerekiyordu.

"Bu nesneyi bütün bakış açılarından keyfimce resmedebilmek için, dedi Zwida, "onunla yakınlık kurabileceğim biçimde yanımda tutabileceğim bir tanesine sahip olmam gerekiyor. Sizce balıkçı bana bir tane satar mı?"

"Sorabiliriz," dedim.

"Neden siz bir tane satın almıyorsunuz? Ben buna cesaret edemiyorum, çünkü kentli bir genç hanımın böyle kaba bir balıkçı aleti satın alması şaşkınlık yaratabilir."

Kendimi, ona çiçek demetiymiş gibi filika çıpası uzatırken görür gibi oldum: Görüntünün tutarsızlığı içersinde ters ve yabani bir şey vardı. Elbette gözden kaçırdığım bir anlam gizliydi bunda; üzerinde yeniden düşüneceğim konusunda kendi kendime söz verdikten sonra ona uysallıkla evet dedim.

"Palamarı da çıpaya bağlı olsun," diye belirtti Zwida. "Güzelce sarılmış bir halat yığınını çizerek saatler geçirebilirim. Bu nedenle uzun bir halat da satın alın: On, hatta on iki metre olsun."

Perşembe akşam. Hekimler, alkollü içkilere yavaş yavaş başlayabilmem konusunda izin verdiler. Bu haberi kutlamak üzere, bir kadeh sıcak rom içmek için gün batarken "İsveç Yıldızı" meyhanesine girdim. Barın çevresinde balıkçılar, gümrükçüler, hamallar vardı. Cezaevi gardiyanı üniformalı yaşlı bir adamın esrik laf salatasını herkese dinletmek için yükselttiği sesi ortama hâkim olmuştu: "Ve her çarşamba mis gibi parfüm kokan genç hanım, onu tutukluyla yalnız bırakmam için bana yüz kronluk bir banknot veriyor. Perşembe günü bu yüz kron çoktan lıkır lıkır içilen biraya gitmiş oluyor. Ziyaret saati bittiğinde genç hanım şık giysilerine sinmiş hapishane kokusuyla çıkıyor; tutuklu da hapishane kokusuna sinmiş parfümle hücresine dönüyor. Ben de bira kokumla baş başa kalıyorum. Hayat bir koku alışverişinden başka bir şey değil."

"Hayat ve ölüm de diyebilirdin," diye araya giren bir başka sarhoşun mezarcı olduğunu hemen anladım. "Ben bira kokusuyla üzerime sinen ölüm kokusunu yok etmeye uğraşıyorum.

Ve insanın üzerine sinen bira kokusunu da ancak ölüm kokusu temizleyebilir; mezarını kazdığım bütün içki meraklılarının sonu böyle oldu."

Bu konuşmayı tetikte olmam konusunda bir uyarı olarak yorumladım: Dünya parçalanıyor ve beni de kendi çözülmesinin içine çekmeye çalışıyor.

Cuma. Balıkçı ansızın durumdan kuşkulandı: "Peki ne işinize yarayacak bu? Bir filika demiriyle ne yapacaksınız ki?"

Patavatsız sorulardı bunlar; şöyle bir yanıt vermeliydim: "Resmini yapmak için," ama Bayan Zwida'nın, bunu değerlendirmekten yoksun ortamda sanatsal etkinliğini ortaya koymak konusundaki çekingenliğini biliyordum; kaldı ki, benden yana doğru yanıt şöyle olmalıydı: "Onu düşünmek için" ve bilmem ne anlardı bundan.

"Bu, benim bileceğim bir şey," dedim. Dün akşam meyhanede tanıştığımız için dostça bir sohbete başlamıştık, ama konuşmamız ansızın kabalaşmıştı.

"Denizcilik malzemeleri satan bir dükkâna gidin," diye kestirip attı balıkçı.

"Ben malımı satmıyorum."

Satıcıyla da aynı şey geldi başıma: İsteğimi belirtir belirtmez yüzü karardı. "Bu tip şeyleri yabancılara satamayız," dedi. "Polisle başımızın derde girmesini istemeyiz. Bir de on iki metrelik halat istiyorsunuz... Sizden kuşkulandığımdan değil, ama bir tutuklunun firarına yataklık için cezaevinin parmaklıklarına filika demiri fırlatmak ilk kez yaşanan bir şey olmayacaktır..."

"Firar etmek" sonu olmayan bir düşünce fırtınasına kapılmama neden olan birkaç sözcükten biridir. Bir çıpa arayışı içine girmiş olmam bana firarın, belki değişimin, hatta yeniden doğuşun yolunu işaret eder gibi. Ürpererek cezaevinin ölümlü bedenim olduğu, beni bekleyen firarın ruhun kopuşu anlamına geldiği, bunun yeryüzünden ırakta yaşanacak bir hayatın başlangıcı olarak yorumlanması gerektiği düşüncesini zihnimden uzaklaştırıyorum.

Cumartesi. Uzun aylardan sonra ilk kez gece vakti dışarıya çıkıyordum ve kolayca başımı üşütmeye meyilli olduğumdan bu durum beni tedirgin ediyordu; öyle ki çıkmadan önce başıma sadece gözlerimi ve ağzımı açıkta bırakan bir başlık geçiriyorum, bunun üzerine yün bir bere ve hepsinin tepesine fötr şapkamı takıyorum. Böyle örtünüp boynuma atkımı, belime yün şalımı sarıp, yün hırkamı, deri ceketimi, meşin kabanımı giyip, içi muflonlu çizmelerimi de ayağıma geçirince kendimi güvende hissediyorum. Hissedebildiğim kadarıyla ılık ve dingin bir geceydi. Ama Bay Kauderer'in büyük bir gizlilik içinde tarafıma yolladığı gizemli notla benimle gece yarısı mezarlıkta buluşmak istemesinin ardındaki nedeni anlayamıyordum. Geri geldiyse neden her zaman olduğu gibi gündüz görüşmüyorduk? Dönmediyse, ben mezarlıkta kiminle buluşmaya gidiyordum?

Mezarlığı çevreleyen demir parmaklığın kapısını "İsveç Yıldızı" meyhanesinde tanıdığım mezarcı açtı. "Bay Kauderer'i arıyorum," dedim.

"Bay Kauderer yok. Ama mezarlık, olmayanların evi olduğuna göre, buyurun," dedi.

Mezar taşları arasında ilerlerken telaşlı ve hışırtılı bir gölge bana değince fren yaptı ve bisikletinden indi. Bisikletinin fenerini yakmadan mezar taşları arasında dolaştığını görünce şaşırarak "Bay Kauderer!" diye bağırdım.

"Şşşşt!" diyerek beni susturdu. "Pek temkinsiz davranışlarda bulunuyorsunuz. Gözlemevini size emanet ederken firar girişiminde bulunacağınızı düşünmemiştim. Bizim bireysel firarlara karşı olduğumuzu bilmenizi isterim. Zamana zaman tanımak gerek. Yürüteceğimiz daha genel bir planımız var ve daha uzun bir süreçte gerçekleşecek."

Eliyle çevresini göstererek "Biz" deyince ölüler adına konuştuğunu sandım. Belli ki Bay Kauderer, beni henüz aralarına kabul etmeyen ölülerin sözcüsüydü. Su götürmez bir rahatlama hissettim.

"Biraz da sizin yüzünüzden yokluğumu uzatmak zorundayım," diye ekledi. "Yarın ya da daha sonraki gün karakoldan çağrılacak ve filika çıpası yüzünden sorguya çekileceksiniz.

Beni bu işe karıştırmamaya özen gösterin; unutmayın ki, komiserin bütün soruları, benle ilgili konuları size kabul ettirmeye yönelik olacaktır. Hakkımda tek bildiğiniz şey, yolculuğa çıktığım ve ne zaman döneceğimi söylemediğim. Birkaç günlüğüne verileri toplama işinde benim yerimi tutmayı kabul ettiğinizi söyleyebilirsiniz. Zaten yarından itibaren gözlemevine gitme işinden izinlisiniz."

Beklenmedik bir çaresizlik içinde, "Hayır, işte bu olamaz!" diye haykırdığımda, meteoroloji aletlerinin kontrolünün beni evrenin güçlerinin efendisi kıldığını ve onu düzene soktuğumu sanki o anda fark ediyordum.

Pazar. Sabah erkenden meteoroloji gözlemevine gittim, basamağa çıktım ve ayakta dikilerek göksel kürelerin müziğini dinlercesine kayıt aletlerinin tik-takına kulak verdim. Rüzgâr yumuşacık bulutları önüne katmış sabah göğünde esiyordu; bulutlar önce saçaklanıyor, sonra kümeleniyordu; saat dokuz buçuğa doğru beklenmedik bir yağmur indi ve yağmurölçerde birkaç santilitre yağmur suyu birikti; arkadan yarım gökkuşağı belirdi ve pek kısa sürdü; ardından gökyüzü yeniden karardı, basınçölçerin ibresi neredeyse düşey bir hat çizdi; gök gürledi ve ardından dolu yağdı. Ben öylece tepede dikilirken güneş açmasının, fırtınaların, şimşeklerin, sislerin elimde olduğunu hissediyordum: Bir Tanrı gibi değil, hayır beni deli sanmayın, kendimi yıldırım yağdıran Zeus değil, önünde önceden yazılmış partisyonları duran, enstrümanlardan yükselen seslerin bizzat onun bekçisi ve emanetçisi olduğu bir tasarıma uygun olarak yayıldığını bilen orkestra şefi gibi hissediyordum. Teneke saçak hızla yağan yağmurun altında davul gibi ötüyordu, rüzgârölçer fırıl fırıl dönüyordu; çatırtılardan ve sıçramalardan oluşan evren kayıt defterimde alt alta yazılan rakamlar olarak yorumlanabiliyordu; kıyamet planı üzerinde engin bir dinginlik egemen olmuştu.

O uyum ve yoğunluk anında bir çıtırtı nedeniyle aşağıya baktım. Yükseltinin basamaklarıyla hangarın direkleri arasında, sakallı ve yağmurdan ıslanmış çizgili mont giymiş bir adam çömelmişti. Açık renk gözlerini bana dikmişti.

"Kaçtım," dedi. "Beni ele vermeyin. Gidip birini haberdar etmeniz gerekiyor. Bunu yapar mısınız? Deniz Zambağı Oteli'nde kalıyor."

O anda, evrenin kusursuz düzeni içinde bir gedik, onarılması olanaksız bir çatlak açıldığını hissettim.

4

Yüksek sesle okuyan birini dinlemek, sessizlik içinde okumaktan çok farklıdır. Kendin okurken cümleler üzerinde durabilir ya da atlayabilirsin: Tempoyu ayarlayan sensindir. Oysa okuyan bir başkası olduğunda dikkatini onun okuma hızına uydurman zordur: Ses ya çok hızlı ya da çok yavaş ilerler.

Öte yandan bir başka dilden çevirerek okuyan birini dinlemek, sözcükler konusunda bir kuşkunun dalgalanmasına, belirsizlik ve geçicicilik konusunda bir ihtiyat payı bırakmana yol açar. Metin, sen okuduğun zaman öylece karşındadır, yüzleşmek zorunda olduğun bir şeydir, ama sana sesli olarak çevirdikleri zaman o hem olan hem olmayan, elinle dokunamadığın bir şey haline gelir.

Üstelik Profesör Uzzi-Tuzzii sözel çevirisine sözcükleri tam eşleştirme konusunda kendinden emin değilmiş gibi bir havayla başlamıştı; sözdizimindeki dağınıklığı düzeltmek istercesine her paragrafın başına dönüyor, bozukluğu tam olarak düzelene kadar elden geçiriyor, onları ezip büzüyor, çarçur ediyor, başka lehçelerdeki kullanımını ve açıklamalarını belirtmek için her sözcük üzerinde duruyor, sözcüklerin yakın eşdeğerleriyle yetinmeni istercesine davetkâr el hareketleri yapıyor, dilbilgisi kurallarını, etimolojik kökenlerini vurgulamak için mola veriyor, klasiklerden örneklemeler getiriyordu. Profesörün filolojiyi ve bilimsel bilgiyi, öykünün anlattığından daha fazla önemsediğine inandığın anda bunun tam tersinin doğru olduğunu fark ediyorsun: Bu akademik kılıf sadece öykünün söylediklerini ve söylemediklerini; havanın temasıyla çözülecek gibi duran içsel anlamını, dile getirilmeyen imalarda ve gölgelerde anımsanan, ama artık var olmayan bir bilginin yankısını korumaya yarıyor.

Metne, anlamlarının çoğulluğunu açıklamak konusunda yardımcı olmak için yorumsal ışığını tutmakta kendini zorunlu hissetmekle, her yorumun metinde zorbaca ve vahşice etki yarattığının bilincinde olmak arasında kendiyle çatışan profesör en karmaşık pasajlar karşısında anlamayı daha kolay kılmak için metni özgün dilinden okuyordu. Bu çok yabancı dilin, kuramsal kurallarından öğrenilmiş telaffuzu şimdiye dek bizzat konuşan kişilerin seslerinden hiç duyulmadığı için dile şekil veren ve dönüştüren vurguların izlerini taşımıyordu ve sanki soyu tükenmiş bir kuşun ötüşü veya ilk deneme uçuşunda gökyüzünde parçalanan daha yeni icat edilmiş bir jetin kulakları paralayıcı gürültüsü gibi yanıt beklemeyen seslerin mutlaklığını kazanıyordu.

Sonra, bu allak bullak olmuş okumanın cümleleri arasında yavaş yavaş bir şeyler kımıldamaya ve akmaya başladı. Romanın düzyazısı sesin kararsızlıkları karşısında üstün gelmişti; akışkan, saydam, sürekli bir hal almıştı; Uzzi-Tuzzii okumanın içinde bir balık gibi yüzüyor, el hareketleri (yüzgeç misali ellerini iki yana açıyor), dudak hareketleri (sözcükler hava kabarcıkları gibi çıkıyor), bakışları (gözleri deniz dibini tarayan balık gözleri ya da ışıklı akvaryum içinde yüzen balığı seyreden izleyici gözleri gibi sayfayı tarıyordu) buna eşlik ediyordu.

Artık senin çevrende fakülte odası, rafları, profesör yok: Romanın içine daldın, o kuzey kumsalını seyrediyor, hassas gencin adımlarını izliyorsun. Üstelik kendini öylesine kaptırmışsın ki, yanında beliren kişinin varlığını fark etmiyorsun bile. Gözünün ucuyla Ludmilla'yı görüyorsun. Oracıkta, tek formalık kitaplar yığını üzerine oturmuş, kendini romanın ilerleyişine kaptırmış biçimde kulak kabartmakta.

Acaba şu anda mı geldi yoksa başından beri okumayı dinliyor mu? Kapıyı çalmadan sessizce mi girdi içeriye? Yoksa daha önceden burada, rafların arasında gizlenmiş miydi? (Irnerio onun buraya saklanmaya geldiğini söylemişti. Uzzi-Tuzzii ise ağza alınmaz şeyler için buraya geldiğinden dem vurmuştu.)

Yoksa bu büyücü-profesörün sözlerinden yayılan sihirle mi görünür oldu?

Okumasını sürdüren Uzzi-Tuzzii sanki hep oradaymış gibi, yeni dinleyicinin varlığı karşısında şaşkınlık göstermiyor. Okuma esnasında, ötekilerden daha uzunca bir ara verilince "Ya sonra?" diye sorması üzerine bile şaşırmıyor.

Profesör kitabı ani bir hareketle kapatıyor. "Sonrası yok. *Sarp Yamaçtan Sarkarken* burada kesiliyor. Romanının bu ilk sayfalarını yazdıktan sonra Ukko Ahti ruhsal bunalıma girdi ve birkaç yıl içinde üç kez intihar girişiminde bulundu; dördüncü denemesinde ise öldü. Bu bölüm onun ölümünden sonra bir araya getirilen ve birkaç dağınık dize, bir özel günce ve Buda'nın yeniden ete kemiğe bürünmesi üzerine yazdığı denemenin de yer aldığı seçkide bulunuyordu. Ne yazık ki Ahti'nin bu olayı nasıl geliştirmeyi düşündüğüne ilişkin hiçbir müsvedde ya da taslak ele geçirilemedi. Tamamlanmamış olmasına karşın ya da salt bu nedenle *Sarp Yamaçtan Sarkarken* Kimmer düzyazısını en iyi temsil eden örnektir, ama bunu hem ortaya koyduğu hem de gizlediği, söylemeye çekindiği, kaçamak davrandığı, ortadan kaybolduğu haliyle başarmıştır."

Profesörün sesi adeta sönmek üzere. Onu görüş alanından ayıran sütunun ardında olup olmadığını kontrol etmek için başını uzatıyorsun, ama göremiyorsun; belki birikmiş olan dergi ve akademik yayınlar çiti arasından kayıp gitmişti, belki toza doymaz çatlaklar arasına sızacak kadar incelmişti, belki inceleme konuları üzerine karabasan gibi inen silip geçici yazgıya kapılmıştı. Ludmilla'ya destek olarak ya da ona tutunarak bu yarın kıyısında durabilmek istiyordun; ellerin kızın ellerini yakalamaya çalışıyordu...

"Bu kitabın devamının nerede olduğunu sormayın!" Raflar arasında belirsiz bir noktadan tiz bir çığlık geliyor. "Bütün kitaplar ötede devam eder..." Profesörün sesi bir alçalıp bir yükseliyor; kim bilir nereye kaybolmuştu? Belki yazı masasının altında yuvarlanmakta, belki kendini tavandaki lambaya asmaktaydı.

Uçurumun kıyısına kök salmaya çalışırken, "Nerede devam ederler?" diye soruyorsunuz. "Neyin ötesinde?"

"Kitaplar eşiğin basamaklarıdır... Bütün Kimmer yazarları bu eşikten geçmiştir... Bunun ardından ölülerin sözcük barındırmayan ve sadece ölülerin diliyle söylenebilecek şeyleri söyleyen dili gelir. Kimmer yaşayanların son dilidir... Ve eşiğin dilidir! İnsan buraya öteye kulak kabartmak için gelir. Dinleyin..."

Ne var ki siz ikiniz artık hiçbir şey dinlemiyorsunuz. Siz de birbirinize sokularak bir köşeye yapıştınız ve görünmez oldunuz. Yanıtınız bu mu? Yaşayanların da sözcüklerden oluşmayan, onunla bir kitap yazılamayan, ama saniye saniye yaşanan, kayıt edilemeyen, anımsanamayan bir dili olduğunu mu kanıtlamak istiyorsunuz? Önce yaşayan bedenlerin bu sözcük barındırmayan dili gelir, –Uzzi-Tuzzii'nin hesaba katmasını istediğin giriş bu mu?– sonra da kitapların yazıldığı ve o ilk dile boş yere çevrilmeye çalışılan sözcükler, sonra da...

"Kimmer edebiyatının bütün kitapları yarıda kalmıştır..." diye içini çekiyor Uzzi-Tuzzii, "çünkü öte tarafta sürüyorlar... Okuduğumuzu sandığımız kitapların bütün sözcüklerinin gönderme yaptığı öteki dilde."

"Sanmak mı? Neden: Sandığımız? Ben okumaktan gerçekten çok hoşlanırım..." Bu inançlı ve ateşli konuşmayı yapan Ludmilla idi. Açık renklerde, sade ve şık bir şekilde giyinmiş olarak profesörün tam karşısında oturuyor. Dünyada bulunuş, dünyanın ona sunabileceği şeylere karşı ilgi duyuş tarzı, kendi içine gömülerek sona eren intihar romanının o benmerkezci uçurumunu uzaklaştırıyor. Sesinde, ellerin arasından kayıp giden hayaletleri uzaklaştırarak, var olan şeylere tutunma, yazılmış olanı okuyup gerisini boş verme gereksinmene bir onay bulmayı umut ediyorsun. (Her ne kadar kucaklaşmanız – itiraf et– sadece senin hayal dünyanda gerçekleşmiş olsa bile, bu gene de her an gerçekleşmesi olası bir kucaklaşmadır.)

Ama Ludmilla senden daima bir adım önde. "Hâlâ okuyabileceğim kitapların var olduğunu bilmek hoşuma gidiyor..." Bunu söylerken güçlü arzusunun tanımasa bile, var olan, somut nesnelerle örtüşmesi gerektiğini hissettiriyor. Sürekli yenisini kovalayan, buna ek olarak henüz gözlerinin önünde durmayan, şimdilik var olmayan ama o istediğine göre var olmaması için bir neden bulunmayan kitapları bile okuyan bu kadına nasıl yetişeceksin?

Profesör oracıkta, yazı masasının başında oturuyor; masa lambasının ışık huzmesi altında görünen; havada duran ya da kitaba belli belirsiz dokunan elleri sanki henüz kapattığı yapıtı hüzünle okşuyor.

"Okumak," diyor, "her zaman şudur: Şurada yazıdan oluşmuş, nesnel, maddesel, değiştirilemeyen bir şey vardır, bu şey aracılığıyla var olmayan, manevi dünyaya ait, görünmeyen, sadece düşünülebilen, hayal edilebilen ya da bir zamanlar olmuş, ama artık olmayan, geçmiş, yitmiş, ulaşılamayan, ölüler dünyasında bulunan başka bir şeyle karşılaştırma yapmak mümkündür."

"...O belki şu anda burada değildir, çünkü henüz yoktur, arzulanan, korkulan, olası ya da olanaksız bir şeydir," diyor Ludmilla, "okumak, olmak üzere olan ve şimdilik kimsenin olacağını bilmediği bir şeye doğru ilerlemektir..." (İşte şimdi kadın okurun basılı sayfanın sınırı ötesinden kurtarıcıların ya da işgalcilerin gemilerini, fırtınaları yoklamak üzere uzandığını görüyorsun.) Şimdi okuyabilmeyi istediğim kitap, henüz oluşmamış gök gürültüsü misali yaklaşmakta olan bir öykünün hissedildiği, insanların yazgısının yanı sıra tarihselliği, henüz adı olmayan, şekillenmemiş bir kargaşayı yaşayarak var olunuyormuş duygusunu veren bir romandır.

"Aferin benim küçük kardeşime, bakıyorum ilerleme kaydediyorsun!" Raflar arasında uzun boyunlu, kuş yüzlü, sabit bakışlı, dört gözlü, kıvırcık saçları kabarık bir kız belirdi; geniş bir bluz, dar pantolon giymişti. "Aradığın romanı bulduğumu haber vermeye geliyordum; davetli olduğun o feminist devrim seminerinde işimize yarayacak olan kitap tam bu; incelemek ve tartışmak istersin diye düşündüm."

"Lotaria, yoksa sen!" diye haykırıyor Ludmilla, "Kimmer yazarı Ukko Ahti'nin bitmemiş romanı *Sarp Yamaçtan Sarkarken* kitabını bulduğunu mu söyleyeceksin?"

"Seni yanlış bilgilendirmişler Ludmilla, evet aynen o roman, ama bu tamamlanmamış değil, sonuna kadar gelmiş; Kimmer değil Kimber dilinde yazılmış, adı sonradan *Rüzgârdan ve Baş Dönmesinden Korkmadan* olarak değiştirilmiş; yazar kitabını takma bir ad kullanarak Vorts Viljandi olarak imzalamış."

"Bu düzmece bir durum!" diye bağırıyor Profesör Uzzi-Tuzzii. "Bu çok bilinen bir sahtekârlık olayıdır! Birinci Dünya Savaşı sonunda Kimmer karşıtı propaganda kampanyası sırasında Kimber milliyetçileri tarafından dağıtılmış düzmece belgeler söz konusudur!"

Lotaria'nın arkasında, duru ve sakin, belki de fazlasıyla duru ve sakin olduğu için biraz kaygı verici bakışlı genç kızların oluşturduğu falanjist birlik ilerliyor. Aralarından solgun yüzlü, sakallı bir adam öne çıkıyor; bakışlarında alaycılık, dudak kıvrımlarında hayal kırıklığı okunuyor.

"Şöhretli bir meslektaşımı yalanlamak zorunda kaldığım için üzgünüm," diyor, "ama bu metnin özgünlüğü, Kimmerlerin gizlemiş oldukları el yazmalarının ortaya çıkmasıyla kanıtlanmış oldu!"

Uzzi-Tuzzii, "Erul/Altay dilleri ve edebiyatı kürsünün yetkisini böyle kaba bir aldatmacasına teslim etmeni anlayamıyorum Galligani," diye inledi. "Üstelik o edebiyatla hiç ilgisi olmayan ve bölgesel intikam peşinde olan biri!"

"Uzzi-Tuzzii, rica ederim," diye karşı çıkıyor Profesör Galligani, "tartışmayı bu düzeye indirgeme. Kimber milliyetçiliğinin benim ilgi alanımın dışında olduğunu biliyorsun; Kimmer şovenizminin de senin ilgi alanının dışında olduğunu umuyorum. Bu iki edebiyatın ruhunu karşılaştırırsak aklıma gelen soru şu olur: Değerleri olumsuzlamakta kim daha ileri gidiyor?"

Kimber/Kimmer tartışması Ludmilla'nın umurunda değildi; şimdi onun tek derdi yarıda kalan romanın sürmesiydi. Sana, "Lotaria'nın söylediği doğru olabilir mi?" diye fısıldıyor. "Bu sefer haklı olmasını isterdim; profesörün bize okuduğu başlangıcın ne dilde olursa olsun devamı olmasını çok arzu ediyorum..."

"Ludmilla," diyor Lotaria, "biz çalışma grubumuzun yanına gidiyoruz. Eğer Viljandi romanı konulu tartışmayı izlemek istiyorsan, sen de gel. İlgisini çekiyorsa arkadaşını da davet edebilirsin."

İşte sen de Lotaria sancağı altına girdin. Grup, girdiği salonda bir masanın çevresine yerleşiyor. Sen ve Ludmilla,

Lotaria'nın elinde tuttuğu ve söz konusu romana benzeyen harap kitaba mümkün olduğunca yakın oturmak istiyorsunuz.

Lotaria söze, "Kimber edebiyatı bölümünden Profesör Galligani'ye teşekkür borçluyuz," diyerek söze başlıyor. "*Rüzgârdan ve Baş Dönmesinden Korkmadan* adlı yapıtın ender bir kopyasını yüce gönüllülükle bize sağladı ve seminerimize bizzat katılmayı kabul etti. Benzer disiplinlerin başka öğretim üyelerinin anlayışsızlığıyla karşılaştırma yaptığımızda onun bu açık tutumunun ne kadar hayranlık verici olduğunu vurgulamak istiyorum..." Lotaria bunu söylerken kız kardeşine bir bakış fırlatarak tartışmayı anıştıran sözlerinin etkisini kontrol ediyor.

Metni uygun bir çerçeve içinde incelemek üzere Profesör Galligani'den tarihsel bağlamlar vermesi isteniyor. "Sadece şunu hatırlatmakla yetineceğim," diyor, "Kimmer devletini oluşturan eyaletler İkinci Dünya Savaşı'ndan sonra Kimber Halk Cumhuriyeti'nin bir parçasını oluşturdu. Kimberler, sınır değişimi sırasında alt üst olan Kimmer arşivlerindeki belgeleri yeniden düzenlerken, Vorts Viljandi gibi hem Kimmer hem Kimber dilinde yazmış olan, ama sadece Kimmer dilindeki az sayıdaki yapıtı bu ülkece yayımlanan yazarın kişisel bütünlüğünü yeniden değerlendirdiler. Kimber dilinde yazılmış, nitelik ve nicelik olarak daha önemli olan yazılar Kimmerler tarafından gizli tutulmuştur; *Rüzgârdan ve Baş Dönmesinden Korkmadan* adlı dev yapıtın başlangıç bölümü Kimmer dilinde de Ukko Ahti adlı düzmece bir yazar imzasıyla yayımlanmıştır. İşin su götürmez yanı şudur ki, yazar, Kimber dilinde karar kıldıktan sonra gerçek esin kaynağına kavuşmuştur..."

"Romanın Kimber Halk Cumhuriyeti'ndeki değişken kaderi konusunu abartacak değilim," diye sürdürüyor profesör, "roman önce bir klasik olarak yayımlanıyor, sonra yurtdışına açılabilmesi için Almancaya çevriliyor (biz şu anda bu çeviriden yararlanıyoruz), sonra ideolojik düzeltme kampanyası sırasında harcanarak hem satıştan hem kitaplıklardan kalkıyor. Oysa bizim düşüncemize göre kitabın devrimci içeriği, gerçekten son derece ileri düzeydedir..."

Hem sen hem Ludmilla bu yitik kitabın, küllerinden yeniden doğuşunu görebilmek için sabırsızlanıyorsunuz, ama çalışma grubundaki kızların ve delikanlıların ödevlerinin dağıtılmasını beklemek zorundasınız: Okuma sırasında siyasi ve insani alan göz önünde tutularak, kimi üretim yöntemine ilişkin düşüncelerini, kimi somutlaştırma süreçlerini, kimi baskının yüceleştirilmesini, kimi cinselliğin anlambilimsel şifrelerini, kimi bedenin ötedillerini, kimi rollerin ihlalini not edecek.

Sonunda Lotaria pıyrım pıyrım kitabı açıp okumaya başlıyor. Dikenli teller, örümcek ağı gibi paralanıyor. Herkes sessizlik içinde dinliyor; siz ve ötekiler.

Ne var ki ilk andan dinlemekte olduğunuz şeyin ne *Sarp Yamaçtan Sarkarken* ne *Malbork Kasabasının Dışında* ne de *Bir Kış Gecesi Eğer Bir Yolcu* ile ilgisi olduğunu fark ediyorsunuz. Ludmilla ile sen, karşılıklı bir bakış fırlatıyorsunuz; hatta ilki sorgulayıcı, sonraki onaylayıcı iki bakış. Ne olursa olsun, bu da içine bir kez düştükten sonra durmaksızın sürdürmeyi isteyeceğiniz bir roman.

Rüzgârdan ve Baş Dönmesinden Korkmadan

Askerî arabalar sabahın beşinde kenti boydan boya geçti; bakkalların önünde ellerinde yağ kandilli fenerleriyle kadıncıklar kuyruk oluşturmaya başlamışlardı; Geçici Kurul'un farklı akımlarına mensup mangalarca gece boyunca duvarlara yazılmış propaganda sözlerinin boyası henüz kurumamıştı.

Orkestra üyeleri çalgılarını kılıflarına koyup yeraltından çıkarlarken hava yeşilimsi bir renk almıştı. 'Yeni Titania' müdavimleri topluca sokakta müzisyenlerin peşinden yürüyorlardı; rastlantının ve alışkanlığın bir araya getirdiği bu insanlar gece boyunca aralarında oluşmuş bağı bozmak istemez gibiydiler; tek bir öbek halinde yürüyen erkekler, yakaları kalkık parkalarının içinde bir kadavra havasına bürünmüş, dört bin yıldır gizli kaldıkları lahitten açık havaya çıkarıldıklarında bir anda un ufak olan mumyalara benziyorlardı; aynı anda bir heyecan dalgası bütün kadınlara bulaşmıştı, hepsi kendi havasında bir şarkı tutturmuştu, gece elbiselerinin açık yakalarını paltolarıyla örtmeye gerek duymamışlardı, kararsız dans adımlarıyla ilerlerken uzun etekleri çamurlarda sürünüyordu; bir önceki neşenin sönmesi, çökmesi üzerine tomurcuklanan yeni bir neşe dalgasının ortaya çıkması kesinlikle esriklikten kaynaklanıyordu ve sanki hepsi şenliğin henüz bitmemiş olmasını, müzisyenlerin bir süre sonra yolun ortasında durup çalgılarının kılıflarını açıp saksafonlarını ve kontrbaslarını ortaya çıkaracaklarını umar gibiydiler.

Kasketleri kokartlı, süngüleri takılı halk muhafız birliği üyelerince korunan eski Levinson Bankası önündeki gece kuşları, önceden sözleşmişçesine dağılmaya başlıyorlar, arkadaşlarıyla vedalaşmadan yollarına koyuluyorlardı. Geriye biz üçümüz kalıyorduk: Valerian ve ben iki yandan Irina'nın kollarına girerdik; kemerime takılı ağır tabancanın kılıfına yer bırakmak için ben her zaman Irina'nın soluna geçerdim; Ağır Sanayi Komiserliği'nde görevli olduğu için sivil giyinen Valerian ise tabancasını kuşandıysa -cepte taşınan yassı silahlardan olmalıydı onunki- sağa geçerdi. Irina bu saatte adeta donuk bir sessizliğe gömülünce içimize korku sinerdi -her ne kadar duygularımızı asla birbirimize söylememiş olsak da Valerian'ın da benim bu korkulu ruh halimi paylaştığından eminim- çünkü o zaman aslında kızın bizi sahiplendiğini düşünürdük; bizi içine aldığı büyülü çember kapandığı andan itibaren yapmamızı istediği şeyler ne kadar çılgınca olursa olsun, bunlar, duyuların keşfinde, zihinsel coşkunlukta, vahşette hiçbir aşırılıktan kaçınmaksızın hayalinde tasarladıklarının yanında hiç sayılırdı. İşin aslı şu ki, hepimiz çok gençtik, yaşamakta olduğumuz şeyler için fazlasıyla genç; biz erkeklerden söz ediyorum, çünkü Irina yaşça genç olsa da benzerleri gibi erken olgunlaşmıştı ve bize canının istediğini yaptırıyordu.

Irina, aklına gelmiş bir düşüncenin tadını çıkarıyormuşçasına gözlerinin içini saran bir gülümsemeyle, sessizce ıslık çalmaya başladı; derken ıslığının sesi arttı; bu, o zamanlar moda olan operetten alınma komik bir marştı ve bize neler hazırlamakta olduğundan biraz ürkerek ıslığımızla ona katıldık, kendimizi aynı anda hem kurban hem muzaffer hissederek karşı konulmaz bir mızıka takımına ayak uydurarak yürüyorduk.

Biz oradan geçerken, o dönemde kolera hastanesine dönüştürülmüş olan Sant'Apollonia Kilisesi'nin önünde derme çatma masalar üzerine yerleştirilmiş tabutların çevresine, mezarlığa götürecek arabalar gelene kadar insanların yaklaşmaması için kireç çemberler çizilmişti. Kilisenin önünde diz çökmüş dua eden yaşlı bir kadın vardı ve biz marşımızın coşkusuna kapıldığımızdan az daha onu eziyorduk. Bize doğru küçük, kuru, sarı ve kestane gibi buruşuk yumruğunu kaldırdı, öteki yumruğuyla kaldırıma dayanarak şöyle bağırdı: "Kahrolsun Efendiler!" Daha doğrusu şöyle dedi: "Kahrolsun! Efendiler!" Sanki gittikçe yükselen sesiyle iki ayrı beddua okuyordu bize; bize efendiler diyerek iki kez lanetlemiş oluyordu; sonra kendi lehçesiyle 'Kerhane Milleti' anlamına gelen bir şeyler söyledi ve şunun gibi bir şeyler ekledi: "Bitecek..." Ama tam o anda üniformamı fark etti ve sustu, başını öne eğdi.

Bütün ayrıntılarıyla anlatmamın nedeni bu beklenmedik olayın –hemen değil, ama daha sonra– yaşanacakların işareti olarak yorumlanmasıdır; bir de döneme ilişkin bütün bu görüntüler, kentten geçen ordu taşıtlarının (her ne kadar ordu taşıtı lafı tahminen bazı imgeler çağrıştırıyorsa da, belli bir belirsizliğin havada asılı kalması fena olmaz, bu dönemin karmaşasını pek güzel yansıtır), halkı ulusal borca omuz vermeye davet eden ve iki yapı arasına gerilen bez pankartlar, biri Kauderer silah fabrikasındaki grevin sonuna dek sürmesini, öteki ise kenti kuşatmak üzere olan devrim karşıtı ordulara karşı halkın silahlanmasını destekleyen iki rakip sendika merkezince düzenlendiği için karşılaşmaması gereken işçi kortejleri gibi bu sayfalardan geçmelidir. Bütün bu çapraz hatlar birbirleriyle kesişerek benim, Valerian'ın ve Irina'nın yürümekte olduğu, öykümüzün bir hiçlikten yeşerebileceği, bir hareket noktası, bir yön, bir akış bulabileceği mekânın sınırlarını belirlemelidir.

Irina'yı cephe, Doğu Kapısı'na on iki kilometre kala çöktüğü gün tanımıştım. On sekiz yaşının altında çocuklar ve yaşlı yedeklerden oluşan yurttaş milisleri – şimdilik kim için olduğu anlaşılmasa bile adı uğursuzluk çağrıştıran – Sığır Mezbahası'nın alçak yapıları çevresinde yerleşirken bir insan seli Demir Köprü'den kente akmaktaydı. Başında, içinden bir kazın boy gösterdiği sepetler taşıyan çiftçi kadınlar, kalabalığın bacakları arasında kaçışan öfkeli domuzlar, peşlerinden bağıra çağıra koşuşan çocuklar (askerler el koymadan önce bir şeyleri kurtarabilmek isteyen köylüler çocuklarını ve hayvanlarını bir bilinmezliğe sürükleyerek dağıtmaya bakıyorlardı), bölüklerinden firar eden ya da dağılmış kuvvetlerin kumandanını bulmaya çalışan yaya ya da atlı askerler, hizmetçilerden ve çıkınlardan oluşan kafilelerinin başında yürüyen yaşlı soylu hanımefendiler, sedyelerle yaralıları taşıyanlar, hastanelerden taburcu edilmiş hastalar, seyyar satıcılar, memurlar, keşişler, Çingeneler, eskide kalmış Subay Kızları Koleji'nin yolculuk üniforması giymiş gözbebekleri: Sanki coğrafi haritanın yırtıklarından, sınırları ve cepheleri paralayan çatlaklarından esen dondurucu ve nemli rüzgârın önüne katılmış gibi görünen kalabalık, köprünün demir parmaklıkları arasından oluk oluk akıyordu. O günlerde kente sığınmak isteyenlerin sayısı çok fazlaydı: Kimi isyanların, yağmalamaların yayılmasından korkuyordu, kimi de yeniden yapılandırıcı orduların yürüyüş yolu üzerinde bulunmak istemiyordu; kimi Geçici Kurul'un dayanıksız yasallığı altına sığınmak, kimi rahatsız edilmeden yeni ya da eski yasalarla başı belaya girmesin diye bu karışıklıkta saklanmak istiyordu. Herkes, kendinin hayatta kalabilme şansının tehlikede olduğunu hissediyordu ve dayanışmadan söz etmenin gayet yersiz kaçacağı bu noktada önemli olan dişinle, tırnağınla canını kurtarmaktı; gene de bir tür birlik ve anlaşma sağlanmıştı, bu nedenle kuvvetler engeller karşısında bir araya geliyorlar ve fazla söze gerek duymadan birbirlerini anlıyorlardı.

Bundan mıdır, yoksa gençliğin genel kargaşa içinde kendini bulması ve bunun tadını çıkarmasından mı bilmem, ama o sabah kalabalığa karışmış, Demir Köprü'den geçerken kendimi uzun zamandan beri olmadığım kadar mutlu ve hafif, başkalarıyla, kendimle ve dünyayla uyum halinde hissediyordum. (Yanlış sözcük kullanmış olmak istemem; düzelterek şöyle diyeyim: Kendimi başkalarının, kendimin ve dünyanın uyumsuzluğuyla uyum içinde hissediyordum.) Köprünün sonlarına yaklaştığımda, basamakların kıyıya ulaştığı, insan selinin yavaşladığı, daha yavaş inenleri –bacakları kesildiği için koltuk değnekleriyle basamakları teker teker inen sakatlar, nalları demir basamakların kenarından kaymasın diye geminden tutularak çapraz yürütülen atlar, yanında sepetçiği olan motosikletler (onlar arabalarından indirilmiş piyadelere söveceklerine Araba Köprüsü'nden geçselerdi daha iyi ederlerdi, ama bu, yolu bir mil uzatmalarını gerektirecekti)– arkadan itmemek için kendini itenlere direnç göstererek yolu tıkadıkları noktada tam yanımda yürüyerek aşağıya inen kadını fark ettim.

Etek uçları ve manşetleri kürklü bir palto giymiş, tül peçeli, üzerine bir gül kondurulmuş çan şeklinde bir şapka takmıştı:

İlk anda dikkatimi çektiği üzere genç ve hoş olmasının yanı sıra pek de şıktı. Onu yandan süzerken, gözlerini fal taşı gibi açtığını, eldivenli elini bir dehşet çığlığıyla açılan ağzına götürdüğünü, kendini geriye attığını gördüm. Hemen kolundan yakalamasaydım kesinlikle düşecek, fil sürüsü gibi ilerleyen kalabalığın altında çiğnenecekti.

"Kendinizi kötü mü hissettiniz?" diyorum ona. "Bana dayanın. Bakın bir şeyiniz yok.."

Kaskatı kesilmişti, tek bir adım bile atmıyordu.

"Boşluk, şu aşağıda boşluk," diyordu, "yardım edin, başım dönüyor..."

Görünürde başının döndüğüne işaret eden bir hali yoktu, ama kadın gerçekten paniğe kapılmıştı.

Onu sakinleştirmek için, doğru sözcüklerin bunlar olduğunu umarak, "Yere bakmayın, koluma tutunun, ötekileri izleyin, köprünün sonuna geldik bile," diyorum.

O da şöyle diyor: "Bütün bu adımların bir basamaktan kopup boşluğa yuvarlandıklarını, düştüklerini hissediyorum, düşen bir kalabalık..." ve yürümemekte ayak diriyor.

Demir parmaklıklar arasındaki boşluklardan beyaz bulutları andıran buz parçalarını sürükleyen ırmağın renksiz akıntısına bakıyorum. Bir an süren tedirginlikte onun hissettiklerini hisseder gibi oluyorum: Her boşluk boşlukta devam ediyor, ne kadar küçük olursa olsun her uçurum bir başka uçuruma açılıyor, her yar sonsuz bir derinlikle bütünleşiyor. Kolumu omzuna sarıyorum; inmek isteyen ve bize bağırarak, "Hey, bırakın geçelim! Gidin başka yerde kucaklaşın utanmazlar!" diye hakaret edenlerin itişlerine karşı koymaya çalışıyorum, ama toprak kayması misali bizi ezen bu insan selinden kurtulmanın tek çaresi adımlarımızı havaya atmak ve uçmak... İşte şimdi ben de kendimi bir uçurum kıyısındaymış gibi hissediyorum...

Belki de boşluk üzerindeki köprü bu öyküdür ve haberleri, duyumları, heyecanları öne sererek hem ortak hem bireysel bir başvuru zemini oluşturur ve bu zeminin tam ortasında, pek çok durumdan habersiz kalmayı sürdürerek tarihsel ve coğrafi bir yol açılabilir. Farkına varmak istemediğim boşluğu örten ayrıntılar bolluğu içinde kendime yol açıyorum ve hızla ilerliyorum; oysa bu arada öykünün dişi kahramanı itişen kalabalığın arasında, bir basamağın ucunda takılıp kalıyor; ben onu bir külçe gibi yüklenip basamak basamak indirip ayaklarını deniz kenarındaki kaldırım taşına bastırıyorum.

Kendini topluyor, gözlerini kibirli bir bakışla kaldırıyor, durmaksızın yürüyor, adımlarında kararsızlık okunmuyor, Değirmenler Sokağı'na doğru yöneliyor; peşinden yetişmekte zorlanıyorum. Öykü de peşinden yetişmekte, boşluk üzerinde inşa edilmiş bir diyalogu harf harf aktarmakta zorlanıyor. Öykü için köprü henüz bitmedi: Her sözcüğün altında bir hiçlik var.

"Geçti mi?" diye soruyorum.

"Önemli değil. Başım en beklemediğim anda, ufukta bir tehlike olmadığı zaman da dönüverir. Yükseklik ya da alçaklık değildir söz konusu olan... Göğe, geceye baktığımda, yıldızların uzaklığını düşündüğümde... Hatta gündüz de... Sözgelişi şuraya uzansam, gözlerimi tepeye diksem, başım döner..." Bunu söylerken rüzgârın itişiyle hızla sürüklenen bulutları gösterdi. Baş dönmesinden, çekimine kapıldığı bir dürtüymüş gibi söz ediyor.

Bana tek kelimeyle bile olsa teşekkür etmediği için hayal kırıklığı yaşıyorum. Şöyle bir yorumda bulunuyorum: "Burası ne gece ne gündüz yere yatıp gökyüzünü seyretmek için uygun bir yer değil. Bana güvenin çünkü bu işlerden anlarım."

Köprünün demir parmakları gibi konuşmamızda da replikler arasında boşluklar oluşuyor.

"Gökyüzüne bakmaktan anlar mısınız? Neden? Astronom musunuz siz?"

"Hayır, başka türlü bir gözlemciyim." Ona üniformamın yakasındaki topçu armasını gösteriyorum. "Bombardıman altında geçen günler boyunca şarapnellerin uçuşunu seyrettim." Bakışları armamdan, olmayan apoletlerime, sonra da kollarıma dikili, pek de gösterişli olmayan rütbe işaretlerime kaydı. "Cepheden mi geliyorsunuz teğmen?"

"Alex Zinnober," diyerek kendimi tanıtıyorum. "Bana teğmen denebilir mi, bilmiyorum. Alayımızda rütbeler iptal edildi, ama düzenlemeler sürekli değişiyor. Şimdilik kolumda iki şerit olan bir askerim, hepsi bu."

"Ben Irina Piperin, devrimden önce de böyleydim. Gelecekte ne olur, bilemem. Kumaşlara desen çizerdim, kumaşlar ortada olmadığı sürece havaya desen çizmeye devam edeceğim."

"Devrimle birlikte bazı insanlar tanınmaz derecede değiştiler, bazıları da kendilerini eskisinden daha fazla kendileri gibi hissediyorlar. Bu onların yeni zamanlara çoktan hazır olmuş olduklarını gösteriyor. Siz de öyle misiniz?"

Yanıt vermiyor. Ben de şunu ekliyorum: "Değişimlerden korunmak konusunda kendileri de bazı şeyleri yadsıyor olabilirler. Bu sizin durumunuza uyuyor mu?"

"Ben... Önce siz söyleyin, ne kadar değiştiğinizi düşünüyorsunuz?"

"Pek fazla değil. Bir zamanlar sahip olduğum saygı kurallarını koruduğumun farkındayım: Sözgelimi düşen bir kadını tutmak gibi; gerçi artık kimseler teşekkür etmez oldu ama..."

"Kadın, erkek hepimizin zayıf anları vardır; kaldı ki teğmenim az önceki nezaketinizin karşılığını vermeyeceğimi söylemedim." Sesinde pişmanlığı andıran bir burukluk var. Kentin alt üst olmuş görüntüsünü neredeyse unutturarak dikkati kendi üzerine yoğunlaştıran konuşma şimdi yarıda kalabilir: Aynı askerî taşıtlar alanın ve sayfanın ortasından geçiyor ve bizi ayırıyor ya da dükkânların önündeki her zamanki kadın kuyrukları ya da ellerinde pankart taşıyan her zamanki işçi kortejleri. Irina uzakta artık, güllü şapkası gri bereler, kasklar, eşarplar arasında süzülüyor; peşinden gitmeye çalışıyorum, ama o dönüp bakmıyor.

Generallerin ve milletvekillerinin adlarıyla dolu; ardından bombalamalar, cepheden çekilmeler, Kurul'da temsil edilen partilerin birleşmesi ya da bölünmesinden söz eden ve sağanak, dolu, bulut geçişleri, kuzey rüzgârları gibi iklimsel gözlemlerle ilgili çıkmalarla kesilen paragraflar geliyor. Gene de bütün bunlar benim ruh durumlarım için bir fon oluşturuyor: Kâh gelişmeler dalgasına keyifle bırakıyorum kendimi, kâh takıntılı bir resme yoğunlaşırmış gibi içime kapanıyorum; dört bir yanda yükselen kum torbaları ve (kent sokak sokak çarpışmaya hazırlanır gibi) farklı eğilimlere mensup olan kişiler tarafından, üzerlerine ucuz mürekkep ve süngersi kâğıt yüzünden yağan yağmurla okunmaz hale gelen afişlerin yapıştırıldığı kazıklı çitler gibi çevrede olup biten her şey beni örtmeye, gizlemeye yarıyormuş gibi hissediyorum.

Ağır Sanayi Komiserliği'ni barındıran görkemli yapının önünden her geçişimde kendi kendime şöyle diyorum: "Şimdi gidip arkadaşım Valerian'ı bulacağım." Buraya geldiğim günden beri bunu yineliyorum. Kentte sahip olduğum en sadık dostum Valerian. Ama her seferinde yetiştirmem gereken önemli bir iş yüzünden bunu erteliyorum. Görev başındaki bir asker için alışılmadık bir özgürlüğe sahibim: Görevlerimin ne olduğu da tam olarak açık değil; büyük devletlerin büroları arasında gidip geliyorum; ender olarak kışlada görünüyorum, sanki hiçbir birliğe organik olarak bağlı değilmişim gibi; beni masa başına çivilenmiş otururken gören de olmaz zaten.

Masasından hiç kalkmayan Valerian'ın tam tersine. Onu bulmak için yanına çıktığımda da masa başında buluyorum, ama pek hükümet işleriyle uğraşır gibi değil: Bir tabanca temizliyor. Beni görünce kötü tıraş edilmiş suratıyla kıkırdıyor. Şöyle diyor: "Demek ki sen de bizimle birlikte tuzağa düşmeye geldin."

"Ya da başkalarını tuzağa düşürmeye," diyorum.

"Tuzaklar iç içe geçmiş haldeler ve hep birlikte kapanıyorlar." Beni bir konuda uyarmak istiyor sanki.

Komiserlik bürolarının içinde bulunduğu büyük ve görkemli yapı bir zamanlar savaş zengini olan, ama devrimle mallarına el konan bir ailenin konutuydu. Gösterişli, ama zevksiz bir zenginlik yansıtan dekorasyon, kasvetli bürokratik mobilyalarla karışmış durumda; Valerian'ın bürosu kadın odalarına özgü Çin işi eşyalarla dolu: ejderhalı vazolar, lake sandıklar, ipek bir paravan.

"Bu pagodaya kimi düşürmeye niyet ediyorsun? Doğulu bir kraliçeyi mi?"

Paravanın arkasından bir kadın çıkıveriyor: kısa saçlı, gri ipek giysili, süt rengi çoraplı.

Kadın, "Devrimle eril düşler değişmiyor," diyor ve sesindeki saldırgan alaycılıkta Demir Köprü'de karşılaştığım kişiyi buluyorum.

"Görüyor musun? Her sözcüğümüzü dinleyen kulaklar var..." diyor Valerian gülerek.

"Devrim düşleri mahkûm etmez Irina Piperin," diyorum ona.

"Ve karabasanlardan da kurtarmaz," yanıtını veriyor.

Valerian araya giriyor: "Tanıştığınızı bilmiyordum."

"Bir düşte karşılaşmıştık," diyorum. "Bir köprüden düşüyorduk."

Kadın, "Hayır, herkesin farklı bir düşü vardır," diyor.

"Ve bir de bazı insanlar böyle güvenli bir yerde uyanıverirler, baş dönmesine karşı güvenlikli bir yerde..." diye ısrar ediyorum.

"Baş dönmesi her yerde olur." Valerian'ın söküp taktığı altıpatları alıyor, açıyor, iyice temizlenip temizlenmediğini anlamak istercesine gözünü namluya dayıyor, topunu döndürüyor, yataklardan birine mermi yerleştiriyor, gene topu çevirerek silahla gözüne nişan alıyor. "Dipsiz bir kuyuyu andırıyor. İnsan hiçliğin çağrısını, düşmenin, davet eden karanlığa ulaşmanın tutkusunu hissediyor..."

"Hey, silahla şaka olmaz!" diyorum ve elimi uzatıyorum, ama o altıpatları bana çeviriyor.

"Neden?" diyor. "Kadınlara yakışmaz, ama erkekler kullanabilir öyle mi? Gerçek devrim ancak kadınlar da silahlandıkları zaman gerçekleşecek."

"Peki erkekler silahsız mı kalacaklar? Bu, sana doğru geliyor mu yoldaş? Kadınlar silahlanıp ne yapacaklar?"

"Sizin yerinizi alacaklar. Biz üstte, siz altta olacaksınız. Kadın olmanın ne demek olduğunu siz de hissedeceksiniz biraz. Haydi, kımılda, öte yana geç, arkadaşının yanına git," diye buyururken, silahı hâlâ bana doğrultmuş durumda.

"Irina düşüncelerinden asla caymaz," diye beni uyarıyor Valerian. "Ona karşı çıkmak boşuna olur."

"Ya şimdi?" diyor ve bu şakayı sonlandırması için Valerian'a bakıyorum. Valerian Irina'ya bakmakta, ama bu adeta transa girmiş gibi yitik bir bakış; kadının zorbalığına boyun eğmenin hazzını bekleyen biri gibi mutlak bir teslimiyet içerisinde.

Askerî Komutanlık emrindeki motosikletlilerden bir tanesi elinde evrak dosyasıyla giriyor. Kapının açılmasıyla Irina görünmez oluyor. Valerian da hiçbir şey olmamışçasına işlerine bakıyor.

"Ama söylesene..." diyorum mümkün olan ilk anda, "Bu yapılacak şaka mı?"

Gözlerini kâğıtlardan kaldırmadan, "Irina şaka yapmaz," diyor, "göreceksin."

İşte o andan başlayarak zaman biçim değiştiriyor, gece genleşiyor, biz ayrılmaz üçlünün boydan boya katettiği kentte geceler tek bir geceye dönüşüyor, bu tek gece Irina'nın odasında hem gizli kalması gereken hem de ifşa edilen, meydan okuyan bir sahneyle doruğa ulaşıyor; o gizil ve kurbanlık yüklü mezhebin töreninde Irina aynı anda hem ayini yöneten, hem ilahe, hem günahkâr, hem kurban rolü oynuyor. Öykü yarıda kesilen akışını sürdürüyor, şimdi aşması gereken mekân yüklü mü yüklü, yoğun, boşluğun dehşetine en ufak bir aralık bırakmıyor, geometrik desenli perdeler, yastıklar arasında çıplak bedenlerimizin, Irina'nın sıska bedeninde şöyle böyle yükselen memeleriyle, daha dolgun bir göğüs üzerinde güzel duracak esmer meme başlarının, ikizkenar üçgen biçimindeki dar ve keskin çatı kemiğinin kokusu ortama siniyor (Onu bir kez Irina'nın çatı kemiğiyle özdeşleştirdiğim için 'ikizkenar üçgen' sözü öyle bir cinsellik yükleniyor ki, bunu artık dişlerimi birbirine çarpmadan ağzıma alamıyorum). Sahnenin ortasına yaklaştıkça çizgiler bükülmeye başlıyor; dükkânı, afyonkeş mekânı olarak nam saldığı için ahlak budalası kalabalık tarafından yağmalanan Ermeni bakkaldan alınmış, ne odu ne kokusu kalmış tütsülerin mangaldan yükselen dumanı gibi dolambaçlı bir hal alıyor; gene bu çizgiler, birbirine dolanarak görünmez bir ip gibi bizi birbirimize bağlıyor, biz kurtulmak için kıvrandıkça düğümleri sıkışıyor, tenimize batıyor. İşte bu kördüğümün ortasında, bizim bu gizli birlikteliğimizin yarattığı dramın ortasında, içimde taşıdığım bir giz yatıyor, bunu kimselere açamam, hele hele Irina ve Valerian'a asla söyleyemem, çünkü yüklendiğim gizli bir görev söz konusu: Devrimci Komite'ye sızan, kenti Beyazlar'ın eline düşürmek üzere olan casusun kim olduğunu belirlemem gerekiyor.

O rüzgârlı kış günlerinde kent sokaklarını kuzey yeli gibi süpürüp geçen devrimlerin ortasında bedenlerin ve cinsiyetlerin güçlerini dönüştürecek olan gizli devrim doğmak üzereydi: Irina buna inanıyordu ve sadece bir bölge yargıcının oğlu, ekonomi politik mezunu, Hint ermişlerinin ve İsviçreli teozofların izdeşi, akıl sınırları içinde olan her doktrinin müridi olmaya yatkın Valerian'ı değil; çok daha katı bir okuldan gelen, geleceğin Beyazlar'ın Sıkıyönetim Mahkemesi ve Devrimci Mahkemesi arasındaki kısacık sürede belirleneceğine, iki ölüm mangasının iki yanda silahlarıyla beklediğine inanan beni bile ikna etmişti.

Ritmin değil, yılankavi hatların düğümlenip çözüldüğü aheste bir dans içinde Irina'nın huzursuz, serbest kol ve bacaklarının kıvrılışını izleyerek, çizgilerin yılan gibi deri değiştirdiği sarmalın merkezine doğru sürüngen hareketlerle sızarak sokulmaya çalışıyordum. Irina'nın iki eliyle başlarını yakaladığı iki yılan, onun bu sıkıştırmasıyla azıp bir şeyin içine dümdüz girme yeteneklerini zorlayarak tepki gösterirlerken, kadın tam tersine, içlerindeki yüksek gücün olsa olsa olanaksız kıvranmalarla kendisini yakalamak için bükülen sürüngen yumuşaklığına eşit olduğunu düşünüyordu.

Çünkü Irina'nın kurduğu mezhebin ilk ilkesi şuydu: Bizler, taraftarlık çizgisi dümdüz ve düşey olan partiden, kıskançlıkları ya da her türden üstünlüğü göz ardı eden bir kadının kölesi olma koşulunu kabul etmemize rağmen hâlâ peşimizi bırakmayan, hayatta kalmayı başarmış olan berbat erkek gururundan feragat etmeliydik. "Aşağıya," diyordu Irina ve eliyle Valerian'ın başını bastırıyor, parmaklarını genç ekonomistin üstüpü kırmızısı yünümsü saçlarına daldırıyor, yüzünü karnından yukarı kaldırmasına izin vermiyordu, "daha aşağıya!" ve bu arada elmas gözleriyle bana bakıyor, ona bakmamı istiyor, bakışlarımızın da dönemeçli ve kesintisiz yollarda ilerlemesini istiyordu. Beni bir an terk etmeyen bakışını hissediyordum, aynı anda üzerimde beni her an ve her yerde izleyen başka bir bakışı, benden tek bir şey bekleyen görünmez bir gücün bakışını hissediyordum: Benden beklediği şey ölümdü, kimin başına geleceğinin önemi yoktu, ister başkalarının olsundu, ister kendi ölümüm.

Irina'nın bakışlarıyla boynuma attığı kementin gevşeyeceği ânı bekliyordum. İşte şimdi gözlerini ağır ağır kapıyor, işte onu gölgeye, yastıkların divanın mangalın arkasına, Valerian'ın giysilerini her zamanki gibi derli toplu bıraktığı yere sürüklüyorum, Irina'nın yarı yarıya kapalı kirpiklerinin gölgesine kayıyorum, Valerian'ın ceplerini, cüzdanını karıştırıyorum, kızın kapalı göz kapaklarının karanlığına, boğazından fırlayan çığlığın karanlığına saklanıyorum, çelik uçlu kalemle adımı ihanet yüzünden ölüme mahkûm ibaresiyle yazdığı ve imzaladığı, imzalattığı, kurala uygun olarak mühürlettiği dörde katlanmış kâğıdı buluyorum.

5

Tartışma bu noktada açılıyor. Olaylar kişilikler ortamlar izlenimler genel kavramlara yer açmak için bir kenara itiliyor.

"Çok biçemli – yoldan çıkmış arzu..."

"Pazar ekonomisi yasaları..."

"Anlamlı yapıların türdeşliği..."

"Sapkınlık ve kurumlar..."

"İğdiş etme..."

Sadece ikiniz, sen ve Ludmilla öylece kalakaldınız, oysa artık kimsenin içinden okumayı sürdürmek gelmiyor.

Lotaria'ya yaklaşıyorsun, elini önündeki dağınık kâğıtlara uzatıyorsun ve "İzninizle alabilir miyim?" diye sorarak romanı sahiplenmek istiyorsun. Ama bu bir kitap değil ki, yırtık pırtık beş yaprak. Ya devamı?

"Bağışlayın, öteki sayfaları, devamını arıyordum," diyorsun.

"Devamı mı? Ah, bu kadarında bile bir ay tartışılacak malzeme var. Bu yetmedi mi sana?"

"Tartışmak değil, okumak için istemiştim..." diyorsun.

"Bak pek çok çalışma grubu var, Erul-Altay Bölümü'nün elinde tek bir kopya vardı; bu nedenle bölüştük, ama biraz çekişmeli bir bölüşme oldu; kitap parçalandı, ama sanırım en iyi kısmı ben ele geçirdim.

Sen ve Ludmilla bir kafede oturup durum değerlendirmesi yapıyorsunuz. "Tekrar özetlersek: *Rüzgârdan ve Baş Dönmesinden Korkmadan, Sarp Yamaçtan Sarkarken* değil; *Malbork Kasabası-*

nın Dışında hiç değil, *Bir Kış Gecesi Eğer Bir Yolcu*'nun hiçbiriyle ilgisi yok. Bizim yapmamız gereken bütün bu karmaşanın kökenine ulaşmak."

"Evet. Bizi bu hayal kırıklığıyla uğraşmak zorunda bırakan yayınevidir; demek ki bunu onarmak da yayınevine düşüyor. Gidip onlara sormak gerekiyor."

"Ya Ahti ile Viljandi aynı kişiyse?"

"Her şeyden önce *Bir Kış Gecesi Eğer Bir Yolcu* ve *Malbork Kasabasının Dışında* adlı romanlardan düzgün bir kopya edinmeliyiz. Şunu söylemek istiyorum: Bu adlara sahip olduğunu sandığımız ve okumaya başladığımız romanları bulmalıyız; gene de onların gerçek adları ve yazarları başkaysa, bize bunu söylesinler ve bir kitaptan ötekine atlayan bu sayfaların altındaki gizemi bize açıklasınlar."

"Ve bu yolla," diyorsun sen, "belki de bizi bitmiş ya da bitmemiş *Sarp Yamaçtan Sarkarken* adlı romana götürecek bir ipucu buluruz..."

"Romanın devamı bulundu haberini alınca," diyor Ludmilla, "hayallere kapıldığımı gizleyemem."

"*Rüzgârdan ve Baş Dönmesinden Korkmadan* devamını okumak için en çok sabırsızlandığım kitap oldu."

"Evet, her ne kadar benim idealimdeki roman olmasa da, aynı görüşteyim."

İşte gene aynı noktadayız. Tam doğru yola girdiğinden emin olduğunda ya bir kesinti ya da dönüm noktası yüzünden tıkanıp kalıyorsun: Okurken, kayıp kitabın peşinden giderken, Ludmilla'nın beğenilerini belirlerken...

"Şu anda okumayı en çok isteyeceğim kitabın," diye açıklıyor Ludmillla, "tek itici gücü anlatmak, öykü üzerine öykü biriktirmek, belli bir dünya görüşü dayatmadan, sadece bir bitkinin dallarının, yapraklarının birbirine sarınarak büyümesi gibi öz gelişmene tanıklık etmeni sağlamak olmalı..."

Bu konuda onunla aynı görüştesin: Entelektüel incelemelerin yırtık sayfalarını geride bırakarak, doğal, masum, ilkel bir okuma koşuluna kavuşmayı hayal ediyorsun.

"Yitirdiğimiz ipucunu bulmamız gerekiyor," diyorsun. "Hemen yayınevine gidelim."

O ise şöyle diyor: "İkimizin birden gitmesine gerek yok. Sen gider, bana bildirirsin."

Kırılıyorsun. İkiniz birlikte sürdürdüğünüz, birlikte yaşadığınız ve yaşarken birbirinize yorum yapabildiğiniz için bu av hoşuna gidiyordu. Tam aranızda bir anlaşma, bir içlidışlılık yaratmıştınız, artık birbirinize siz değil sen diye hitap ediyordunuz, ama bunun nedeni başka kimsenin aklının ermeyeceği bir olayda suç ortaklığı etmeniz değildi.

"Peki neden gelmek istemiyorsun?"

"İlke gereği."

"Bu da ne demek oluyor?"

"Bir sınır çizgisi var: Bir yanda kitapları yapanlar var, öte yanda da onları okuyanlar. Ben okuyanlardan biri olarak kalmak istiyorum, bu nedenle kendimi hep çizginin öte tarafında tutmaya özen gösteriyorum. Yoksa çıkarsızca okuma hazzı sona erer ya da en azından bir başka şeye dönüşür; bu da benim istediğim bir şey değil. Silinmeye meyilli, yaklaşık bir sınır çizgisidir bu: Mesleki olarak kitaplarla uğraşanların dünyası her zaman daha kalabalıktır ve okurların dünyası ile özdeşleşir. Elbette okur sayısı da gittikçe artıyor, ama kitapları, başka kitap üretmek için kullananlar, kitapları yalnızca okumayı sevenlerden daha hızlı çoğalıyorlar. Arada sırada ya da rastlantıyla bu sınırı geçmeye başlarsam, biliyorum ki ilerlemekte olan bu insan kalabalığına karışıp gideceğim; işte bu nedenle birkaç dakikalığına da olsa, bir yayınevine adım atmayı reddediyorum."

"Peki ya ben ne yapayım?" diyorsun.

"Seni bilmem. Kendin karar ver. Herkesin tepkisi farklıdır."

Ne yaparsan yap, bu kadının düşüncesini değiştiremezsin. Görevini tek başına üstleneceksin ve saat altıda gene bu kafede buluşacaksınız.

"Teslim ettiğiniz kitap dosyası için mi geldiniz? Henüz okunma aşamasında, hayır yanıldım, ilgiyle okundu, elbette hatırlıyorum! Dikkat çekici bir dil becerisi, sıkıntılı bir bildirim, mektubumuzu almadınız mı? Size bunu bildirmek beni üzüyor, mektupta her şeyi açıkladık, bir süre önce gönderdik, postada her zaman gecikme oluyor, kesinlikle yakında elinize geçer, editörün programı çok yoğun, genel ekonomik durum pek uygun değil, bakın almışınız mektubu, başka ne diyordu? Bize bunu okuttuğunuz için teşekkür ederek, iade edeceğiz, ah siz dosyayı almaya mı geldiniz? Hayır, henüz bulamadık, biraz daha sabırlı olun, bir yerden çıkar, korkmayın, burada hiçbir şey kaybolmaz, az önce on senedir aradığımız bir kitap dosyasını bulduk, yok yok sizinkini bulmak on sene sürmez, hemen bulacağız, en azından böyle umuyorum, o kadar çok müsvedde geliyor ki bize, böyle tepeler oluşturuyor, isterseniz gösteririz size de, biliyorum siz kendinize ait olanı istiyorsunuz, demek istediğim, umursamadığımız dosyaları da tutuyoruz, bu kadar çok şey saklayıp da sizinkini atmış değiliz, hayır yayınlamak için değil, geri vermek için saklıyoruz."

Seninle konuşan sıska ve kambur adamcağız, birisi çağırdıkça, kolundan çekiştirdikçe, bir sorun yansıttıkça, kucağına bir kâğıt yığını bıraktıkça daha da sıskalaşıyor ve kamburlaşıyor; "Bay Cavedagna!", "Baksanıza Bay Cavedagna!", "Bay Cavedagna'ya soralım!" ve o her seferinde son muhatabının sözlerine yoğunlaşıyor, gözleri bir noktaya takılıyor, çenesi titremeye başlıyor, çözümlenmemiş sorunları görünürde ve ortada tutmak için uğraştıkça; fazlasıyla sinirli insanlara karşı umutsuz bir sabırla, fazla sabırlı insanların sesten hızlı asabiyetiyle uğraştıkça boynu büküldükçe bükülüyor.

Yayınevinin merkez bürosuna girip danışmadaki insanlara sayfa dizimi hatalı olduğu için değiştirmek istediğin kitaplardan söz ettiğinde sana önce Satış dükkânına gitmeni önerdiler; sonra, asıl derdinin kitabı değiştirmek olmadığını, bu durum hakkında bir açıklama istediğini bildirdiğinde seni Teknik büroya yönlendirdiler; asıl amacının yarıda kalan romanların devamını öğrenmek olduğunu dile getirdiğinde, "O halde siz, en iyisi Bay Cavedagna ile görüşün," buyurdular. "Bekleme odasına buyurun; birkaç kişi daha bekliyor, sizin de sıranız gelecektir."

Bunun üzerine, öteki ziyaretçiler arasında kendine bir yer açarken, Bay Cavedagna'nın bulunamayan kitap dosyası konuşmasına defalarca yeniden başlamasını dinledin, sen dahil her sefer bir başka kişiye aynı şeyleri söylüyor, her seferinde yaptığı hatayı fark edemeden yeni ziyaretçiler, başka redaktörler ya da çalışanlar tarafından sözü kesiliyor. Bay Cavedagna'nın her iş yerinde mutlaka bulunması gereken bir tip olduğunu hemen anlıyorsun; meslektaşları içgüdüsel olarak en karmaşık ve dikenli yüklerini onun sırtına yükleyiveriyorlar. Tam onunla konuşacağın sırada güncellenmesi gereken gelecek beş yıllık çalışma planını ya da bütün sayfa numaralarının değişmesi gereken bir isim dizinini ya da bütün Maria'ların Mar'ja; bütün Pjotr'ların Pëtr olarak değiştirilmesi gerektiği için baştan sona elden geçecek bir Dostoyevski romanını kapıp geliyor. O herkese hak veriyor, bir önceki kişiyle konuşması yarıda kaldığı için huzursuzluk hissediyor, mümkün olan ilk boş ânında en sabırsız kişileri yatıştırarak onları unutmadığını dile getiriyor, sorunlarının aklında olduğunu söylüyor: "O fantastik atmosferi gerçekten çok beğendik," ("Nasıl?" diye söyleniyor Yeni Zelanda'nın Troçkist ayrılıkçılarından bir tarihçi). "Belki de amiyane sözleri biraz yumuşatmalısınız..." ("Neler diyor bu?" Oligopoli makroekonomisi uzmanı bir kişi duruma itiraz ediyor).

Bay Cavedagna ansızın ortadan kayboluyor. Yayınevinin koridorları tuzaklarla dolu: Ruh sağlığı hastanelerinde tiyatro gösterisi yapan gruplar, grup psikanaliziyle uğraşan gruplar, feminist komandolar cirit atıyor. Bay Cavedagna her adımında yakalanma, kuşatılma, yutulma tehlikesi içinde.

Buraya öyle bir anda geldin ki, artık yayınevleri çevresinde bir zamanlar olduğu üzere şair ya da romancı olma hevesinde olanlar, şaire ya da kadın yazar adayları dolaşmıyor; şu anda (Batı kültürü tarihi içinde) kendini kâğıt üzerinde gerçekleştirmek isteyenler tek tek bireyler değil, topluluklardır: Çalışma seminerleri, etkin gruplar, araştırma ekipleri, entelektüel çalışmanın yalnızlık içerisinde yüzleşilemeyecek kadar hazin olduğunu düşünüyor olmalılar. Yazar figürü çoğulluk kazandı ve daimi olarak grup halinde dolaşılıyor, çünkü hiç kimseye bir başka kimseyi temsil etme yetkisi verilemez: İçlerinden biri firari olan dört eski mahkûm, hemşiresi yanında olan üç taburcu hasta ve hemşirenin kitap dosyası. Bir de çiftler var; bu şart değil, ama genellikle karı kocalar; bir çift olarak geçirilmiş hayatın kitap üretmekten başka bir tesellisi yokmuş gibi.

Bu tiplerin her biri belli bir bölümün sorumlusuyla ya da belirli bir konunun görevlisiyle konuşmayı istiyor, ama sonunda hepsi gelip Bay Cavedagna'nın karşısına dikiliyor. Değişik disiplinlere; farklı uzman ve seçkin düşünce okullarına ilişkin söz dağarcıkları içeren anlatım dalgaları bu yaşlı redaktörün üzerine sel gibi iniyor; ilk bakışta 'sıska ve kambur adamcağız' olarak nitelemenin nedeni daha fazla adamcağız, daha fazla sıska, daha fazla kambur olduğu için ya da onun kendini 'sıska ve kambur adamcağız' olarak tanımlaması değil, ama onun hâlâ kitap okunan bir dünyadan çıkmış –hayır: "Sıska ve kambur adamcağız"lara rastlanan kitaplardan çıkmış– tamam, oldu: İçinde "sıska ve kambur adamcağız"ların bulunduğu kitapların hâlâ okunduğu bir dünyadan fırlamış göründüğü için böyle diyorsun.

Düzeninin bozulmasına izin vermediği için sorunlar kel kafasının üzerinden akıp gidiyor; o başını sallıyor ve sorunu pratik bir çerçeve içinde değerlendiriyor: "Diyordum ki, bağışlayın ama, dipnotları metne yedirseniz ve metni biraz kısaltsanız, hatta siz bilirsiniz ama, metni bir dipnot olarak verseniz nasıl olurdu?"

"Ben bir okurum, yalnızca okur, yazar değilim," diyerek durumunu aydınlığa kavuşturmak isterken yanlış adım atmakta olan birinin yardımına koşan kişi atikliği içindesin.

"Ah, öyle mi? Harika, bravo, buna gerçekten memnun oldum!" Sana sevgi ve minnet dolu bakışlarla bakıyor. "Buna sevindim. İnanın giderek daha az okurla karşı karşıya geliyorum..."

Derken bir samimiyet kuruveriyor, kendini kaptırıyor, bütün öteki işleri unutuyor, seni bir kenara çekiyor: "Çok uzun senelerden beri yayınevinde çalışıyorum... Elimden sayısız kitap geçiyor... Ama okuyabildiğimi söyleyebilir miyim? Ben buna okumak demem... Köyümde az kitap vardı, ama okurdum, işte o zaman gerçekten okurdum. Emekli olduğumda köyüme döneceğimi ve oturup eskisi gibi kitap okuyacağımı hayal ediyorum. Arada sırada bir kenara bir kitap ayırıyorum ve bunu emekliliğimde okuyacağım diyorum, ama sonra, artık aynı şey olmayacağını düşünüyorum... Bu gece bir rüya gördüm, köyümde, evimin kümesindeydim, kümeste bir şeyi arayıp duruyordum, tavukların yumurtladıkları sepetin içinde ne buldum dersiniz? Bir kitap, ta çocukluğumda okuduğum kitaplardan biri, yerel bir baskı, sayfaları paramparça olmuş, siyah beyaz çizimler, pastel boyalarla tarafımdan boyanmış... Biliyor musunuz? Çocukken okuyabilmek için hep kümese saklanırdım..."

Ona ziyaretinin nedenini açıklıyorsun. Sözlerini havada kapıyor ve devam etmene izin bile vermiyor: "Siz de, siz de karışmış olan formalar peşindesiniz, bunu çok iyi biliyoruz, başlayıp bitemeyen kitaplar, yayınevinin çıkardığı son kitapların hepsi altüst olmuş durumda, siz bundan bir şey anlıyor musunuz? Biz artık hiçbir şey anlayamaz olduk sevgili bayım."

Elleri kolları prova baskılarla dolu; en ufak sarsıntı harf dizgilerini yerinden edecekmiş gibi bunları özenle bir yere bırakıyor. "Yayınevi hassas bir organizmadır sevgili bayım," diyor, "bir noktada bir şey yerinden oynamaya görsün düzensizlik her yere yayılır, burnumuzun dibinde bir karmaşa olur. Bağışlayın, ama bunu düşündüğüm zaman başım dönmeye başlıyor." Sanki milyarlarca sayfa, satır, sözcük bir toz girdabıyla üzerine gelircesine elleriyle gözlerini kapatıyor.

"Haydi toplayın kendinizi Bay Cavedagna, böyle düşünmeyin!" İşte onu avutmak sana düştü. "Sıradan bir okur merakıydı benimki... Ama bir şey söyleyemeyecekseniz..."

"Bildiğimi size memnuniyetle söylerim," diyor redaktör. "Dinleyin bakın. Her şey bir delikanlının yayınevine, şey dilinden çeviri yaptığını söyleyen bir gencin gelmesiyle başladı..."

"Leh dilinden mi?"

"Hayır, Lehçe değil. Zor, pek kimsenin bilmediği bir dil..."

"Kimmerce mi?"

"O da değil, daha başka bir şey. Bu genç adam kendini sayısız dil bilen olağanüstü bir uzman olarak tanıttı, bilmediği dil yoktu, hatta şey bile, Kimberce, evet Kimberce bile biliyordu. Bize bu dilde yazılmış, güzel, koca bir roman getirdi, kalın bir kitaptı, adı da neydi, *Bir Yolcu...*, hayır hayır *Yolcu* ötekiydi, bunun adı *Kasabasının Dışında...*"

"Tazio Bazakbal'ın kitabı mı?"

"Hayır, Bazakbal değil, bu şeyin *Sarp Yamaçtan...*"

"Ahti'nin mi?"

"Bravo, aynen o, Ukko Ahti."

"Peki, bağışlayın ama, Ukko Ahti Kimmer yazarı değil mi?"

"Eh, Ahti önce Kimmer yazarı olarak tanınırdı, ama ne olmuş biliyor musunuz? Savaşta, savaştan sonra sınırların yeniden çizilmesi sırasında, demir perdeyle bir zamanlar Kimmerya olan memleket Kimberya oluvermiş ve Kimmerya'yı daha öteye itmişler. Böylece Kimberler, savaş tazminatı olarak Kimmer yazınına da el koymuşlar."

"Bu Profesör Galligani'nin savı, ama Profesör Uzzi-Tuzzii bunu yalanlıyor..."

"Bilirsiniz, üniversitede, bölümler arasında rekabet vardır, iki kürsü birbiriyle yarışır, profesörler görüşmez; nerede kalmış Uzzi-Tuzzii kendi dilindeki bir başyapıtı gidip meslektaşının eğitim dilinde okuyacak..."

"Şöyle bir durum var," diye ayak diriyorsun, "*Sarp Yamaçtan Sarkarken* bitmemiş, hatta henüz başlamış bir roman... Özgün kopyayı gördüm..."

"*Sarp Yamaçtan*... Durun kafamı karıştırmayın, bu ona benzeyen bir başlık, ama o değil, *Baş Dönmesi* olan bir şeydi, evet tamam, Viljandi'nin *Baş Dönmesi*."

"*Rüzgârdan ve Baş Dönmesinden Korkmadan*... Söylesenize: Çevrildi mi bu yapıt? Yayımladınız mı?"

"Durun. Ermes Marana adındaki çevirmen her bakımdan son derece düzgün birine benziyordu: Bize bir deneme çevirisi getiriyor, biz bunu yayın programına alıyoruz, çeviriyi yüzer sayfa halinde düzenli biçimde teslim ediyor, avansını alıyor, biz zaman yitirmemek için çeviriyi dizgiye veriyor, dizdiriyoruz... Derken taslağı gözden geçirirken karşıt anlamlar, tuhaflıklar saptıyoruz... Marana'yı çağırıyoruz, ona sorular soruyoruz, kafası karışıyor, kendiyle çelişmeye başlıyor... Onu sıkıştırıyoruz, gözlerinin önünde özgün metni açıyoruz ve bize sözel olarak bir parçayı çevirmesini söylüyoruz... Sonunda bir kelime bile Kimberce bilmediğini itiraf ediyor!"

"Peki ya size teslim ettiği çeviri neymiş?"

"Evet, özel adları Kimberce koymuş, hayır hayır Kimmerce; ötesini bilmiyorum, ama metni bir başka romandan çevirmiş."

"Hangi romandan?"

"Hangi roman olduğunu soruyoruz ona. Tazio Bazakbal'ın romanı, Leh (evet işte Lehçe) dilinden."

"*Malbork Kasabasının Dışında...*"

"Bravo. Ama daha bitmedi. O böyle diyor ve biz o an için ona inanıyoruz, ama kitap çoktan matbaaya verilmişti. Her şeyi durduruyoruz, başlığı, kapağı değiştiriyoruz. Büyük zarara uğradık, ama şu ya da bu adla, şu ya da bu yazarla, roman çevrilmiş, dizilmiş, basılmıştı... Tabii bütün bu karışıklığın yarattığı zararı hesapladık; matbaa, ciltleme, hatalı başlıkla çıkan formaların, yeni başlıklı formalarla değiştirilmesi derken bu karışıklık o sırada yürütmekte olduğumuz bütün yeni işlere yansıdı; sayısız kitap çöpe gitti, dağıtıma verilmiş ciltler kitapçılardan toplatıldı..."

"Şunu anlamadım: Şimdi siz hangi romandan söz ediyorsunuz? İstasyonda geçenden mi yoksa çiftlikten ayrılan delikanlınınkinden mi? Ya da..."

"Sabırlı olun. Size bu anlattıklarım hiçbir şey değil. Çünkü bu arada, elbette biz bu şahsa karşı güvenimizi yitirdik ve işin doğrusunu anlamak, çeviriyi özgün metinle karşılaştırmak istiyorduk. Ortaya ne çıktı dersiniz? Bu Bazakbal da değilmiş, Fransızcadan, pek az tanınan Belçikalı yazar Bertrand Vandervelde'nin bir romanıymış... Adı da... Durun göstereyim size..."

Cavedagna gidiyor ve döndüğünde kucağına bir fotokopi demeti bırakıyor: "İşte buyurun, bunun adı da *Gölgenin Yoğunlaştığı Aşağıya Bakarak.* İlk sayfalara ait Fransızca metin burada. Nasıl bir dalaverenin döndüğünü gözlerinizle görün! Ermes Marana bu beş para etmez romanı kelimesi kelimesine çeviriyor ve bize yok Kimmerce, yok Kimberce, yok Lehçe diye yutturuyordu..."

Fotokopileri şöyle bir karıştırıyorsun ve ilk bakışta Bertrand Vandervelde'nin yazdığı *Regarde en bas dans l'épaisseur des ombres* adlı bu yapıtın yarıda bırakmak zorunda kaldığın dört romanla da ilgisi olmadığını anlıyorsun. Cavedagna'yı hemen bu konuda uyarmak istiyorsun, ama o şimdi dosyadan çıkardığı bir kâğıdı ısrarla göstermeye çalışıyor: "Sahtekârlığını yüzüne vurduğumuz zaman Marana'nın bize nasıl bir yanıt vermeye cüret ettiğini görmek ister misiniz? İşte mektubu burada..." Ve okuman için sana bir paragrafı işaret ediyor.

"Kapaktaki yazar adının ne önemi var? Düşüncemizle, şu an olduğumuz noktadan üç bin yıl sonrasına gidelim. Bizim dönemimize ait kitapların acaba hangisi kalacak ve acaba hangi yazarların adı anımsanacak? Şöhretini koruyan kitaplar olacaktır, ama bunlar anonim yapıtlar olarak görülecektir; bizim için Gılgamış Destanı neyse onlar da öyle olacaktır; yazar olarak ünlerini koruyanlar da olacaktır elbette, ama Sokrates'in başına geldiği üzere, onların da yapıtları o güne ulaşamayacaktır; belki de canını kurtaran bütün kitaplar Homeros misali tek bir gizemli yazara mal edilecektir."

"Hiç böyle tuhaf bir akıl yürütme gördünüz mü?" diye haykırıyor Cavedagna ve sonra ekliyor: "Hoş, haklı da olabilir..."

Sanki aklına bir şey takılmışçasına başını sallıyor, şöyle bir kıkırdadıktan sonra içini çekiyor. Sevgili Okur, onun bu düşüncesini belki yüzünden okuyabilirsin. Cavedagna yıllardan beri hazırlanmakta olan kitapların tek tek arkasında duruyor, onların doğuşunu ve ölüşünü görüyor, gene de onun gözünde gerçek olan kitaplar bambaşka; başka dünyadan gelen iletileri andıran kitaplar bunlar. Yazarlar için de öyle: O bütün gün onlarla uğraşıyor, takıntılarını, kararsızlıklarını, alınganlıklarını, benmerkezciliklerini tanıyor; onun gözünde gerçek yazar kitap kapağında yalnızca bir ad olan, kitap adıyla özdeşleşen, kitapta adı geçen kahramanlarla ve mekânlarla aynı gerçekliğe sahip olan; o kahramanlar ve mekânlar gibi aynı zamanda hem var olan hem var olmayan yazardır. Yazar, kitapların geldiği görünmez noktaydı, hayaletlerin dolaştığı bir boşluk, çocukluğunun kümesiyle öteki dünyaları birbirine bağlayan yeraltı dehlizleriydi...

Birisi onu çağırıyor. Fotokopileri geri almak ve sana bırakmak arasında bocalıyor. "Bakın bu çok önemli bir belgedir ve buradan çıkmaması gerekir; suç aletinin ta kendisidir, intihal yüzünden dava açılmasına neden olabilir. İncelemek isterseniz şu yazı masasına oturun ve ben unutsam bile giderken bana teslim edin; aman ha kaybolmasın..."

Önemi olmadığını, aradığın romanın bu olmadığını söyleyebilirdin, ama hem adı hoşuna gittiği hem de Bay Cavedagna yayıncılık uğraşlarının girdabına kapılarak tedirginleştiği için oracığa oturup *Gölgenin Yoğunlaştığı Aşağıya Bakarak*'ı okumaktan başka bir şey gelmiyor elinden.

Gölgenin Yoğunlaştığı Aşağıya Bakarak

Plastik torbanın ağzını yukarıya çekmeye uğraşıyordum: Jojo'nun ancak boynuna kadar geliyordu; başı dışarıda kalıyordu. Başından sokmayı deneyecektim, ama bu sefer de ayakları dışarıda kaldığı için benim sorunumu çözmeyecekti. En iyi çözüm dizlerini kırmasını sağlamak olacaktı, ama tekme zoruyla ona bu konuda yardım etmeye çalışsam da kaskatı kesilen bacakları direniyordu ve en sonunda bunu başardığımda hem bacakları hem de torba kıvrıldı; böyle olunca da onu taşımak iyice zorlaştı; başı da eskisinden daha çok dışarı fırlıyordu.

"Ne zaman senden gerçekten kurtulacağım Jojo?" diyordum ve onu ne kadar evirip çevirsem o aptalımsı suratını, fiyakalı bıyıklarını, briyantinle yapıştırılmış saçlarını; kazaktan görünürmüş gibi torbadan çıkıveren kravatının düğümünü karşımda buluyordum; kazak diyorsam, onun modayı izlediği yıllardan kalma bir kazağı kast ediyorum. Belki de Jojo o yılların modasına sonradan, modanın geçtiği bir dönemde yetişmişti, ama gençliğinde böyle giyinip tarananları, saçını briyantinleyenleri, kadife burunlu siyah rugan ayakkabılar giyenleri kıskandığı ve bu görünümü zenginlikle özdeşleştirdiği için yetişkinliğe erdiğinde çevresine bakamayacak kadar meşgul olduğundan, benzemek istediği insanların şimdi bambaşka bir görünüme kavuştuklarını fark etmemişti.

Briyantini dayanıklıydı; torbaya sokabilmek için başına bastırıyordum, ama saç kubbesi küre halini koruyordu ve sadece yay gibi kalkan tutamlara ayrılıyordu. Kravatının düğümü yamulmuştu; içgüdüsel bir davranışla düzeltmeye kalkıştım; sanki kravatı yamulmuş bir ceset, düzgün bir cesetten daha çok göze batarmış gibi hissettim.

"Başına geçirmek için ikinci bir torba gerekiyor," dedi Bernadette ve bir kez daha bu kızın zekâsının sosyal konumundan beklenenin üstünde olduğunu kabul etmek zorunda kaldım.

İşin fenası, bir tane daha büyük boy torba bulamıyorduk. Mutfak çöpünü atmak için turuncu bir torba vardı ve bu kafayı saklamaya yarardı, ama bedeni bir torbaya, başı daha küçük bir torbaya sığdırılmış bir insan olduğunu gözden saklayamazdı.

Ama artık bu bodrumda daha fazla oyalanamazdık; gün doğmadan Jojo'dan kurtulmalıydık; zaten birkaç saatten beri sanki canlıymış gibi onu üstü açık arabamda üçüncü bir yolcuymuşçasına oradan oraya taşıyorduk ve pek çok kişinin gözüne batmıştık. Onu tam nehre atacağımız sırada (Bercy Köprüsü bir saniye önce ıssız mı ıssızdı) o iki bisikletli polis sessizce yanaşıp bakışlarını bize dikince Bernadette ve ben sırtına sertçe vurmaya başladık, ben köprünün korkuluğundan sarkan Jojo'ya: "Kus haydi, ruhunu da kus, *mon vieux*, zihnin açılsın!" diye bağırıyorum ve kolları bizim omuzlarımıza dolanmış halde onu iki kişi otomobile kadar sürüklüyoruz. İşte tam o anda cesetlerin karnına biriken gaz gürültülü bir biçimde dışarı çıktı; aşağıdaki iki polis gülmeye başladı; ölü haliyle pek düşünceli davranan Jojo'nun canlıyken sahip olduğundan farklı bir kişilik sergilediğini düşündüm; onu öldürdükleri için giyotini boylama tehlikesi altında olan iki arkadaşına yardım eli uzatacak kadar cömert olacağını düşünemezdim.

İşte bunun üzerine plastik torba ve benzin bidonu arayışına girdik; şimdi mutlaka bir yer bulmalıydık. Paris gibi büyük bir kentte ceset yakmak için uygun bir yer bulmak o kadar olanaksız ki, insan bunun için saatler harcamak zorunda kalır. Arabayı çalıştırırken gene gelip yanıma oturan Bernadette'e, "Fontainebleau'da orman yok muydu?" diye soruyorum, "Sen daha iyi bilirsin, bana yolu gösteriver." Güneş gökyüzünü boza boyadığında sebze taşıyan kamyonlarının peşinden kente gireriz diye düşünmüştüm; o zaman gürgenlerin ortasındaki açıklıkta Jojo'dan ve benim geçmişimden –böyle diyorum çünkü bütün geçmişimin hiç var olmamışçasına yanmış ve unutulmuş olmasını diliyordum– geriye yanık ve pis kokulu bir artıktan başka bir şey kalmamış olacaktı.

Geçmişin yükü fazlaca ağır gelmeye başladığında; maddi, manevi bende açık kredileri olduğunu sananların, örneğin Macao'daki 'Yeşim Taşı Bahçesi' kızlarının ebeveyni gibi insanların sayısı arttığında (onları söylüyorum, çünkü başından savmak konusunda Çinli akrabalardan beteri yoktur) –ama ben kızlara asıldığımda hem onlarla hem aileleriyle açıkça anlaşma yapıyordum, paralarını nakit ödüyordum, yoksa beyaz çoraplı sıska ana babaları ellerinde balık kokulu bambu sepetleriyle, limanda oturdukları halde kıra gider gibi sallana sallana peşimden gelirlerdi– yani geçmişin yükünü omuzlarımda hissettiğim her sefer o kesin çözümlü umuda kapılırdım: Mesleği, eşi, kenti, kıtayı –şu kıtadan bu kıtaya derken dünya turu atarak– alışkanlıkları, dostları, işleri, müşterileri değiştirmeyi düşünürdüm. Bu bir hataymış, ama fark ettiğimde çok geç olmuştu.

Çünkü bu biçimde arkamda sayısız geçmiş biriktirmekten başka bir şey yapmadım; geçmişlerimi çoğalttım; tek bir hayat bile peşimden sürükleyemeyeceğim kadar yoğun, dallı budaklı, karmaşık geliyorsa, siz bir de pek çok hayatı düşünün; her birinin kendi geçmişi vardı ve başka hayatların geçmişleri birbirlerine düğümleniyordu. Her seferinde keyifle şöyle derdim: Şimdi ferahladım, kilometreyi sıfırlıyorum, tahtayı siliyorum: Yeni bir memlekete geldiğim günün ertesinde bu sıfır çoktan pek çok basamaklı bir rakama dönüşmüş olurdu ve göstergelere sığmazdı; insanlar, mekânlar, sevgiler, nefretler, yanlış adımlar tahtanın bir ucundan öteki ucuna kadar uzar giderdi. Aynen ağaç gövdelerinin ve kayaların arasını aydınlatan farların ışığıyla Jojo'yu yakacak bir yer aradığımız o gece olduğu gibi: Bernadette göstergeyi işaret etti ve şöyle dedi: "Baksana, benzinimiz bitti deme bana sakın." Doğruydu. Kafam öyle çok konuyla meşguldü ki, depoyu doldurmayı unutmuştum ve şimdi bütün benzincilerin kapalı olduğu bir saatte; şehirden uzakta, çalışmayan bir arabayla kalakalma tehlikesiyle yüz yüzeydik. Neyse ki Jojo'yu henüz tutuşturmamıştık: Eğer onun ateşinin birkaç adım ötesinde kalsaydık, benimki gibi gayet dikkat çeken bir arabayı bırakıp yaya olarak kaçamazdık. Bu nedenle Jojo'nun lacivert takım elbisesini, adının baş harflerinin işlenmiş olduğu ipek gömleğini yakmak üzere yanımıza aldığımız bir bidon dolusu benzini arabanın deposuna doldurmaktan ve ondan kurtulmak üzere yeni bir plan yapmak üzere hemen kente dönmekten başka çaremiz kalmamıştı.

Şunu söylemeliyim ki, başıma gelen bütün dertlerden kendimi temize çıkarmayı başarmışımdır; bütün kısmetlerim ve bütün sorunlarım için geçerlidir bu. Geçmişi, uzadıkça uzayan, kendi içine kıvrılmış, yalnız bir tenya gibi içimde taşırım; bağırsaklarımı ister İngilizvari ister alaturka tuvaletlerde; ister hapishane keneflerinde, ister hastane ördeklerinde ya da kampların çukurlarında, hatta Venezüella'da olduğu gibi, içinden bir yılan fırlamayacağına emin olduktan sonra çöktüğüm çalıların arasında boşaltayım, tenya halkalarını asla dökmez. İnsan adını değiştirmeyi başaramadığı gibi geçmişini de değiştiremez; artık sayısını hatırlamadığım çeşitli adlarla kaç pasaport kullanmış olursam olayım bana her zaman herkes İsviçreli Ruedi der; nereye gidersem gideyim, kendimi nasıl tanıtırsam tanıtayım daima kim olduğumu, ne yaptığımı bilen biri çıkar; oysa görünümüm yıllarla birlikte büyük değişime uğradı; kafam kelleşti ve ananas gibi sarardı; bu *Stjarna*'da geçirdiğim tifonun bir yadigârı oldu bana; o zaman taşıdığımız yük yüzünden ne kıyıya yanaşabilirdik ne de telsizle yardım isteyebilirdik.

Bütün öykülerin vardığı sonuç şudur: İnsan tek bir hayat yaşar, tek bir tane; dokunmuş olduğu ipliklerin seçilemediği keçeleşmiş battaniye misali, hayat tekdüzedir, kendiyle aynıdır. Böylece, herhangi bir gün, yaşanmış olan herhangi bir ayrıntı üzerinde durmam gerektiğinde, örneğin beni ziyaret eden Seylanlı, bir batında doğmuş timsah yavrularını, teneke bir fıçı içinde satmaya kalkışıyorsa, bu küçücük anlamsız öyküde bile; bütün geçmişim, arkamda bırakmak için umarsızca didindiğim sayısız geçmişim, sonunda tek küresel bir hayatla bütünleşen hayatlarım, artık kımıldamamaya karar verdiğim bu yerde süren hayatım, tropik balık havuzumu kurduğum bu Paris banliyösündeki bahçeli evim, balıkları bir gün bile ihmal edemeyeceğim ve yaşıtım kadınlarla başını belaya sokmama hakkına da sahip olduğum için bana kesinlikle sakin bir hayat yaşatan huzurlu ticaretim gibi her şey ortaya dökülür.

Bernadette ise bambaşka bir öyküdür: Onunla olayları hatasız sürdürdüğümü söyleyebilirim: Jojo'nun Paris'e döndüğünü ve izimi sürdüğünü öğrendiğim an, onun peşine düşmekte gecikmedim ve böylece Bernadette'i keşfettim, onu kendimden yana çekmeyi başardım, adamın bir şeyden kuşkulanmasına fırsat vermeden işi becerdik. Doğru anda perdeyi çektim ve –birbirimizi görmediğimiz onca seneden sonra– gördüğüm ilk şey, kadının beyaz dizleri arasına sıkıştırdığı adamın koca, kıllı poposunun piston gibi ileri geri gidişi oldu; taralı saçlarıyla başını dayadığı yastıkta yanında yatan solgun kız adama rahatça ateş edebilmem için yüzünü doksan derece çevirdi. Her şey en hızlı ve en temiz biçimde halloldu; ona, dönme, beni tanıma, neşesini bozanın kim olduğunu görme, hatta canlılar cehenneminden ölüler cehennemine sınır geçişi yaptığının farkına varma zamanı tanımadım.

Yüzünü öldükten sonra görmem çok iyi oldu. Onu ayakta duramayacak bir sarhoşmuş gibi dışarı taşımamız gerektiğinden, Bernadette ucu kadifeli siyah rugan ayakkabısı dahil baştan aşağı giydirirken, içimden sevgi dolu bir sesle –Oyun bitti orospu çocuğu– demek geldi. Sonradan aklıma Chicago'da, ihtiyar Mikonikos'un dükkânının, Sokrates büstleriyle dolu arka odasında ilk karşılaşmamız geldi; kasıtlı çıkarılmış yangın karşılığında sigortadan aldığım parayı, onun paslı kumar makinelerine yatırmıştım ve hem o hem de seks manyağı ve felçli bir kadın olan Mikonikos beni parmaklarında oynatıyorlardı. Bir önceki gün kumulların tepesinden donmuş gölü seyrederken, uzun yıllardır tatmadığım biçimde özgürlüğün tadını çıkarmıştım ve yirmi dört saat içinde çevremdeki mekân daralmaya başlamıştı; her şey Yunan ve Leh mahalleleri arasında bulunan pis kokulu evlerde kararlaştırılıyordu. Hayatımda böyle dönüm noktaları her iki anlamıyla onlarca kez yaşanmıştı, ama bu adamdan intikam almanın yollarını aramaya o gün başlamıştım ve kayıplarımın hesabı o günden başlayarak uzadıkça uzamıştı. Şimdi de ceset kokusu, kötü kolonya kokusunun arasından sızıyordu, onunla hesabımızın henüz kapanmadığını hissediyordum, Jojo ölü bile olsa, yaşarken defalarca yaptığı gibi bir kez daha hayatımı mahvedebilirdi.

Bir seferde birçok öyküyü dile getiriyorum çünkü bu öykü çevresinde, anlatabileceğim, anlatacağım veya belki de başka bir bahaneyle anlatmış olduğum başka öykülerden oluşan bir doygunluk oluşmasını istiyorum; belki de benim ömrümden başka bir şey olmayan öykülerle dolu bir alanda, içinde tıpkı uzayda olduğu gibi her yöne hareket edebilecek, bunları anlatmak için önce başka öyküler anlatmak gereken öyküler bulunduğunda, herhangi bir an ya da yerden hareket edildiğinde hep aynı yoğunlukta anlatı malzemesiyle karşılaşılacak bir alan. Aslında, ana anlatının dışında bıraktığım her şeye belli bir perspektiften baktığımda sanki dört bir yana yayılan, çok sık olduğu için ışığın sızmasına izin vermeyen bir orman görür gibi oluyorum, yani bu sefer öne çıkarmayı seçtiğimden çok daha zengin bir malzeme söz konusu; öyle olunca öykümü izleyen kişinin akıntının küçük dereciklere bölündüğünü, gerekli olayların sadece son yankılarını ve yansımalarını görerek kendini biraz kandırılmış hissetmesi doğaldır, ama anlatmaya koyulduğumda amaçladığım etki tam da budur; benimsemeye çalıştığım anlatı sanatının çıkar yolu, beni sahip olduğum anlatı olanaklarının biraz altında tutmayı deneyen bir ölçülülükten geçer.

Aslında dikkatle bakıldığında bunun sağlam ve yaygın gerçek bir zenginlik olduğunu anlarsın; öyle ki benim anlatacak tek bir öyküm olsaydı, bütün gürültüyü bu öykünün çevresinde koparırdım, ona tam değerini verebilmek için çabalardım, ama biriktirdiğim sınırsız anlatı malzemem olduğu için bunları telaşsızca ve umursamazca ele alabilirim; hatta bu işten biraz sıkıldığımı yansıtabilir, ikincil dereceden olaylarla lafı uzatıp anlamsız ayrıntılara girme lüksünü kendime tanıyabilirim.

Bahçenin demir kapısı gıcırdadıkça –ben bahçenin dibindeki müştemilatta, su teknelerinin arasındayım– geçmiş hayatlarımın hangisinden fırlayan bir kişinin beni aramak için buralara kadar geldiğini merak ediyorum: Belki de sadece dünkü geçmişimden gelen, bu mahallenin ufarak Arap çöpçüsü yeni yıl dileklerini yazdığı pusulayı şimdiden dağıtarak ekim ayından bahşiş toplamaya başlamıştır; ona sorarsanız aralık ayında dağıtılan bahşişlere arkadaşları el koyuyor ve onun cebine bir kuruş bile girmiyordur – gene de yaşlı Ruedi'nin peşinden koşan ve Impasse'deki bu demir kapıyı bulan biri uzak geçmişten sıyrılarak gelmiş olabilir: Vallese'li kaçakçılar, Katanga'lı paralı askerler, Fulgencio Batista zamanından Varadero kumarhanesinin krupiyeleri...

Geçmişimdeki insanlar Bernadette'i zerre kadar ilgilendirmiyordu; bu biçimde ortadan kaldırdığım Jojo ile aramızda geçen eski öykülere ilişkin hiçbir şey bilmiyordu; belki de bunu kendisi için yaptığımı, bana anlattıklarından hareketle Bernadette'i bu hayata zorladığı için öldürdüğümü sanıyordu. Elbette azımsanmayacak miktarda olsa da henüz cebimde hissedemediğim paranın da bu işte etkisi vardı. Bizi bir arada tutan ortak bir çıkarımız vardı: Bernadette olup biteni havada kapan bir kızdı; bu dertten ya birlikte kurtulacak ya da ikimiz birden mahvolacaktık. Ama elbette Bernadette'in aklında başka bir düşünce vardı: Onun gibi bir kız dünyada hareket edebilmek için işini bilen birine güvenmek zorundadır; beni Jojo'dan kurtulmak için çağırdıysa, beni bu adamın yerine koyacaktı. Geçmişimde benzeri öykülerden fazlasıyla vardı ve hiçbiri kapanmış sayılmazdı; işte bu nedenle bu işlerden uzak duruyordum ve yeniden burnumu sokmak istemiyordum.

Böylece, adamı tepeden tırnağa giydirerek üstü açık arabamın arka koltuğuna oturtup gece gezmelerine başlayınca yanıma oturan kız, adamın devrilmemesi için bir kolunu arkaya uzatmak zorunda kalıyor; ben tam motoru çalıştıracağım sırada sol bacağını vites koluna atıyor ve benim sağ bacağımın üstüne dayıyor. "Bernadette!" diye haykırıyorum "Ne yapıyorsun? Şimdi sırası mı?" Tam odaya daldığım sırada yarıda kesmemesi gereken bir şeyin yarıda kaldığını açıklıyor bana ve kimle olursa olsun kaldığı noktadan yeniden başlamak ve sonuna kadar götürmek derdinde. Bu arada bir eliyle ölüyü tutuyordu, ötekiyle pantolonumun düğmelerini çözüyordu; Faubourg Saint-Antoine otoparkında, minicik bir arabanın içinde sıkış tıkış oturan üç kişiydik. Bacaklarını –bunu söylemeliyim– uyumlu hareketlerle kıvırıyor, büküyor, dizlerimin üstüne ata biner gibi oturuyor, göğüsleriyle beni boğarken, çığ altında kaldığımı zannediyorum. Jojo bu arada üzerimize devriliyordu, ama yüzü, fal taşı gibi açık gözlerinin akıyla ona bakan ölünün yüzüne birkaç santim ötede olan kız onu kenara itmeyi beceriyordu. Bana gelince, böyle beklenmedik bir biçimde yakalandığım için bedensel tepkilerim kendi bildiği seyri izliyor, şaşkınlığa kapılmış bana değil, kıza boyun eğiyordu; benim kımıldamama bile gerek kalmamıştı, kız her şeyi düşünüyordu ve o anda ölünün gözleri önünde yapmakta olduğumuz şeyin kızın özel bir anlam yüklediği bir tören olduğunu anladım ve yumuşacık, sıcacık kıskacın beni aldığını, bundan kaçamayacağımı fark ettim.

"Yanılıyorsun kızım," demek isterdim, "bu ölü bambaşka bir öykü yüzünden öldü, seninle ilgisi yok, üstelik henüz kapanmamış bir öykü bu." Henüz tamamlanmamış bu öyküde Jojo ile aramda başka bir kadın olduğunu söylemek isterdim; bir öyküden başkasına atlamayı sürdürüyorsam bunun nedeni Jojo ile o kadının beni mahvetmek için bir araya geldiklerini öğrendiğim ilk günkü kaçışımdır. Bu öyle bir öykü ki, sırf anlatmış olmak için bile olsa eninde sonunda anlatacağım; ama ötekilere karıştırarak, ancak ötekiler kadar önem vererek, içine anlatma ve anımsama dışında bir haz katmayarak hikâye edeceğim, çünkü kötülüğü anımsamak da iyiliğe değil de farklıya, değişkene, hareketliye yani iyi adı verebileceğim şeye karıştığında da bir keyif olabilir; olaylara uzaktan bakmak ve onları geçmiş bir şey gibi anlatmak da bir hazdır.

Jojo'yu içine koyduğumuz plastik torbayı yüklediğimiz asansörle yukarı çıkarken Bernadette'e, "Bu işi bitirdiğimizde, bu da anlatacak güzel öykülerden biri olacak," diyordum. Planımız son kata çıkıp çuvalı terastan o daracık avluya atmaktı; ertesi gün cesedi bulan, onun intihar ettiğini ya da hırsızlık yaparken ayağının kayıp yuvarlandığını düşünebilirdi. Peki ya ara katlardan birinden asansöre binen kişi bizi torbayla görürse? Çöpü indirirken, asansörün yukarıya çağrıldığını söyleyebilirdim. Zaten şafağın sökmesine çok az kalmıştı.

"Olası bütün durumları tahmin edebiliyorsun," diyor Bernadette. Öyle olmasaydı demek isterdim, bunca senedir işin trafiğinin en hızlı olduğu merkezlere adamlarını yerleştiren Jojo'nun çetesinden paçamı nasıl kurtarabilirdim? Ama o zaman Jojo'nun ve öteki kadının perde arkasındaki gerçeklerini açıklamam gerekirdi; bu ikisi yıllarca, benim yüzümden yitirdiklerini söyledikleri malı geri vermemi bekledikleri, o şantaj halkasını boynuma geçirmeye uğraştıkları için şimdi ben elimdeki plastik torbanın içinde bulunan bu eski dosta, gece yarısı bir yer bulmaya çalışıyordum.

Seylanlı karşıma çıktığında da bunun altında bir şeyler olduğunu düşündüm. "Timsah almıyorum *jeune homme,**" dedim ona. "Sen hayvanat bahçesine git, ben başka türlü mallar pazarlıyorum: Merkezdeki mağazalara ev tipi akvaryumlar, egzotik balıklar, olsa olsa kaplumbağalar veriyorum. Benden iguana istendiği oluyor arada sırada, ama fazla hassas oldukları için bulundurmuyorum."

Yüzünde şeftali tüyü gibi duran sakalı, bıyığıyla delikanlı, orada öylece dikilmişti, on sekizinde var yoktu.

"Söyler misin, kim yolladı seni bana?" diye sordum, çünkü ortada bir Güneydoğu Asyalı varsa ben daima işkillenirim ve bu konuda kendime göre haklı gerekçelerim vardır.

"Küçük hanım Sibylle," diyor.

"Benim kızımın timsahlarla ne ilgisi var?" diye haykırmaya başlıyorum; tamam, kızım bir süredir kendi başına yaşıyor, ama ondan her haber alışımda huzursuz oluyorum. Nedenini bilmiyorum, ama çocuklarımı düşünmek bana her zaman vicdan azabına benzer bir duygu yaşatır.

Böylece Sibylle'in, Clichy Meydanı'ndaki küçük bir gece kulübünde kaymanlarla** numaralar yaptığını öğreniyorum; bunu öğrenmek ilk anda bende öylesine kötü bir etki yaratıyor ki, başka ayrıntı öğrenmeye niyet etmiyorum. Gece kulüplerinde çalıştığını biliyordum, ama halkın karşısına bir timsahla çıkıyor olması bir babanın kız evladından bekleyeceği en son şey olmalı; en azından benim gibi Protestan eğitim almış bir baba için öyle.

"Bu güzel mekânın adı neymiş?" diye soruyorum mosmor olmuş yüzümle. "Gerçekten gidip kendi gözümle görmek isterim."

* genç adam (Çev. N.)
** bir timsah türü (Çev. N.)

Bana gece kulübünün kartını uzatıyor; sırtımdan buz gibi terler süzülmeye başlıyor, çünkü "Yeni Titania" adı bana çok, hatta fazla tanıdık geliyor; oysa bu anılar yerkürenin bambaşka bir bölgesine ait.

"Peki kim işletiyor orayı?" diye soruyorum. "Evet, yöneticisi, patronu kim?"

"Ah Madame Tatarescu'yu soruyorsunuz..." Bunu söyler söylemez içinde timsah yavruları olan çinko fıçıyı yerden kaldırıyor.

O yeşil pulların, pençelerin, kuyrukların, açık ağızların devinimini seyrederken kafama bir değnekle vurulmuş gibi oldum; o kadının adını işitir işitmez boğuk bir uğultu, bir gümbürtü, kıyamet borusundan başka bir şey duymaz oldu kulaklarım; ben kızım Sybille'i bu kadının yıkıcı etkisinden koparmış ve izimizi kaybettirmek için iki okyanus aşmıştım; nihayet kızım ve kendim için huzurlu ve sessiz bir yaşam kurmayı başarmıştım. Her şey boşunaydı: Vlada kızına ulaşmıştı ve Sibylle aracılığıyla beni yeniden ele geçirmişti; içimde en vahşi tiksintiyi, en karanlık çekimi yaratmayı sadece bu kadın becerebilirdi. Şimdiden onu tanıyabileceğim bir ileti göndermişti bana: Bu sürüngen ihtirasıyla bana kötülüğün onun için tek yaşamsal unsur olduğunu, dünyanın, asla kaçamayacağım bir timsah çukurundan başka bir şey olmadığını hatırlatmak istiyordu.

İşte şimdi aynı biçimde terastan eğilmiş, o sıvası dökük avlunun dibine bakıyordum. Gökyüzü ağarmak üzereydi, ama aşağısı hâlâ yoğun bir karanlık içindeydi ve onu boşluğa yuvarladığımızda ceketinin yenleri kanat gibi açılarak düştüğü ve silah patlamasını andıran bir gümbürtüyle kemikleri kırıldığı zeminde, şimdi bir lekeye dönmüş olan Jojo'yu zar zor seçebiliyordum.

Plastik torba elimde kalmıştı. Onu oracıkta bırakabilirdim, ama Bernadette, torbayı bulanların olayı çözebileceğinden korktuğu için yanıma alıp yok etmem daha iyi olacaktı.

Zemin kata indiğimizde asansörün kapısı açıldığında karşımızda elleri ceplerinde üç adam duruyordu.

"Merhaba Bernadette."

O da, "Merhaba," dedi.

Kızın bu adamları tanıyor olması hiç hoşuma gitmedi; Jojo'nunkinden biraz daha modern olsa bile adamların giyiniş tarzında tanıdık bir şeyler vardı.

"Ne taşıyorsun o torbada? Göster bakalım," diyor içlerinden en irisi.

"Bak işte. Boş," diyorum sakince.

Elini içine sokuyor. "Peki bu ne?" Elinde burnu kadife, siyah rugan ayakkabı var.

6

Fotokopisi çekilmiş sayfalar burada bitiyor, ama şimdi senin tek derdin okumayı sürdürebilmek. Kitabın kendisi bir yerlerde olmalı; bakışların bu arayışla dört bir yanı tarıyor, ama umudun çabuk kırılıyor; bu işyerinde kitaplara hammadde, yedek parça, söküp takılabilecek dişliler gözüyle bakılıyor. Ludmilla'nın neden seninle gelmek istemediğini şimdi anlıyorsun; kendinin de 'öteki tarafa' geçmiş, sadece okura özgü olan o kitapla ayrıcalıklı ilişki kurma özelliğini yitirmiş olmandan korkuyorsun: Yazılı olanı bitmiş ve kesin, eklenecek ya da çıkarılacak bir şeyi kalmamış yapıt olarak görme özelliğidir bu. Gene de Cavedagna'nın şuracıkta bile saf bir yazınla karşılaşma umudunu beslemesi sana güven veriyor.

Derken yaşlı redaktör cam kapılar arkasında yeniden beliriyor. Yakala kolundan, *Gölgenin Yoğunlaştığı Aşağıya Bakarak* kitabının devamını okumak istediğini söyle.

"Ah kim bilir nerededir... Marana ile ilgili evrakın tümü yok oldu. Daktilo yazıları, özgün metinleri, Kimber, Leh ve Fransızca dilinden olanların hepsi. Bir gün içinde hem kendi hem her şey yok oldu."

"Bir daha da haber çıkmadı mı?"

"Evet yazdı... Pek çok mektup aldık... Başı sonu olmayan öyküler... Size anlatamam, çünkü toparlamam mümkün değil. Bütün yazışmaları yeni baştan okumak saatler sürer..."

"Bir göz atabilir miyim?"

İşi derinlemesine takip etmek konusunda inat ettiğini gören Cavedagna arşivden "Marana Ermes" adlı dosyanın sana getirtilmesine izin veriyor.

"Biraz zamanınız var mı? İyi, şuraya oturun ve okuyun. Sonra ne düşündüğünüzü söyleyin bana. Bakalım siz bir şeyler anlayabilecek misiniz?"

Marana'nın, Cavedagna'ya mektup yazmak için daima işle ilgili gerekçeleri olmuş: çevirilerin tesliminde gecikmesine mazeret ileri sürme, avansın bir an önce ödenmesini isteme, kaçırılmaması gereken yeni yabancı yayınlar. Ama bu sıradan ofis yazışmaları arasında entrikalara, komplolara, anlaşılması güç şeylere göndermeler var ve bu göndermeleri ya da daha fazlasını söylemeyi neden istemediğini açıklamak için Marana sürekli daha çılgın ve karışık bir masalın içine dalıyor.

Mektuplar beş kıtaya dağılmış yerlerden gönderilmiş, ama belli ki normal postaya verilmemiş; bunları başka yerlerden postalayan rastlantısal ulaklara teslim edilmiş, çünkü zarf üzerindeki pullar mektubun yola çıktığı ülkeyle uyuşmuyor. Tarihsel sıra da belirsiz: Bazı mektuplarda bir öncekine gönderme yapan notlar var, ama tarihe bakarsanız daha önce yazıldığı anlaşılıyor; kimi mektuplarda son açıklamaların ileride yapılacağı vaat ediliyor, ama önceki sayfalar arasından çıkıyor.

Son mektuplar Güney Amerika'nın ücra bir köyü olduğu anlaşılan Cerro Negro'dan yazılmış, ama bu köyün And Dağları'nın bir tepesinde mi yoksa Orinoko ormanlarının bir köşesinde mi olduğu anlaşılamıyor, çünkü manzara tanımlamaları son derece çelişkili. İşte şimdi okumakta olduğun sıradan bir iş mektubuna benziyor: Nasıl oldu da orada Kimmer dilinde kitap yayımlayan bir yayınevi açılmıştır? Ve eğer bu yayınlar Güney ve Kuzey Amerika'ya yayılmış Kimmer göçmenleri arasındaki sınırlı sayıdaki okura hitap ediyorsa yayınevleri nasıl olur da en ünlü uluslararası yazarların *en yeni yapıtları*'nı Kimmer diline çevirip yayımlayabilir ve hatta bu yazarların özgün dillerindeki yapıtlarının *dünya yayın haklarına* sahip olabilirler? Öyle ki onların menajerliğini üstlendiği anlaşılan Ermes Marana, Cavedagna'ya ünlü İrlandalı yazar Silas Flannery'nin uzun zamandır beklenen yeni romanı *Bir-*

birine Bağlanan Çizgilerin Ağında adlı kitabının yayın hakkı için teklif sunuyor.

Gene Cerro Negro'dan gelen bir başka mektup ise esinlenilmiş bir çağrı tonu taşıyor: sözde yerel bir efsaneye dayanarak 'Öykülerin Babası' diye tanınan yaşlı bir Kızılderili'den söz ediliyor; yaşı bilinemeyecek kadar ihtiyar, kör ve ümmi olan bu kişi sürekli hiç bulunmadığı yerlerde ve zamanlarda geçen öyküler anlatıyor. Bu olguyu incelemek için antropologlardan ve parapsikologlardan oluşan heyetler geliyor: Ünlü yazarların romanlarının pek çoğunun daha piyasaya çıkmadan birkaç yıl önce kelimesi kelimesine 'Öykülerin Babası'nın boğuk sesinden dökülmüş olduğu gerçeği saptanıyor. Bazılarına göre ihtiyar Kızılderili anlatı malzemesinin evrensel kaynağıdır; bütün öteki yazarların bireysel yaratımlarının kaynaklandığı ana magmadır; başkalarına göre de sanrılar gördüren mantarlar tüketerek hayalî mizaçları çok güçlü olanların içsel dünyalarıyla iletişim kurabilen ve onların ruhsal dalgalarını yakalayabilen bir kâhindir; onun Homeros'un, *Binbir Gece Masalları*'nın veya *Popol Vuh*'un yazarının hatta Alexandre Dumas ve James Joyce'un yeniden cisim bulmuş sureti olduğunu söyleyenler de vardır; öte yandan Homeros'un asla ölmediği ve binlerce yıldır yaşamayı ve yaratmayı sürdürdüğü için beden değiştirmeye gerek duymadığını öne sürenler de çıkmıştır: Genellikle ona atfedilen iki destan dışında bilinen en ünlü anlatıların da onun kaleminden çıktığı söylenir. Ermes Marana bu yaşlı adamın saklandığı mağaranın girişine bir ses kaydı aygıtı koymuştur...

Ama New York'tan gelen bir önceki mektupta Marana yayımlanmamış kitapların kaynağına ilişkin farklı bir söylem getiriyor:

"Antetli kâğıttan da anlayacağınız üzere TYYEÜÖ'nün merkezi, eski Wall Street bölgesindedir. İş dünyası bu görkemli yapıları terk ettiğinden beri, bunların İngiliz bankalarından kaynaklanan kilisemsi görüntüleri iyice sevimsizleşti. Bir zile basıyorum. 'Benim, Ermes. Flannery'nin romanının ilk bölümünü getirdim.' İsviçre'den telefon ederek yaşlı gerilim yazarını, devamını bir türlü getiremediği yeni romanının başlangıcını bana vermesi konusunda ikna ettiğimi bildirdiğimden beri bekleniyordum; bilgisayarlarımızın yazarın biçimsel ve kavramsal modeline kusursuz sadakat göstererek metni geliştirmek için gerekli unsurlarla donatılarak programlandığını da biliyorlardı."

Serüvenci ruhunun onu sürüklemiş olduğu Kara Afrika'nın bir başkentinden yazdığını ileri süren Marana'ya bakılacak olunursa bu sayfaların New York'a nakli kolay olmamıştı:

"... uçağımız krema lülesi gibi duran bulutlara; ben Silas Flannery'nin uluslararası yayıncılığın peşinde olduğu ve büyük bir şans eseri olarak yazarın elinden kaptığım *Birbirine Bağlanan Çizgilerin Ağında* adlı kitabının değerli taslağına gömülmüştüm. Derken kısa namlulu bir makineli tüfeğin ağzı gözlüğümün köprüsüne dayanıverdi.

Silahlı gençlerden oluşan terörist bir grup uçağa el koymuştu; ter kokuları dayanılır gibi değildi; başlıca amaçlarının elimdeki roman taslağına el koymak olduğunu anlamakta gecikmedim. Kesinlikle DGÖ' ye bağlı gençlerdi ama yeni dönem militanları tanımıyordum; sakallı ve ciddi suratlar, kibirli davranışlar, hareketin hangi kanadına ait olduklarını belli eden özellikler değildi.

Hiçbir havaalanı bizi kabul etmediği için o kuleden bu kuleye dolaşan uçağımızın serseri rotasını uzun uzun anlatacak değilim. En sonunda insancıl eğilimleri olan diktatör, Başkan Butamatari perişan haldeki uçağımızın savan sınırındaki engebeli piste inmesine izin verdi ve aşırılık yanlısı militanların başı ile büyük güçlerin dehşet içindeki kançılaryası arasında arabuluculuk rolünü üstlendi. Biz rehineler için tozlu çöldeki çinko bir damın altında geçen günler gayet gevşek ve miskindi. Mavimsi akbabalar toprağı gagalayarak solucan çıkarıyorlardı".

Marana ve DGÖ korsanları arasında bir bağ olduğu, yüz yüze geldikleri anda onlara sesleniş biçiminden belli oluyor:

" 'Siz evinize dönün minik güvercinler ve önderinize bibliyografyasını güncellemek istiyorsa daha dikkatli bir keşif kolu göndermesini söyleyin...' Bana gafil avlanmış militanların uykulu ve üşütmüş ifadesiyle bakıyorlar. Kendini gizli kitaplara tapma ve araştırmaya adayan bu tarikat, görevlerine ilişkin yarım yamalak bilgi sahibi olan çocukların eline kalmış. 'İyi de sen kimsin?' diye soruyorlar bana. Adımı duydukları anda kaskatı kesiliyorlar. Örgütte yeni olduklarından beni görünce tanımamışlardı ve hakkımda tek bildikleri kovulmamdan sonra ortada dolaşan karalamalardı: Kim bilir kimin ve neyin emrinde ikili, üçlü hatta dörtlü çalışan bir ajan. Aslında tarafımdan kurulmuş olan Düzmece Güç Örgütü'nün pek güvenilir olmayan guruların etkisi altında kalması engellendiği sürece bir anlamı olduğunu kimse bilmiyor. 'Sen bizi *Wing of Light*'a* bağlı sandın değil mi, söyle haydi gerçeği...' diyorlar bana. 'Bilgin olsun, bizler *Wing of Shadow*'danız** ve senin tuzağına düşmeyiz!' Benim öğrenmek istediğim bu kadardı zaten. Omuzlarımı silkerek gülümsemekle yetindim. İster *Wing of Shadow* ister *Wing of Light* olsun, her iki taraf için de ben ortadan kaldırılması gereken bir haindim, ama bana burada bir şey yapmaları mümkün değildi, çünkü onlara sığınma hakkı tanıyan Başkan Butamatari'nin koruması altındaydım."

DGÖ korsanları bu taslağı ele geçirmeyi neden istiyorlardı? Bir açıklama bulma umuduyla kâğıtları karıştırıyorsun, ama okuduklarının çoğu Marana'nın diplomatik çözümüyle övünmesine ait; militanları silahsızlandıran ve Flannery'nin taslağını eline geçiren Butamatari, taslağın yazara geri verilmesini garanti ediyor, fakat bunun karşılığında bir hanedanlık romanı yazmasını, burada kendinin bir lider olarak imparatorluk tacı giymesini ve sınır komşularını ilhakını amaçlamasını haklı göstermesini istiyor.

"Anlaşma formülünü ortaya koyan ve görüşmeleri yürüten gene bendim. Kendimi, yazınsal ve felsefi yayınların değerlendirilmesinde uzman bir kuruluş olan "Merkür ve Esin Perileri" şirketinin temsilcisi olarak tanıttığım anda her şey yoluna girdi. Afrikalı diktatörün ve Kelt yazarın (taslağı kaçırarak farklı gizli örgütlerin el koyma planını bozmuştum) güvenlerini kazanmış-

* Işık Kanadı (Çev. N.)
** Gölge Kanadı (Çev. N.)

tım ve böylece tarafları hepsi için avantajlı bir sözleşme yapmak konusunda ikna etmem kolay oldu..."

Liechtenstein'dan yazılmış olan daha önceki bir mektup Flannery ve Marana arasındaki ilişkinin başlangıcını görmemizi sağlıyor: "Ortalıkta dolaşan söylentilere inanmamalısınız; bu söylentilere göre bu Alp prensliği yalnızca çok satan romanların üretken yazarının sözleşmelerini imzalayan ve yayın haklarını elinde bulunduran anonim şirketin finansal ve yönetimsel merkezine ev sahipliği yapıyormuş; kaldı ki bu yazarın nerede bulunduğunu hatta var olup olmadığını bilen yok... Beni savcılara, ajanslara yollayan sekreterlerle ilk karşılaşmalarım, sizin bilgilerinizi doğrular nitelikteydi. Yaşlı yazarın tüyler ürperten olaylar, cinayetler, cinsel ilişkilerle dolu sözel üretiminin zenginliğini sömüren bu anonim şirket verimli bir yatırım bankası yapısına sahip. Ne var ki ortama sıkıntılı ve kaygılı bir hava egemen olmuştu; sanki bir çöküşün eşiğinde gibiydiler...

Bunun nedenlerini keşfetmem uzun sürmedi: Flannery birkaç aydan beri krize girmişti; tek bir satır bile yazamıyordu; başladığı ve bu nedenle araya uluslararası finans kuruluşlarını sokarak dünyanın dört bir yanındaki yayınevlerinden avans aldığı ve kahramanlarının içtikleri alkollü içkilerin markaları, gidilen tatil beldelerinin, moda evlerinin, mobilyaların, ev aletlerinin adları bu konuda uzmanlaşmış reklâm ajanslarınca belirlenmiş olan sayısız roman beklenmedik, açıklanması olanaksız ruhsal bunalım yüzünden yarıda kalmıştı. Gölge-yazarlardan oluşan ve üstadın tarzını bütün renkleri ve ayrıntılarıyla taklit etmeyi bilen ekip bütün delikleri tıkamak, yarım kalan metinleri bir başkasınca yazıldığını hiçbir okuyucunun anlamayacağı biçimde tamamlamak, cilalamak üzere hazır bekliyordu... (Öyle anlaşılıyor ki Bizimkinin son ürününde de hatırı sayılır bir katkıda bulunmuşlardı). Ama şimdi Flannery herkese beklemelerini söylüyor, teslim tarihlerini uzatıyor, programdaki değişiklikleri bildiriyor, en kısa zamanda yeniden çalışmaya başlayacağına söz veriyor, yardım önerilerini reddediyordu. En kötümser söylentilere göre bir günce yazmaya koyulmuştu, bu bir düşünceler defteriydi, asla hiçbir şeyin gerçekleşmediği bu güncede sadece ruh halleri ve dürbünle balkondan saatlerce seyrettiği manzaranın tanımlanması yer alıyordu."

Marana birkaç gün sonra İsviçre'den pek sevinçli bir ileti gönderiyor: 'Şunu bir kenara yazın: Herkesin çuvalladığı noktada Ermes Marana başarır! Flannery ile baş başa konuşabildim: Şalesinin terasında, saksıdaki zinya çiçeklerini suluyordu. Düzenli ve huzurlu bir ihtiyarcık, sinir krizlerinden birine girmediği sürece gönül okşayıcı tavırları var... Size ona ilişkin pek çok haber aktarabilirim; bunların yazı işleriniz için çok değerli olduğunu düşünüyorum ve vermiş olduğum banka hesap numarama teleks ile gönderilecek olan bilgiyi aldıktan sonra bunu yapacağım..."

Marana'nın yaşlı yazarı ziyaret etmesine yol açan nedenler mektuplardan anlaşılamıyor: Kendini New York TYYEÜÖ'nün (Türdeş Yazınsal Yapıtların Elektronik Üretimi Örgütü) bir temsilcisi olarak takdim ettiği ortaya çıkıyor; romanını tamamlaması için ona teknik destek verebileceğini bildiriyor, (Flannery solgundu, titriyordu, taslağı göğsüne bastırıyordu. "Hayır, bu olmaz," diyordu, "buna asla izin vermeyeceğim...") biraz da Flannery'nin yapıtlarından utanmadan intihal yaptığı Belçikalı yazar Bertrand Vandervelde'nin haklarını korumaya gelmiş numarası yapıyor... Marana, Cavedagna'ya mektup yazarak, onu bu ulaşılması zor yazarla buluşturmasını istediğinde amacı yazara *Birbirine Bağlanan Çizgilerin Ağında* kitabında fon olarak Hint Okyanusu'nda bulunan ve "kobalt mavisi denizin kıyısında uzanan sarı-kızıl kumsallarıyla göz alan" bir adayı işlemesini önermekti. Bu öneri, Milano'da bulunan bir emlak yatırım şirketinden geliyordu, çünkü parsellenecek olan adada taksitle ve mektupla satılacak bungalovlar inşa edilecekti.

Marana'nın bu şirketteki görevi, 'Gelişmekte Olan Ülkelerin gelişmesi için, iktidara gelmeden önce ve sonra yaşanan devrimci hareketleri büyüteç altına alıp farklı rejim değişikliklerinde inşaat izni çıkarmayı güvence altına almakla sorumlu halkla ilişkiler uzmanı' idi. Bu sıfatı aldıktan sonra ilk olarak İran Körfezi'ndeki bir sultanlıkta inşa edilecek olan gökdelen ihalesine katılmıştı. Bu rastlantısal fırsat onun çevirmen kimliğiyle de örtüşünce, aslında sıradan Avrupalılara kapalı olan kapıların açılmasını sağlamıştı... "Sultan'ın son eşi bizim memleketten, duyarlı ve huzursuz bir hanım; coğrafi konum, yerel gelenekler ve saray adabı yüzünden çektiği yalnızlığı doymak bilmeyen okuma tutkusuyla dindiriyor..."

Genç Hanım Sultan, *Birbirine Bağlanan Çizgilerin Ağında* adlı romanı okurken kitabın üretiminde oluşmuş bir hata yüzünden yarıda bırakmak zorunda kalmış ve bu durumu kınayarak çevirmene bir mektup yazmıştı. Marana hemen Arabistan'a koşmuştu. "...Yüzü peçeli, gözleri çapaklı yaşlı bir kadın, onu izlememi söyledi. Hanım Sultan beni üzeri örtülü bir bahçede, bergamot ağaçlarının, kuşların, fıskıyelerin arasında karşıladı; mavi bir giysi giymiş, yüzüne beyaz altın sırmalı yeşil ipekten peçe takmış, alnına bir sıra akuamarin taşı dizmişti...."

Bu genç Hanım Sultan'a ilişkin daha fazla şey öğrenmek istiyorsun; gözlerin ince pelür kâğıtlar üzerinde huzursuzca dolaşıyor; kadının bir anda karşına çıkmasını hayal eder gibisin... Ama sanki Marana da sayfaları doldururken seninle aynı arzu içindeymiş gibi; kadın saklandıkça, o peşinden gidiyor... Bir mektuptan ötekine, durum iyice karışıyor: Cavedagna'ya "çöl kıyısında gösterişli bir saraydan" yazan Marana ansızın ortadan yok olmasına mazeret olarak Sultan'ın özel görevlilerince buraya gelmeye zorlandığını (ya da çekici bir anlaşmayla ikna edildiğini) ve önceki işini sürdüreceğini bildiriyor... Sultanın eşi beğenisine uygun kitaplardan asla yoksun kalmamalıydı: Ortada evlilik anlaşmasının özel bir maddesi vardı; gelin, nikâhtan önce yüce talibine böyle bir koşul ileri sürmüştü... Genç prensesin Batı dillerinde yayımlanmış olan ve özgün dillerinden okuduğu yeni yapıtları izlediği sakin balayından sonra durum çetrefil bir hal aldı... Sultan haklı olarak devrimci bir komplodan çekiniyordu. Gizli servisler, hükümet karşıtı kişilerin bizim alfabemizle basılmış sayfalarda şifreli mesajlar bulunabileceğini keşfettiler. O andan başlayarak Sultan ambargo uygulanmasını ve sınırları içindeki bütün kitaplara el konmasını buyurdu. Hanım Sultan'ın özel kitaplığına gönderilen kitaplar kesiliyor. Kişilikten kaynaklanan –bazı ipuçlarıyla anlam kazanan– güvensizlik yüzünden Sultan, karısının devrimcilerle gizli işbirliği yaptığından kuşkulanmaya başlıyor. Ne var ki evlilik anlaşmasına konan ünlü maddenin uygulanmaması kraliyet hanedanını yaralayacak bir kopuşa neden olabilirdi; nitekim hanımefendi tam Bertrand Vandervelde'nin son yapıtını okumaya başladığında kitabının elinden koparılıp alınması üzerine girdiği öfke nöbetinde ağzından bu tehdidi savurmakta gecikmedi...

İşte tam o sırada Sultanlığın gizli servisleri Ermes Marana'nın bu romanı Hanımefendi'nin anadiline çevirdiğini öğrendiler, değişik düzeyde bahanelerde onu Arabistan'a taşınmaya ikna ettiler. Hanım Sultan her akşam önceden belirlenmiş sayıda roman sayfasına kavuşuyordu; roman artık özgün dilinde değildi, Hanım Sultan'a çevirmenin elinden çıkmış taze bir metin geliyordu. Özgün dildeki harflerin ya da sözcüklerin dizimi arasına gizlenmiş bir şifre var idiyse bile, bu tehlike ortadan kaldırılmış oluyordu...

"Sultan beni çağırtarak, kitabın bitmesi için daha kaç sayfa çeviri yapmam gerektiğini sordu. Siyasi ve evlilikle ilgili sadakatsizlik kuşkularında en korktuğu ânın romanın bitmesini izleyecek olan gerilim boşalması olduğunu anladım; yeni bir kitaba başlamadan önce karısı bu koşulun yarattığı sıkıntıya kapılacaktı. İşbirlikçilerin harekete geçmek için Hanım Sultan'dan işaret beklediklerini biliyordu, ama karısı okurken, saray havaya bile uçsa rahatsız edilmeme konusunda kesin talimat vermişti... Öyle bir durumdan korkmak için benim de kendime göre nedenlerim vardı, çünkü bu benim saraydaki ayrıcalığımı yitirmem anlamına gelecekti..."

Bundan yola çıkarak Marana, Sultan'a Doğu'nun yazınsal geleneğinden esinlenen bir yönerge önerir: Çeviriyi en heyecanlı yerinde kesecek ve bir başka roman çevirmeye girişecektir, ama basit bir yöntemle birinci romanın bir kahramanını buna dahil edecektir; sözgelimi ilk romanın bir kahramanı bir kitap açıp okumaya başlayacaktır... Bu arada ikinci roman da yarıda kalacak ve yerini çok geçmeden bir dördüncüye açılan üçüncüye bırakacaktır; bu böyle sürüp gidecektir...

Bu mektupları gözden geçirirken pek çok farklı duygu seni huzursuz kılıyor. Araya giren kişi sayesinde devamının tadını çıkaracağına sevindiğin kitap bir kez daha yarıda kesiliyor... Ermes Marana zehrini edebiyat cennetine akıtan bir yılan gibi görünmeye başlıyor senin gözüne... Dünyanın bütün romanlarını anlatan Kızılderili kâhinin yerini şimdi sonu havada kalan roman başlangıçlarıyla karşına çıkan düzenbaz çevirmenin yarattığı tuzak-roman alıyor... Ayaklanma da aynı biçimde yarıda kalmıştı, işbirlikçiler ünlü suç ortaklarını boş yere ilan etmeyi bekliyor, akmayan zaman Arabistan ovaları üzerinde ağırlığını hissettiriyordu... Okuyor musun yoksa hayal mi kuruyorsun? Bir yazı manyağının masalları seni bu kadar mı etkiliyor? Sen de mi o petrol ülkesinin Hanım Sultanı hakkında düşler kuruyorsun? Arap saraylarında romanları birbirine ulayan adamın bahtını mı kıskanıyorsun? Onun yerinde olmayı, bu seçkin ilişkiyi kurabilmeyi, senin de Ludmilla ile olası kılmayı hayal ettiğin biçimde aynı anda iki kişi tarafından okunan kitap aracılığıyla ulaşılacak olan o içsel ritim birlikteliğini mi yakalamak istiyorsun? Marana'nın kaleminden çıkan ve bir yüze sahip olmayan o kadın yerine zaten tanıdığın bir Kadın Okur'un yüz hatlarını yerleştirmeden edemiyorsun; Ludmilla'nın şu muson mevsiminde, cibinlikler altında yan yattığını, dalgalı saçlarının sayfalara döküldüğünü görür gibi oluyorsun; saray entrikaları kılıçlarını sessizce bilerken, kadın kendini okumaya veriyor, çünkü yağlı katran katmanları üzerinde çorak kumların uzandığı, Devlete ilişkin ve enerji kaynaklarının paylaşılması nedenleriyle ölümün kol gezdiği bu dünyada tek hayat biçimi budur.

Yazışmaları yeniden gözden geçirerek Hanım Sultan'a ilişkin daha yeni haberler arıyorsun... Başka kadınların bir görünüp bir kayboluşlarını izliyorsun:

Hint Okyanusu kıyısında 'kara gözlükler takmış, bedenini fındık yağı ile yağlamış, varlığıyla kızgın güneş ışınları arasına meşhur bir New York dergisini kalkan etmiş' bir kadın uzanıyor. Okumakta olduğu sayıda Silas Flannery'nin yeni gerilim romanının başlangıcı veriliyor. Marana ona, İrlandalı yazarın birinci bölümü dergide yayımlayarak, romanında viski ya da şampanya markalarına, otomobil modellerine, turistik mekânlara yer vermeye hazır olduğunun işaretini verdiğini söylüyor. "Sanki ne kadar çok reklamdan komisyon alırsa hayal gücü o kadar işlek oluyor." Kadın hayal kırıklığına uğruyor, çünkü o gerçek bir Silas Flannery hayranı. "Benim yeğlediklerim," diyor, "ilk sayfadan başlayarak insanda huzursuzluk yaratan romanlardır..."

Silas Flannery, İsviçre şalesinin terasında üçayak üstüne takılmış dürbünüyle vadinin iki yüz metre ötesinde bir başka terasta şezlonga uzanmış, romanını okumaya koyulmuş genç bir kadını seyrediyor. "Her gün orada," diyor yazar, "tam yazı masama oturmaya niyetlendiğimde ona bakma gereksinmesi duyuyorum. Kim bilir ne okuyor? Benim kitaplarımdan biri olmadığını biliyorum ve bu bende içgüdüsel bir rahatsızlık yaratıyor; kitaplarımın aynen onun okuduğu gibi okunmaları konusunda kıskançlık hissediyorum. Ona bakmaktan usanmıyorum: Sanki bir başka uzam ve zamanda asılı bir kürenin içinde yaşıyor gibi. Yazı masamın başına geçiyorum, ama zihnimde yarattığım hiçbir öykü yansıtmak istediğimle örtüşmüyor." Marana bu nedenle mi artık çalışamadığını soruyor. "Ah, hayır yazıyorum," yanıtını veriyor, "onu seyrettiğimden beri yazar oldum. Günbegün, her saat buradan gördüğüm o kadının okumasını izlemekten başka bir şey yapmıyorum. Onun yüzünde okumayı arzu ettiği şeyi görüyorum ve oturup aynen onu kaleme alıyorum..." Marana buz gibi bir ifadeyle, "Fazlasıyla sadık kalıyorsunuz ona," diye araya giriyor. "Bertrand Vandervelde'nin hem çevirmeni hem ajansı olma sıfatıyla, genç kadının okuduğu *Gölgenin Yoğunlaştığı Aşağıya Bakarak* romanından intihal yapmaman konusunda seni uyarıyorum!" Flannery'nin beti benzi atıyor; zihninde şu anda tek bir kaygı var sanki: "Yani sizce, kızın böylesi obur bir tutkuyla okuduğu kitaplar Vandervelde'nin romanları mı? İşte buna katlanamam..."

Afrika'daki havaalanında, kaçırılan uçağın rehineleri uzandıkları yerde kendilerini yelpazeleyerek ya da gece ısı düşünce hosteslerin dağıttığı battaniyelere sarınarak bekleşirlerken Marana bir kenara çekilmiş; umursamazlık içerisinde, kollarını, bir sehpa oluşturmak için karnına doğru çektiği dizlerinin altında birleştiren, saçları yüzünü örterek kitaba dökülen, sanki her şey oracıkta, bir sonraki bölümde belli olacakmış gibi sayfaları eliyle gevşekçe çeviren kıza hayranlık duyuyor. "İnsan kalabalığı içinde uzadıkça uzayan kötülüğün dönüşümü her birimizin ifadesine ve tavrına yansırken bu kadın uzak bir ay içerisinde korunmuş, yalıtılmış, sarınmış gibi görünüyor..." Ve Marana bunun üzerine şöyle düşünüyor: DGÖ korsanlarını, bu tehlikeli operasyona girişmelerine değecek olan kitabın benim elimden kaptıkları değil, asıl bu kızın okuduğu kitap olduğu konusunda ikna etmeliyim...

New York'ta, kontrol odasında, bilekleri oturduğu koltuğa bağlanmış, üzerine tansiyonölçer ve dinleme aleti kayışı takılmış, gür saçları altında kalan şakakları ensefalogramın dolambaçlı telleriyle sıkıştırılmış okur kızda uyarıların sıklığı ve dikkatinin yoğunluğu ölçülüyor. "İşimiz kontrol denemeleri yaptığımız öznenin duyarlılığına bağlı: Vericinin sağladığı roman ve türevlerini aralıksız okuma sürecine sokabilmemiz için özellikle görüşü ve sinirleri güçlü biri olmalı. Okuma dikkati belli bir süreklilik içerisinde belli değerlere ulaşırsa, ürün geçerlidir ve piyasaya sürülebilir; oysa dikkat yavaşlar ve dağılırsa bileşim ıskartaya çıkarılır ve buradaki temel bilgiler alınıp başka metinlerde kullanılır. Beyaz gömlekli adam beyin kayıtlarını, takvim yaprağı gibi birbiri ardına yırtıyor. 'Kötüden de beter!' diyor. 'Ortaya tek bir roman çıkmıyor. Ya program yeniden gözden geçirilmeli ya da okurun kullanım süresi geçti.' Koşum gözlüklerine ve siperlik arasında kalan incecik yüze bakıyorum; kulaklarını tıkayan tıkaçlar ve çenesini hareketsiz kılan boğazlık yüzünden ortama karşı kayıtsızlık gösteriyor. Sonu ne olacak acaba?"

Marana'nın umursamaz bir edayla ortaya attığı bu soruya yanıt bulamıyorsun. Soluğunu tutmuş, bir mektuptan ötekine, okurun uğradığı dönüşümleri sanki hep aynı kadından söz edilirmişçesine izlemiştin. Zaten farklı kişiler söz konusu olsaydı bile sen tümüne Ludmilla'nın görünümünü yakıştırıyordun. Kaldı ki, artık romandan bekleyebileceğimiz tek şeyin gömülmüş kaygıları uyandırması olduğunu söyleyen o değil miydi; romanın o kaçamayacağı sıradan ürün olma yazgısından kurtulmasının tek koşulu buydu. Ekvator güneşi altında üryan yatan kız imgesi senin gözünde Hanım Sultan kimliğiyle peçenin ardına gizlenenden daha inandırıcıydı, ama bir çimento şirketinin buldozerlerine yol açmak için Avrupa dışı devrimlere bulanarak dolaşan Mata Hari de söz konusu olabilirdi. Bütün bu imgeleri kovalıyorsun ve Alpler'in duru havası altında uzanan şezlongu getiriyorsun gözlerinin önüne. İşte artık her şeyi oracıkta terk etmeye, yola çıkmaya, Flannery'nin sığınağını bulmaya hazırsın; ister okuyan kadına dürbünle bakarsın, ister bunalıma girmiş yazarın güncesinde onun izini sürersin... (Yoksa seni dürtükleyen başka bir ad ve imza taşısa bile *Gölgenin Yoğunlaştığı Aşağıya Bakarak* romanına kaldığın yerden devam edebilmek duygusu mu?) Ne var ki, Marana şimdi sana daha tedirgin edici haberler iletiyor: Kaçırılmış uçağın rehinesi derken bir de Manhattan'ın sefil mahallesindeki tutsaktan söz ediyor. Oraya nasıl düştü ve neden bir işkence aygıtına zincirlendi? Onun doğal yükümlülüğü olan okumak neden bir işkenceye dönüştürüldü? Hangi gizli plan bütün bu kahramanların yollarının sürekli kesişmesine yol açıyor: O kız mı, Marana mı, taslakları çalan gizemli tarikat mı?

Bu mektupların şurasına burasına dağılmış ipuçlarından Düzmece Güç Örgütü'nün iç çatışmalar yüzünden parçalanmış ve kurucusu Ermes Marana'nın denetiminden sıyrılmış olduğunu öğreniyorsun; örgüt şimdi iki kola ayrılmıştı: Işık Baş Meleği'nin aydınlanmış müritlerinden oluşmuş bir tarikat ile Gölge'nin Arkonte'sinin* nihilistlerinden oluşan bir başka tarikat ortaya çıkmıştı. Birinci tarikatın üyeleri dünyaya yayılmış düzmece kitaplar içinde belki insandışı ya da dünyadışı gerçeklerin yansıtıldığı kitapların ele geçirilebileceğini savunuyorlardı. İkinciler ise sadece kasıtlı kalpazanlığın, saptırmanın, yalanın

* Yunanca arkhonontos kelimesinden türeyen bu figürler gnostik teogoni ve kozmogonide yargıç ve maddi dünyanın denetçileri rolündedirler. (Çev. N.)

bir kitaptaki mutlak değeri, egemen sözde gerçeklerle zehirlenmemiş bir gerçekliği temsil edebileceğini öne sürüyorlardı.

"Asansörde yalnız olduğumu sanıyordum," diye yazıyor Marana gene New York'tan, "ama ansızın yanımda bir karaltı yükseliveriyor: Çalı gibi gür saçları olan bir delikanlı bir köşeye büzüşmüştü; kaba kumaştan paçavralara bürünmüştü. Zaten bu bir asansörden çok katlanır bir parmaklıkla kapanan kafes biçiminde bir yük taşıma aracıydı. Her katta ıssız çölleri andıran mekânlar beliriyor, taşınmış mobilyaların ve sökülmüş boruların izlerini taşıyan soluk duvarların, küflenmiş tavanlar ve zeminlerin çölü. Uzun bilekli kırmızı elleriyle delikanlı asansörü iki kat arasında durduruveriyor.

'Taslağı bana ver. Onu başkalarına değil, bize getirdin. Sen tam tersini düşünüyor olsan bile. Yazarı pek çok düzmece olanını yazmış olsa bile bu *gerçek* bir kitap. Bu nedenle bize yakışıyor.'

Bir judo hareketiyle beni yere seriyor ve taslağı kapıyor. O anda anlıyorum ki, genç fanatik Silas Flannery'nin ruhsal bunalımının güncesini ele geçirdiğini sanıyor; oysa elindeki onun sıradan gerilim romanlarından birinin taslağı. Gizli tarikatların, işlerine geldiği gibi ister doğru, ister yanlış olsun hemen her haberi almalarını olağanüstü buluyorum. Flannery'nin yaşadığı bunalım Düzmece Güç Örgütü'nün iki rakip kolunu harekete geçirmişti ve zıt umutlarla hafiyelerini romancının şalesinin çevresindeki vadiye yaymışlardı. Gölge Kanadı'ndan olanlar bu büyük dizi roman yazarının sanatçı kişiliğine artık güvenmediğini bildiklerinden, bir sonraki romanın bayağı ve göreceli kötü niyetten, mutlak ve temel kötü niyete bir sıçrayış olacağını, bilgi olarak düzmeceliğin başyapıtı sayılacağını, bu nedenle de uzun zamandan beri peşinde oldukları yapıtın bu olduğuna inanmışlardı. Işık Kanadı'na ait olanlar ise böylesi bir yalan profesyonelinin bunalımından bir gerçeklik tufanından başka bir şey doğmayacağına inanmışlardı ve yazarın bunca sözü edilen güncesinin bu olduğunu düşünüyorlardı. Flannery tarafından çıkarılan söylentiye göre ben onun son derece önemli bir taslağını çalmıştım ve iki kanat da kendi aradıkları nesnenin bu olduğuna ikna olup peşime düşmüşlerdi; Gölge Kanadı uçağı, Işık Kanadı ise asansörü kaçırmıştı...

Genç ağaççık, taslağı montunun içine sakladı, asansörden dışarı süzüldü, parmaklığı yüzüme kapattı ve şimdi son bir tehdit savurduktan sonra aşağı inmem için asansörün düğmelerine basıyor: 'Seninle işimiz bitmedi Aldatmaca Ajanı! Kalpazanların makinesine zincirlenmiş olan Kız kardeşimizi kurtaracağız şimdi!' Yavaş yavaş aşağı inerken gülüyorum. 'Makine falan yok sevgili ispinozum! Kitapları bize yazdıran Öykülerin Babası'dır.'

Asansörü geri çağırıyor. 'Öykülerin Babası mı dedin?' Beti benzi attı. Tarikatın müritleri yıllardan beri bütün kıtalarda kör ihtiyarı arıyorlar, çünkü adama ait efsane sayısız farklı mekânda dilden dile dolaşıyor.

'Evet, git bunu Işığın Baş Meleği'ne yetiştir! Öykülerin Babası'nı bulduğumu söyle! Adam elimde ve benim için çalışıyor! Elektronik makine de neymiş!' Bu kez inmek için düğmeye ben basıyorum."

Bu noktada üç arzu aynı anda yüreğinde çırpınmaya başlıyor. Sana kalsa hemen yola düşersin, Okyanus'u aşarsın, Güney Haçı takımyıldızı altındaki anakarayı baştan başa aşarsın, Ermes Marana'nın son sığınağını bulursun, gerçeği ağzından alırsın ya da en azından yarıda kalan romanların devamını öğrenirsin. Aynı anda Cavedagna'ya sana hemen sözde (ya da gerçek) Flannery'nin yazdığı *Birbirine Bağlanan Çizgilerin Ağında* adlı kitabı okutabilir mi diye sormak istiyorsun çünkü bu belki de gerçek (ya da sözde) Vandervelde'nin *Gölgenin Yoğunlaştığı Aşağıya Bakarak* romanıyla aynı şey olabilir. Ludmilla ile buluşacağın kafeye koşmak; araştırmanın karmakarışık sonuçlarını anlatmak ve onu gördüğün zaman Ludmilla ile yalan söyleme hastası çevirmenin dünyada rastladığı kadın okurlar arasında ortak hiçbir şey olamayacağı konusunda kendini ikna etmek için sabırsızlanıyorsun.

Bu son iki arzunun gerçekleşmesi son derece kolay ve birbirleriyle çelişmiyor. Kafede Ludmilla'yı beklerken Marana'nın gönderdiği kitabı okumaya başlıyorsun.

Birbirine Bağlanan Çizgilerin Ağında

Bu kitabın iletmesi gereken ilk duygu bir telefon zilini işittiğim zaman hissettiğimle aynı olmalıdır; gereken diyorum, çünkü yazılı sözcüklerin en ufak bir fikir bile verebileceklerinden kuşkuluyum: Benimkinin bir reddetme, bu saldırgan ve tehditkâr çağrıdan kaçış tepkisi olduğunu açıklamam yetmez; bu aslında bana azap ve rahatsızlıktan başka bir şey getirmeyeceğini çok iyi bilmeme karşın yanıtlamak için telaş ettiğim o sesin buyruğuna uymaya iten ivedilik, dayanılmazlık, zorlama duygusudur. Öte yandan kalçamın çıplak etine batan okun paralayıcı yangısı gibi bir eğretileme kullanmak bile bu ruh halimi tanımlamaya yeterli olmayacaktır; bu, tanınan bir duyumu dile getirmek için hayalî bir duyuma başvurulmayacağından değildir, çünkü hiç kimse okla yaralandığında ne hissedildiğini bilemez; bunu kolayca hayal edebileceğimizi zannederiz, –bilinmeyen ve yabancı yerlerden bize ulaşan bir şeyin varlığında korunmasız, savunmasız kalma duygusu: İşte bu telefon zili için de pekâlâ geçerlidir, okun iniş çıkışsız, tartışmasız amansızlığı telin öteki ucunda olan ve görmediğim kişinin bütün niyetlerini, ilişkilerini, kararsızlıklarını dışta tutar; zaten o daha ağzını açmadan, ben ne söyleyeceğini bilemesem bile söylemek üzere olduğu şeyin bende yaratacağı tepkiyi tahmin edebilirim. En ideali, kitabın tamamen benim varlığımın işgal ettiği mekânın duygusunu vererek başlamasıdır, çünkü çevremde, telefon da dahil olmak üzere hareketsiz nesnelerden başka bir şey yoktur; bu öyle bir mekândır ki, sanki kendi içsel zamanımda yalıtılmış olan benden başka bir şeyi kapsayamaz ve bir de zamanın sürekliliğinin kesilmesi, mekânın, bir zil sesiyle çınladığı için artık aynı mekân olmaması, arayan öznenin iradesine bağlı olarak benim varlığımın az önceki varlığımla aynı olmaması durumu da vardır.

Belki de hata, en başta evim diyebileceğim kapalı bir mekânda telefonun ve benim bulunduğumu saptamakla başlıyor; oysa benim iletmem gereken, çalmakta olan, ama belki de beni aramayan, benimle hiçbir ilgisi olmayan pek çok telefonla ilişkimin durumu, ama bütün telefonlar tarafından aranma olasılığımı olası ya da en azından düşünülebilir kılmak için tek bir telefon tarafından aranmam yeterlidir. Sözgelimi benimkine yakın bir evde telefon çaldığında ve bir an için acaba benim telefonum mu çalıyor diye düşündüğümde hemen ortaya çıkan kuşku asılsız olsa da iz bırakır; aslında belki de bu telefon banadır, ama karşı taraf yanlış numara çevirmiştir veya hatlardaki bir karışıklık yüzünden komşunun telefonu çalmıştır; kaldı ki o evde yanıt verecek kimse yoktur ve telefon çalmayı sürdürmektedir; işte o zaman telefon sesinin kaçınılmaz bir biçimde uyandırdığı saçma mantık içinde şöyle düşünürüm: Belki de gerçekten banaydı, belki de komşu evde ve bunu bildiği için telefona bakmıyor, belki de arayan yanlış bir numarayı aradığını biliyor, ama beni bu ruh halinde tutmak için bunu özellikle yapıyor, çünkü yanıt vermem gerektiğini bildiğim halde yanıt veremiyorum.

Ya da tam evden çıktığım sırada, benim evimde ya da komşuda çalan bir telefonu duyduğumda telaş içinde geri döndüğüm, merdivenleri hızla çıktığım için soluk soluğa kaldığım, tam vardığımda kesilen telefon sesi yüzünden arananın ben olup olmadığını anlayamadığım zamanlarda hissettiğim bir tedirginlik var.

Ya da sokaktayken tanımadığım evlerde çalan telefon seslerini işitiyorum; bu, tanımadığım, varlığımın kimse tarafından bilinmediği kentlerde bile başıma geliyor; o durumda bile telefonun çaldığını işittiğim her sefer saniyenin birinci salisesinde ilk düşüncem o telefonun bana geldiği oluyor; ikinci salisesinde ise şimdilik bütün aramalardan muaf olmanın verdiği rahatlamayı hissediyorum, ulaşılamaz ve selamette olduğumu düşünüyorum, ama bu huzur sadece saniyenin bir salisesi kadar sürüyor, çünkü hemen ardından sadece bu çalmakta olan telefonun olmadığını, yüz binlerce kilometre ötedeki evimin ıssız odalarında aynı anda telefonun çaldığını aklıma getiriyorum ve yeniden yanıt vermenin olanaksızlığı ve gerekliliği arasında paramparça oluyorum.

Her sabah derslerim başlamadan önce bir saat jogging yapıyorum, eşofmanımı giyip koşmak üzere dışarı çıkıyorum, çünkü hareket etme gereksinmesi duyuyorum, çünkü hekimler üzerimde baskı kuran oburlukla baş edebilmem ve sinirlerimi yatıştırmam için bunu önerdiler. Burada gün boyunca eğer kampüse, kütüphaneye, meslektaşların seminerlerini dinlemeye ya da üniversite kafesine gitmezsen nereye gideceğini bilemezsin; bu nedenle pek çok öğrenci ve meslektaşın yaptığı gibi tek çare tepedeki akçaağaçlarla söğütler arasında enine boyuna koşmaktır. Çıtırdayan yaprakların örttüğü patikalarda birbirimize rastlar ve kimi zaman şöyle deriz: "Merhaba!"; kimi zaman ses etmeyiz çünkü soluğumuzu idare etmemiz gerekir. Öteki sporlara oranla bu da koşmanın avantajlarından biridir: Herkes kendi yoluna gider ve ötekilere hesap vermek zorunda kalmaz.

Tepe baştan başa meskûn ve ben, hepsi birbirinden farklı, ama hepsi birbirine benzeyen bahçeli, iki katlı ahşap evlerin önünden koşarken, arada sırada bir telefonun çaldığını işitirim. Bu beni sinirlendirir; ister istemez koşmamı yavaşlatırım; telefona birisinin yanıt verip vermediğini anlamak için kulak kabartırım ve zil sesi sürerse sabırsızlanırım. Koşuma devam ederken, içinde telefon çalan bir başka evin önüne gelirim ve şöyle düşünürüm: "Beni izleyen bir telefon var, birisi yol haritasına bakarak Chestnut Lane üzerindeki bütün numaraları sırayla arıyor ve bana yetişip yetişmediğini anlamak için birbiri ardına evlerin telefonunu çeviriyor."

Kimi zaman evler bütünüyle sessiz ve ıssızdır; ağaçlarda sincaplar koşuşur, saksağanlar onlar için tahta kaplara bırakılmış buğdayı gagalamak için dallardan yere inerler. Koşarken bir tür alarm duygusu içine girerim ve kulağım daha sesini işitmeden zihnim zil olasılığını kaydeder; handiyse onu davet eder, onu yokluğunun içinden çeker ve o anda evlerin birinde önce boğuk, sonra yüksek bir sesle bir zil sesi duyulmaya başlar; belki de kulağım duymadan önce titreşimlerini içimdeki bir anten yakalamıştır ve işte o zaman saçma bir çılgınlığa kapılırım, merkezinde o evde çalan telefonun bulunduğu bir çemberin içinde tutsak olurum, uzaklaşamadan koşarım, süratimi kesmeden döner dururum.

"Şimdiye dek kimse yanıtlamadıysa, bu evde kimsenin bulunmadığına işarettir... Peki o halde neden aramayı sürdürüyorlar? Ne umuyorlar? Belki de içeride bir sağır yaşıyordur ve ısrar ederlerse işitileceğini zannediyorlardır. Belki içeride yaşayan kişi felçlidir ve ahizeye sürünene kadar ona uzun bir zaman tanımak gereklidir... Belki içerideki kişi intihar etmek üzeredir ve telefonu uzun uzun çaldırarak onu bu son adımı atmaktan vazgeçirmeye uğraşıyorlardır..." Belki de yararlı olmaya çalışmam gerektiğini düşünüyorum, o sağıra, felçliye intihar etmek üzere olana el uzatmalıyım... Ve tabii, –içimde işleyen saçma mantık yüzünden– böyle yaparsam beni arayıp aramadıklarını öğrenmiş olurum diye düşünüyorum...

Koşmaya ara vermeden demir kapıyı itiyorum, bahçeye giriyorum, evin çevresinde bir tur atıyorum, arkadaki bahçeyi keşfediyorum, garajın, bahçe aletlerinin durduğu kulübenin, köpek yuvasının arkasından dolaşıyorum. Her taraf ıssız, boş görünüyor. Arkadaki açık pencereden dağınık bir oda ve masanın üstünde çalmayı sürdüren telefon görünüyor. Kepenk çarpıyor; pencere pervazı, lime lime olmuş perdeye takılıyor.

Evin etrafında üç tur attım bile; hırsız olduğum sanılmasın diye jogging hareketleri yapmayı, dirseklerimi ve topuklarımı kaldırmayı, koşu ritmiyle soluk almayı sürdürüyorum; beni şu anda şuracıkta yakalasalar telefonun çalışını işittiğim için girdiğimi açıklamam zor olur. Bir köpek havlıyor, burada değil, görünmeyen bir başka evin köpeği; ama bir an için 'havlayan köpek' sinyali 'çalan telefon' sinyalinden daha güçlü oluyor ve bu beni tutsak eden çemberde bir gedik açılmasına yarıyor: İşte yeniden yoldaki ağaçların arasında koşmaya başlıyorum, giderek hafifleyen telefon sesini arkamda bırakıyorum.

Artık hiçbir evin kalmadığı yere kadar koşuyorum. Bir çayırda durup soluklanıyorum. Esneme, bükülme hareketleri yapıyorum, soğumasın diye bacaklarımı ovuyorum. Saate bakıyorum. Geç kaldım, öğrencilerimi bekletmek istemiyorsam, dönmeliyim. Ders yapmam gereken saatte ormanlarda koştuğum söylentisi yayılırsa fena olur... Hiçbir şeye takılmadan dönüş yoluna giriyorum, o evi tanımayacağım bile, farkına bile varmadan geçeceğim önünden. Kaldı ki her şeyiyle bütün öteki evlerle aynı ve onu ötekilerden ayırmanın tek yolu, olanaksız bir şey, ama hâlâ çalmakta olan telefon olurdu...

Yokuş aşağı koşarken bu düşünceleri zihnimde evirip çevirdikçe zil sesini yeniden işitir gibi oluyorum, bu duyuşum giderek daha belirgin ve açık; işte ev yeniden görüş alanıma girdi ve telefon çalmaya devam ediyor. Bahçeye giriyorum, evin arkasına dolaşıyorum, pencereye koşuyorum. Ahizeyi kaldırmam için elimi uzatmam yetiyor. Soluk soluğa, "Burada değil," diyorum... Ahizenin öteki ucundan belli belirsiz sabırsızlanan ve beni en çok soğukluğu ve dinginliği etkileyen ses şöyle diyor:

"Şimdi iyi dinle. Marjorie burada, az sonra uyanacak, ama bağlı ve bir yere kaçamaz. Adresi iyi kaydet: 115, Hillside Drive. Gelip alsan iyi olur; yoksa bodrumda bir bidon gaz ve saate bağlı bir plastik mermi var. Yarım saat sonra bu ev alevler arasında kalacak."

"Ama ben..." diye söze başlıyorum.

Çoktan kapadılar.

Şimdi ne yapacağım? Elbette bu telefondan polisi, itfaiyeyi arayabilirim, ama benim, bu işle bizzat hiçbir ilgim olmadığını onlara nasıl açıklayabilir, nasıl bir mazeret bulabilirim? Yeniden koşmaya başlıyorum, evin etrafından dolaşıyorum ve yeniden yola çıkıyorum.

Marjorie kusura bakmasın, ama başını böyle derde soktuğuna göre kim bilir ne hikâyelere karışmıştır ve şimdi onu kurtarmak için ortaya atılacak olursam onu tanımadığıma kimseyi inandıramam, bir rezalet yaşanır; ben buraya ziyaretçi profesör olarak davet edilmiş bir başka üniversitenin öğretim üyesiyim; bu durumda her iki üniversitenin seçkinliği tehlikeye girer...

Elbette, birinin hayatı tehlikedeyse bu gibi düşünceler ikinci planda kalmalıdır... Koşmamı yavaşlatıyorum. Şu evlerin birine girip polise telefon etmek için izin isteyebilirim, ilk olarak bu Marjorie'yi, hatta hiçbir Marjorie'yi tanımadığımı söyleyebilirim...

Doğrusunu söylemek gerekirse, bu üniversitede adı Marjorie olan bir kız var; Marjorie Stubbs: Derslerime katılan kızlar arasında hemen dikkatimi çekti. Hani şöyle söyleyeyim, kız çok hoşuma gitmişti, ne yazık ki ona bazı kitaplar ödünç vermek için evime davet ettiğimde utanç verici bir durum ortaya çıkmıştı. Onu çağırmam bir hataydı: Derslerimin ilk günleriydi ve burada nasıl bir insan olduğum henüz bilinmiyordu; niyetimi yanlış anlayabilirdi, şüpheli bir durum çıktı ortaya, sevimsiz bir yanlış anlama, tabii telafisi artık mümkün değil, çünkü bana alaycı bir bakışı vardı, ben kekelemeden konuşamıyordum onunla, öteki kızlar da bana alaycı gözlerle bakmaya başlamışlardı...

İşte şimdi Marjorie adının içimde uyandırdığı bu tedirginliğin hayatı tehlikede olan bir başka Marjorie'yi kurtarmamı engellemesini istemem... Kaldı ki aynı Marjorie söz konusu olabilir... Kaldı ki, o telefon özellikle benim için çalmış olabilir... Güçlü bir gangster çetesi beni göz hapsinde tutuyordur, her sabah o yolda koştuğumu biliyordur, belki de adım adım izlemek için tepeye bir dürbün kurmuşlardır, o ıssız eve yaklaştığımda telefonu çaldırmışlardır, çünkü aradıkları benimdir, o gün evimde Marjorie'nin karşısında nasıl küçük düştüğümü bildikleri için benim peşimdedirler....

Farkına bile varmadan kendimi kampüsün kapısında buluyorum, üzerimde eşofmanım, ayağımda lastik ayakkabılarım buraya kadar geldim; eve uğrayıp üstümü değiştirmeyi, kitaplarımı almayı akıl etmedim; şimdi ne yapacağım? Kampüsün içinde koşmayı sürdürüyorum, küçük gruplar halinde çimenliği geçen kızlara rastlıyorum, bunlar benim dersime giden öğrenciler, katlanamadığım alaycı gülümsemeyle yüzüme bakıyorlar.

Koşu adımlarımı bozmadan Lorna Clifford'u durduruyorum ve ona, "Stubbs burada mı?" diye soruyorum.

Clifford gözlerini kırpıştırıyor: "Marjorie mi? İki gündür görünmüyor, ne oldu ki?"

Ben çoktan koşmaya başladım bile. Kampüsten çıkıyorum. Grosvenor Avenue'ya, sonra Cedar Street'e, daha sonra da Maple Road'a sapıyorum. İyice soluksuz kaldım, koşuyorum, çünkü ayağımın altındaki toprağı, göğsümdeki ciğerleri hissetmez oldum. İşte Hillside Drive'dayım. On bir, on beş, yirmi yedi, elli bir; neyse ki numaralar onar onar atlıyor, hızlı ilerliyor. İşte 115. Kapı açık, merdivenleri çıkıyorum, loş bir odaya giriyorum. Ağzına tıkaç takılmış Marjorie divana bağlanmış oturuyor. Onu çözüyorum. Kusuyor. Horlayan gözlerle bakıyor bana.

"Sen bir alçaksın!" diyor bana.

7

Bay Cavedagna'nın sana ödünç verdiği Silas Flannery romanını okuyup Ludmilla'yı bekleyerek bir kafe masasında oturuyorsun. İki beklenti zihnini meşgul ediyor: İçsel bekleyişin okumayla ilgili ve Ludmilla randevu saatine geç kaldı. Dikkatini okumaya verip onu beklemeye odaklanan ilgini dağıtmaya çalışıyorsun ve sanki onun sayfaların içinden çıkıp karşına dikilmesini umuyorsun. Ama artık okuyamıyorsun, roman, gözlerinin önündeki sayfada takılıp kalıyor, sanki yalnızca Ludmilla'nın gelişi olaylar zincirini yeniden harekete geçirebilirmiş gibi.

Adını sesleniyorlar. Garsonun masalar arasında dolaşarak yinelediği ad, seninki. Kalk ayağa, telefona çağrılıyorsun. Ludmilla mı acaba? Evet, o. "Sonra söylerim. Şu anda gelemem."

"Dinle: Kitap elimde! Hayır, o değil, hiçbiri değil: yeni bir tane. Dinlesene..." Herhalde kitabı telefonda anlatacak değilsin. Sus da kızı dinle, bakalım ne diyor sana.

"Sen gel," diyor Ludmilla, "evet, benim evime. Şimdi evde değilim, ama geç kalmayacağım. Erken gelirsen içeri girebilir ve beni bekleyebilirsin. Anahtar paspasın altında."

Yaşayışındaki bu rahatlık, paspasın altındaki anahtar, geleceğe güven, elbette çalınacak pek bir şey olmaması. Verdiği adrese koşuyorsun. Boş yere zili çalıyorsun. Söylediği gibi evde değil. Anahtarı buluyorsun. İndirilmiş panjurların loşluğuna giriyorsun.

Yalnız bir kızın, Ludmilla'nın evi: Tek başına yaşıyor. İlk doğrulamak istediğin bu muydu? Bir erkeğin varlığını gösterecek işaretler var mıydı? Yoksa mümkün olduğu sürece bunu öğrenmekten kaçınmak, bilmezlikte, kuşkuda kalmak mı istiyorsun? Elbette seni çevreyi karıştırmaktan alıkoyan bir şeyler var (panjurları kaldırdın, ama çok az). Belki de dedektif gibi araştırma yaparsan kızın güven duygusuna layık olmayacağın kuruntusu bu. Belki de yalnız bir kıza ait bir apartman dairesinin nasıl olduğunu çoktan ezbere bildiğini sanıyorsun, çevrene bakınmadan evde bulunanların dökümünü çıkarabileceğini sanıyorsun. Birörnek bir uygarlıkta, belirlenmiş kültürel modeller içinde yaşıyoruz: Döşeme tarzı, dekorasyon unsurları, örtüler, teyp sunulmuş birkaç olasılık arasından seçilmiş. Gerçekte nasıl bir kız olduğuna ilişkin ne söyleyebilir ki bunlar sana?

Ya sen, Kadın Okur, sen nasılsın? Şu âna dek sen diye hitap edilen, yalancı bir 'ben'in kopyası ya da erkek kardeşi olan eril bir kişiydi, ama romanın gerçek bir roman sayılabilmesi için İkinci Bölüm'de Üçüncü Şahıs olarak dahil olan sana hitap etmenin zamanı gelmiştir, çünkü o İkinci Eril kişi ile Üçüncü Dişil kişi arasında bir şeyler olmalı, bir biçim kazanmalı, insani olayların evrelerine uygun olarak bir şeyler gerçekleşmeli ya da bozulmalıdır. Ya da: Yaşadığımız insani olaylar aracılığıyla zihinsel modelleri izleyerek. Ya da: Yaşadığımız insani olaylar aracılığıyla zihinsel modelleri izleyerek onları yaşamayı sağlayan anlamlar.

Bu kitap, şimdiye dek okumakta olan Erkek Okur'a, okunmakta olan Erkek Okur ile özdeşleşme olanağını açık bırakmak konusunda özen göstermiştir. Bu nedenle onun doğrudan Üçüncü Kişi, kahraman (oysa Üçüncü Kişi olarak sana Ludmilla gibi bir ad takıldı) olmasına yol açacak bir ad verilmedi ve o her özel niteliğe ve eyleme uygun düşecek adılların soyut koşulları içinde tutuldu. Bakalım Kadın Okur, bu kitap, çerçevesinden başlayıp dört bir yanından sıkıştırarak ve biçiminin sınırlarını belirleyerek gerçek bir portreni çizebilecek mi?

Erkek Okur'un karşısına ilk olarak bir kitapçıda çıktın, rafların arasından sıyrılarak form kazandın, kitapların sayısı senin bir Kadın Okur olarak ortaya çıkman konusunda adeta gerekliydi. Evin, okuduğun mekân olarak bize kitaplarının hayatında tuttuğu yer hakkında bir şeyler söyleyebilir, bunlar senin dış dünyayı kendinden uzak tutmak için kullandığın bir kalkan mı, uyuşturucu misali içine battığın bir hayal mi, yoksa dışarıya, kitaplar aracılığıyla boyutlarını genişletmek ve çoğaltmak istediğin dış dünyaya uzattığın bir köprü mü?

Mutfak, evin sana ilişkin en fazla şey söyleyebilecek köşesi: Yemek pişiriyor musun yoksa pişirmiyor musun (bu konuda evet denilebilir, her gün değilse bile oldukça düzenli bir biçimde pişiriyorsun), bunu sadece kendin için mi, yoksa başkaları için de yapıyor musun (genellikle sadece kendin için pişirsen bile sanki başkaları için yapıyormuşsun gibi özenli davranıyorsun; kimi zaman başkaları için yemek yaptığında da sanki kendin için yapıyormuşsun gibi umursamaz davranıyorsun), sadece karnını doyurmaya mı bakıyorsun, yoksa gastronomiye meraklı mısın (malzemelerin ve aletlerin en azından niyet olarak uğraş gerektiren ve gösterişli tariflere uyduğunu gösteriyor; iştahlı olduğun söylenemez, ama sahanda yumurtayla akşam yemeğini geçiştirmek seni kederlendirebilir), ocak başında dikilmek senin için acı veren bir zorunluluk mu yoksa aynı zamanda bir haz mı (küçük mutfağın içinde, zorlanmadan kolayca hareket edebileceğin biçimde döşenmiş; burada fazla oyalanmak istemiyorsun, ama bulunduğun ânı da keyifli kılmak istiyorsun). Elektrikli küçük ev aletleri onlara özel bir saygı payesi verilmese de yararları göz ardı edilmeyeceğinden yararlı hayvancıklar gibi yerlerinde duruyor. Aletler, estetik bir kaygıyı da göz önüne seriyor (tek bir tanesi yetecekken büyükten küçüğe dizilmiş hilal biçimindeki bıçaklar bir sergi niteliği taşıyor), ama süsleme unsurlarına şirin olmaları izni verilse de aynı zamanda yararlı nesneler. Sana malzemeler ipucu verebilir: Kimi sıkça kullanılan, kimi koleksiyonu tamamlamak üzere konmuş baharatlar; hardallar için de aynı şey söylenebilir; hemen el altına gerdanlık gibi dizilmiş baş baş sarmısaklar yemekle sıradan ve umursamaz bir ilişkin olmadığını gösteriyor. Buzdolabına şöyle bir göz atmak da değerli veriler sağlayabilir: Yumurta rafında tek bir yumurta kalmış; limon desen yarım ve kurumuş; sözün özü olmazsa olmaz malzemeler konusunda ihmal dikkati çekiyor. Buna karşılık kestane püresi, siyah zeytin, bir kavanoz tekesakalı var: Belli ki alışveriş yaparken evde noksan olanları unutup orada sergilenen mallara kapılıyorsun.

Demek ki, mutfağını inceleyerek senden dışadönük ve aydınlık bir kadın imgesi yaratılabilir; duyarlı ve sistemlisin, çözüm odaklı becerini hayal gücünün emrine veriyorsun. Bir insan, yalnızca mutfağını görerek sana âşık olabilir mi? Kim bilir: Belki daha önceden de buna meyilli olan Erkek Okur olabilir.

Anahtarını verdiğin Erkek Okur, evi incelemeyi sürdürüyor. Çevrende biriktirdiğin pek çok şey var: yelpazeler, kartlar, parfüm şişeleri, duvara asılı kolyeler. Ama her nesne yakından incelendiğinde beklenmedik bir biçimde ne denli özgün olduğunu belli ediyor. Nesnelerle ilişkin kişisel ve seçici: Yalnızca senin olduğunu hissettiğin şeyler senin oluyor: Bu nesnelerin fizikselliğiyle ilgili, onları görmenin ve dokunmanın yerine geçen akılla ya da duyguyla edinilen bir düşünceyle değil. Bir kez onu senin kıldığında, sana ait olduğu damgasını vurduğunda, artık orada öylesine duruyor olmaktan kurtuluyorlar, sanki bir söyleşinin parçasıymış, işaret ve simgelerden oluşmuş bir anıymış gibi bir anlam kazanıyorlar. Sahiplenme duygun var mıdır? Kim bilir, belki bunu ifade edebilecek kadar parça yoktur: Şimdilik, kendine yönelik olarak sahip olma duygun olduğunu, kendinin bir yönünle özdeşleştirdiğin ve yitip gitmesinden korktuğun ipuçlarına tutunduğun söylenebilir.

Duvarın bir köşesinde çerçevelenmiş ve birbirine yakın asılmış bir dizi fotoğraf var. Kime ait fotoğraflar bunlar? Senin ve kadın, erkek başka kişilerin değişik yaşlarına ait pek çok fotoğraf olduğu gibi, sanki aile albümünden çıkarılmış gibi duran çok eski fotoğraf da var ve bütün bunlar bir arada belirli kişileri anımsamaktan çok, varoluşun katmanlarını üst üste dizme yükümlülüğünü üstlenmişler gibi duruyor. Çerçeveler birbirlerinden farklı; çiçekli on dokuzuncu yüzyıl, gümüş, bakır, mine, bağa, deri, ahşap bir arada: Yaşanmış bu hayat parçacıklarını değerlendirme niyetine yanıt verdiği gibi, burada bir çerçeve koleksiyonu olabilir ve fotoğraflar sadece bunların içlerini doldurmaya yarıyordur; nitekim bazı çerçevelerde gazetelerden kesilmiş resimler var, bir tanesinde okunmaz olmuş eski bir mektup duruyor, bir başkası da boş.

Duvarın geri kalanında ne bir şey asılı ne bir mobilya dayalı. Aslında bütün ev biraz böyle: Duvarların şurası çıplak, burası silme dolu; sanki ipuçlarını sıkışık bir yazıya yoğunlaştırmışsın ve çevresini dinlenebilmek, soluklanabilmek için boş bırakmışsın gibi.

Mobilyaların ve üzerlerindeki süslemelerin dizilişi de hiç simetrik değil. Yaratmaya çalıştığın düzende (sahip olduğun mekân dar, ama olduğundan büyük görünmesi için belli bir emek harcadığın aşikâr) belli bir planı uygulamayı değil, sahip olduğun nesneler arasında uyum yaratmayı gözetmişsin.

Pekâlâ, tertipli misin, dağınık mı? Evin, belirgin sorulara evet ya da hayırla yanıt vermiyor. Bir düzen kavramın var, bu doğru; aynı zamanda zor beğenir olduğun da belli, ama bu fikir pratikte yöntemsel bir uygulamayı yansıtmıyor. Evine gösterdiğin ilgi inişli çıkışlı; gündelik yaşamının güçlükleri, keyfinin iyi ya da kötü olması bunu belirliyor.

Bunalımlı mı yoksa neşeli misin? Evin, bunalımlı anlarında sana kucak açabilmek için, bilgeliğini kullanarak neşeli anlarından yararlanmayı bilmiş.

Gerçekten konuksever misin, yoksa tanıdıkları eve alma işi bir umursamazlık gösterisi mi? Erkek Okur sana ayrılmış olduğu açıkça belli olan yerleri işgal etmeden, rahatça okuyabilmek için oturabileceği bir yer arıyor: Zihninden geçen düşünce, kurallarına uyduğu sürece bir konuğun senin evinde kendini çok rahat hissedeceği.

Başka? Saksılardaki çiçekler günlerdir sulanmamışa benziyor; belki de özellikle fazla bakım istemeyen çiçeklerden seçmişsindir. Öte yandan odalarda kedi, köpek, kuş izi de yok: Zorunluluklarını artırmamaya bakan bir kadın olduğun belli; bu da hem bencilliğin hem de başka ve daha dışsal nedenlerin işareti olabilirken bir yandan da seni başkalarıyla ilgilenmek, onların öykülerine, hayatlarına, kitaplarına katılmak zorunda bırakan doğal dürtülerin simgesel ipucu sayılabilir.

Kitaplara bakalım. Özellikle ortalıkta duranlara bakınca kitabın senin gözündeki işlevinin hemen oturup okumak olduğu anlaşılıyor; inceleme, başvuru aracı olmayan yapıtlar belli bir düzen içinde kitaplığa dizilecek unsurlar da değil. Belki arada sırada kitaplık raflarını şöyle bir elden geçirmişsindir, ama bütün sınıflandırma çabaların farklı öğelerin yanaşmasıyla hızla boşa çıkmıştır. Ciltleri yan yana dizerken gözetilen ilk nokta uzunlu kısalı boyutları olurken, ikinci nokta da kronolojik olarak kitaplığa kaldırılış sıraları; belli ki aradığın kitabı hemen bulabiliyorsun; zaten fazla sayıda kitap da yok (öteki kitaplıklarını başka evlerinde, varoluşunun farklı süreçlerinde bırakmış olmalısın), kaldı ki okuduğun bir kitabı yeniden aramak zorunda kalmadığın da ortada.

Sözün kısası Yeniden Okuyan Bir Kadın Okur'a benzemiyorsun. Okuduğun her şeyi gayet iyi anımsıyorsun (kendin hakkında öğrenilmesini sağladığın ilk konu buydu); belki de senin için her kitap okunduğu belli bir zamanla özdeşleşiyordur. Belleğinde sakladığın gibi, kitapları birer nesne olarak hemen elinin altında tutmaktan hoşlanıyorsun.

Kitapların arasında, bir kitaplık oluşturmayan, bu bütün içerisinde ölü ya da uyuyan bir bölüm olduğu dikkati çekiyor; burası bir kenara kaldırılmış, bir veya ender olarak ikinci kez okunmuş ya da okumadığın, okumayacağın ama gene de sakladığın (ve tozunu aldığın) kitaplara ait; canlı olduğu gözlenen bölüm ise okumakta olduğun, okumaya niyet ettiğin, henüz kopamadığın, elinin altında tutmayı, yeniden görmeyi sevdiğin kitaplardan oluşuyor. Mutfaktaki malzemelerin tersine, burası canlı bir bölüm, tüketim bekletmeden yapılıyor, sanki daha sana ait şeyler bunlar. Pek çok kitap çevreye dağılmış durumda, kimi açık, kiminin arasına bir ayraç sokuşturulmuş, kiminin sayfası köşesinden kıvrılmış. Belli ki birkaç kitabı aynı anda okuma alışkanlığın var, günün farklı saatlerinde dar da olsa evinin farklı köşelerinde farklı okumalar yapmayı seviyorsun: Komodin için seçilmiş gece kitapları da var, koltuğun yanına, mutfağa, banyoya yakıştırılan kitaplar da. Portrene eklenen önemli bir temel bilgi daha olabilir: Zihninde durulacak ya da koşulacak zamanları birbirinden ayırmaya yarayan içsel duvarlar var; böylece paralel yollarda seçenekler yaratarak bunlara yoğunlaşabiliyorsun. Aynı anda birkaç hayat yaşamak istediğin anlamına gelebilir mi bu? Ya da gerçekten öyle mi yaşıyorsun? Bir kişiyle ya da bir mekânda yaşadığın şeyi bir başkasıyla ve başka bir yerde yaşadığından ayırıyor musun? Her deneyiminde bir hoşnutsuzluk yaşayacağını ve bunun bütün hoşnutsuzlukların toplamıyla denkleşeceğini mi düşünüyorsun?

Erkek Okur, kulaklarını dikmenin vaktidir. Sinsice içine sızan kuşku henüz kabullenmediğin kıskançlık kaygını beslemekte. Aynı anda birkaç kitap birden okuyan Kadın Okur Ludmilla, bir öykünün yaşatabileceği hayal kırıklığına izin vermemek için başka öyküleri de izliyor...

(Kitabın seni gözden yitirdiğini sanmayasın, Erkek Okur. Sen hitabından Kadın Okur'a yönelen cümle az sonra yeniden sana dönebilir. Sen daima olası senlerden birisin. Seni gözden yitirmeye kim cüret edebilir, bu 'ben'in kaybı kadar korkunç bir felakettir. İkinci tekil şahısta ilerleyen bir söylemin roman haline gelebilmesi için en azından iki farklı, ama zamandaş sen gereklidir ki, bunlar eril o, dişil o, onlar kalabalığından sıyrılabilsin.)

Böyle olmakla beraber Ludmilla'nın evindeki kitapların görüntüsü senin içini rahatlatıyor. Okumak yalnızlıktır. Açık bir kitabın iki yüzü, istiridyeyi barındıran kabukları misali Ludmilla'yı koruyor. Olası, hatta kesin bir başka erkeğin varlığı silinmese de uzaklaştırılıyor. İki kişi bir arada olunduğunda bile insan yalnız başına okur. O halde ne arıyorsun burada? Okumakta olduğu kitap sayfalarına nüfuz ederek, kabuğunun içine sızmak mı istiyorsun? Erkek Okur ile Kadın Okur arasındaki ilişki birbirinden ayrı olan ve sadece ayrı deneyimlerin kısmi karşılaştırılmalarıyla iletişim kuran iki istiridye kabuğundan farklı değildir.

Kafede okumakta olduğun ve devam etmek için sabırsızlandığın kitap, sonradan ona verebilmen için yanında; bu kitap aracılığıyla başkalarının kazdığı, dolayısıyla yabancı bir ses tarafından, o sessiz hiç kimse tarafından mürekkep ve basım aralıklarından oluşturulmuş kelimelerden tünel aracıyla onunla iletişim kurabilirsin; bu tünel artık size ait olabilir, ikinizin arasında bir dil, size özgü bir şifre yaratıp birbirinize işaretler vermeye, birbirinizi daha iyi tanımaya yarayabilir.

Kilitte bir anahtar dönüyor. Sürpriz yapmak, hem kendine, hem ona burada bulunmanın doğal bir durum olduğunu kanıtlamak istercesine sessiz kalıyorsun. Ama ayak sesleri onunkilere benzemiyor. Holde yavaş yavaş bir adam beliriyor, perdelerin arasından gölgesini seçiyorsun, deri bir mont giymiş, eve aşina adım sesleri bir şey ararmış gibi oyalanmakta. Kim olduğunu tanıyorsun. Bu Irnerio.

Nasıl bir tutum takınacağına hemen karar vermen gerekiyor. Kendi eviymiş gibi içeriye girmesini görmenin yarattığı hayal kırıklığı burada sanki gizlenmiş durumunda yakalanmanın verdiği rahatsızlıktan daha büyük. Kaldı ki, Ludmilla'nın evinin arkadaşlarına açık olduğunu gayet iyi biliyordun: Anahtar paspasın altında. Zaten içeriye girdiğinden beri yüzü olmayan gölgeler sana sürünüp durur gibi. Irnerio en azından tanıdığın bir hayalet. Sen de onun için öylesin.

"Ah, sen de buradasın ." Seni fark eden o, ama bir şaşkınlık belirtisi göstermiyor. Az önce senin ona yansıtmak istediğin doğallık şimdi seni sevindirmiyor.

"Ludmilla evde değil," en azından bilgi verme ya da mekânı sahiplenme konusunda öncelikli adımı atmak istiyorsun.

"Biliyorum," diyor umursamazlıkla. Çevreye bakınıyor, kitapları karıştırıyor.

Onu kışkırtmak istercesine, "Sana yardımcı olabilir miyim?" diye sürdürüyorsun sözlerini.

"Bir kitap arıyordum," diyor Irnerio.

"Hiç okumadığını sanıyordum," diye karşı çıkıyorsun.

"Okumak için değil. Yapmak için. Ben kitaplarla bir şeyler yapıyorum.

Nesneler. Evet, heykeller, tablolar gibi nesneler, ne ad verirsen işte. Bir sergi bile açtım. Kitapları tutkalla yapıştırıyorum, öylece duruyor. Kapalı, açık; kimi zaman şekil de veriyorum, yontuyorum, içlerinde delik açıyorum. Kitap, işlemek için güzel bir malzeme, insan birçok şey yapabilir onunla."

"Ludmilla onaylıyor mu bunu?"

"İşlerim hoşuna gidiyor. Bana tavsiyelerde bulunuyor. Eleştirmenler yaptığım şeylerin önemli olduğunu söylüyorlar. Şimdi bütün yapıtlarımı bir kitapta topluyorlar. Beni Bay Cavedagna ile görüştürdüler. Kitaplarımın fotoğraflarının olduğu bir kitap olacak. Bu kitap basıldığı zaman bunu da bir ya da pek çok yapıt yapmakta kullanacağım. Sonra bunu başka bir kitaba alacaklar ve böyle sürüp gidecek."

"Ludmilla kitaplarını alıp götürmene onay veriyor mu diye sormuştum."

"O kadar çok kitabı var ki... Kimi zaman üzerinde çalışmam için işine yaramayanları verir bana. Ama bana sıradan bir kitap yetmez. Sadece hissedersem ortaya bir yapıt çıkar. Öyle kitaplar var ki, bana hemen ne yaratabileceğimi esinler; bazıları öyle değildir, hiç işe yaramaz. Kimi zaman aklıma bir fikir gelir, ama doğru kitabı bulamadığım için gerçekleştiremem." Bir raftaki kitapları karıştırıyor; birini eline alıp tartıyor, sırtına, kesimine bakıyor ve yerine bırakıyor. "Bana sevimli gelenleri de vardır, katlanamadıklarım da; bunlar da dönüp dolaşıp önüme çıkar."

Bu barbar istilacıyı Ludmilla'dan koruduğunu sandığın Büyük Kitap Seddi, onun rahatlıkla dağıttığı bir oyuncağa dönüşüyor. Ters ters gülüyorsun. "Ludmilla'nın kitaplığını ezbere bildiğin söylenebilir herhalde."

"Ah, aşağı yukarı hep aynı şeyler... Ama kitapları bir arada görmek güzel bir duygu. Kitapları seviyorum."

"Anlayamadım."

"Evet, çevrede kitaplar olmasından hoşlanıyorum. Bu nedenle, Ludmilla'nın evinde kendimi iyi hissediyorum. Sana da öyle gelmiyor mu?"

Sık bir ormanda yaprakların yoğunluğu misali yazılı kâğıtlar bolluğu da bu mekânı sarıp sarmalıyor, hayır, bunu daha çok kaya katmanlarına, arduvaz şeritlerine, tortul kayaç yapraklarına benzetebiliriz: Sen de Irnerio'nun gözleri aracılığıyla Ludmilla'nın canlı varlığının kopup ayrılabileceği fonu görmeye çalışıyorsun. Güvenini kazanmayı başarırsan, Irnerio kafanı karıştıran sırrı, yani Okumayan Erkek Okur ile Kadın Okur arasındaki ilişkiyi açıklayacak. Hemen bu konuda bir şeyler sor, aklına ne gelirse onu. "İyi ama," işte aklına tek gelen bu, "o okurken sen ne yapıyorsun?"

"Okurken seyretmemin bir sakıncası yok," diyor Irnerio. "Hem zaten kitap okuyan birileri olmalı değil mi? En azından ben okumak zorunda olmadığım için mutlu oluyorum."

Pek sevinecek bir şey yok Erkek Okur. Aralarındaki yakınlıkla ilgili olarak sana açıklanan sır birbirini tamamlayan iki hayat ritminden ibaret. Irnerio için önemli olan anbean yaşananlar; sanat onun gözünde hayat enerjisinin harcanması demek, yoksa geriye kalan bir yapıt olması, Ludmilla'nın kitaplarda aradığı o hayat birikimi anlamını taşımıyor. Ama bir biçimde okumaya gerek duymadan birikmiş olan enerjiyi o da kabul ediyor ve enerjisini bir an için harcayabileceği yapıtlara maddi destek olarak Ludmilla'nın kitaplarını kullanarak bu birikimi dolaşıma sokuyor.

Irnerio, bir kitabı montunun cebine sokarken, "Bu işime yarar," diyor.

"Hayır, onu bırak. O benim okumakta olduğum kitap. Üstelik benim bile değil, Cavedagna'ya iade etmem gerekiyor. Sen başka bir tane seç. Bak, şu da ona benziyor..."

Kırmızı ciltli bir kitap aldın eline: "Silas Flannery'nin Yeni Şaheseri"; bu bile Flannery'nin roman dizisinin karakteristik bir çizgisi olduğunu gösteriyor. Ama sadece grafiğin özelliği değil: Kapakta yer alan ad da dikkat çekici: *Birbiri....* Aynı kitaptan iki tane var! İşte bunu beklemiyordun. – Bu gerçekten çok acayip! Ludmilla'nın bunu daha önce okumuş olduğunu hiç tahmin etmezdin...

Irnerio ellerini çekiyor. "Bu Ludmilla'nın değil. Ben bununla uğraşmak istemiyorum. Artık bunlardan piyasada kalmamıştır sanıyordum."

"Neden? Kimin bu? Ne demek istiyorsun?"

Irnerio kitabı iki parmağıyla tutuyor, küçük bir kapıya yöneliyor, onu açıyor, kitabı oradan atıveriyor. Peşinden gittin; küçük bir sandık odasına başını uzattın; üstünde daktilo duran minik bir masa, bir kayıt cihazı, sözlükler ve kalın bir dosya görüyorsun. Dosyanın en üstündeki sayfayı alıyor, ışığa çıkıyor ve okuyorsun: *Ermes Marana Çevirisi.*

Yıldırım çarpmışa dönüyorsun. Marana'nın mektuplarını okurken her an Ludmilla ile karşılaştığını sanmıştın... Çünkü onu düşünmeden edemiyorsun: Durumu böyle açıklıyordun, aşkının bir kanıtı olarak görüyordun. Şimdi, Ludmilla'nın evinde dolaşırken gene Marana'nın izine rastlıyorsun. Bu senin peşini bırakmayan bir takıntı mı? Hayır, başlangıçtan beri aralarında bir ilişki olduğu hissine kapılıyordun... Şimdiye dek kendi kendine oynadığın bir oyunu andıran kıskançlık, şimdi seni sımsıkı yakaladı. Üstelik sadece kıskançlık da değil: Kuşku, güvensizlik, kimse ve hiçbir şey hakkında emin olamayacağın duygusu... Yarıda kalan kitabın peşinden giderken bunu Kadın Okur ile birlikte sürdürdüğün sürece sana özel bir heyecan yaşatıyordu; bu iz sürme sana gizemlere, kandırmalara, dönüşümlere başvurarak elinden kaçan kızı kovalamayı anımsatıyordu...

"Ama... Marana'nın ne ilgisi var?" diye soruyorsun. "Burada mı yaşıyor?"

Irnerio başını sallıyor. "Buradaydı. Üzerinden çok zaman geçti. Bir daha dönmemesi gerekir. Ama bütün öykülerine öyle çok sahtekârlık sindi ki, onun hakkında söylenen her şey yalandır. En azından bunu başardı. Onun buraya getirdiği kitaplar, dışarıdan gelen başka kitapların aynıdır, ama ben uzaktan hemen ayırt ederim. O odanın dışında artık ona ait hiçbir kâğıdın kalmamış olması gerekirdi. Ama arada sırada ondan bir iz çıkıveriyor karşımıza. Kimi zaman, kimse yokken buraya gelip bu kitapları onun ortaya bıraktığını, her zamanki değiş tokuşlarını yaptığını düşünüyorum...

"Ne değiş tokuşu?"

"Bilmem... Ludmilla onun elinin değdiği her şey, öyle değilse bile sahteye dönüşür diyor. Benim tek bildiğim, işlerimi onun kitaplarıyla yaparsam ortaya sahte bir iş çıkacağıdır: Her zaman yaptıklarımın aynı bile olsa, öyledir."

"Peki Ludmilla neden ona ait şeyleri o odada tutuyor? Dönmesini mi bekliyor?"

"O buradayken, Ludmilla mutsuzdu... Okuyamaz olmuştu... Sonra kaçıp gitti. Önce Ludmilla gitti. Sonra da adam..."

Gölge uzaklaşıyor. Soluk alıyorsun. Geçmiş kapandı. "Ya adam yeniden ortaya çıkarsa?"

"Ludmilla gene gider..."
"Nereye?"
"Eh.. İsviçre'ye... Ne bileyim ben?"
"İsviçre'de başkası mı var?" İçgüdüsel olarak dürbünlü yazar geldi aklına.
"Diyelim ki bir başkası var, ama bu bambaşka bir öykü... Polisiye yazarı ihtiyar..."
"Silas Flannery mi?"
"Diyordu ki, Marana onu gerçek ve sahte arasındaki farkın sadece bizim önyargımız olduğu konusunda ikna ettiğinde, Ludmilla kabak bitkisinin kabak yapması gibi, gerçekten kitap yapan birini görmek istediğini söylerdi, o böyle derdi..."
Ansızın kapı açılıyor. Ludmilla giriyor, paltosunu bir koltuğun üstüne atıyor, paketlerini de. "Ah, ne güzel! Ne çok arkadaş! Geç kaldığım için özür dilerim."

Onunla oturmuş çay içiyorsun. Irnerio da burada olmalıydı ama koltuğu boş.
"Şuradaydı. Nereye gitti?"
"Çıkmış olmalı. O bir şey demeden gelir ve gider."
"Senin evine böyle girilip çıkılır mı?"
"Neden olmasın? Sen nasıl girdin?"
"Ben ve benim gibi pek çok kişi."
"Ne var bunda? Kıskançlık sahnesi mi?"
"Buna hakkım var mı?"
"Belli bir noktaya varınca hakkın olacak mı sanıyorsun? Eğer öyleyse, hiç başlamayalım daha iyi."
"Neye başlamayalım?"
Fincanını sehpaya bırakıyorsun. Koltuktan kalkıp onun oturduğu divana geçiyorsun.

(Başlamak. Bunu sen söyledin Kadın Okur. İyi ama bir öykünün tam başladığı an nasıl saptanır ki? Her şey daima daha önceden başlamıştır, her romanın ilk sayfasının ilk satırı, kitabın dışında olmuş bir şeye göndermedir. Ya da gerçek öykü on ya da yüz sayfa sonra başlayacaktır ve öncesi yalnızca girizgâhtır. İnsan türünün bireylerinin hayatları daimi bir örgü oluşturur, geri kalandan bağımsız bir anlama sahip olan yaşanmışlık parçasını –sözgelişi her ikisi için de mutlak bir anlam taşıyan tanışma– bir tarafta yalıtma konusunda atılacak her adımda; her ikisinin de beraberinde birtakım olaylar, ortamlar, insanlarla dokunmuş bir örgü getirdiği ve bu buluşmadan da kendi ortak öykülerinden kopacak bambaşka öyküler türeyeceği unutulmamalıdır.)

Birlikte yataktasınız, Erkek Okur ve Kadın Okur. Artık sizden ikinci çoğul şahısla söz etmenin zamanı geldi, bu son derece ciddi bir işlem, çünkü sizi tek bir özne olarak görmekle eşanlamlı. Size söylüyorum, buruşuk çarşafın altında ayırt etmenin pek mümkün olmadığı düğüm. Belki daha sonra herkes kendi yoluna gidecek ve öykü dişi sen, erkek sen ünlemleriyle vites değiştirmek zorunda kalacak, ama şimdilik bedenleriniz ten tene, duyuların en cömertçe paylaşılanını ararken, titreşim ve dalgalar alıp vermeye, doluluklarla boşlukları iç içe kılmaya çalışırken, zihinsel etkinlik de doruk noktasındayken sizi iki başlı tek bir varlık olarak kabul edip akışkan bir söyleme girişilebilir. İlk iş olarak oluşturduğunuz bu ikili varlığın var oluş biçimini ve hareket alanını saptamak gerekiyor. Bu özdeşleşme haliniz sizi nereye götürüyor? Çeşitleme ve tonlamalarınızın ana teması nedir? Kendi gücünden hiçbir şey kaybetmemeye yönelik bir gerilim mi, tepkisellik halini uzatma mı, kendi enerjisini artırmak için ötekinin arzu birikiminden yararlanmak mı? Yoksa uysal bir kendini bırakma mı, okşanabilir ve karşılığında okşanır noktaların genişliğinin keşfi mi, yüzeyi sonsuz dokunsal bir gölün içinde varlığın erimesi mi? Her iki durumda da kuşkusuz birbirinize yönelik işlev dışında var olmuyorsunuz, ama bunları mümkün kılmak için, karşılıklı 'ben'leriniz kendilerini yok etmektense, tortuya yer bırakmadan zihinsel uzamın bütün boşluğunu doldurmalıdır; azami kazançla kendinden yatırım yapmalı ya da son kuruşuna kadar harcamalıdır. Sözün özü, yaptığınız şey çok güzel, ama dilbilgisi bakımından değişen bir şey yok. Tek bir birim olarak göründüğünüz anda birbirinden ayrı iki sensiniz ve eskisine göre daha içinize kapanıksınız.

(Henüz birbirinizin varlığını mutlak olarak işgal altında tuttuğunuz şu anda böyle. Alışkanlık sınamasından geçen bedenlerinizin buluşmasına eşlik eden, birbirine rastlamayan hayaletler, pek fazla zaman geçmeden zihninize takılmaya başlayınca nasıl olacak bir düşünün.)

Kadın Okur, şimdi okunuyorsun. Bedenin kokusal, görsel ve dokunsal bilgiler kanalı aracılığıyla sistematik bir okumaya tabi tutuluyor; dilimizdeki tat alma hücreleri de işe karışmadan edemiyor. Elbette senin kaygılı soluklarına ya da neşeli cıvıltılarına kulak veren işitsellik de devrede. Okuma nesnesi olan yalnızca bedenin değil: Beden, hepsi görünmese ve meydanda olmasa bile gözle görülebilir ve dolaysız olaylarda kendini belli eden karmaşık öğelerin birlikteliğidir: Bakışlarının bulutlanması, gülmen, söylediğin sözler, saçlarını toplama ve dağıtma tarzın, girişimde bulunma ve çekilme halin; âdetler ve gelenekler ve bellek ve tarihöncesi ve moda ile senin arandaki sınırda duran, bir insanoğlunun belli anlarda başka bir insanoğlunu okuduğunu sandığı bütün zavallı harfleri, işaretleri oluşturur.

Ey Erkek Okur, sen de bu arada bir okuma nesnesisin: Kadın Okur bedenini, bölüm başlıklarının dizinini baştan sona gözden geçirircesine tarıyor, sanki hızlı ve belirgin bir meraka kapılmış gibi inceliyor, onu sorgulayarak araştırıyor, sessiz bir yanıt gelmesini bekliyor, sanki kısmi de olsa her mahalli keşif daha geniş bir alansal saptamayı belirlediği için ilgisini çekiyormuş gibi davranıyor. Şimdi tarza bağlı küçük kusurlar gibi önemsiz ayrıntılara takılıyor; sözgelimi âdemelmasının çıkıntısına, başını onun boynunun çukuruna gömüşüne takılıyor ve bir kopma, eleştirel bir sakınım ya da şakacı bir samimiyet kurmak için bundan yararlanıyor; şimdi de rastlantıyla ortaya çıkan çenenin biçimi ya da omzunu dişleyiş özelliğin gibi ayrıntılar abartılı bir biçimde değerlendiriliyor; bu hamleden cesaret alan kız (ikiniz birlikte), virgülünü atlamadan sayfaları birbiri ardına baştan aşağı okuyor. Bu arada onun seni okuma biçiminden, senin fiziksel nesnelliğine dayanarak yaptığı metinsel alıntılardan aldığın keyifle içine bir kuşku sızıyor: Kız aslında seni kendi bütünlüğün içinde okumuyor, senin bütününden kopartılmış kırıntıları, seni kullanarak; sadece kendisinin, üstelik kendi yarı bilinci dahilinde tanıdığı hayalet bir sevgili yaratmak istiyor; hayallerinin düzmece ziyaretçisini çözümlüyor, ama bu kişi sen değilsin.

Sevdalıların birbirlerinin bedenlerini (birlikte yatağa girmek için sevdalıların yararlandığı o zihin ve beden özü) okumaları çizgisel olmayışıyla, yazılı sayfaları okumalarından ayrılır. Herhangi bir noktadan başlar, atlar, yineler, geri döner, ısrar eder, eşanlamlı ve farklı anlamlı iletilere bölünür, sıkıntı anlarıyla yüzleşir, sayfayı çevirir, konunun vardığı noktayı yakalar, sonra kaybeder. Bir yön söz konusu olduğu kabul edilebilir, bir sona doğru akış söz konusudur; amaç doruk noktasına ulaşmaktır ve bu son göze alındığında ritmik evreler, metrik ölçümler, motif tekrarları söz konusudur. Ama son, gerçekten doruk mudur? Yoksa bu sona doğru koşu, karşı yönden gelen bir başka itişe anbean karşı koymak, yitirilmiş zamanı kazanmak mücadelesinde midir?

Bütün halinde grafik olarak temsil edilmek istenseydi, her olay kendi doruk noktasıyla üç, hatta belki dört boyutlu bir modele gereksinme duyardı; model olmayabilir de, çünkü her deneyim yinelenemez bir şeydir. Cinsel birleşme ile okumanın birbirlerine en çok benzedikleri nokta kendi içlerinde, ölçülebilen zaman ve uzamdan farklı bir zaman ve uzama açılmasıdır.

Daha ilk karşılaşmanın karmaşık doğaçlamasında, birlikteliğin olası geleceği belli olur. Bugün birbirinizin okuma nesnesi halindesiniz, her biri ötekinde onun yazılı olmayan öyküsünü okuyor. Yarın Erkek Okur ve Kadın Okur, birlikte olacaksanız, bir çift olarak bir yastığa baş koyacaksanız, her biri kendi başucundaki lambayı yakacak ve okumaya gömülecek; iki paralel okuma uykunun yaklaşmasına eşlik edecek; önce sen, sonra sen ışığı söndüreceksiniz; farklı evrenlerden dönen sizler, farklı yollara uzanan rüyalar seni bir tarafa ve seni de başka bir tarafa sürükleyene kadar geçici bir süre için kendinizi bütün uzaklıkların silindiği karanlıkta bulacaksınız. Ama bu uyumlu evlilik görüntüsüne gülmeyin: Bunun karşısına koyacağınız daha şanslı bir çift imgesi var mı elinizde?

Ludmilla'ya onu beklerken okuduğun romandan söz ediyorsun: "Senin hoşuna giden türden bir kitap: İlk sayfadan başlayarak tedirginlik veriyor..."

Ludmilla'nın bakışlarında bir soru ışığı yanıyor. Senin içine bir kuşku düşüyor: Belki de bu tedirginlik sözcüğünü ondan duymadın, bir yerlerde okudun... Ya da belki Ludmilla gerçeklik koşulu olarak kaygıya inanmaktan vazgeçti. Belki birisi kaygının da bir mekanizma olduğunu, bilinçdışından daha kolay aldatılabilecek bir şey olmadığını kanıtlamıştır.

"Ben," diyor, "bütün gizemlerin ve kaygıların bir satranç oyuncusunun zihni misali doğru ve soğuk ve gölgesiz bir zihinden süzüldüğü kitapları severim."

"Her neyse: Bu, telefon çaldığını duyduğunda gerginlik duyan bir adamın öyküsü. Bir gün koşmak için dışarı çıkar..."

"Daha fazla anlatma. Bırak okuyayım."

"Ben de fazla okumadım. Şimdi getireyim sana."

Yataktan kalkıyorsun, Ludmilla ile ilişkinin normal seyrinin yarıda kaldığı öteki odaya gidip aramaya başlıyorsun.

Kitabı bulamıyorsun.

(Onu sonradan bir sanat sergisinde bulacaksın: Yontucu Irnerio'nun son yapıtı olarak. Kaldığın yeri hatırlamak için kıvırdığın sayfa kenarı tıkız bir paralelyüz üzerinde saydam bir zamkla yapıştırılmış ve cilalanmış olarak yatıyor. Sanki kitabın içinden yayılmış gibi görünen alevin kararttığı gölge, sayfanın yüzeyinde dalgalanıyor ve meyve kabuğunu andıran katmanlar sergiliyor.)

"Bulamıyorum, ama önemi yok," diyorsun ona, "zaten sende de bir kopyası olduğunu gördüm. Hatta okumuş olduğunu sanıyordum..."

Kız fark etmeden sandık odasına girdin ve Silas Flannery'nin kırmızı ciltli kitabını aradın. "İşte burada."

Ludmilla kitabı açıyor. İçinde bir ithaf yazısı var: 'Ludmilla'ya... Silas Flannery'. "Evet, bu benimki."

Sanki hiçbir şeyden haberin yokmuş gibi, "Sen yoksa Flannery'yi tanıyor musun?" diye haykırıyorsun?

"Evet... Bana bu kitabını armağan etmişti... Ama okumaya fırsat bulamadan, yürütüldüğünü sanıyordum..."

"... Irnerio'nun yürüttüğünü düşünüyordun?"

"Eh...."

Elindeki kartları açmanın zamanı geldi.

"Irnerio yürütmedi, bunu sen de biliyorsun. Irnerio bunu gördüğü zaman o karanlık odaya attı..."

"Orayı karıştırmana kim izin verdi?"

"Irnerio, kitaplarını yürüten birinin, şimdi gizliden içeri girerek bunların yerine sahtelerini bıraktığını söylüyor."

"Irnerio bir şey bilmiyor."

"Ben biliyorum: Cavedagna okumam için bana Marana'nın mektuplarını verdi."

"Ermes'in anlattığı her şey palavradır."

"Doğru olan bir şey var: O adam seni düşünmeyi sürdürüyor, bütün hayallerinin başrolüne seni oturtuyor, okumakta olan senin görüntüne takmış kafasını..."

"Okumama asla katlanamadı."

Yavaş yavaş çevirmenin dalaverelerinin başlangıcına ilişkin bir şeyler anlamaya başlayacaksın: Bunları harekete geçiren gizli zemberek sürekli seninle Ludmilla arasına giren görünmez rakibin kıskançlığı oldu; kitaplar aracılığıyla konuşan bu sessiz ses, yüzü olmayan bu bin bir suratlı hayalet son derece kaypaktı, çünkü Ludmilla'nın gözünde yazarlar asla canlı kanlı bir biçimde belirmezlerdi; sadece yazılı kâğıtlarda yaşarlardı, diriler de ölüler gibi onunla iletişim kurmaya, onu şaşırtmaya, baştan çıkarmaya her daim hazırdılar ve Ludmilla da bu bedensiz insanlarla kurulabilecek dönek ve hafif ilişki için onların peşinden gitmeye amadeydi. Yazarları değil, ama yazarın işlevini, her kitabın arkasındaki hayaletler ve buluşlar dünyasına bir gerçeklik garanti eden çünkü sözcükler oluşumuyla kendini özdeşleştiren, kendi gerçekliği ile buraya yatırım yapmış birilerinin bulunduğu fikrini bozguna uğratmak nasıl başarılabilecektir? Marana, beğenisi ve yeteneği onu bu yöne ittiği için ezelden beri, ama özellikle de Ludmilla ile ilişkisi çıkmaza girdiğinden beri bütünüyle düzmecelikten, sahte işten, taklit ve kalpazanlıktan oluşan bir edebiyat hayal ediyordu. Bu düşünce gerçekleşebilseydi, yazan kişinin kimliğine ilişkin sistematik bir belirsizlik okurun kendini güvenle serbest bırakmasını engelleseydi –sadece anlatılana değil, aynı zamanda anlatan sessiz sese güven– , belki de edebiyat yapısının dış cephesinde hiçbir şey değişmeyecekti... Ama altta, temelde bazı şeyler sonsuza kadar değişecekti. İşte o zaman Ermes Marana kendini okumaya vermiş Ludmilla tarafından terk edilmiş hissetmeyecekti: Kitapla kızın arasına daima yalanların gölgesi sızacak ve adam her türlü yalanla kendini özdeşleştirerek varlığını kabul ettirecekti.

Gözlerin kitabın başlangıcına takılıyor. "İyi ama bu benim okuduğum kitap değil ki... Başlık, kapak, her şey aynı... Ama bu farklı bir kitap. İkisinden biri sahte."

"Elbette sahte," diyor Ludmilla alçak sesle.

"Marana'nın elinden geçtiği için mi sahte olduğunu söylüyorsun? Benim okumakta olduğumu da Cavedagna'ya o göndermişti! İkisi de mi sahte?"

"Bize gerçeği söyleyebilecek tek bir kişi var: yazar."

"Madem ki arkadaşsınız, sen bunu ona sorabilirsin."

"Öyleydim."

"Marana'dan kaçtığın zaman sığındığın kişi o muydu?"

"Neler biliyorsun sen öyle!" Sesindeki alaycı ton seni iyice delirtiyor.

Erkek Okur, kararını verdin: Gidip yazarı bulacaksın. Bu arada Ludmilla'ya arkanı dönerek kapağı aynı, içeriği farklı olan kitabı okumaya başlıyorsun.

(Bir noktaya kadar aynı. 'Silas Flannery'nin Yeni Şaheseri' yazan bant, kitabın adının tam olarak okunmasını engelliyor. Bantı kaldırdığında, bu kitabın adının *Birbirine Bağlanan Çizgilerin Ağında* değil, *Birbiriyle Kesişen Çizgiler Ağında* olduğunu görüyorsun.

Birbiriyle Kesişen Çizgiler Ağında

Düşünmek,* kafa yormak: Düşünceye ilişkin her etkinlik beni aynalara yönlendiriyor. Plotinus'a göre ruh, üstün aklın düşüncelerini yansıtarak maddesel nesneleri yaratan bir aynadır. Belki de bu nedenle ben düşünebilmek için aynalara gereksinme duyuyorum: Sanki ruhum, kendi kurgusal erdemini işlerliğe koymak istediği her sefer öykünebileceği bir modele gereksinme duyuyormuşçasına, yansıyan imgelerin varlığı olmadan yoğunlaşmayı beceremiyorum. (Sözcük burada bütün anlamlarını yükleniyor: Ben bir düşünen adam, bir iş adamı olmanın yanı sıra aynı zamanda optik aygıtlar koleksiyoncusuyum.)

Gözümü bir çiçek dürbününe yaklaştırdığım anda renklerin ve çizgilerin ayrışık parçacıklarının bir araya gelerek düzgün şekiller oluşturmasını seyreden zihnimin izlenecek yöntemi hemen bulduğunu hissederim: Dürbünün çeperine belli belirsiz bir tırnak bile değse dağılan sağlam oluşumun naif, ama kesin biçimde ortaya çıkışının yerini aynı unsurların farklı bir birliktelik yaratarak oluşturdukları görüntü alabilir.

Henüz yetişme çağındayken bir aynalar kuyusunun dibine döne döne inen mineli bahçelerin seyrinin pratik kararlar alma ve cesur öngörülerde bulunma yatkınlığımı coşturduğunu fark ettiğimden beri çiçek dürbünleri toplamaya başladım. Göreceli olarak yeni sayılabilecek (çiçek dürbünü patenti 1817 yılında Sir David Brewser adındaki pek çok yapıtın yanı sıra *Treatise on New Philosophical Instruments* adlı kitabın da yazarı olan İskoç

* Düşünmek biçiminde çevrilen *Speculare* sözcüğünün İtalyancadaki ikinci anlamı 'Aynamsı, ayna yüzeyi gibi olan' anlamını taşır. (Çev. N.)

fizikçiye verilmiştir) bu nesnenin tarihi, koleksiyonumun sınırlı bir kronoloji içinde sıkışıp kalmasına yol açıyordu. Ben de araştırmalarımı daha tanınmış ve heyecan verici bir antika türünün alanına kaydırdım: Aynaların açılarının değişmesiyle görüntülerin çoğaldığı farklı biçimlerde minik tiyatrolar olan on yedinci yüzyıla ait ışık yansıtıcı aygıtlar. Niyetim, *Ars Manga Lucis et Umbre* (1646) adlı yapıtın yazarı ve büyük bir kutunun içine yerleştirilmiş atmış kadar aynacık sayesinde bir dalı orman; bir kurşun askeri ordu, bir kitabı da kütüphane gibi gösteren 'Çok Çerçeveli Tiyatro'nun yaratıcısı Cizvit Athanasius Kircher'in kurmuş olduğu müzeyi yeniden hayata geçirmektir.

Toplantılardan önce koleksiyonumla sunum yaptığım iş adamları bu tuhaf aygıtlara yüzeysel bir ilgiyle bakıyorlar. Finansal imparatorluğumu çiçek dürbünleri ve ışık yansıtan aynalı aygıtlar ilkesine dayandırarak oluşturduğumu bilmiyorlar; anapara kullanmadan şirketleri bir ayna oyunu misali çoğalttım, kredi kullanımlarını büyüttüm, feci zararları boş beklentilerin ölü bölgelerinde yok ettim. Böylesine çok buhran, borsa çöküşü ve iflas görmüş olan bir dönemde birbirini izleyen mali zaferlerin sırrı, benim sırrım hep şu oldu: Asla doğrudan parayı, işi, kârı değil; farklı eğimlere sahip olan parlak yüzeyler arasında oluşan yansıma açılarını düşündüm.

Aslında çoğaltmak istediğim kendi imgemdir, ama kolaylıkla sanılabileceği üzere bunu kendime hayranlıktan ya da kendimi beğenmişlikten arzulamıyorum: Tam tersine kendime ait pek çok aldatıcı hayalet arasına, onları hareket ettiren gerçek ben'i gizlemek istiyorum. Bu nedenle yanlış anlaşılmaktan korkmasam, evimde Kircher'in projesine uygun olarak bütün duvarlarının aynalarla kaplı olduğu bir oda yaratmaktan geri durmazdım; bu odada kendimi tavanda baş aşağı yürürken, zeminin derinliklerinden yükseklere uçarken görebilirdim.

Yazmakta olduğum bu sayfalar da sınırlı sayıdaki şeklin kırılıp, ters yüz durup çoğaldığı aynalar galerisinin soğuk aydınlığını yansıtmalıdır. Benim görüntüm bütün yönlere doğru harekete geçiyor, her köşede ikiz sureti ortaya çıkıyorsa, bu beni takip edenlerin cesaretini kırmak içindir. Sürekli olarak kaçmak zorunda olduğum pek çok düşmana sahibim. Beni yakaladıklarını sandıklarında aynı anda birden fazla yerde olabilen varlığımın pek çoğundan birinin yansımasının göründüğü cam yüzeye ateş edecekler. Ben de sayısız düşmanını tehdit ederek kovalayan, acımasız korumalarla üzerlerine yürüyen, hangi yola saparlarsa sapsınlar yollarını kesen bir adamım. Aynalar dünyasında düşmanlar da beni dört bir yandan sardıklarını zannederler, ama sadece ben aynaların duruşunu bildiğim için kendimi ele geçmez kılarım; onlar ise birbirleriyle çarpışarak dağılırlar. Öykümün, finansal işlemlerin ayrıntıları, yönetim kurulu toplantılarında yaşanan şoklar, telaşa kapılan borsa simsarlarının telefonları ve hatta kent haritasının parçaları, sigorta poliçeleri, o cümleyi sarf ettiği anda Lorna'nın ağzı, sonsuz hesaplarına gömüldüğü sırada Elfrida'nın bakışları, bir öteki üzerine binen görüntü, ok ve çubuk işaretleriyle doldurulmuş kent haritasının yol ağı, uzaklaşan ve ayna köşelerinde yok olan motosikletler, benim Mercedes'im üzerine kapanan motosikletler aracılığıyla bütün bunları dile getirmesini isterdim.

Benim kaçırılmamın, yalnızca yasadışı uzman çeteler tarafından değil, önemli iş arkadaşlarım ve yüksek finans dünyasındaki rakiplerim tarafından da şiddetle arzulanan bir durum olduğunu açık seçik kavradığımdan beri, sadece kendimi çoğaltarak, varlığımı, var oluşumu, evden çıkışlarımı, dönüşlerimi yani bir pusu için gerekli fırsatları çoğaltarak, düşman ellere düşmemi olabildiğince kısıtlayabileceğimi anladım. Bunun üzerine benimkinin aynı olan beş Mercedes ısmarladım, villamın zırhlı kapısından bütün saatlerde girip çıkmalarını, hepsinin çevresinde motosikletli korumalarımın bulunmasını sağladım ve her otomobile bana ya da sıradan bir dublöre ait olabilecek siyah giysilere bürünmüş gölgeler oturttum. Başkanı olduğum şirketler hiçbir anlamı olmayan amblemlerden; merkezler birbiri yerine geçebilecek boş salonlardan oluşuyor; bu nedenle iş toplantılarım daima farklı adreslerde gerçekleşebilir ve tam bir güvenlik için her seferinde son dakikada değişiklik yapılmasını emrederim. Daha hassas sorunların kaynağı, yirmi dokuz yaşında, Lorna adındaki dul bayanla yaşadığım evlilikdışı ilişkimdir; haftada iki ya da üç kez buluşur ve iki saat kırk beş dakika birlikte oluruz. Lorna'yı korumak için onun bulunduğu yerin saptanmasını olanaksız kılmaktan başka çarem yoktu ve hangisinin gerçek, hangisinin uydurma sevgilim olduğunun anlaşılmaması için birden fazla kösnül buluşmayla böbürlenmekten başka çare bulamadım. Hem ben hem dublörlerim, her gün değişen saatlerde kentin pek çok yerine yayılmış ve çekici kadınların yaşadığı garsoniyerlere uğrarız. Bu düzmece sevgililer ağı Lorna ile gerçek buluşmalarımı karım Elfrida'dan da saklamaya yarıyor; bu mizanseni uygulama nedenim olarak ona da güvenlik gerekçelerini gösterdim. Karım Elfrida ise, olası cinayet planlarını şaşırtmak için hareket alanını herkesin görebileceği şekilde düzenlemesi uyarımı kaale almadı: Elfrida koleksiyonumdaki aynaların kendi görüntüsünü kırıp parçalayacağı gerekçesiyle aynalardan kaçtığı gibi daima gizlenmeye eğilim duyuyor: Bunun derinde yatan ve beni rahatsız eden nedenlerini anlamakta zorlanıyorum.

Yazdığım bütün ayrıntıların yüksek titizlik sergileyen bir mekanizma izlenimi vermesini; aynı zamanda da görüş sahası dışındaki bir şeyin yansımalarını da taşıyan kamaşmanın sızmasına yaramasını isterdim. Bu nedenle arada sırada, olayların daha sıkıştığı noktalarda kadim bir metinden alıntılar yapmayı ihmal etmemeliyim; sözgelimi Giovanni Battista della Porta'nın *De Magia Naturale* yapıtında büyücü ya da 'Doğa Veziri'nin (1577 tarihli Pompeo Sarnelli çevirisine dayanarak) "gözlerin aldanmasının, su altında ve değişik biçimlerdeki aynalarda ortaya çıkan manzaraların, havada asılı aynaların yansıttığı imgelerin ve uzakta olup biten şeylerin açık seçik biçimde görülebilmelerinin nedenlerini" bilmesi gerektiği konusundaki sözleri buna örnektir.

Çok geçmeden, birbirinin eşi olan otomobillerin gidiş gelişlerinin yaratacağı belirsizliğin, cana kast eden pusu tehlikesini savuşturmaya yetmeyeceği kanaatine vardım: Bunun üzerine aynalı mekanizmaların çoğaltıcı gücünü bizzat haydutlara karşı uygulamayı düşündüm ve düzmece tuzaklar kurdurtup dublörümü yalandan kaçırtmaya, sonra yalandan fidye ödenmesine ve güya adamın serbest bırakılmasına karar verdim. Bu nedenle paralel bir suç örgütü kurma görevini üstlendim ve yeraltı dünyasıyla daha sıkı ilişkiler geliştirdim. Böylece gerçek anlamda, adam kaçırma konusunda yapılan hazırlıklara ilişkin çok sayıda bilgi toplayarak bunlara tam zamanında müdahale ettim; bu hem kendimi korumama hem de iş dünyasındaki rakiplerimin başlarına gelen felaketlerden yararlanmama yol açtı.

Anlatı, tam bu noktada kadim kitapların söz ettiği aynaların erdemlerinden, uzak ve hatta gizli şeyleri gösterme marifetlerinden söz edebilir. Ortaçağ'ın Arap coğrafyacıları, İskenderiye limanına ilişkin bilgi verirlerken Pharos Adası üzerinde yükselen sütundan söz ederler ve bunun üzerine takılı olan çelik aynadan inanılmaz bir uzaklıkta bulunan Kıbrıs, Konstantinopolis ve bütün Roma toprakları açıklarında seyreden gemilerin göründüğünü söylerler. Eğik aynalar, ışınları toplayarak bir görüntünün tümünü yakalayabilir. "Ne bedeni ne de ruhu görülebilen Tanrı bile," diye yazıyor Porphyrios, "bir ayna içinde seyredilmesine izin verir." İmgemi, uzayın bütün boyutları boyunca yansıtan merkezkaç ışınımla birlikte bu sayfaların, doğrudan gözün yakalayamadığı imgelerin aynalardan bana ulaşan zıt hareketlerini de yansıtmasını isterdim. Aynadan aynaya yansıyarak –işte bütün hayalim bu– nesnelerin bütünü, evrenin tamamı, ilahî bilgelik, aydınlık ışınlarını tek bir aynada yoğunlaştırabilirdi. Belki de her şeyin bilgisi ruhta gömülüdür ve benim imgemi sonsuza dek çoğaltan ve özü tek bir imgeye indirgeyen aynalar sistemi, bana kendi ruhumda gizlenen bütünün ruhunu açıklayabilirdi.

Gizli bilimlerin ve engizisyon aforozlarının metinlerinde sıkça sözü edilen sihirli aynaların gücü bundan farklı değildir: Karanlıklar Tanrısını ortaya çıkmaya zorlamak ve imgesini aynanın yansıttığı imgeyle birleşmeye zorlamak. Koleksiyonumu yeni bir alana doğru genişletmeliydim: Dünyanın bütün antikacıları ve müzayede evleri Rönesans'a ait, biçim ve yazılı gelenek uyarınca sihirli olarak tanımlanan aynaların ender örneklerini benim için ayırmaları konusunda uyarıldılar.

Zor bir oyundu ve her hata çok pahalı ödenebilirdi. İlk yanlış adım rakiplerimi, adam kaçırma konusunda bir sigorta şirketi kurmak için benimle birleşmeye çağırmam oldu. Yeraltı dünyasına ilişkin bilgi ağımdan emin olduğumdan bütün olasılıkları kontrol altında tutabileceğimi sanıyordum. Ortaklarımın, adam kaçırma çeteleriyle benden daha sıkı ilişkiler kurdukları-nı öğrenmekte gecikmedim. Bundan sonra kaçırılacak ilk adam karşılığında istenecek fidye, sigorta şirketinin bütün anaparası olacaktı: Bu para sonradan yasadışı örgütle şirketin onların suçortağı olan hisse sahipleri arasında paylaşılacaktı; elbette cere-meyi kaçırılan kişi çekecekti. Bunun için kimin kurban seçildiği ise su götürmez bir gerçekti: bendim.

Bana pusu kurma planı uyarınca korumalarımın bindiği Honda motosikletlerle, içinde benim bulunduğu zırhlı otomobilin arasına dönemeçten önce fren yapacak olan sahte polislerin kullandığı üç Yamaha motosiklet sızacaktı. Benim karşı planıma göre ise, bundan beş yüz metre önce Mercedes'im üç Suzuki motosiklet tarafından durdurulacak ve ben yalandan kaçırılacaktım. Bu ikisinden de önce karşıma çıkan bir yol ayrımında üç Kawazaki motosiklet tarafından yolumun kesildiğini görünce karşı planımın, kim tarafından hazırlandığını bilmediğim bir başka karşı plan tarafından engellendiğini anladım.

Bu satırlarda kaydetmek istediğim varsayımlar, aynen bir çiçek dürbününde olduğu gibi kırılıp dağılıyordu: Benim, casuslarımın verdiği bilgiye dayanarak bana tuzak kurulacağı kavşağı bilmek, düşmanlarımın planını tam zamanında bozarak kendi lehime çevirebileceğim noktayı saptayabilmek için parçalara ayırdığım kent haritası gözlerimin önünde un ufak oluyordu. Artık her şeye güven duyabileceğimi hissediyordum; sihirli ayna bütün kötücül güçleri seferber ediyor ve benim hizmetime sunuyordu. Bilmediğim kişilerce hazırlanmış üçüncü bir kaçırılma planına ilişkin hesaplar yapmamıştım. Kim olabilirdi ki?

Hayretlere düşmeme neden olacak biçimde beni kaçıran kişiler gizli bir sığınak yerine beni evime götürdüler, Athanasius Kircher'in çizimlerinden yararlanarak büyük bir titizlikle hazırlamış olduğum aynalı odaya kapattılar. Aynalarla kaplı duvarlar görüntümü sonsuz sayıda yansıtıyordu. Yoksa beni ben mi kaçırmıştım? Dünyaya yansıtılan görüntülerimden biri benim yerimi almış ve beni yansıtılmış bir görüntü rolüne sokup bir kenara mı atmıştı? Karanlıklar Efendisini çağırmıştım ve şimdi o bana benim çehremle mi görünüyordu?

Ayna zeminde, bağlı bir kadın bedeni uzanıyor. Bu Lorna. En ufak bir hareket yaptığında çıplak bedeni bütün aynalara dağılıyor. Onu iplerinden ve ağzındaki tıkaçtan kurtarmak, kucaklamak için üstüne atlıyorum; ama o öfkeyle karşı koyuyor. "Eline düştüğümü mü sanıyorsun? Yanılıyorsun!" ve tırnaklarını yüzüme geçiriyor. O da benimle birlikte tutsak mı? Benim tutsağım mı? O benim cezaevim mi?

Bu arada bir kapı açılıyor. Elfrida giriyor. "Seni tehdit eden tehlikeyi biliyordum ve kurtarmayı başardım," diyor. "Yöntem biraz kaba olmuş olabilir, ama başka seçeneğim yoktu. Ne var ki şimdi bu ayna kafesin kapısını bulamıyorum. Hemen söyle bana, nasıl çıkacağım ben buradan?"

Elfrida'nın bir gözü ve bir kaşı, dar çizmelerinin içindeki bir bacağı, ince dudaklı, bembeyaz dişli ağzının bir kenarı, tabanca tutan yüzüksüz bir eli aynalar tarafından büyütülerek yineleniyor ve görüntüsünün altüst olmuş parçacıkları arasına Lorna'nın derisinin kesitleri, et manzaraları gibi giriyor. Zaten artık neyin kime ait olduğunu ayırt edemiyorum, kendimi kaybediyorum, kendimi kaybetmişim gibi hissediyorum, kendi yansımamı değil, sadece onlarınkini görüyorum. Novalis'in bir parçasında, İsis'in gizli evine ulaşmayı başaran çömez, tanrıçanın peçesini açıyor... Şimdi bana öyle geliyor ki, beni çevreleyen her şey benim bir parçamdır; en sonunda ben her şey olmayı başardım...

8

Silas Flannery'nin güncesinden

Vadinin dibindeki bir şalenin terasında, şezlonga uzanmış, okumakta olan genç bir kadın var. Her gün, işe koyulmadan önce bir süre durup dürbünle onu seyrediyorum. Bu berrak ve hafif havada, kımıltısız görüntüsünde okuma adı verilen o gözle görünmeyen devinimin işaretlerini yakaladığımı sanıyorum; bakışların ve soluğun akışı, ama daha çok sözcüklerin o kişiden geçişini, sözcüklerin süzülüşünü ya da duruşunu, atılışını, duraksayışını, ara verişini, yoğunlaşan ya da dağılan dikkatini, geri dönüşlerini, hiç değişmiyormuş gibi görünüp aslında daima değişken ve kaypak yolculuğu.

Bir tarafsızlık içinde okumayalı kaç yıl oldu? Yazmam gerekenle arasında ilişki kurmadan, başkalarının yazdığı bir kitaba şöyle bir teslim olmayalı kaç yıl oldu? Dönüyorum, beni bekleyen yazı masamı, kâğıt takılı daktilomu, başlamam gereken bölümü görüyorum. Yazının kölesi olalı beri benim için okuma keyfi kalmadı. Yaptığım işin amacı, dürbünümün lenslerinin çerçevesi içinde kalan şezlongdaki kadının ruh hali ve bu bana yasaklanmış olan bir hal.

Her gün işe koyulmadan şezlongdaki kadına bakıyorum: Yazarak kendimi katlanmaya zorladığım ve doğal olmayan çabamın sonucu, bu kadın okurun soluğu olmalı diyorum kendi kendime; doğal bir işlem haline gelmiş olan okuma işlemi, cümleleri onun dikkatinin süzgecine sürükleyen, zihninin kapalı devrelerince emilmeden bir an için bekleyen ve içsel hayaletlerinde, kadının en özel ve ulaşılmaz noktasında dönüşerek yok olmasını sağlayan bir akıntıdır

Kimi zaman anlamsız bir arzuya kapılıyorum: Yazmak üzere olduğum cümlenin, kadının şu anda okuduğu cümle olmasını istiyorum. Bu düşünce beni öyle heyecanlandırıyor ki, gerçek olduğuna inanıyorum: Cümleyi ivedilikle yazıyorum, kalkıyorum, pencereye gidiyorum, cümlemin onun bakışlarında, dudaklarının kıvrımında, yaktığı sigarada, bedenini şezlongda hareket ettirişinde, üst üste attığı ya da uzattığı bacaklarında yarattığı etkisini denetlemek için dürbünle bakıyorum.

Kimi zaman benim yazışım ile onun okuyuşu arasındaki mesafenin doldurulması olanaksız olduğunu; ne yazarsam yazayım yapaylığın ve tutarsızlığın işaretini taşıyacağını sanıyorum: Eğer yazmakta olduğum şey onun okumakta olduğu sayfaların parlak yüzeyinde görünürse, tırnakla çizilen cam gibi gıcırdayacak, kadın kitabı telaşla elinden fırlatacaktır.

Kimi zaman kendimi kadının benim *gerçek* kitabımı okuduğu konusunda ikna ediyorum; bu çok uzun zamandan beri yazmam gereken, ama asla yazamayacağım kitaptır; bu şimdi oradadır, sözcüğü sözcüğüne odur, dürbünümün ucunda onu görüyorum, ama elbette yazılı olanı okuyamıyorum; olmayı başaramadığım ve asla başaramayacağım o benin neler yazdığını bilemem. Şimdi yazı masasının başına oturmam, kadının okuduğu o gerçek kitabımı kopya etmem, onun ne olduğunu bulmak için kendimi zorlamam boşuna olur: Ben ne yazarsam yazayım, bu kadın dışında kimsenin asla okumayacağı o gerçek kitabıma oranla sadece bir hata olacaktır.

Şimdi onun okuyuşunu seyrettiğim gibi, o da ben yazarken dürbününü bana doğrultursa ne olur? Yazı masama sırtım pencereye dönük olarak oturuyorum ve derken arkamda, cümlelerin etkisini emen, anlatıyı yakalayamayacağım yönlere doğru sürükleyen bir gözün varlığını hissediyorum. Okurlar benim vampirlerimdir. Bakışlarını omuzlarımın üzerinden aşırtan, kâğıda döküldükçe sözcükleri sahiplenen okur kalabalığının varlığını hissediyorum. Bana bakan biri varsa hiç yazamam:

Yazdıklarımın artık bana ait olmadığını hissederim. Okurların gözlerinde saklı o beklentiye karşılık yalnızca yazı makinesine takılı kâğıdı ve belki bir de tuşlara vuran parmaklarımı geride bırakarak görünmez olmak isterim.

Olmasaydım, ne güzel yazardım! Eğer beyaz kâğıt ve zihnimde dolaşan sözcükler ve biçim kazanan ve kimse yazmadan yok olan öyküler arasına o rahatsız edici set, bizzat ben girmeseydim. Biçem, beğeni, kişisel felsefe, öznellik, kültürel oluşum, yaşanmış deneyim, psikoloji, yetenek, meslek numaraları: Bütün bu unsurlar yazdığımın bana ait olduğuna işaret eden ipuçlarıdır ve olanaklarımı kısıtlayan bir kafes gibi görünürler gözüme. Yalnızca bir el, kalem tutan ve yazan kopuk bir el olsaydım... Bu eli kim hareket ettirecekti? Adı sanı olmayan kalabalık mı? Zamanların ruhu mu? Ortak bilinçdışı mı? Bilmiyorum. Tanımlanabilecek bir şeyin sözcüsü olmak için kendi kendimi yok etme arzusu duymuyorum. Yalnızca yazılmayı bekleyen yazılabilir ile hiç kimsenin anlatmadığı anlatılabiliri iletmek için istiyorum.

Ne yazmam gerektiğini belki de dürbünle izlediğim kadın *biliyor;* ya da *bilmiyor,* çünkü zaten *bilmediği şeyi* benim yazmamı bekliyor; ama onun kesinlikle bildiği şey beklentisi, benim sözcüklerimin doldurması gereken o boşluk.

Kimi zaman, yazılacak kitabın konusunu zaten var olan bir şey gibi düşünüyorum: Daha önce akıldan geçirilmiş düşünceler, ağızdan çıkmış konuşmalar, yaşanmış öyküler, görülmüş yerler ve çevreler; kitap yazıya dönüştürülmüş, yazılmamış dünyanın eşdeğerinden başka bir şey olmamalı. Bazen de yazılacak kitap ile zaten var olan şeyler arasında sadece bir tür tamamlayıcılık söz konusu olabileceğini kavrar gibi oluyorum: Kitap, yazılmamış dünyanın yazılmış karşı tarafı olmalı; konusu yazılmadan olmayan, olamayacak şey olmalı, ama noksanlığı içerisindeki boşluğu zar zor hissedilmeli.

Şu ya da bu biçimde, yazılmamış dünya ile yazmam gereken kitap arasında karşılıklı bağımlılık olduğu düşüncesi çevresinde dolaşıp duruyorum. Bu nedenle de yazmak, altında ezildiğim müthiş ağır bir işlem olarak karşıma çıkıyor. Gözümü dürbüne dayıyorum ve kadın okura çeviriyorum. Gözleriyle sayfa arasında beyaz bir kelebek uçuyor. Şu anda her ne okuyorsa okusun, dikkatini çeken elbette kelebektir. Yazılmamış dünya bu kelebekle doruk noktasına ulaşıyor. Yönelmem gereken sonuç kesin, derli toplu ve hafif bir şey.

Şezlongdaki kadına bakarken "gerçeğe dayanarak" yazma gereksinmesi duymuştum, yani kadını değil, ama onun okuyuşunu; onun okuyuşunun içinden süzülüşünü düşünerek herhangi bir şeyi yazmalıydım.

Şimdi, benim kitabıma konan kelebeğe bakarak, kelebeği göz önünde bulundurarak "gerçeğe dayanarak" yazmak isterdim. Örneğin korkunç cinayet olabilirdi bu, ama herhangi bir biçimde kelebeğe "benzemeliydi"; kelebek gibi hem hafif hem narin olmalıydı.

Kelebeği de betimleyebilirdim, ama bunu bir cinayetin acımasız sahnesini göz önünde bulundurarak, kelebeği korkunç bir hale getirerek yapabilirdim.

Öykü taslağı. Vadinin karşılıklı iki yamacına kurulmuş iki şalede yaşayan iki yazar sırayla birbirlerini gözetliyorlar. İçlerinden biri sabahları, öteki öğleden sonraları yazıyor. Sabah ve öğleden sonra yazmayan yazar dürbününü yazana çeviriyor.

İkisinden biri üretken bir yazar, öteki ise huzursuzluk içinde kıvranıp duruyor. Huzursuz yazar, üretken yazarın kâğıtları birbirinin eşi satırlarla dolduruşuna, el yazması taslakların düzenli bir kule oluşturuşunu seyrediyor. Az sonra kitap bitmiş olacak: "Elbette yeni bir çoksatar," diye düşünüyor huzursuz yazar hem küçümseyerek hem de kıskanarak. O, üretken yazarı halkın keyfini tatmin edecek dizi dizi romanlar çıkaran becerikli bir zanaatkâr olarak nitelendiriyor, gene de kendisini böyle yöntemsel bir güvenle ifade edebilen o adama karşı duyduğu kıskançlığı bastıramıyor. Onunki yalnızca kıskançlık değil, aynı zamanda hayranlık; evet içten bir hayranlık duyuyor: O adamın bütün enerjisini yazıya harcamasının altında elbette cömertlik, iletişime, içedönük sorunlar yaratmadan başkalarına kendinden bekleneni vermeye itimat duygusu yatıyor. Huzursuz yazar, üretken yazara benzeyebilmek için neler vermezdi; onu kendine örnek almak isterdi; artık en büyük ihtirası onun gibi olabilmektir.

Üretken yazar, huzursuz yazarın masa başına geçişini, tırnaklarını kemirişini, kaşınışını, bir kâğıt yırtışını, kahve, sonra çay, sonra papatya çayı yapmak üzere mutfağa gidişini, sonra Hölderlin şiiri okuyuşunu (Oysa Hölderlin'in yazdığı ile hiç ilgisi olmadığı bellidir), daha önce yazdığı bir sayfayı temize çekişini, sonra bunu satır satır silişini, kuru temizlemeciye telefon edişini (oysa lacivert pantolonun perşembeden önce hazır olmayacağı söylenmişti), sonra şimdi değil, ama gelecekte işe yarayacak notlar almasını, sonra ansiklopediden Tazmanya maddesini incelemesini (oysa yazdığı konunun Tazmanya ile hiç ilgisi olmadığı besbelli), iki kâğıdı yırtışını, Ravel'in bir plağını çalışını seyrediyor. Üretken yazar, huzursuz yazarın yapıtlarından hiçbir zaman hoşlanmadı; okurken tam en can alıcı noktayı yakaladığını sanıyor, ama sonra bu nokta kayıp gidiveriyor ve geriye hayal kırıklığından başka bir şey kalmıyor. Ama şimdi onun yazışını seyrederken, bu adamın karanlık bir şeyle, bir kördüğümle, nereye çıkacağı belli olmayan bir yolu kazmakla mücadele ettiğini hissediyor; bazen onun boşluğa gerilmiş bir tel üzerinde yürüdüğünü görür gibi oluyor ve bir hayranlık duygusuna kapılıyor. Sadece hayranlık değil: Aynı zamanda kıskançlık da duyuyor, çünkü huzursuz yazarın aramayı sürdürdüğü şeyle karşılaştırıldığında kendi çalışmasının ne kadar sınırlı ve yüzeysel olduğunu düşünüyor.

Vadinin dibindeki şalenin terasında genç bir kadın kitap okuyarak güneşleniyor. İki yazar dürbünle onu seyrediyorlar. "Nasıl da gömülmüş kitaba; soluk soluğa okuyor! Ne büyük bir heyecanla çeviriyor sayfaları!" diye düşünüyor huzursuz yazar. "Kesinlikle o üretken yazarınkiler gibi müthiş etkili bir kitap olmalı!" "Nasıl da dalmış, derin düşünceler içinde kendini kaybetmiş, sanki gizemli bir gerçeğin önünde açılıverdiğini seyreder gibi," diye düşünüyor üretken yazar, "elbette huzursuz yazarınkiler gibi gizli anlamlarla yüklü bir kitap olmalı!"

Huzursuz yazarın en büyük arzusu o genç kadının okuduğu gibi okunabilmek. Üretken yazarın yazacağını tahmin ettiği biçimde bir roman yazmaya koyuluyor. Bu arada üretken yazarın en büyük arzusu da o genç kadının okuduğu gibi okunabilmek; o da huzursuz yazarın yazacağını tahmin ettiği biçimde bir roman yazmaya koyuluyor.

Genç kadına önce yazarlardan biri, sonra öteki yanaşıyor. Her ikisi de yazmayı henüz bitirdikleri romanı okumasını istiyor.

Genç kadın iki taslağı da alıyor. Birkaç gün sonra onları hayrete düşürerek ikisini birden evine davet ediyor. "Nasıl bir şaka bu?" diyor, "bana aynı romandan iki tane vermişsiniz!"

Ya da:

Genç kadın iki taslağı birbirine karıştırıyor. Üretken yazara huzursuz yazarın üretken yazar tarzında yazdığı romanı; huzursuz yazara da üretken yazarın, huzursuz yazar tarzında yazdığı romanı geri gönderiyor. Her ikisi de taklit edildiğini görerek şiddetli bir tepki gösteriyor ve gerçek tarzlarını buluyorlar.

Ya da:

Sert bir rüzgâr iki taslağı dağıtıyor. Okur bunları derlemeye çalışıyor. Ortaya eleştirmenlerin kime ait olduğunu belirleyemedikleri harika bir roman çıkıyor. Bu üretken yazarın da, huzursuz yazarın da her zaman yazmayı hayal ettikleri romandır.

Ya da:

Genç kadın geçmişten beri üretken yazara hayran bir okurdu ve huzursuz yazardan nefret ederdi. Üretken yazarın yeni romanını okuyunca bunu pek uydurma buluyor ve onun şimdiye dek yazdığı her şeyin uydurma olduğunu anlıyor; oysa huzursuz yazarın yapıtlarını hatırlayınca artık onları çok güzel buluyor ve yeni romanını okumak için sabırsızlanıyor. Ama beklediğinden çok farklı bir şeyle karşılaşıyor ve onu da sepetliyor.

Ya da:

"Üretken"i "huzursuz"un; "huzursuz"u, "üretken"in yerine koyarak aynı şeyi deneyimliyor.

Ya da:

Genç kadın üretkene hayrandı ve benzeri ve benzeri ve huzursuzdan nefret ediyordu. Üretken yazarın yeni romanını okuyunca bir şeylerin değişmiş olduğunu fark etmiyor; özel bir heyecan duymasa da beğeniyor. Huzursuzun roman taslağına gelince, bunu yazarın öteki kitapları gibi sıkıcı buluyor. İki yazara yuvarlak sözlerle yanıt veriyor. Her ikisi de onun pek özenli bir okur olmadığı kanaatine varıyorlar ve onu artık umursamıyorlar.

Ya da:

İki yazarın nitelikleri değiştirilerek, aynı şey ve benzeri.

Bir kitapta okuduğuma göre düşüncenin tarafsızlığını belirtmek için düşünmek fiilinin üçüncü tekil şahıssız halini kullanmak gerekliymiş: "Ben düşünüyorum" değil, aynen "yağmur yağıyor" der gibi "düşünüyor" denebilirmiş. Evrende düşünce vardır, her sefer hareket noktamız olması gereken saptama budur.

Acaba hiç şöyle diyebilecek miyim: "Bugün yağmur yağıyor" der gibi "Bugün yazıyor"? Ancak yazmak fiilini şahıssız olarak kullanmak bana doğal geldiğinde benim aracılığımla bir bireyin bireyselliğinden daha sınırlı bir şeyin benim aracılığımla ifade edilebildiğini umut edeceğim.

Ya okumak fiili için nasıl olacak? "Bugün yağmur yağıyor" dediğimiz gibi "Bugün okuyor" diyebilir miyiz? İyi düşünürsek, okumak yazmaya oranla ve de kaçınılmaz olarak bireysel bir eylemdir. Yazının, yazarın sınırlılığını aştığını kabul edersek, yazı sadece tek bir kişi tarafından okunduğunda ve onun zihninin kapalı devrelerinden geçtiğinde bir anlam kazanacaktır. Ancak belirli bir birey tarafından okunabilmiş olması, yazılmış olanın yazının gücüne katıldığını, bu gücün bireyin ötesine giden bir şeyleri temel aldığını gösterir. Evren, birisi "Okuyorum, öyleyse *o* yazıyor," dediği zaman kendini ifade edecektir.

Kadın okurun yüzünde belirdiğini gördüğüm özel mutluluk işte budur ve bu benden esirgenmektedir.

Yazı masamın karşısındaki duvarda, bana armağan edilmiş olan bir poster asılıdır. Minik köpek Snoopy, daktilosunun başına oturmuştur ve balon içinde şöyle yazar: "Karanlık ve fırtınalı bir geceydi..." Buraya her oturuşumda "Karanlık ve fırtınalı bir geceydi" cümlesini okurum ve bu giriş cümlesinin kişisizliği bir dünyadan başkasına, buranın zaman ve mekânından yazılı sayfanın zaman ve mekânına açılan bir kapı gibi gelir; ardından çok sayıda, sonsuz sayıda olayın yaşanacağı bir başlangıcın coşkusunu duyarım; geleneksel bir başlangıçtan daha iyisinin olmadığını düşünürüm; bu öyle bir girizgâhtır ki ondan her şey de çıkabilir, hiçbir şey de; hatta bu yalancılık hastası köpeğin büyüyü bozmadan ilk beş sözcükten sonra başka beş, hatta on sözcük yazamayacağını bilirim. Bir başka dünyaya adım atmaktaki kolaylık bir yanılsamadır: İnsan, gelecekteki okumanın mutluluğuyla yazmaya atılır ve beyaz sayfa üzerinde bir boşluk açılır.

Bu poster gözümün önünde asılı durduğundan beri tek bir sayfayı bile bitiremez oldum. Bu lanet olası Snoopy'yi duvardan bir an önce sökmeliyim, ama buna karar veremiyorum; o çocuksu kukla benim halimin simgesi haline geldi: bir uyarı, bir meydan okuma.

Pek çok romanın birinci bölümünün ilk cümlelerinin saf haline verilen romansı büyüleyicilik, anlatının devamında yok olup gitmekte gecikmez: Bu önümüzde uzanan ve bütün olası gelişmeleri kapsayabilecek bir okuma zamanı vaadidir. Sadece giriş cümlesi olan bir roman yazmak isterdim; okunduğu sürece başlangıcın gücünü yansıtan, beklentinin bir nesneye dayanmadığı bir roman. İyi ama, böyle bir kitap nasıl oluşturulabilir? İlk paragrafta kesilerek mi? Girizgâh sonsuza dek uzatılarak mı? *Binbir Gece Masalları*'nda olduğu gibi bir anlatı ötekinin içine yedirilerek mi?

Bugün oturup ünlü bir romanın ilk cümlelerini kopya edeceğim, o başlangıcın enerji yükü benim elime bulaşacak mı, doğru itkiyi alınca kendi yolunu bulup akıp gidecek mi görmek istiyorum.

Temmuz başlarında çok sıcak bir gün, akşama doğru genç bir adam S. Sokağı'ndaki bir pansiyonda kiraladığı küçük odasından çıktı ve ağır, kararsız adımlarla K. Köprüsü'ne yöneldi.

Anlatının akışına kendimi kaptırabilmek için ikinci paragrafı da kopya edeceğim:

Ev sahibiyle merdivenlerde karşılaşmaktan kurtulmayı başarmıştı. Kiraladığı küçük oda, beş katlı yüksek bir evin çatı katındaydı ve odadan çok bir dolabı andırıyordu. Böylece sürüp gidiyor; ta ki: *Ev sahibi kadına epey borcu vardı ve onunla karşılaşmaktan çekiniyordu.*

Tam bu noktada bir sonraki cümle öylesine ilgimi çekiyor ki, onu da kopya etmeden duramıyorum: *Korkak ve çekingen biri değildi aslında. Hatta tam tersine; ama bir süredir tedirgindi, gerilim içindeydi.* Mademki başladım, kahraman, tefeci kocakarının karşısına dikilene dek, bütün paragrafı hatta birkaç sayfayı kopya edebilirim. *Delikanlı daha nazik davranması gerektiğini anlayarak hafifçe eğildi ve: "Raskolnikov!" diye mırıldandı. "Üniversite öğrencisi. Bir ay kadar önce gene gelmiştim."**

Bütün *Suç Ve Ceza*'yı kopya etme ihtirasına kapılmadan burada durmalıyım. Bir an için, bugün şaşılacak bir iş olarak görülecek bir uğraşın, müstensihliğin anlamını ve büyüsünü anladığımı sanıyorum. Kopya eden kişi, iki dünyevi boyutu aynı anda yaşıyordu; hem okuyor hem yazıyordu; kalemin önünde açılan o boşluğun tedirginliğini hissetmeden yazıyor; eyleminin herhangi bir maddi nesneyle somutlaşması tedirginliğini duymadan okuyordu.

Kitabımın çevirmeni olduğunu söyleyen bir şahıs beni görmeye geldi ve hem benim hem onun zararına olan bir cüretkârlık konusunda uyarıda bulundu: Kitaplarımın izinsiz çevirileri yayımlanıyordu.

Pek bir şey anlamadan karıştırdığım kalın bir kitap gösterdi: Kapakta yer alan adım ve soyadım dışında her şey Japon alfabesiyle yazılmıştı.

"Kitaplarımdan hangisi olduğunu bile anlamadım," dedim geri verirken, ne yazık ki Japonca bilmem."

"Japonca bilseydiniz bile kitabı tanıyamazdınız," dedi ziyaretçim. "Sizin hiçbir zaman yazmamış olduğunuz bir kitap bu."

* Calvino'nun Dostoyevski'nin *Suç ve Ceza* kitabından yaptığı bu alıntılarda, Mazlum Beyhan'ın çevirisi kullanılmıştır. Türkiye İş Bankası Kültür Yayınları, 2006. (Ed. N.)

Bana, Japonların Batı ürünlerinin bire bir kopyalarını üretme konusundaki üstün yeteneklerini edebiyat alanına da kaydırdıklarını anlattı. Osaka'da bulunan bir firma Silas Flannery'nin romanlarının formülünü kavramış ve şimdiye kadar yayımlanmamış çok önemli kitaplarla dünya pazarını istila etmiş. İngilizceye yeniden çevrildiğinde (daha doğrusu, sözde İngilizceden Japoncaya çevrildiğini iddia ettikleri kitaplar yeniden çevrildiğinde) bu kitapları eleştirmenler bile gerçek Flannery'lerden ayırt edemiyorlarmış.

İşte bu şeytani düzenbazlık beni alt üst etti; öfkemin tek nedeni kolayca tahmin edilebileceği üzere mali ve ahlaki alanda uğradığım zararım değildi: Bu kopyalar konusunda kaygılı bir heyecan duyuyordum; bambaşka bir uygarlığın topraklarında bizzat benden filizlenen bir meyve söz konusuydu. Üzerinde kimonosu, küçük, eğimli bir köprünün üzerinden geçen ihtiyar bir Japon geliyordu gözümün önüne: Öykülerimden birini hayal eden ve bana son derece uzak olan ruhsal bir yolculuk sonucunda benimle özdeşleşen o Japon benim. Düzenbaz Osaka firmasının yarattığı düzmece Flanneryler sıradan kopyalardır, ama aynı zamanda gerçek Flannerylerin sahip olmadıkları seçkin ve gizemli bir bilgeliğe sahiptir.

Bir yabancı ile karşı karşıya olduğum için çelişkili tepkilerimi elbette gizlemek zorunda kaldım ve bir dava açma niyetiyle gerekli bilgileri toplamakla ilgileniyormuş gibi davrandım.

Kararlı bir edayla gözlerimi çevirmene dikerek, "Bu düzenbazlara ve korsan kitapların yayılmasında görev alan herkese dava açacağım," dedim, çünkü bu genç adamın da bu karanlık işte parmağı olduğundan kuşkulandım. Bana adının Ermes Marana olduğunu söyledi; bu adı şimdiye dek hiç duymamıştım. Güdümlü bir torpili andıran kafası enlemesine uzundu ve alnının dışbükeyliği ardında pek çok şey gizliyor gibiydi.

Nerede yaşadığını sordum. "Şu sırada Japonya'da yaşıyorum," yanıtını verdi bana.

Birilerinin adımı izinsiz kullanmalarına öfkelendiğini; bu dolandırıcılığa son vermek için bana yardım etmeye hazır olduğunu, ama gene de fazla telaş etmeye gerek olmadığını, çünkü edebiyatın gücünün aldatmadan geldiğini, gerçeğin aldatma içinde gizli olduğunu, yani bir yalanın, aldatmanın aldatmacası olarak bir gerçeğin karesini oluşturduğunu dile getiriyor.

Bana açıkladığı kuramlarına göre her kitabın yazarı düşsel bir kahramandır ve bu var olmayan bir yazar tarafından kendi hayal ürünlerinin yazarı olarak yaratılmıştır. Düşüncelerinin pek çoğunu paylaştığımı hissediyordum, ama bunu ona belli etmemeye özen gösterdim. Benimle özellikle iki nedenle ilgilendiğini söylüyordu: Birincisi kopya edilmesi kolay bir yazardım, ikincisi benim harika bir düzenbaz olmak için gerekli becerilere sahip olduğumu düşünüyordu; kusursuz düzmece eserler yaratabilirdim. Onun gözünde ideal, yani dünyayı kalın kabuğuyla örten düzmeceler bulutu içinde eriyip çözülen yazarı canlandırabilirdim. Yapıntı, onun gözünde her şeyin özü olduğu için, tamamen yapıntıdan oluşan sistemi kuran yazar her şeyle özdeşleşmeyi başarırdı.

Marana denen o adamla dünkü konuşmam bir türlü aklımdan çıkmıyor. Ben de kendimi silmek, her kitap için farklı bir ben, farklı bir ses, ad bulmak, yeniden doğmak isterdim, ama amacım kitapta merkezi olmaksızın, ben'i olmaksızın okunamayan dünyayı yakalamaktır

İyi düşününce bu bütünlüklü yazar son derece sade, alçak gönüllü biri olabilir: Amerikalıların *ghost writer* yani hayalet yazarlık dedikleri bu iş fazla saygın olmasa da yararlılığı kabul edilmiş bir meslektir: Anlatacak sözü olan, ama yazmaya zamanı olmayan ya da yazmayı bilmeyen kişilerin anlatılarını kitap biçimine sokan adsız yayıncılar, var olmakla fazlaca meşgul olanlara söz hakkı veren yazar el. Belki de benim gerçek görevim buydu ve gerçekleştirmemiştim. Benim ben'lerimi çoğaltabilir, başka ben'leri iptal edebilir, hem kendi aralarında hem de benimle ters düşen karakterdeki ben'lerin taklidini yapabilirdim.

Bir kitabın kapsayabileceği sadece bireysel gerçeklik oturup kendi gerçeğimi yazmayı kabul etmem yerinde olacaktır. Anılarımın kitabı mı? Hayır, anılar sabit kılınmadığı, bir biçim verilmediği sürece gerçek değildir. Arzularımın kitabı mı? Onlar da yalnızca teşvikleri benim bilinçli irademden bağımsız olarak hareket ettiklerinde gerçektir. Yazabileceğim tek gerçeklik yaşadığım âna ait olandır. Belki de gerçek kitap, günün farklı saatlerinde şezlongdaki kadının görüntüsünü kaydetmeye çalıştığım bu güncemdir; onu ışığın değişimine ayak uydurarak incelemeyi sürdürüyorum.

Tatminsizliğimin sınırsız hırsımı ortaya koyduğunu, bunun belki de kendimi büyük görme hastalığı olduğunu neden kabul etmeyeyim? Kendi dışındakilere söz hakkı vermek için kendi kendini yok etmek isteyen yazarın önünde iki yol açılır: Ya sayfalarında bütün her şeyi içeren o biricik kitabı yazacaktır ya da bütün kitapları yazacak, bütünü kısmi parçaları aracılığıyla izleyecektir. Bütünü kapsayan biricik kitap, kutsal metinden, dile getirilmiş sözün toplamından başka bir şey olamayacaktır. Ama ben bütünlüğün dile sığabileceğine inanmıyorum; benim derdim dışta kalan, yazılmayan, yazılamayandır. Tek seçeneğim bütün kitapları yazmak, olası bütün yazarların kitaplarını kaleme almaktır.

Eğer *bir* kitap yazmam gerektiğini düşünüyorsam, bu kitabın nasıl olması ve nasıl olmaması gerektiğine ilişkin bütün sorunlar yolumu keser, ilerlememi engeller. Oysa bütün bir kütüphaneyi yazmakta olduğumu düşünürsem, ansızın kendimi hafiflemiş hissederim: Bilirim ki her ne yazarsam yazayım, yazmamı bekleyen yüzlerce yapıt tarafından tamamlanacak, yalanlanacak, dengelenecek, genişletilecek ve gömülecektir.

Yazılış koşulları en iyi bilinen kutsal kitap Kuran'dır. Bütün ile kitap arasında en azından iki aracı vardı: Muhammed, Allah'ın sözünü dinliyor, yazıcılarına yazdırıyordu. Bir keresinde –Peygamber'in yaşam öyküsünü yazanların söylediğine göre– Muhammed, yazıcı Abdullah'a sözleri yazdırırken bir cümleyi yarım bırakmış. Yazıcı, içgüdüsel bir biçimde cümlenin devamını fısıldamış ona. Dalgınlığa kapılmış olan Peygamber, Abdullah'ın ağzından çıkanı ilahî bir kelam gibi kabul etmiş. Bu olay yazıcıyı öylesine öfkelendirmiş ki Peygamber'i terk etmiş ve imandan çıkmış.

Yanılıyordu. Sonuç olarak cümlenin düzenlenişi ona düşen bir sorumluluktu; yazılı dilin iç tutarlılığıyla, dilbilgisi ve sözdizimi kurallarıyla hesaplaşması; her dilin sözcük haline gelmeden dışına taşan bir düşüncenin ve Peygamber'e ait olan özellikle akıcı bir sözcüğün akıcılığını yakalaması gereken oydu. Allah'ın kendini yazılı bir metinle ifade etmeye gerektiğine karar verdiği andan itibaren yazıcının işbirliği şarttı. Muhammed bunu biliyordu ve cümleleri sonlandırma ayrıcalığını yazıcıya bırakıyordu; ne var ki Abdullah donandığı gücün bilincinde değildi. Allah'a inancını yitirdi, çünkü yazıya ve yazının aracı olarak kendine inancı eksikti.

Eğer bir gâvurun Peygamber ile ilgili efsaneler üzerine çeşitlemeler yapmasına izin verilseydi şunu önerirdim: Abdullah inancını yitirdi, çünkü dikte edilerek yazma işleminde bir hata yaptı ve Muhammed bunu fark ettiği halde onu düzeltmemeye karar verdi, çünkü kendi yazdırdığı sözün tercihan hatalı olduğunu düşündü. Bu durumda da Abdullah'ın öfkelenmeye hakkı olurdu. Sözcük, peygamberin vecdiyle ağzından çıkmış olsa bile daha önce değil, ancak sayfanın üzerine kaydolduğunda kesinlik kazanır, yazı olur. Yazılı-olmayanın enginliği bizim yazma eylemimizin sınırlılığı aracılığıyla, yani imla konusundaki kuşkular, yanılgılar, dil sürçmeleri, sözün ve kalemin denetlenemeyen atlamaları aracılığıyla okunur hale gelir. Yoksa bizim dışımızda olan, sözlü ya da konuşulan sözcükle iletişim kurabildiğini sanmasın: İletilerini yollamak için başka yollar bulsun.

İşte beyaz kelebek bütün vadiyi aştı ve kadın okurun kitabından gelip benim yazmakta olduğum sayfanın üstüne kondu.

Bu vadide pek acayip insanlar dolaşıyor: Dünyanın bütün yayınevlerinden avansını çoktan almış oldukları yeni romanımı bekleyen edebiyat temsilcileri; kahramanlarımın belli moda evlerinin giysilerini kuşanmasını, belli meyve sularını içmesini isteyen reklamcılar; elektronik aygıtlarla bitmemiş romanlarımı tamamlayacaklarını ileri süren elektronik programcılar. Evden olabildiğince az çıkmaya çalışıyorum, köye hiç inmiyorum, gezinmek istersem dağ yollarına sapıyorum.

Bugün bir grup gence rastladım, izci gibi bir havaları vardı ve hem heyecanlı hem titiz bir biçimde çayıra bazı geometrik şekiller oluşturacak biçimde örtüler seriyorlardı.

"Uçaklar için işaret mi?" diye sordum.

"Uçan daireler için," yanıtını verdiler. "Biz kimliği belirlenemeyen nesneleri inceliyoruz. Burası onların geçiş noktalarından biri; son zamanlarda sıklıkla kullandıkları bir tür uçuş yolu. Böyle düşünülüyor, çünkü hem buralarda bir yazarın yaşadığı söyleniyor hem de öteki gezegenlerden gelenler iletişim kurmak için ondan yararlanmak istiyorlar."

"Böyle düşünmenize yol açan nedir?"

"Çünkü bu yazar bir süredir bunalıma girdi ve yazamıyor. Gazeteler bunun nedenini araştırıyorlar. Hesaplarımıza göre onu etkisiz kılanlar başka dünyalarda yaşayanlar olabilir; onun dünyasal koşullandırmalardan arınarak bir alıcı haline gelmesini istiyorlar."

"İyi ama, neden özellikle onu seçtiler?"

"Uzaylılar hiçbir şeyi doğrudan söyleyemezler. Dolaylı yoldan, simgesel biçimde ifade ederler kendilerini; sözgelimi alışılmadık heyecanlara neden olan öyküler buna örnek olabilir."

"Peki siz onun herhangi bir kitabını okudunuz mu?"

"Şu âna dek yazmış oldukları önemli değil. Bunalımdan çıktığında yazacağı kitap kozmik iletişim aracı olabilir."

"Nasıl aktarılacak ona?"

"Zihinsel yolla. O bunun farkına bile varmayacak. Kendi yeteneği sayesinde yazdığını sanacak oysa uzaydan gelen ve beyni tarafından yakalanan dalgalar yazdıklarına süzülecek."

"Peki siz gizli iletinin şifresini çözebilecek misiniz?"

Bana yanıt vermediler.

Bu gençlerin gezegenler arası beklentisinde hayal kırıklığına uğradıklarını düşündüğümde belli bir üzüntü duyuyorum. Aslında bir sonraki kitabıma onlara kozmik bir gerçeklik gibi görünecek bir şeyler ekleyebilirim. Şimdilik ne uyduracağıma ilişkin bir fikrim yok, ama yazmaya koyulursam aklıma bir şeyler gelir.

Ya gerçekten onların dediği gibiyse? Ya ben yalandan yazdığımı sanırken, yazdıklarım bana gerçekten uzaylılar tarafından yazdırılıyorsa?

Yıldızlardan vahiy gelmesini beklemeye başladım: Romanım bir türlü yol almıyor. Ansızın sayfalar dolusu yazmaya başlarsam, bu galaksinin iletilerini benim aracılığımla aktardığının işareti olacak.

Yazabildiğim tek şey bu günce, hangisi olduğunu bilmediğim bir kitabı okuyan genç kadını seyrim. Uzaydan gelen mesaj güncemde yer alıyor mu acaba? Ya onun kitabında?

Önemli bir üniversite seminerinde sunmak üzere tezini romanlarım üzerine hazırlayan genç bir kız beni ziyarete geldi. Yapıtlarımın onun kuramlarını ortaya koyma konusunda son derece yararlı olduğunu görüyorum; bu elbette olumlu bir nokta, ama romanlar için mi, kuramlar için mi, onu bilmem. Gayet ayrıntılı konuşmalarından edindiğim izlenim, işini pek ciddi bir biçimde yürüttüğü: Ama onun gözünden bakıldığında kitaplarımın tanınmaz bir hal aldığını fark ediyorum. Lotaria'nın (kızın adı böyle) kitaplarımı bilinçli bir biçimde okuduğundan kuşku duymak istemiyorum, ama sanırım sadece okumadan önce sahip olduğu bilgileri bulmak amacıyla girişmiş bu işe.

Bunu ona söylemeyi denedim. Biraz gücenerek karşı koydu: "Neden? Kitaplarınızı yalnızca sizin ikna olduğunuz şeyleri bulmak için mi okumam gerekirdi?"

Onu şöyle yanıtladım: "Öyle değil. Okurlardan kitaplarımda benim bilmediğim bir şeyleri bulmalarını beklerim, ama bunu sadece bilmedikleri bir şeyi okumayı bekleyenlerden bekleyebilirim."

(Neyse ki dürbünle okuyan öteki kadını seyredebiliyor ve bütün okurların Lotaria gibi olmadığına kendimi ikna edebiliyorum.)

"Sizin istediğiniz edilgin, kaçamak, geri giden bir okuma tarzı," dedi Lotaria. "Kız kardeşim böyle okur. Zaten, onun hiçbir sorun yaratmadan Silas Flannery'nin romanlarını ardı ardına yalayıp yutmasını görünce tezim için bu konuyu seçmeye karar verdim. Bilmek istiyorsanız; sizin romanlarınızı okumamın nedeni budur Bay Flannery: Kardeşim Ludmilla'ya bir yazarın nasıl okunacağını kanıtlamak için yaptım bunu. Yazar Silas Flannery olsa bile."

"'Olsa bile' sözünüz için teşekkür ederim. Peki, neden kız kardeşiniz ile birlikte gelmediniz?"

"Ludmilla yazarları bizzat tanımamanın daha iyi olduğunu savunur, çünkü yazarın kendi, kitabı okurken edinilen izlenimden çok farklıdır."

Bu Ludmilla'nın ideal okurum olduğunu söyleyebilirim.

Dün akşam çalışma odama girerken pencereden kaçan bir yabancının karaltısını gördüm. Peşinden gitmeye çalıştım, ama izini bulamadım. Özellikle geceleri, evin çevresindeki çalılıkların arasında birilerinin gizlendiğini hissediyorum.

Evden olabildiğince az çıksam bile birilerinin kâğıtlarımı karıştırdığı izlenimine kapılıyorum. Taslağımdan birkaç sayfanın eksildiğini defalarca fark ettim. Kâğıtlar birkaç gün sonra yerine geliyordu. Ama genellikle taslağımı tanıyamıyordum; sanki yazdığımı unutmuşum ya da dünkü bana bakınca neredeyse kendimi tanıyamayacak kadar değişmişim gibi.

Lotaria'ya, ona ödünç verdiğim kitaplardan bazılarını okudu mu, diye sordum. Bana okumadığını söyledi, çünkü burada elektronik işlemcisi yokmuş. Bana özel olarak programlanmış bir işlemcinin bir kitabı birkaç dakikada okuyabildiğini ve kullanım sırasına göre metinde geçen bütün sözcüklerin listesini çıkarabildiğini anlattı. "Böylece okunup bitmiş bir metne sahip olabiliyorum," diyor Lotaria "ve zamandan müthiş tasarruf ederek yapabiliyorum bunu. Zaten okumak bazı belli konu tekrarları, biçim ve anlam yinelemeleri değil de nedir? Elektronik okumanın bana verdiği sıklık listesini gözden geçirerek kitabın eleştirel incelemem için gerekli sorunlarına ilişkin fikir edinirim. Elbette en yüksek sıklık ön ekler, adıllar, takılarda görülüyor, ama ben bunların üzerinde durmuyorum. Hemen anlam bakımından zengin olan, kitap hakkında oldukça kesin bir imge sağlayabilecek sözcükleri inceliyorum.

Lotaria bana elektronik ortamda kopyalanmış bir romanın sözcükleri sıklık sırasına göre dizilmiş halini getirdi. "Bir romanda elli bin ile yüz bin sözcük arasında," dedi bana "hemen hemen yirmi kez yinelenen sözcüklere dikkat etmelisiniz. Şuraya bir bakın. On dokuz kez geçen sözcükler:

kasatura kayışı, kumandan, dişler, yap, han, birlikte, örümcek, yanıtlıyor, kan, patika, yok oldu, hemen, senin, görüş, hayat ...

On sekiz kez geçenler:

yeter, güzel, bere, kadar, Fransız, yemek, ölü, yeni, geçiyor, patatesler, nokta, onlar, delikanlılar, akşam, gidiyorum, geliyor..."

Lotaria, "Şimdiden neden söz ettiğini anlamış olmalısınız," diyor. "Bu, kuşkusuz bir savaş romanı, pek çok eylem var, kuru kuruya yazılmış, belli bir miktarda şiddet yüklenmiş. Son derece yüzeysel bir anlatım olduğu söylenebilir, ama emin olabilmek için listede tek bir kez geçen sözcükleri de incelemeye almak gerekir; bir kez geçiyorlar diye daha önemsiz oldukları düşünülmemelidir. Bu sıklığa örnek olarak:

iç etek, göm onu, dehlizler, dehliz, gömmek, ince, orman bitkileri, el altı, lümpen proletarya, merdiven altı, toprakaltı, kombinezon...

Hayır, göründüğü kadar yüzeysel bir kitap değilmiş. Gizli bir şeyler olmalı, araştırmamı bu iz üzerinde sürdürebilirim."

Lotaria bana başka bir liste gösteriyor. "Bu bambaşka bir roman. Hemen anlaşılıyor. Elli kez kullanılan sözcüklere bir bakın hele:

sahip oldu, koca, az, Riccardo, onun (51), ne, ön, sahip, yanıtlar, oldu, istasyon (48), henüz, oda, Mario, bazı, hepsi, kez (47), gitti, kendisine, sabah, görünüyordu (46), zorunluydu (45), keşke, katıksız, el, dinle (43), yıllar, Cecina, kim, Delia, eller, kız, altı, akşam (42), pencere, yapabilirdi, neredeyse, yalnız, döndü, adam (41), bana, istiyordu (40), hayat (39)...

Ne diyorsunuz? İçli dışlı bir anlatım, belli belirsiz dile getirilen zarif duygular, alçakgönüllü bir ortam, kasabada gündelik yaşam... Buna karşıt bir sınama yapmak için tek bir kez geçen sözcüklere bakalım:

> üşümüş, aldatılmış, çabalamış, mühendis, kıskandırmak, saf, yuttu, yutuldu, yutuyordu, diz çökmek, aşağıda, adaletsiz, büyütüyordu, şişmanlamak...

İşte böylece ortamdan, ruh hallerinden, toplumsal verilerden haberimiz oldu. Üçüncü bir kitaba bakalım:

> gitti, saçlar, hesap, beden, Tanrı, ikinci, para, özellikle, kere (39), un, yağmur, erzak, birileri, neden, akşam, olmak, Vincenzo, şarap (38), tatlı, demek ki, bacak, ölüm, onun, yumurta, yeşil (36), sahip olurduk, çocuklar, eh, beyaz, baş, yapıyorlar, gün, araba, siyah, hatta, göğüs, kaldım, duruyor, kumaşlar(35)...

Bu kitapta kanlı canlı, diri, ayağı yere basan, biraz kaba saba, doğrudan duyarlılık sahibi, incelik bilmeyen, amiyane cinsellik söz konusu. Burada da, bir kez kullanılan sözcüklere bakalım. Sözgelimi şöyle:

> sebzeler, bakireler, utandım, utanarak, utanmak, utanıyordu, utançlar, utanırdık, utangaç kızlar, utanç, kanıtlanmak, vermut...*

Gördünüz mü? Burada besbelli bir suçluluk kompleksi var. Değerli bir ipucu: Eleştirel araştırma buradan başlayabilir ve çalışmasının savlarını öne sürebilir... Ne diyordum? Hızlı ve etkili bir sistem değil mi?"

Lotaria'nın kitaplarımı bu şekilde okuması, benim için sorun yaratıyor. Şimdi yazdığım her sözcüğün elektronik beynin merkezkaçında döndüğünü görür gibi oluyorum; kullanım sık-

* Sözcük listeleri Mario Alinei'nin üç İtalyan yazarının romanlarına ithaf ettiği *Çağdaş İtalyan Edebiyatının Elektronik Dökümü* kitaplarından alınmıştır, Mulino Yayınevi 1973.

lıkları belirleniyor, hangileri olduğunu bilemeyeceğim başka sözcüklerle gruplandırılıyor; kendi kendime kaç kez kullandığımı soruyorum, yazma sorumluluğumun o kendi başına var olan hecelere yüklendiğini hissediyorum, o sözcüğü bir ya da elli kez kullanmış olmamın ne gibi yorumlara neden olabileceğini hayal etmeye çalışıyorum. Belki silsem daha iyi olur... Ama yerine başka hangi sözcüğü kullanırsam kullanayım, bu sınamada aklanamayacağını düşünüyorum. Belki de kitap yerine alfabetik dizimle sözcükler listesi yazmalıyım; henüz tanımadığım o gerçekliği dile getiren tek tek sözcüklerden bir nehir yaratmalıyım; elektronik işlem aygıtı kendi programını tersine çevirerek bu sözcüklerden yola çıkarak kitabımı yazabilir.

Hakkımda bir tez hazırlayan Lotaria'nın kız kardeşi çıktı piyasaya. Hiç haber vermeden, sanki buralardan geçiyormuş da uğramış gibi geliverdi. Şöyle dedi: "Ben Ludmilla. Romanlarınızın hepsini okudum."

Yazarları kişisel olarak tanımayı istemediğini bildiğim için onu görmek beni şaşırttı. Kız kardeşinin olaylara kısmi bir bakış açısıyla baktığını söyledi; biraz da bu nedenle Lotaria ona buluşmalarımızdan söz edince, sanki varlığımı onaylamak istercesine beni gözleriyle görmek istemişti, çünkü ben onun ideal yazar tanımına uyuyordum.

Bu ideal model tanımı -onun sözleriyle söylersem- "Bir kabak bitkisinin kabak verdiği gibi" kitap yazan yazar anlamına geliyordu. Akışları engellenemeyecek başka doğal süreçleri örnek göstererek farklı eğretilemeler yaptı: Dağları şekillendiren rüzgâr, gel-git sonucu biriken tortular, kütük kesitinde görülen yıllık çemberler; ama bunlar genel anlamda edebî yaratım eğretilemeleriydi, oysa kabak görüntüsü doğrudan beni işaret ediyordu.

"Kızdığınız kişi kardeşiniz mi?" diye sordum, çünkü konuşmasındaki tartışma tonu düşüncelerinin başkalarınınkinden farklı olduğunu bilen insanlara özgüydü.

"Hayır, sizin de tanıdığınız birisine kızıyorum," dedi.

Fazla çaba göstermeme gerek kalmadan ziyaretinin arkasında yatan gerçeği aydınlatmayı başardım. Ludmilla, o çevirmen Marana'nın arkadaşı, daha doğrusu eski arkadaşıydı; Marana için edebiyat tuzaklar, trükler, dişliler bütününden oluşan karmaşık bir düzendi.

"Sizce ben farklı bir şey mi yapıyorum?"

"Her zaman, sizin tünel kazan, karınca yuvası oyan, petek yapan hayvanlar gibi yazdığınızı düşünmüşümdür."

"Sözlerinizin benim için övünç kaynağı olduğunu söyleyemeyeceğim," yanıtını verdim. "Gene de işte şimdi beni görüyorsunuz, umarım hayal kırıklığına uğramamışsınızdır. Zihninizde yarattığınız Silas Flannery imgesine uyuyor muyum?"

"Hayal kırıklığına uğramadım, hatta tam tersi oldu. Ama bunun nedeni sizin bir imgeye uygunluk göstermeniz değil: Çünkü siz kesinlikle sıradan birisiniz; aynen beklediğim gibi."

"Romanlarım size sıradan bir insan olduğum düşüncesini mi verdi?"

"Hayır, bakın... Silas Flannery romanları son derece kişiliklidir... Sanki onlar çok önceden, sizin yazmanızdan çok önceden bütün ayrıntılarıyla hazır beklemiş gibidir... Sanki, onları yazacak biri mutlaka olması gerektiği için ve yazmayı bilişinizden yararlanarak, sizden süzülür gibi... Gerçekten böyle olup olmadığını görebilmek için sizi yazarken seyredebilmeyi çok isterdim..."

Keskin bir acı saplandığını hissediyorum. Bu kadının gözünde, benden bağımsız olarak varolan hayalî bir dünyayı ifadesizlikten yazıya dönüştürmeye hazır, kişisellikten uzak grafik bir enerji kaynağından başka bir şey değilim. Onun inandığından geriye hiçbir şey kalmadığını öğrenirse mahvolurum: Ne ifade enerjisi ne dile getirecek bir şey.

"Ne görebileceğinizi sanıyorsunuz? Birisi bakarken yazamam..." diye karşı koyuyorum.

Edebiyat gerçeğinin sadece yazma eyleminin fizikselliğinden ibaret olduğunu anladığı açıklamasını yapıyor.

"Eylemin fizikselliği..." Bu sözler zihnimin içinde dönmeye, boş yere uzaklaştırmaya çalıştığım imgelerle birleşmeye başlıyor. "Varolmanın fizikselliği," diye geveliyorum, "işte bakın, buradayım, varolan, sizin fiziksel varlığınızın karşısında duran bir adamım..." Bu sırada iğneleyici bir kıskançlık sarıyor beni; başkalarını değil, bir daha yazamayacağım romanları yazmış olan, virgüllerden, noktalardan, mürekkepten oluşan kendimi, bu genç kadının özeline girmeyi sürdüren yazarı kıskanıyorum; oysa ben, şimdi ve burada olan ben yaratıcılığımdan daha belirgin biçimde ortaya çıkan fiziksel enerjimle, bu kızdan bir klavye ve rulo üzerindeki beyaz kâğıt kadar uzağım.

"İletişim farklı düzeylerde kurulabilir..." Olasılıkla biraz ivedi hareketlerle de olsa kıza yaklaşarak açıklama yapmaya başlıyorum, ama zihnimde dolaşan görsel ve dokunsal imgeler beni her türlü ayrılığı ve tereddüdü ortadan kaldırmam için dürtüyor.

Ludmilla şöyle bir silkelenerek kendini kurtarıyor: "Ne yapıyorsunuz Bay Flannery? Söz konusu olan bu değil! Yanılıyorsunuz!"

Elbette adımlarım daha şık olabilirdi, ama artık düzeltmek için geç olmuştu: Tutumumda direnmekten başka bir çarem yoktu; yazı masamın çevresinde kovalıyorum onu ve "Belki çok yaşlı olduğumu sanıyorsunuz ama ben..." gibi sersemce olduğunu çok iyi bildiğim cümleler savuruyorum.

"Burada bir yanlış anlama var Bay Flannery," diyor Ludmilla ve Webster evrensel sözlüğü aramıza yerleştirerek duruyor, "sizinle bal gibi sevişebilirim; zarif ve yakışıklı bir beyefendisiniz. Ama bunun tartıştığımız konuyla hiçbir ilgisi olmayacaktır... Romanlarını okuduğum Silas Flannery ile ortak bir noktası bulunmayacaktır... Daha önce de açıkladığım üzere, siz iki farklı insansınız ve ilişkileriniz birbirini etkileyemez... Sizi tanıdığım pek çok başka erkeğe benzetsem de, somut olarak bir başkası değil, bu kişi olduğunuzdan kuşkum yok, ama beni ilgilendiren burada bulunan sizden bağımsız olarak Silas Flannery romanlarında var olan Silas Flannery idi."

Alnımda biriken teri siliyorum. Oturuyorum. Bir şeylerin eksildiğini hissediyorum: Belki ben; belki de ben'in içeriği. Ama zaten istediğim bu değil miydi? Ulaşmaya çalıştığım kişiliksizleşmek değil miydi?

Belki Marana ve Ludmilla bana aynı şeyi söylemeye gelmişlerdi: Ne var ki ben bunun bir kurtuluş mu yoksa mahkûmiyet mi olduğunu bilmiyordum. Neden tam kendimi bir cezaevindeymiş gibi kendi kendime zincirlenmiş hissettiğim anda gelip buluyorlar beni?

Ludmilla çıkar çıkmaz şezlongdaki kadının görüntüsüyle rahatlamak için dürbünüme seğirttim. Yoktu. İçime bir kuşku düştü: Ya beni ziyarete gelen oyduysa? Belki de bütün sorunlarımın kökeninde sadece o vardı. Belki de yazmamı engellemek için bir komplo kuruldu ve hem Ludmilla hem ablası hem de çevirmen bunun bir parçası oldular.

"İlgimi en fazla çeken romanlar," dedi Ludmilla, "olabildiğince karanlık, acımasız ve yoldan çıkmış insan ilişkilerinin düğüm noktasında saydamlık yanılsaması yaratanlardır."

Bunu benim romanlarımda ilgisini çeken şeyi açıklamak için mi söyledi, yoksa benim romanlarımda arayıp da bulamadığı şey miydi bu, anlayamadım.

Bana öyle geliyor ki, hoşnutsuzluk Ludmilla'nın en belirgin özelliği: Günbegün değişire benzer tercihleri bugün sadece huzursuzluğuna denk düşüyor. (Ama beni yeniden görmeye geldiğinde dün olup bitenleri unutmuş gibiydi).

"Dürbünümle vadinin dibindeki terasta kitap okuyan bir kadını izleyebiliyorum," diye anlattım ona. "Okuduğu kitapların huzur verici mi, yoksa tedirgin edici mi olduğunu merak ediyorum."

"Kadın nasıl görünüyor size? Rahat mı, yoksa tedirgin mi?

"Rahat."

"Demek ki tedirgin edici kitaplar okuyor."

Ludmilla'ya el yazmalarımla ilgili tuhaf düşüncelerimi anlatıyorum: Sayfaların ortadan yok olduğunu, yine yerine geldiğini, ama bu sefer değiştiğini söylüyorum. Bana çok dikkatli olmam gerektiğini öğütlüyor: Gitgide yaygınlaşan *apokrif* komplosu olabilirmiş. Ona bu komplonun başında eski arkadaşının bulunup bulunmadığını sordum.

Kaçamak bir ifadeyle, "Entrikalar şeflerin işidir," yanıtını verdi.

Apokrif, Yunanca *apokryphos* (gizli, saklı): 1) Başlangıçta dinsel mezheplerin 'gizli kitapları'; sonra da vahiy yoluyla gönderilen metinlerle kural koyan dinlerde kural olarak tanınmayan metinler için kullanılmıştır; 2) Hatalı olarak farklı bir yazar ya da çağa ait olduğu söylenen metin anlamında.

Sözlük açıklaması böyle. Belki de ben kelimenin her anlamında apokrif yazar olmak konusunda yetenekliydim: Çünkü yazmak, her zaman sonradan ortaya çıkarılacak bir şeyi yazmak anlamına gelir; çünkü benim kalemimden çıkabilecek gerçeklik, şiddetli bir vuruş nedeniyle kayadan kopup uzağa fırlamış bir parça gibidir; çünkü düzmece dışında gerçeklik yoktur.

Ermes Marana'yı bulmak ve dünyayı düzmece yapıtlarla doldurmak konusunda bir ortaklık kurmayı önermek isterdim. Kim bilir Marana neredeydi şimdi? Japonya'ya dönmüş müydü? Bana kesin bir şey söylemesi umuduyla Ludmilla'nın ağzını arıyorum. Ona kalırsa düzmece iş yapan kişi, romancıların bol ve bereketli olduğu topraklara yerleşmeliydi; böylece dalaverelerini zengin özgün hammadde ürünlerinin arasına karıştırabilirdi.

"Gene Japonya'ya mı döndü?" Ne var ki Ludmilla bu adamla Japonya arasındaki her türlü ilintiden habersizmiş gibi görünüyor. Hain çevirmenin hilelerinin gizli üssü olarak yerkürenin bambaşka bir yerini seçtiğini düşünüyor. Son iletilere bakılacak olursa Ermes izini And Dağları'nda kaybettirmiş. Zaten Ludmilla'yı tek bir şey ilgilendiriyor: Adamın uzakta olması. Bu dağlara sığınmasının nedeni de adamdan kaçabilmekti; şimdi onunla karşılaşmayacağından emin olduğu için evine dönebilir.

"Yani yola mı çıkmak üzeresin?" diye soruyorum.

"Yarın sabah," diyor.

Haber beni derinden hüzünlendiriyor. Ansızın kendimi yapayalnız hissediyorum.

Uçan daire gözlemcileriyle yeniden konuştum. Bu kez doğrudan bana geldiler ve uzaylıların yazdırdığı kitabı yazıp yazmadığımı sordular.

"Hayır, ama bu kitabı nerede bulabileceğinizi biliyorum," diyerek ayaklı dürbünüme yaklaştım. Bir süredir gezegenlerarası kitabın şezlongdaki kadının elinde olduğunu düşünür olmuştum.

Kadın her zamanki terasta yoktu. Hayal kırıklığına uğrayarak dürbünümü vadide dolaştırdım ve bir kayanın kenarına oturmuş, kent giysileri içinde kitap okumaya dalmış bir adam gördüm. Öylesine müthiş bir rastlantıydı ki, bunun gezegenlerarası bir kitap olduğunu düşünmek hiç de yersiz kaçmayacaktı.

"İşte aradığınız kitap," dedim gençlere ve dürbünden yabancıyı gösterdim. Hepsi teker teker gözünü dürbüne dayadı, sonra birbirlerine baktılar ve bana teşekkür edip evden çıktılar.

Zihnini meşgul eden bir sorunu bana danışmak üzere, bir Erkek Okur ziyaretime geldi: Benim *şu şu şu ağında* adlı kitabımın iki kopyası geçmiş eline; dış kapakları aynıymış, ama içeriği tamamen farklıymış. Bir tanesi telefon sesine katlanamayan bir profesörün, öteki ise çiçek dürbünü koleksiyonu yapan bir milyarderin öyküsü. Ne yazık ki bana daha fazlasını anlatamadı, kitapları da gösteremedi çünkü sonuna gelemeden kitapların ikisi de çalınmıştı ve hatta ikincisi buraya birkaç kilometre kala yürütülmüştü.

Bu tuhaf olayın etkisini üzerinden atamamıştı; bana anlattığına göre ziyaretime gelmeden önce evde olup olmadığımdan emin olmak istemişti ve aynı zamanda benimle konuşmadan konuya hâkim olabilmek için kitabı bitirmeyi arzuluyordu; bu nedenle elinde kitap bir kayanın ucuna oturmuş, bir yandan da benim evimi gözlemişti. Ansızın bir öbek manyağın çevresini sardığını görmüş; kitabın üstüne atılıvermişler. Bu deliler kitabın çevresinde bir tür ayin yapmışlar: Biri havaya kaldırıp tutarken ötekiler derin bir huşuyla onu seyretmişler. Adamın karşı koyma çabalarına karşın kitabı ellerinden bırakmayarak ormana doğru koşmuşlar.

Onu sakinleştirmeye çalışarak, "Bu vadide çok acayip tipler dolaşıyor," dedim, "artık o kitabı düşünmeyin bayım; önemli bir şey yitirmediniz: O, Japonya'da üretilmiş düzmece bir kitaptı. Romanlarımın dünya çapında kazandığı başarıdan yararlanmak isteyen bir Japon firması tanınmamış Japon yazarların kaleme aldığı ve şansı olmadığı için çöpe giden intihal romanların kapağına utanmadan benim adımı koyarak piyasaya veriyor. Pek çok araştırmadan sonra hem benim hem de kopyalanmış yazarların kurbanı olduğu bu dalaverenin maskesini düşürmeyi başardım."

"Aslında okumakta olduğum roman hoşuma da gidiyordu," diye itiraf ediyor Erkek Okur, "öykünün sonuna varamadığım için de üzüldüm."

"Eğer derdiniz buysa size kaynağını açıklayabilirim: Bu bir Japon romanıdır, yer ve insan adları Batılı adlarla değiştirilerek bir uyarlama yapılmıştır: Son derece saygın bir ada sahip yazar Takakumi İkoka'nın kitabı: *Ay Işığıyla Aydınlanan Yapraklardan Halının Üstünde*. Dilerseniz size İngilizce çevirisini verebilirim; böylece kaybınızı telafi edebilirsiniz."

Masamda duran kitabı aldım ve kendisine uzatmadan önce bir zarfa koyup kapattım; böyle yapmaktaki niyetim kitabın sayfalarını hemen çevirmesini ve bunun ne *Birbiriyle Kesişen Çizgiler Ağında* ile ne de benim özgün ya da düzmece başka bir romanımla hiç ilgisinin olmadığını anlamasını önlemekti.

"Piyasada sahte Flannery'ler olduğunu biliyordum," dedi Erkek Okur, "en azından birinin düzmece olduğunu tahmin ediyordum. Bana başka ne söyleyebilirsiniz?"

Belki de sorunlarımı bu adamla paylaşmam yerinde bir davranış olmazdı; işi şakaya vurarak sıyrılmaya çalıştım: "Benim olduğuna emin olduğum kitaplar sadece henüz yazmadıklarımdır."

Erkek Okur sözlerimle yetindiğini belli eden bir gülümsemeden sonra ciddileşerek şöyle dedi: "Bay Flannery, bu olayın arkasında kim olduğunu biliyorum: Japonlar değil; bu Ermes Marana adında bir adam ve sizin de tanıdığınız Ludmilla Vipiteno'yu kıskandığı için bütün bu dolapları çeviriyor."

"Peki o halde neden beni görmeye geldiniz? Neler olup bittiğini gidip o beye sorun." Erkek Okur ile Ludmilla arasında bir bağlantı olduğu kuşkusuna kapıldım ve bu bile sesimin düşmanca bir ton kazanmasına yol açtı.

"Başka çarem yok," dedi Erkek Okur. "Zaten onun bulunduğu yere, Güney Amerika'ya bir iş seyahati yapmak üzereydim, fırsattan yararlanarak onu da arayacağım."

Ermes Marana'nın bildiğim kadarıyla Japonlarla işbirliği yaptığını ve düzmece yapıtlarının merkezinin Japonya'da bulunduğu konusunda bu adama bilgi vermek umurumda değildi. Benim için önemli olan bu densizin çarçabuk Ludmilla'dan uzaklaşmasıydı: Bu nedenle bu yolculuğu yapması konusunda onu yüreklendirdim ve hayalet çevirmeni bulmak konusunda ayrıntılı bir araştırma yapmasını öğütledim.

Erkek Okur gizemli rastlantılardan usanmıştı. Bana farklı nedenler yüzünden pek çok romanı birkaç sayfa okuduktan sonra bırakmak zorunda kaldığını anlattı.

"Belki de canınızı sıkmıştır," dedim her zamanki kötümserliğimle.

"Tam tersine, hepsinin en heyecanlı yerinde yarıda bırakmak zorunda kaldım. Şimdi kaldığım yerden devam etmeye can atıyorum, ama tam kitabı açıp okumaya başladığımda kendimi yepyeni bir kitapla karşı karşıya buluyorum."

"... bu da son derece sıkıcı bir kitap oluyor..." diye ayak diriyorum.

"Hayır, elimdeki bir öncekinden daha heyecanlı çıkıyor. Ama onu da bitiremiyorum. Böyle sürüp gidiyor."

"Durumunuz beni umutlandırıyor," diyorum. "Ben genellikle yeni çıkmış bir romanı elime alıyorum ve kendimi yüz kez okuduğum bir romanla burun buruna buluyorum."

O Erkek Okur ile son konuşmam üzerine düşündüm. Belki de öyle yoğun bir okuma yapıyordu ki, romanın özünü daha baştan içine çekiyordu; geriye bir şey kalmıyordu. Bu yazarken benim başıma gelen bir durumdu: Bir süredir yazmaya başladığım romanlar sanki söyleyecek her şeyi tüketmişim gibi yarıda kalıveriyordu.

Bunun üzerine romanların yalnızca başlangıçlarından oluşan bir kitap yazmaya karar verdim. Kahramanı, sürekli kitabı yarıda kalan bir Erkek Okur olacaktı. Erkek Okur Z yazarının A romanını satın alacaktı. Ama bu kusurlu bir kopya çıktığı için okumayı sürdüremeyecekti... Kitabı değiştirmek için kitapçıya gidecekti...

Hepsini ikinci tekil şahısta yazabilirdim: sen Erkek Okur... Hatta işin içine bir Kadın Okur, düzenbaz bir çevirmen, bu günce misali günce tutan yaşlı bir yazar da katabilirdim...

Ama Kadın Okur'un Düzenbaz'dan kurtulmak için Erkek Okur'un kollarına atılmasını istemem. Öyle yazacağım ki, Erkek Okur çok uzak bir ülkede gizlenen Düzenbaz'ın izini sürmek için uzaklara gidecek; böylece Yazar, Kadın Okur ile baş başa kalacak.

Elbette, işin içinde dişi bir kahraman olmayınca Erkek Okur'un yolculuğu heyecansız olur: Onun yolda başka bir kadınla karşılaşması gerekiyor. Kadın Okur'un bir kız kardeşi olabilir...

Gerçekten de bizim Erkek Okur yola çıkmak üzere görünüyor. Yolda okumak için yanına Takakumi İkoka'nın *Ay Işığıyla Aydınlanan Yapraklardan Halının Üstünde* romanını alacak.

Ay Işığıyla Aydınlanan Yapraklardan Halının Üstünde

Mabet ağacının yaprakları dallardan incecikten yağan yağmur gibi dökülüyor ve çayırı sarı beneklerle dolduruyordu. Düz taşlardan oluşan patikada Bay Okeda ile dolaşıyordum. Mabet ağacının her bir yaprağının uyandırdığı izlenimi, bütün ötekilerin uyandırdığı izlenimden ayırabilmeyi dilediğimi ve bunun mümkün olup olmadığını merak ettiğimi söyledim. Bay Okeda mümkün olduğunu dile getirdi. Hareket noktam olan ve Bay Okeda'nın gayet sağlam bulduğu öncüller şöyleydi. Eğer mabet ağacından tek bir sarı yaprakçık düşer ve çayıra konarsa, ona bakarken edinilen izlenim tek bir sarı yaprakçığa aittir. Eğer ağaçtan iki yaprakçık düşerse göz bu iki yaprakçığın havada süzülüşünü, birbirini kovalayan iki kelebek gibi birbirlerine yaklaşıp uzaklaşmalarını ve sonunda gidip çayırın üstünde biri şuraya biri buraya konuşunu seyreder. Aynı şey üç, dört hatta beş tanesi için geçerlidir; havada uçuşan yaprakların sayısı arttıkça her birine karşılık gelen duyumlar toplam bir duyum yaratarak birleşince sessiz bir yağmuru ve –eğer bir esinti inişini yavaşlatırsa– havada asılı duran kanatları andırır; bakışlarını sonra yere indiren kişi ışıklı lekeciklerin çayıra yayılışını görür. Şimdi ben bu keyif verici duyumlardan hiçbir şey kaçırmayarak, görüş alanıma girdiği andan itibaren her bir yaprağın bireysel görüntüsünü öteki görüntülerle karıştırmadan tek başına sahiplenmek, havadaki dansını izlemek, çimenlerin üstüne konuşunu izlemek isterdim. Bay Okeda'nın onaylaması, bu niyetimde ayak diremem konusunda beni yüreklendiriyordu. "Belki," diye ekledim, fisto kenarlı minik sarı bir yelpazeyi andıran mabet ağacı yapraklarının biçimini inceleyerek, "her bir yaprağın uyandırdığı izlenimde, yaprağın her bir diliminin uyandırdığı izlenimi de ayırt edebilmeyi beceririm." Bay Okeda bu konuda bir görüş bildirmedi; sessizliği daha önce de beni uyarmış ve henüz kanıtlanmamış bir dizi evreyi atlayarak hızlı varsayımlarda bulunmamı engellemişti. Bu dersi göz önüne alarak dikkatimi en cılız duyumun ortaya çıktığı, onun öteki yaygın izlenimlerle karışmadan en net olduğu ânı yakalamaya çevirdim.

Bay Okeda'nın en küçük kızı Makiko, özenli davranışları ve hâlâ biraz çocuksu görünen sevimliliğiyle bize çay ikramına geldi. Eğilirken, tepeye topladığı saçlarının altında kalan ensesinde sırtı boyunca devam ettiği belli olan ince siyah tüyler gördüm. Ona bakmaya öylesine dalmışken, Bay Okeda'nın bana diktiği sabit gözlerini üzerimde hissettim. Tabii ki duyumlarımı tekilleştirme yeteneğimi kızının ensesinde denemekte olduğumu anlamıştı. Hem duru ten üzerindeki o yumuşacık tüylerin uyandırdığı izlenim beni buyurganca emri altına aldığından hem de Bay Okeda benim dikkatimi sıradan bir cümleyle çekebilecekken bunu yapmamış olduğundan bakışlarımı çekmedim. Bu sırada Makiko çay servisini ivedilikle tamamladı ve ayağa kalktı. Dudağının üstünde, sol tarafta bir ben olduğunu fark ettiğimde az öncekini andıran, ama o kadar etkileyici olmayan bir hisse kapıldım. Makiko huzursuzca bana kaçamak bir bakış fırlattı, sonra gözlerini yere indirdi.

Öğleden sonra kolayca unutamayacağım, gene de söze dökünce önemsiz görünebilecek bir an oldu. Kuzeydeki minik gölün kıyısında Bayan Miyagi ve Makiko ile geziniyorduk. Bay Okeda önden, uzun, akçaağaçtan yapılmış bastonuna dayanmış, tek başına yürüyordu. Minik gölün ortasında iki iri sonbahar nilüferi açmıştı ve Bayan Miyagi bunlardan birini kızı, diğerini kendisi için koparma arzusunu dile getirdi. Bayan Miyagi'nin yüzünde o her zamanki bulutlu ifade vardı ve biraz yorgun görünüyordu; kocasıyla kötü giden, yılan hikâyesine dönen ilişkilerindeki rolünün yalnızca kurban olmak olmadığı konusunda o kadar üsteleyip durduğu için bende kuşku uyandıran o katı inat yüzünden okunuyordu; gerçekten de Bay Okeda'nın buz gibi uzaklığıyla kadının inatçı azmi arasında kimin kazançlı olduğunu anlamıyordum. Makiko'ya gelince; hırçın aile çatışmaları ortasında büyüyen bazı çocuklarda olduğu gibi neşeli ve umursamaz tavrıyla çevresine karşı bir savunma geliştirmişti ve büyüdükçe bunu kaybetmemişti; şimdi de yabancıların dünyasına karşı çocuksu ve kaypak neşesini kalkan olarak kullanıyordu.

Kıyıdaki bir kayaya diz çökerek uzandım ve yüzmekte olan nilüfere en yakın dalı yakaladım; koparmamaya çalışarak yavaşça çektim ve bütün bitkiyi kıyıya doğru yüzdürdüm. Bayan Miyagi ve kızı da diz çöktüler ve yakına geldiğinde çiçekleri koparmak üzere ellerini suya uzattılar. Minik gölün kıyısı alçak ve eğimliydi; eğilirken temkinli olmak için hanımların ikisi de omzuma tutunuyor, biri sağımdan, öteki solumdan kollarını uzatıyorlardı. Ansızın kolumla sırtım arasında, birinci kaburgalarım hizasında bir temas hissettim; hatta biri sağımda biri solumda olmak üzere iki noktada hissediyordum aynı teması. Genç bayan Makiko tarafında sanki kalp gibi atan, gergin, Bayan Miyagi tarafında ise sürünen, sokulan bir dokunuş hissediyordum. Gayet ender ve zarif bir rastlantı sonucunda aynı anda bana değenin kızın sol, annenin sağ memesinin başı olduğunu anladım; bu şanslı teması yitirmemek, aynı anda tattığım ve ayrımlarını algılamaya çalıştığım iki duyumun tadını çıkarmak, verdikleri zevki karşılaştırmak için bütün gücümü toplamalıydım.

"Yaprakları uzaklaştırın," dedi Bay Okeda, "çiçeklerin sapları o zaman sizin elinize doğru kıvrılır." Nilüferlere eğilmiş biz üçlünün tepesine dikilmişti. Aslında elindeki bastonla su bitkilerini kıyıya yaklaştırması kolay olurdu, ama o iki kadına bedenlerini benimkine daha çok bastırmalarına neden olacak biçimde uzanmalarını öğütlüyordu.

İki nilüfer neredeyse Miyagi ile Makiko'nun ellerine değmek üzereydi. Hızlı bir hesapla, son koparma ânında sağ dirseğimi kaldırıp yeniden belime yapıştırırsam Makiko'nun küçük ve sert memesinin bütününü koltukaltıma sıkıştırabileceğini düşündüm. Ama nilüferleri koparmanın zaferi hareketlerimizin sırasını bozdu; bu nedenle sol kolum boşluğa kapanırken sol elim dalı bırakınca geriye savrularak Bayan Miyagi'nin yakalamaya, hatta tutmaya gönüllü göründüğü elim onun karnına çarpınca, bütün bedenime yayılan bir irkilmeyle gerildim. İşte bu anda, daha sonra anlatacağım üzere hesapta olmayan sonuçlar doğuran bir oyuna geldim.

Yeniden mabet ağacının altından geçerken Bay Okeda'ya yaprak yağmuru seyri sırasında önemli olanın, her bir yaprağın değil, iki yaprak arasındaki uzaklığın, onları ayıran hava boşluğunun algılanması olduğunu söyledim. Sanki şunu anlar gibi olmuştum: Duyarlılığın mekânsal ve zamansal olarak yoğunlaşabilmesi için algı alanının geniş bir bölümü üzerinde duyum olmaması gereklidir; aynen müzikte, üstteki notaların ayrışabilmesi için alttaki sessizliğin gerekli olduğu gibi.

Bay Okeda, dokunsal duyumlarda bunun kesinlikle doğru olduğunu söyledi: Yanıtı beni çok şaşırttı, çünkü gerçekten de kızının ve karısının bedenlerinin teması sırasında ben de ona yapraklarla ilgili düşüncemi aktarmayı düşünüyordum. Bay Okeda bütün doğallığıyla, dokunsal duyumdan söz etmeyi sürdürdü; sanki benim konuşmamın başka bir konusunun olmadığı anlaşılmış gibi.

Konuşmayı başka bir zemine taşımak için roman okuma konusunda bir karşılaştırma yapmak istedim; anlatının akışının son derece sakin, aynı dingin tonda ilerlemesi, okurun dikkatini çekmesi istenen ince ve kesin duyumları vurgulamaya yarar; ne var ki unutulmaması gereken, roman örneğinde birbirini izleyen cümlelerde ister özel, ister çoğul olsun, her seferinde tek bir duyum iletilir; oysa görsel ve işitsel alanların genişliği aynı anda çok daha zengin ve karmaşık bir birlikteliği kaydetmeye izin verir. Romanın iletmeyi amaçladığı duyumların birlikteliğine oranla okurun algı gücü çok daha sınırlıdır; birincisi genellikle dikkatsiz ve acele okuma yüzünden metnin içerdiği bir dizi işaret ve niyeti yakalayamaz ve özümseyemez; ikincisi her zaman yazılı cümlenin dışında kalan çok gerekli bir şeyler vardır, hatta romanın dile getirmediği şeyler dile getirdiklerinden fazladır; okura, yazılı olmayanı bile okuduğu yanılsamasını verebilen yazılı olanın özel bir yansımasıdır. Bütün bu görüşlerim karşısında Bay Okeda çok fazla konuştuğum ve yürüttüğüm mantığın ulaştığı kördüğümden sıyrılamadığım her sefer yaptığı gibi sessizliğini korudu.

Sonraki günlerde sık sık iki kadınla evde yalnız kalır oldum, çünkü Bay Okeda şimdiye dek benim asli görevim olan kütüphanede araştırma yapma işini bizzat üstlenmeye karar vermişti ve evde kalıp devasa arşivini yeniden düzenlememi yeğliyordu. Bay Okeda'nın Profesör Kawazaki ile konuşmalarımdan ve onun okulundan ayrılıp bana iyi bir gelecek vaat eden akademik çevrelere yaklaşma niyetimden haberdar olduğu konusunda ciddi korkularım vardı. Elbette Bay Okeda'nın entelektüel himayesi altında uzun süre kalmak bana zarar veriyordu: Her ne kadar sınıf arkadaşlarım gibi başka eğilimler sergileyen ilişkilere kapalı olmasalar bile Profesör Kawazaki'nin asistanlarının alaycı yorumları bana bunu hissettiriyordu. Hiç kuşku yoktu ki Bay Okeda'nın öteki öğrencilerine yaptığı gibi beni bütün gün evinde tutmasının nedeni uçup gitmemi engellemek, düşünsel bağımsızlığımı kazanmamı durdurmaktı; eski öğrencileri şimdi sadece birbirlerini gözetliyorlar, hocanın yetkisinin mutlak korkusundan en ufak bir sapma gösterenleri gammazlıyorlardı. En kısa zamanda karar vermem ve Bay Okeda'dan ayrılmam gerekiyordu; bunu erteliyorsam tek nedeni onun olmadığı sabahlar evinde geçirdiğim zamanların, ortaya verimli bir çalışma koyamasam da zihnimde keyifli bir coşku uyandırmasaydı.

Gerçekten de çalışırken genellikle dalgınlık gösteriyordum; Makiko'yu görebileceğim öteki odalara geçmek için bahaneler uydurup duruyordum; onu, günün değişik hallerinin mahremiyetinde yakalamak hoşuma gidiyordu. Ne var ki, karşıma daha çok Bayan Miyagi çıkıyordu ve onunla oyalanıyordum, çünkü kızından çok annesiyle sohbet, –hatta çoğunlukla acı da olsa haince şakalar yapma– fırsatları doğuyordu.

Akşamları yemekte, kaynar *sukiyaki*'nin çevresine oturduğumuzdu Bay Okeda beni sardığını hissettiğim, ama teker teker tatmin etmeden kurtulmak istemediğim, ayrı ayrı olsalar da birbirlerine bağlı olan arzular ağını ve günün sırlarını çözebilmek istercesine yüzlerimizi inceliyordu. Böylece ondan ve verimsiz ve mesleki açıdan gelecek vaat etmeyen işimden ayrılmayı her hafta yeniden erteliyordum ve beni tutan ağı ilmik ilmik daraltanın Bay Okeda olduğunu anlıyordum.

Tatlı bir sonbahardı; kasım dolunayı yaklaşırken bir öğleden sonra kendimi Makiko ile ağaç dalları arasından ayı seyretmek için en ideal yerin neresi olduğunu tartışırken buluverdim. Mabet ağacının altındaki tarhta, dökülmüş yaprakların oluşturduğu halı üzerindeki yansımanın ay ışığını havaya asılı bir aydınlığa dönüştüreceğini savunuyordum. Bu konuşmamda belirgin bir niyet vardı: Makiko'ya o gece mabet ağacının altında buluşmayı önerecektim. Kız ise gölü yeğlediğini söylüyordu, çünkü sonbahar dolunayı mevsim soğuk ve kuruysa su üzerinde buharlaşmanın yaşandığı yazdan daha net çizgilerle yansıyordu.

"Anlaştık," dedim hemen, "ay doğarken seninle kıyıda buluşmayı dört gözle bekleyeceğim. Kaldı ki," diye ekledim, "o minik göl, anılarımdaki hoş duyguları uyandırıyor."

Belki de bu cümleyi sarf ettiğim için Makiko'nun göğsünün teması son derece canlı bir biçimde belleğimde uyanıverdi ve sesim onu da telaşlandıracak biçimde heyecanlı çıktı. Öyle ki Makiko kaşlarını çattı ve bir an sessizleşti. İçine kaymakta olduğum kösnül hayallerimi yarıda kesen sıkıntımı dağıtmak için farkında olmadan düşüncesiz bir ağız hareketi yaptım: Ağzımı açtım, sonra da ısıracakmış gibi sıktım dişlerimi. Sanki hassas bir yerinden ısırılmışçasına Makiko beklenmedik bir acı ifadesiyle kendini içgüdüsel biçimde geriye atıverdi. Hemen toparlandı ve odadan çıktı. Ben de peşinden seğirttim.

Bayan Miyagi yandaki odada, yerdeki hasıra oturmuş sonbahar çiçeklerini ve dallarını bir vazoya yerleştiriyordu. Uyurgezer gibi ilerlerken onu dertop olmuş biçimde ayaklarımın dibinde buldum ve ezmemek, bacaklarımla çarparak dalları devirmemek için son dakikada durdum. Makiko'nun hareketi bende beklenmedik bir heyecan yaratmıştı ve adımlarımın beni bu biçimde onun üzerine sürüklemesi yüzünden durumum Bayan Miyagi'nin gözünden kaçmadı. Gene de bakışlarını kaldırmayan anne vazoya yerleştirmek üzere olduğu kamelyayı sanki beni dövmek ya da ona uzanan bedenimi uzaklaştırmak, hatta okşarmış gibi vurarak benimle oynaşmak istercesine salladı. Alt üst olmuş çiçekler ve yapraklar kargaşasından kurtarmak için ellerimi aşağı indirdim; bu arada o da öne uzanmış dalları evirip çeviriyordu; aynı anda ne olduysa oldu, bir elim Bayan Miyagi'nin çıplak teniyle kimonosu arasına daldı, sivri, yumuşak ve ılık memesini sıkmaya başladı; kadının ellerinden biri *keiakì* (Avrupa'da Kafkas karaağacı denir) dalları arasından uzanarak erkeklik organımı yakaladı; gayet sıkı ve kararlı bir biçimde tutuyor, giysilerin altından dışarı çıkarmaya çalışıyordu.

Bayan Miyagi'nin memesinde beni heyecanlandıran hatırı sayılır genişlikteki kahverengi bölümün yüzeyine dağılmış ve kenarlarda daha sık, ama meme ucuna kadar devam eden irili ufaklı kabarcıklarla kaplı kabarık halkaydı. Olasılıkla bu kabarcıklar Bayan Miyagi'nin algısında azçok keskin duyumların her birine ayrı ayrı kumanda ediyordu; bu olguyu olabildiğince belirli noktalara birer saniyelik aralıklarla basınç uygulayarak kanıtlayabildim ve meme ucunun doğrudan tepkisiyle kadının genel davranışının dolaylı tepkisini karşılaştırırken, buna bağlı olarak kendi tepkilerimi de ölçebildim, çünkü onun duyarlılığıyla benimki arasında belli bir alışveriş ortaya çıkmıştı. Bu hassas dokunsal tespiti sadece parmak uçlarımla değil, aynı zamanda en uygun biçimde kullandığım organımla memesine sürtünüp daireler çizen okşayışlarla da gerçekleştiriyordum, çünkü vardığımız noktadaki pozisyonumuz farklı erojen bölgelerimizi buluşturmuştu ve o bundan hoşnutluğunu belli ediyor, yardımcı oluyor ve her adıma belirgin biçimde yol gösteriyordu. Elbette benim organım boyunca var olan ve özellikle ucundaki çıkıntılı bölgede yoğunlaşan noktalar ve özel duyarlılık geçişleri sayesinde sınırsız haz duymaktan keyif almaya, kaşıntıdan acıya uzanan duygular veren, ama aynı bölgede sağır ve sessiz noktalar da vardı. Benim ve onun duyarlı ya da çok duyarlı farklı uç noktalarımızın hesaplanmış ya da rastlantısal buluşmaları öyle çeşitli tepkiler dizisi yaratıyordu ki, bunların bir derlemesini çıkarmak için çok çabalamamız gerekecekti.

Biz bu işlere dalmışken kayarak açılan kapının boşluğundan Makiko görünüverdi. Kız, muhtemelen peşinden gitmemi beklemiş, sonra da beni hangi engelin oyaladığını anlamak için dönmüştü. Ânında durumun farkına vararak gözden kayboldu, ama gene de giyiminin değiştiğini anlama fırsatı buldum: Üzerine yapışan kazağı değiştirip yerine ipek bir kimono giymişti, sanki kapalı kalmasın, kendisinde tomurcuklanan şeyin iç basıncıyla sıyrılsın; o kışkırtmaması olanaksız terütaze tenin, o doymak bilmez temasın ilk baskınında pırıl pırıl tenin üzerinde kaysın diye yapılmış bir giysi.

"Makiko!" diye bağırdım, çünkü ona bir açıklama yapmak istiyordum (ama neresinden başlayabileceğimi gerçekten bilmiyordum); annesiyle beni yakalamış olduğu durumun kendiliğinden gelişen ortam sonucu, aslında benim kesinlikle ona duyduğum arzunun koşullarının yön değiştirmesiyle bu hale dönüştüğünü söylemek isterdim. Bu arzu, gevşek ya da gevşetilmeyi bekleyen ipek kimonoyla şimdi aleni bir ödül gibi sununca, bir yandan ansızın ortaya çıkışı gözlerimin önünden gitmeyen Makiko'nun görüntüsü, bir yandan da Bayan Miyagi'nin tenime teması sonucu şehvete yenilmek üzereydim.

Bayan Miyagi de durumun kesinlikle farkına varmış olmalıydı; öyle ki omuzlarımdan yakalayarak beni de kendisiyle birlikte hasırın üzerine sürükledi ve bütün bedenini saran hızlı nöbetlerle ıslak ve avcı organını benimkinin altına kaydırıp yolunu hiç şaşırmadan bir vantuz gibi içine alıverdi; bu arada sıska ve çıplak bacaklarını belime sardı. Bayan Miyagi pek çevik bir hamle yapmıştı: Beyaz pamuk çoraplı ayakları kuyruksokumumda düğümlenmiş, beni mengene gibi sıkmaya başlamıştı.

Makiko'ya yakarışım yanıtsız kalmadı. Sürgülü kapının kâğıt panosunun arkasında hasıra diz çökmüş kızın karaltısı seçiliyordu, başını ileriye uzatmıştı, işte güçlükle nefes alırmış gibi bir ifadenin belirdiği kaskatı kesilmiş yüzünü kapı aralığından gösteriyordu; ağzı açık, gözleri fal taşı gibi, annesiyle benim sarsıla sarsıla birleşmemizi kendini alamadan ve tiksintiyle izliyordu. Ne var ki yalnız değildi: Koridorun ucunda bir başka kapının aralığında kımıldamadan duran bir erkek karaltısı vardı. Bay Okeda'nın ne zamandan beri orada durduğunu bilmiyorum. Gözlerini bana ve karısına değil, bizi seyreden kızına dikmişti. O soğuk göz bebeklerinde, dudaklarının sabit kıvrımında Bayan Miyagi'nin çılgınca arzusunun kızının bakışlarından yansıması okunuyordu.

Onu gördüğümü gördü. Kımıldamadı. O anda beni durdurmayacağını, beni evden kovmayacağını anladım; ne buna ne de yinelenmesi ve gerçekleşmesi olası başka olaylara asla değinmeyecekti; bu suç ortaklığının bana onun üzerinde hükümranlık sağlamayacağını, ama hizmetinde oluşumu daha kolay katlanılır kılmayacağını da anladım. Bu beni ona bağlayan, ama onu bana bağlamayan bir sırdı: Onun şu anda seyrettiği yakışık almayan suç ortaklığını kabullenmeden kimseye bu sırrı açamazdım.

Bundan sonra ne yapabilirdim? Bir yanlış anlamalar kördüğümü içinde kıvranmaya mahkûmdum, çünkü bundan böyle Makiko beni annesinin sayısız âşıklarından biri olarak görecek, Miyagi ona kızının gözleriyle baktığımı bilecek, her ikisi bunun bedelini acımasızca ödetecekti; bu arada, hocamın hesaplarına böyle katkıda bulunmak isteyen öğrenci arkadaşlarımın fesatlığıyla beslenen ve akademik çevrede hızla yayılmaya teşne dedikodular yüzünden Okeda'nın evinde kalışıma iftiralar atılacak, bu da durumumu değiştirmek için güvendiğim üniversite öğretim üyelerinin gözünde beni küçük düşürecekti.

Bu koşulların yarattığı sıkıntıya karşın, halime yoğunlaşmayı ve Bayan Miyagi'nin cinsel organı tarafından sıkıştırılmakta olan organımın belirli noktalarında verdiği tepkilerle, benim ileri geri hareketlerimin baskısına ve kendini kaptırdığı kasılmalara maruz kalan kadının kösnül duygularını birbirinden ayırmayı başarıyordum. Bu uygulama aynı zamanda konuyu inceleme için gerekli olan durumu uzatmaya, beklenmedik biçimde zamana ve mekâna yayılmış olan şehvetli sıkıştırmaların birdenbire doğuşunu abartılı biçimde değerlendiren duyarsızlık ya da kısmi duyarsızlık anlarını ortaya koyarak o en sondaki ânı geciktirmeye yarıyordu. Bayan Miyagi'nin kulağına, "Makiko! Makiko!" diye inlerken, bu aşırı duyarlılık anlarını sancıyla kızının görüntüsüne, o kızın bende uyandıracağını hayal ettiğim son derece farklı duyarlılıklar bütününe ulamaya çalışıyordum. Ve tepkilerimi denetim altında tutabilmek için o akşam Bay Okeda'ya konuyla ilgili olarak yapacağım tanımı geçiriyordum aklımdan: Mabet ağacının minik yapraklarının oluşturduğu yağmurun özelliği şudur: Her an, her düşen yaprak ötekilerden farklı bir yüksekliktedir ve bu nedenle görsel duyumların algıladığı duyarsız ve boş mekân bir dizi düzeye bölünür ve bunların her birinin içinde bir, yalnızca tek bir minik yaprak süzülerek iner.

9

Kemerini bağlıyorsun. Uçak yere inmekte. Uçmak, yolculuğun tersidir: Mekânın süreksizliğini aşarsın, yok olursun, kendi de zaman içinde bir tür boşluk olan bir süreç için hiçbir yerde olmamayı kabul edersin; sonra yok olduğun yer ve zamanla ilgisi olmayan bir yer ve anda ortaya çıkarsın. Bu arada ne yaparsın? Senin dünyadan, dünyanın senden kopukluğunu nasıl değerlendirirsin? Okursun; bir havaalanından ötekine gözünü kitaptan ayırmazsın, çünkü sayfanın ötesinde boşluk, uçuş molası mekânlarının, seni barındıran ve besleyen madeni rahmin, her daim farklı, ama her daim aynı olan yolcu kalabalığının sıradanlığı vardır. Matbaa harflerinin sıradan tekbiçimliliği aracılığıyla yaşanan bu başka soyutlama sürecinde kalmana değer: Burada da adların çağrıştırma gücü seni hiçliğin değil, bir şeylerin üzerinden uçtuğuna ikna eder. Emin olmayan ve tahmini bir biçimde yönlendiren aygıtlara kendini emanet etmek için bir miktar bilinçsizlik gerektiğinin farkına varıyorsun; ya da belki bu edilginliğe, gerilemeye, çocuksu bağımlılığa karşı dizginlenemeyen bir eğilimi kanıtlıyordur. (İyi ama sen uçak yolculuğuna mı kafa yoruyorsun, okumaya mı?)

Uçak yere iniyor: Takakumi İkoka'nın *Ay Işığıyla Aydınlanan Yapraklardan Halının Üstünde* adlı romanını bitirmeyi başaramadın. Merdivenlerde, alanı geçen otobüste, pasaport ve gümrük kontrolü kuyruklarında okumayı sürdürüyorsun. Kitabı gözünün önünde tutarak ilerlerken birisi elinden kapıveriyor ve sen sanki önündeki paravan kalkmış gibi karşında dizilmiş olan deri kayışlar, otomatik silahlar, yaldızlı kartallar, apoletler kuşanmış polislerle burun buruna geliyorsun.

Korunmasız elini bu otoriter parlak düğmeler, ateşli namlular engeline doğru çocuksu bir hareketle uzatırken, "Ama kitabım..." diye sızlanıyorsun.

"El kondu efendim. Bu kitap Ataguitania'ya giremez. Yasaklı bir kitaptır."

"İyi ama nasıl olur? Güz yapraklarından söz eden bir kitap... Hangi hakla?"

"El konacak kitaplar listesinde bulunuyor. Yasamız böyle. Bize işimizi mi öğretmek istiyorsunuz?" Ses tonu, hızla bir sözcükten ötekine, bir heceden ötekine, kuru olmaktan kabaya, kabadan korkutucuya, korkutucudan tehditkâra dönüşüyor.

"Ama ben... Bitirmeme çok az kalmıştı..."

"Boş ver," diye fısıldıyor arkandan bir ses. "Uğraşma bunlarla. Kitap için kaygılanma, ben de aynından var, sonra konuşuruz..."

Kendinden son derece emin görünen, uzun boylu, pantolonlu, gözlüklü, elleri paketlerle dolu yolcu kadın bütün kontrollerden alışkın bir edayla geçiyor. Onu tanıyor musun? Tanıdığını düşünür gibi olsan bile bir şey belli etme: Elbette seninle konuştuğunun görülmesini istemiyor. Peşinden gitmen için işaret etti: Onu gözden yitirme. Havaalanının dışında bir taksiye biniyor ve sana da arkadakine binmen için kaş göz ediyor. Çayırlık bir yerde bütün paketleriyle iniyor ve senin taksine biniyor. Kısacık saçları ve kocaman gözlükleri olmasa Lotaria'ya benzediğini söyleyebilirdin.

"İyi ama sen kimsin?" demeye çalışıyorsun.

"Corinna, bana Corinna de."

Torbalarını alt üst ettikten sonra bir kitap çıkarıyor ve sana uzatıyor.

Kapakta tanımadığın bir başlık ve yazar adı görünce, "Ama bu değil ki," diyorsun: Calixto Bandera'nın *Boş Bir Mezarın Çevresinde*. "Benim elimden aldıkları İkoka'nın yazdığı bir kitaptı."

"Sana verdiğim de o. Ataguitania'da kitaplar ancak düzmece kapakların altında dolaşıma çıkabilir."

Taksi son hız tozlu bir varoşa doğru ilerlerken kitabı açıp

Corinna'nın söylediğinin doğru olup olmadığını anlama dürtüsünü yenemiyorsun. Hiç de değilmiş. Bu ilk kez gördüğün bir kitap ve hiç de Japon romanına benzer bir hali yok: Bir yaylada sarı sabır kaktüsleri arasında at koşturan ve *zopilotes* denen yırtıcı kuşlar gören bir adamı anlatıyor.

"Bu kapak düzmeceyse," diyorsun, "metin de düzmecedir."

"Ne bekliyordun ki?" diyor Corinna. "Düzmece işine bir kez girdin mi bir daha duramazsın. Düzmece yapılabilen, her şeyin sahtesinin yapıldığı bir ülkede bulunuyoruz: müzelerdeki tablolar, külçe altınlar, otobüs biletleri. Karşı devrim ve devrim düzmece darbeleriyle mücadele ediyorlar; sonuç olarak kimse neyin gerçek neyin düzmece olduğundan haberdar değil; siyasi polis devrimci eylemlerde bulunur ve devrimciler polis kıyafetine bürünürler.

"Sonunda kim kazanır?"

"Bunu söylemek için erken. Kimin kendinin ve başkalarının sahtekârlıklarından en iyi biçimde yararlandığını görmek gerekir: Polisin mi, yoksa bizim örgütün mü?"

Taksi sürücüsü kulak kabartıyor. Temkinsiz sözler söylememesi konusunda uyarmak niyetiyle Corinna'ya işaret ediyorsun.

Ama o, "Korkma. Bu sahte bir taksi. Beni daha çok korkutan peşimizden gelen taksi," diyor.

"O sahte mi, gerçek mi?"

"Kesinlikle sahte, ama polise mi ait, yoksa bizimkilere mi bilmiyorum."

Gözün arkaya takılıyor. "Ama," diye haykırıyorsun, "ikinciyi izleyen üçüncü bir taksi daha var..."

-"Polisin hareketlerini izleyen bizimkiler olabilir, ama bizimkilerin izini süren polis de olabilir..."

İkinci taksi sizi geçiyor, duruyor, içinden fırlayan silahlı adamlar sizi taksiden inmeye zorluyorlar. "Polis ! Tutuklandınız!" Üçünüz de kelepçeleniyorsunuz ve ikinci taksiye bindiriliyorsunuz: sen, Corinna ve sizin sürücü.

Corinna sakin sakin ve güler yüzüyle polisleri selamlıyor: "Ben Gertrude. Bu da bir arkadaşım. Bizi komutanlığa götürün."

Ağzın açık mı kaldın? Corinna-Gertrude sana, senin dilinde fısıldıyor: "Korkma. Bunlar sahte polis: gerçekte bizim adamlarımız."

Tam hareket ettiğiniz sırada üçüncü taksi ikinciyi durduruyor. İçinden yüzleri kapalı silahlı adamlar iniyor, polislerin silahını alıyorlar, seni ve Corinna-Gertrude'un kelepçelerini çıkarıyorlar, polisleri kelepçeliyorlar, hepinizi onların taksisine dolduruyorlar.

Corinna-Gertrude bunu da umursamıyor: "Teşekkürler arkadaşlar," diyor. "Ben İngrid ve bu da bizimkilerden biri. Bizi merkeze götürür müsünüz?"

"Sen kapa çeneni!" diyor şef kılıklı biri. "Kurnazlık ettiğinizi sanmayın! Şimdi gözlerinizi bağlamak zorundayız. Bizim rehinemizsiniz."

Artık ne düşüneceğini bilemez durumdasın, çünkü Corinna-Gertrude-Ingrid öteki taksiye bindirildi. Ellerini ve gözlerini yeniden kullanmana izin verildiğinde kendini bir polis merkezi ya da kışlaya ait bir büroda buluyorsun. Üniformalı astsubaylar önden ve yandan fotoğrafını çekiyorlar, parmak izini alıyorlar. Subaylardan biri sesleniyor: "Alfonsina!"

Gertrude-Ingrid-Corinna'nın üniformalı olarak içeri girdiğini, imzalanacak belgeler dosyasını subaya uzattığını görüyorsun.

Bu arada sen bir masadan ötekine alışılageldiği üzere ilerliyorsun: Bir polis belgelerini teslim alıyor, bir başkası paranı, derken üçüncü polis giysilerini alıp sana cezaevi üniforması veriyor.

Nöbetçiler arkalarını döndüğü anda sana yaklaşan Ingrid-Gertrude- Corinna'ya, "Bu ne biçim bir tuzak böyle?" diye sorabiliyorsun.

"Devrimciler arasına sızan karşıdevrimciler var ve bunlar bizi polisin tuzağına düşürdüler. Ama şans eseri polisin içine sızan çok karşıdevrimci var ve onlar beni bu komutanlığın görevlisi olduğum için tanıyormuş numarası yaptılar. Sana gelince, seni şimdi sahte bir cezaevine gönderecekler ya da daha doğrusu orası gerçek bir devlet cezaevi, ama onlar tarafından değil, bizim tarafımızdan denetim altında tutuluyor."

Marana'yı düşünmeden edemiyorsun. Benzeri bir dalavereyi ondan başka kim yaratmış olabilir ki?

Alfonsina'ya, "Sizin şefin tarzını tanıdığımı sanıyorum," diyorsun.

"Şefin kim olduğunun önemi yok. Sadece karşıdevrime hizmet edebilmek amacıyla, devrim için çalışır gibi yapan sahte bir şef söz konusu olabilir ya da devrim yolunu böyle açabileceğine inandığı için açıkça karşıdevrim için çalışan biri olabilir."

"Peki sen onunla mı işbirliği yapıyorsun?"

"Benim durumum farklı. Ben bir casusum, sahte devrimcilerin alanına sızmış olan gerçek bir devrimciyim. Ama rengimi belli etmemek için gerçek devrimciler arasına sızmış bir karşıdevrimci numarası yapıyorum. Aslına bakarsan öyleyim: Ben polisin emrindeyim, ama gerçek olanın değil, çünkü karşıdevrimci casuslar arasına sızmış devrimcilere bağlı olarak çalışıyorum."

"Doğru anladıysam, burada en önemli şey içeri sızmak: Hem polise hem devrime sızmak. İyi ama birbirinizi nasıl ayırt ediyorsunuz?"

"Her insan için onun içeri sızmasına aracı olan sızmış kişinin kim olduğuna bakmak gerekir. Daha da önce, bu sızmış kişileri içeri kimin sızdırdığını öğrenmek şarttır."

"Ve hiç kimsenin aslında söylediği kişi olmadığını bilmenize karşın kanınızın son damlasına kadar savaşıyorsunuz."

"Ne ilgisi var bunun? Herkes rolünü son âna kadar oynamak zorundadır."

"Peki ben hangi rolü üstlenmeliyim?"

"Sakin ol ve bekle. Kitabını okumayı sürdür."

"Lanet olsun! Beni serbest bıraktıklarında, hayır hayır, tutukladıklarında kayboldu kitabım."

"Önemi yok. Şimdi gireceğin örnek bir cezaevidir ve en yeni kitapların bulunduğu bir kitaplığa sahiptir."

"Yasak kitaplar da var mıdır?"

"Zaten yasak kitaplar cezaevinde olmayacak da nerede olacak?"

(Sahte romanlar üreten birinin izini sürmek için Ataguitania'ya kadar geldin ve şimdi hayata ilişkin her olayın düzmece olduğu bir düzenin cezaevine düştün. Ya da: Kâşif Marana'nın peşinden ormanlara, çayırlara, yaylalara, sıradağlara düşecektin; nehir-romanların kaynağını bulmak için kendini kaybedecektin, ama gelip serüvenleri birbirinin aynı ve sıradan koridorlara mahkûm eden ve bütün gezegene dağılmış olan hapishane toplumunun parmaklıklarına tosladın... Bu hâlâ senin öykün mü Erkek Okur? Ludmilla'nın aşkı yüzünden giriştiğin güzergâh seni ondan öyle uzaklara savurdu ki; onu gözden kaybettin: Kız artık sana bakmaz olduysa onun bir aynada görünürmüşçesine zıddı bir görüntüye sahip Lotaria ile yetinmek zorundasın.

İyi de bu gerçekten Lotaria mı acaba? Ona geçmişteki olaylardan söz etmeye niyetlendiğin her sefer, "Kafayı kime taktın anlamıyorum? Hiç tanımadığım isimlerden söz ediyorsun?" dedi. Gizlilik kuralları yüzünden böyle davranıyor olabilir mi? Aslına bakarsan, sen de aynı kişi olup olmadığından emin değilsin... O sahte bir Corinna ya da sahte bir Lotaria olabilir mi? Emin olduğun tek şey, onun senin öykündeki işlevinin Lotaria'nınkine benzemesi, yani ona düşen ad Lotaria ve başka türlü seslenmek gelmiyor içinden.

"Bir kız kardeşin olduğunu inkâr mı ediyorsun?"

"Bir kız kardeşim var, ama bunun ne ilgisi olduğunu anlamıyorum."

"Tedirgin edici ve karmaşık kahramanları olan romanlar okumaya bayılan bir kız kardeşten söz ediyorum."

"Kız kardeşim bana içinde temele, esasa ve zemine dair güçlerin hissedildiği romanları sevdiğini söyler. Aynen böyle der: zemine dair.")

"Noksan bir kitap yüzünden cezaevi kitaplığına şikâyette bulunmuşsunuz," diyor yüksek bir yazı masasının ardında oturan yüksek rütbeli memur.

Rahatlayarak derin bir soluk alıyorsun. Gardiyanın biri seni hücrenden alıp, koridorlar boyunca yürütür, merdivenlerden indirir, yeraltı geçitlerinden geçirir, merdivenlerden çıkarır, hollerden ve bürolardan geçirirken kaygıdan ürperiyordun ve soğuk terler döküyordun. Oysa, Calixto Bandera'nın yazdığı *Boş*

Bir Mezarın Çevresinde adlı roman yüzünden yaptığın şikâyete yanıt vermekten başka bir niyetleri yokmuş. Şimdi, perişan ve yırtık birkaç sayfayı bir arada tutmaya çalışan partal kapaklı kitabı eline aldığında tedirginliğin yerini hayal kırıklığı alıyor.

"Elbette şikâyetçi olurum!" diyorsun. "Örnek cezaevinin örnek kitaplığına sahip olmakla övünüyorsunuz ve size gelip katalogda bir kitabı almak için başvuruda bulunduğumda bana darmadağınık bir kâğıt yığını veriyorsunuz! Tutukluları bu sistemlerle mi yeniden eğitmeyi düşündüğünüzü soruyorum size!"

Yazı masasının ardında oturan adam ağır ağır gözlüklerini çıkarıyor. Hüzünlü bir edayla başını sallıyor. "Şikâyetinizi hak etmiyorum. Bu benim yetki alanıma giren bir durum değil. Büromuz her ne kadar hem cezaevleri hem de kitaplıklarla sıkı ilişkiler içinde olsa da daha kapsamlı sorunlarla uğraşıyor. Roman okuru olduğunuzu bildiğimiz için görüşlerinize başvurmak amacıyla sizi buraya çağırttık. Düzenden sorumlu olanlar –ordu-polis-yargı– bir romanı yasaklamak mı, hoş görmek mi konusunda her zaman kararsızlık çektiler: Kitapları uzun uzun okumak için yeterli zamanları olmadığından, yargıyı temellendirecek felsefi ve estetik ilkelerde belirsizlik yaşadıklarından... Hayır, sizi sansür işlemlerimizde bize yardım etmeye zorlamayacağız... Modern teknoloji yakında bu ödevlerden hızlı ve etkili bir biçimde kurtulmamızı sağlayacak aşamaya vardı. Her türlü metni okuyan, inceleyen, yargılayan makinelerimiz var. Ama bizim denetlememiz gereken bu aygıtların güvenilirliği. Fişlerimizde, siz ortalama okur olarak kayda geçmişsiniz; bunun yanı sıra bir bölümünü de olsa Calixto Bandera'nın *Boş Bir Mezarın Çevresinde* adlı kitabını okumuş olduğunuz da yazılı burada. Bunun, sizin okuma izleniminizi okuma makinesinin sonuçlarıyla karşılaştırmak için iyi bir fırsat olduğunu düşünüyoruz."

Seni makinelerin olduğu salona alıyor. "Sheila adlı programcımızı takdim edeyim size."

Beyaz gömleğini boynuna kadar düğmelemiş Corinna-Gertrude-Alfonsina karşında duruyor; çamaşır makinesine benzeyen düz metalik mobilyalarla ilgileniyor. "*Boş Bir Mezarın Çevresinde* kitabının bütün metni bu bellek biriminde yüklenmiştir.

En sonda baskı birimi var ve gördüğünüz gibi romanı sözcüğü sözcüğüne baştan sona yeniden üretebilir," diyor yetkili. Daktiloyu andıran makineden uzun bir kâğıt rulosu mitralyöz hızıyla çıkarken soğuk görünümlü büyük harflerle doluyor.

"O halde, izin verirseniz, bu fırsattan yararlanarak, okuyamadığım bölümleri alayım," diyor ve kaygılı bir okşayışla tutuklu saatlerine eşlik eden düzyazının nehir gibi akışına dokunuyorsun.

"Keyfinize bakın," diyor yetkili. "Sizi Sheila ile baş başa bırakıyorum, işimize yarayacak olan programı yükleyecek."

Erkek Okur, aradığın kitabı buldun işte; şimdi kaldığın yerden devam edebilirsin; dudaklarına bir gülümseme yerleşiyor. İyi de, bu öykünün böyle sürüp gidebileceğine inanıyor musun? Hayır, hayır, romanın değil, senin öykün! Olayların seni sürüklemesine edilgin bir biçimde katlanmayı daha ne kadar sürdüreceksin? Bir serüven coşkusuyla kendini olayların içine atmıştın: peki sonra? Kısa sürede başkalarının kararlaştırdığı durumları kaydeden, başkalarına boyun eğen, kendi denetiminden kaçan olaylara bulaşan bir işlevin oldu. Üstlendiğin o kahraman rolü neye yaradı? Kendini bu oyuna kaptırmayı sürdürürsen, senin de bu genel sahtekârlık işinde suç ortağı olduğun akla gelir.

Kızı bileğinden yakalıyorsun. "Bu kadar sahtekârlık yeter Lotaria! Bu polis rejiminin seni kullanmasına daha ne kadar izin vereceksin?"

Sheila-İngrid-Corinna huzursuzluğunu gizleyemiyor. Bileğini senin elinden kurtaramıyor. "Kimi suçladığını anlamıyorum, senin öykülerinden haberdar değilim. Ben son derece açık seçik bir strateji izliyorum. Karşıgüç, onu devirebilmek için gücün mekanizmalarına sızmak zorundadır."

"Ve onu aynen, olduğu gibi yeniden yaratmak için! Boşuna saklanmaya çalışıyorsun Lotaria! Bir üniformanın düğmelerini çözsen altından daima bir başka üniforma çıkıyor!"

Sheila sana meydan okuyan gözlerle bakıyor. "Düğmelerini çözmek mi? Dene bakalım..."

Madem ki savaşmaya karar verdin, artık geri çekilemezsin. Sancılı elinle programcı Sheila'nın gömleğinin düğmelerini çözüyorsun ve içinden Alfonsina'nın polis memuru üniforması;

onun düğmelerini koparttığında içinden Corinna'nın anorağı, onun fermuarını açtığında da İngrid'in rütbe şeritleri çıkıyor.

Bu sefer üstünde kalan giysileri kendisi yırtmaya başlıyor: Kavun biçiminde iki diri göğüs, içbükey bir mide, içe gömük bir göbek deliği, hafifçe dışbükey bir karın, sıskalığına inat dolgun kalçalar, gururlu bir kasık, iki sert ve uzun baldır ortaya çıkıyor.

"Ya bu? Bu da mı üniforma?" diye haykırıyor Sheila.

Tedirgin oluyorsun. "Hayır, bu değil..." diye mırıldanıyorsun.

"Oysa öyle!" diye bağırıyor Sheila. "Beden bir üniformadır! Beden silahlı bir ordudur! Beden şiddetli bir eylemdir! Beden gücün intikamıdır! Beden savaştadır! Beden bir özne olarak kendini ortaya koyar! Beden bir araç değil amaçtır! Beden anlam taşır! İletişim sağlar! Haykırır! Gösteri yapar! Düzeni yıkar!"

Sheila-Alfonsina-Gertrude böyle diyerek üzerine atlıyor, üzerindeki cezaevi pantolonunu çıkartıyor, çıplak organlarınız elektronik bellek dolapları altında birbirine karışıyor.

Erkek Okur, ne yapıyorsun? Direnmiyor musun? Kaçmıyor musun? Ah, demek katılıyorsun... Ah sen de onun üzerine atlıyorsun... Tamam, bu kitabın mutlak kahramanı sensin, ama gene de bu sana bütün dişi kahramanlarla tensel ilişkiye girme hakkını verir mi? Böyle, hiç hazırlıksız... Bir aşk romanının sıcaklığını ve şirinliğini katmak için Ludmilla ile yaşadıkların yetmiyor muydu? Şimdi onun kız kardeşiyle (ya da senin kız kardeşiyle özdeşleştirdiğin biriyle), bu Lotaria-Corinna-Sheila gibi aslında hiçbir zaman sevimli bulmadığın bir kadınla ilişkiye girmeye neden gereksinme duydun? Evet, sayfalar boyunca olayları edilgin bir teslimiyetle izledikten sonra intikam almak istemen doğal olabilir, ama sence bunun yolu bu mudur? Yoksa bu duruma da kendi isteğin dışında karıştığını mı söyleyeceksin? Bu kızın her şeyi kafasıyla yaptığını çok iyi biliyorsun, kuramsal olarak düşündüğünü pratiğe dökerken sınırları zorlar... Sana sadece ideolojik bir gösteri yapmak peşindeydi, o kadar... Nasıl oluyor da bu sefer hemen onun görüşlerine ikna oluyorsun? Dikkatli ol, Erkek Okur, burada her şey göründüğünden farklıdır, her şeyin ikinci bir çehresi vardır...

Bir flaş çakıyor, ardından bir klik sesi duyuluyor ve fotoğraf makinesi birbirine dolanmış, üst üste binmiş bedenlerinizin çıplaklığını yutuyor.

"Yüzbaşı Alexandra, bir kez daha bir mahkûmun kollarında çıplak olarak yakalanıyorsun!" diyor görünmeyen fotoğrafçı. "Bu görüntüler kişisel dosyanı zenginleştirecek..." Ses kıkırdayarak uzaklaşıyor.

Alfonsina-Sheila-Alexandra mutsuz bir ifadeyle kalkıyor, örtünüyor. "Bir an rahat bıraksalar," diye söyleniyor "aynı anda birbiriyle kavgalı olan iki gizli servis için çalışmanın böyle bir elverişsizliği var: Her ikisi de sürekli gözdağı vermeye uğraşıyor."

Sen de doğrulmaya uğraşırken baskı makinesinin çıkardığı rulolara dolanıyorsun: Romanın başlangıcı oynamak isteyen bir kedi gibi uzanıyor zeminde. Doruk noktasına ulaşmak üzereyken yarıda kesilenler bu sefer senin yaşadığın öyküler oluyor: Belki de şimdi okuduğun romanları sonuna kadar okumana izin verilecektir...

Pek tasalı duran Alexandra-Sheila-Corinna tuşlara basmaya başladı yeniden. Yaptığı her işi ciddiye alan özenli kız havasına büründü gene. "Bir sorun var," diye mırıldanıyor, "bu saatte hepsinin çıkmış olması gerekirdi... İşlemeyen ne?"

Sen çoktan farkına varmıştın: Gertrude-Alfonsina sinirli bir gününde: Demek ki bir an yanlış bir tuşa bastı. Calixto Bandera'nın herhangi bir an gün ışığına taşınmak üzere elektronik bellekte saklanan metninde sözcüklerin dizimi, devrelerin manyetiğini yitirdiği bir anda silindi. Çok renkli kablolar şu anda çözülüp gitmiş sözcüklerin tozunu öğütüyor: kullanılış sıklığına göre dizilen bu bu bu bu, şu şu şu şu, ve ve ve ve... Kitap un ufak oldu, çözüldü, artık bir araya gelmesi olanaksız, rüzgârın havaya savurduğu bir kumul gibi.

Boş Bir Mezarın Çevresinde

Akbabalar havalandığı zaman, bu gecenin sona erdiğinin işaretidir, demişti babam bana. Ve ben karanlık göklerde ağır kanatların çırpınışını işitiyor, gölgelerinin yeşil yıldızları karanttığını görüyordum. Zahmetli bir uçuştu, topraktan, çalıların gölgesinden kopmakta zorlanıyordu, sanki kanatlar ancak uçtuklarında dikenli yapraklar değil, kanat olduklarına ikna olacaklardı. Yırtıcı kuşlar uzaklaştıktan sonra gri yıldızlar, yeşil gökyüzü yeniden görünür oldu. Seher vaktiydi, ben Oquedal köyüne doğru uzanan ıssız yollarda atımla ilerliyordum.

"Nacho," demişti babam, "ben ölür ölmez atımı, karabinamı, üç günlük azığını al; Oquedal'daki damlardan tüten dumanı görene dek San Ireneo Dağı'ndaki kurumuş nehir yatağına tırman."

"Neden Oquedal?" diye sordum ona. "Kim var Oquedal'da? Kimi arayacağım?"

Babamın sesi gittikçe cılızlaşıyor, ağırlaşıyor, yüzü gittikçe morarıyordu. "Yıllardan beri gizlediğim bir sırrımı seninle paylaşacağım... Bu uzun bir öykü..."

Babam bu son sözleriyle son nefesini tüketmekteydi ve ben onun konudan uzaklaşma eğilimini, her konuşmayı sapmalar, parantez açmalar, geri dönmelerle böldüğünü bildiğim için işin özünü açıklamaya zamanının yetmeyeceğinden korkuyordum. "Çabuk ol baba, Oquedal'a varınca aramam gereken kişinin adını söyle bana."

"Annen... Senin hiç tanımadığın annen Oquedal'da yaşıyor... Seni en son kundaktayken gören annen."

Ölmeden önce bana annemden söz edeceğini biliyordum. Bütün çocukluğumu ve yeniyetmeliğimi beni doğuran kadının ne adını, ne yüzünün neye benzediğini, ne de daha sütünü emerken beni neden onun memesinden kopardığını, kendi sürdürdüğü serseri ve kaçak hayata sürüklediğini söylemeden yaşattıktan sonra bunu bana borçluydu. "Annem kim? Bana adını söyle!" Sormaktan usanmadığım dönemlerde bana annemle ilgili çok şey anlatmıştı, ama bunlar birbiriyle çelişen masallar, uydurmalardı: Bir yoksul dilenci oluyordu, bir kırmızı otomobille seyahat eden soylu bir yabancı kadın; bir manastıra kapanmış rahibe oluyordu, bir sirkte çalışan at cambazı; bir beni doğururken ölmüş oluyordu, bir depremde kaybolmuş. Bunun üzerine günün birinde artık soru sormamaya ve onun anlatmasını beklemeye karar verdim. On altı yaşımı henüz bitirmiştim ki babam sarıhummaya tutuldu.

"Bırak da en başından anlatayım," diyordu soluk soluğa. "Oquedal'a gittiğinde ve 'ben Don Anastasio Zamora'nın oğlu Nacho'yum' dediğinde hakkımda çok şey duyacaksın, ama bunların hepsi uydurma, yalan, iftira olacak. Şimdi istiyorum ki sen..."

"Adı ne, annemin adı ne, çabuk ol!"

"Şimdi. Bunu öğrenmenin zamanı geldi..."

Hayır, o an hiç gelmedi. Gereksiz ve uzun girizgâhlardan sonra babamın konuşması bir hırıltıya dönüştü ve sonunda sonsuza dek kesildi. Şimdi karanlıkta San Ireneo Dağı'nın sarp yamaçlarında at binen genç, kavuşmak üzere olduğu kökenine ilişkin hiçbir şey bilmiyordu.

Şimdi tepeden derin boğaza bakan kuru nehir yatağı boyunca ilerleyen yola girmiştim. Ormanın kıvrımlı sınırları üzerinde asılı duran şafak sanki önümde yeni bir gün açar gibiydi, ama bu bütün öteki günlerden önce gelen bir gündü; günlerin henüz yeni olduğu, insanların günün anlamını kavradıkları bir zamandı.

Nehrin karşı yakasını görmeme yetecek kadar gün ağardığında, orada da bir yol uzandığını, benimle aynı yönde ilerleyen, uzun namlulu savaş tüfeğini omzuna takmış bir atlı olduğunu gördüm.

"Hey!" diye seslendim. "Oquedal'a ne kadar var?"

Dönüp bakmadı bile; daha da kötüsü sesimi işitince bir an için baktı (öyle olmasa sağır olduğunu zannederdim), ama bakışlarını hemen ileriye çevirdi ve beni yanıtlamadan, bir selam vermeden yoluna devam etti.

"Hey! Sana söylüyorum! Sağır mısın? Dilsiz misin?" diye bağırıp duruyordum kara atının her adım atışında eyerinde iki yana sallanan adama.

Nehrin sarp boğazıyla ayrılmış olarak gecenin içinde daha ne kadar böyle yan yana ilerledik bilmiyorum. Kendi kısrağımın nallarının öteki kıyıdaki kireçli kayalardan yansıyan düzensiz yankısı sandığım sesin aslında bana eşlik eden o adımların sesi olduğunu anladım.

Sanki sırt ve enseden ibaret genç adam paralanmış bir hasır şapka takmıştı. Hiç dostça olmayan davranışına alınarak onu geride bırakmak, görüş alanımdan silmek için kısrağımı mahmuzladım. Onu tam geçmiştim ki; bilmem hangi dürtüyle geri dönüp baktım. Omzundaki tüfeği eline almış ve bana doğru doğrultmak üzereydi. Hemen elimi eyerimin cebinde duran kendi karabinamın kabzasına attım. O ise hiçbir şey olmamış gibi tüfeğini kayışından omzuna astı. O andan itibaren, karşı kıyılarda eşit adımlarla, birbirimizi göz önünde tutarak, birbirimize arkamızı dönmemeye özen göstererek ilerledik. Adımlarını karşıdaki kara atın adımlarına göre sanki anlamış gibi ayarlayan benim kısrağımdı.

Adımlarını yokuş yukarı tırmanan patikaya gömen demirli toynakların ağır adımlarına göre uyduran; geçmişin ve geleceğin sırrını saklayan, eyerin topuzuna asılı kement misali kendi üzerine sarılmış zamanı içinde barındıran bir yere doğru uzanan öykünün ta kendisi. Beni Oquedal'a götüren bu uzun yolun, insanların yaşadığı dünyanın sınırında, benim hayatımın zamanının sınırında bulunan o köye vardığımda yapacaklarımın yanında kısa kalacağını şimdiden biliyordum.

Kilisenin duvarına dayanarak yere çömelmiş ihtiyar Kızılderiliye: "Ben Nacho, Don Anastasio Zamora'nın oğluyum," dedim. "Ev nerede?"

"Belki o bilir" diye düşünüyordum.

İhtiyar, hindi ibiğini andıran kırmızı ve buruşuk gözkapaklarını kaldırdı. Bir parmak –ateş yakmaya yarayan kuru dalları andıran bir parmak– pançonun altından çıktı ve Oquedal denen bu çamurla mayalanmış köyün biricik sarayı olan Alvarado'yu işaret etti: Oraya yanlışlıkla düşmüş, terk edilmiş bir tiyatro sahnesinin dekoru gibi duran barok bir cephe. Yüzyıllar önce birisi burasının altın ülkesi olduğunu sanmış olmalı; hatasını anladığında henüz tamamladığı saray, örenleşme kaderine doğru sürüklenmeye başlamıştı ağırdan.

Atımı yedeğine alan bir uşağın adımlarını izleyerek içerilere doğru uzanması gereken, ama beni daha da dışarı sürükleyen bir dizi yerden geçiyorum; bir avludan ötekine sürükleniyorum, sanki bu sarayda bütün kapılar girmeye değil, yalnızca çıkmaya yararmış gibi. Öykü ilk kez gördüğüm yerlerde yaşanan tedirginliğin yanı sıra aynı zamanda bellekte bir anı değil, bir boşluk bırakmış olan mekânların duygusunu da aktarmalı. Şimdi, görüntüler bu boşlukları doldurmaya çalışıyor, ama onlar da göründükleri an unutulan rüyaların rengine boyanmaktan başka çare bulamıyor.

Dövülecek halıların serili olduğu bir avluyu (belleğimde gösterişli bir evdeki bir beşiğe ilişkin anıları arıyorum) yonca çuvallarının doldurduğu (ilk çocukluğumdan kalma bir tarım işletmesinin anılarını uyandırmaya uğraşıyorum) ikinci bir avlu izliyor; üçüncü avluya ahırlar açılıyor (ben ahırların ortasında mı doğmuştum?). Gün ortası olmalı, ama öyküyü saran gölge aydınlanmamakta direniyor; görsel hayal gücünün belirgin karaltıları tamamlaması için gerekli iletileri, söylenmiş ama birbirine dolanmış seslerden ibaret olan sözleri, boğuk şarkıları ulaştıramıyor.

Ve üçüncü avluda, duyumlar biçim kazanmaya başlıyor. Önce kokular, tatlar, sonra bir alev ışığı Anacleta Higueras'ın geniş mutfağında toplanmış, yaşı olmayan Kızılderililerin yüzlerini, köse tenlerini aydınlatıyor; çok yaşlı da olabilir yeni yetme de; belki babamın burada olduğu dönemin tanıkları olabilirler, belki onun yaşıtlarının çocuklarıdır ve şimdi onun çocuğuna, babalarının ona, bir sabah atı ve tüfeğiyle buraya gelen yabancıya baktıkları gibi bakıyorlardır.

Kararmış ocağın ve alevlerin önünde, kızıl-pembe çizgili battaniyeye sarınmış uzun boylu bir kadının görüntüsü beliriyor. Anacleta Higueras bana bir tabak acılı köfte pişiriyor. "Ye oğlum, evinin yolunu bulmak için on altı yıl yürüdün," diyor ve ben "oğlum" ifadesinin o yaştaki kadınların gençlere hitap etmek için kullandığı bir sözcük mü olduğunu, yoksa gerçek anlamında mı söylediğini merak ediyorum. Dudaklarım Anacleta'nın, ne adını bildiğim ne birbirinden ayırabildiğim ve şimdi damağımda ateş dilimleri gibi yayılan bu tatları içermesini istediği bütün tatlarla donattığı yemekler yüzünden yanıyordu. Ömrümce tattığım bütün tatlar boyunca geri giderek bu karmaşık tadı belirlemeye uğraşıyorum ve son derece tezat, ama belki de denk düşen yeni doğmuş bebeğin emdiği sütün tadına varıyorum; bu içinde her tadı barındıran ilk tat olduğu için.

Anacleta'nın yüzüne, yaşın tek bir kırışık çizmeden sadece kalınlaştırdığı güzel Kızılderili yüzüne bakıyorum; battaniyeye sardığı o koca bedenine bakıyorum ve şimdi sarkmış olan o göğüslerinin ucuna bebekken yapışmış mıydım diye merak ediyorum.

"Peki Anacleta, sen benim babamı tanıdın mı?"

"Keşke tanımasaydım Nacho. Oquedal'a ayak bastığı gün, hiç de hayırlı bir gün olmadı...

"Neden Anacleta?"

"Kızılderili halkına kötülükten başka bir şey etmedi... Hatta beyaz insana bile hayrı dokunmadı... Sonra da ortadan kayboldu... Ama Oquedal'dan ayrıldığı gün bile iyi bir gün sayılmazdı..."

Bağışlaması olmayan çocukların ebedî bir âna baktıkları gibi, bütün Kızılderililerin gözleri üzerime dikilmişti.

Amaranta Anacleta Higueras'ın kızı. Çekik gözleri, kanatları gergin, keskin burnu, kıvrımlı ince dudakları var. Benim gözlerim de onun gibi, burnum aynı, dudaklarım tıpatıp.

Anacleta'ya, "Amaranta ile benzediğimiz doğru mu?" diye soruyorum.

"Oquedal'da doğan herkes benzeşir. Kızılderililerin ve beyazların yüzü birbirine karışır. Dağların tepesinde bir başına yaşayan birkaç aileden oluşan bir köy burası... Yüzyıllardan beri kendi aramızda evlenip duruyoruz."

"Babam dışarıdan gelmişti..."

"Tamam işte. Yabancıları sevmiyorsak kendimize göre nedenlerimiz var."

Kızılderililerin ağızları ağır bir iç çekişle aralanıyor, dişeti olmayan, tek tük diş barındıran, iskeleti andıran buruş buruş ağızlar.

İkinci avludan geçerken gördüğüm bir resim var; yağ kandiliyle aydınlanmış, çiçek taçlarıyla çevrilmiş genç bir adamın yeşilimsi fotoğrafı. "Resimdeki ölü de bu aileyi andırıyor," diyorum Anacleta'ya.

"O, Faustino Higueras, Tanrı baş meleklerinin yüce ışığından ayırmasın," diyor, Anacleta ve Kızılderililer mırıl mırıl dua ediyorlar.

"Senin kocan mı Anacleta?" diye soruyorum.

"Erkek kardeşimdi, evimizin ve halkımızın kılıcıydı, kalkanıydı o, ta ki düşman yolunu kesene kadar..."

İkinci avludaki çuvalların orada yanına giderek, "Gözlerimiz aynı," diyorum Amaranta'ya.

"Hayır, benimkiler daha iri," diyor.

"Bunu anlamak için ölçmek gerekir," diyorum ve yüzümü kaşlarımız karşı karşıya gelecek biçimde onun yüzüne yaklaştırıyorum, sonra kaşımı onunkine bastırıp yüzümü çeviriyorum ve şakaklarımız, yanaklarımız ve elmacık kemiklerimiz birbirine yapışıyor. "Görüyor musun, gözlerimizin köşesi aynı noktada bitiyor."

"Ben hiçbir şey görmüyorum," diyor Amaranta, ama yüzünü benimkinden ayırmıyor.

"Ve burunlarımız," diyorum, burnumu onunkinin hemen yanına dayıyorum ve profillerimizi karşılaştırıyorum, "ve dudaklarımız..." diye mırıldanıyorum kapalı ağzımla, çünkü şimdi dudaklarımız birbirine yapışmış durumda, daha doğrusu benim dudaklarımın yarısı, onun dudaklarının yarısına yapışmış...

Onu bütün bedenimle çuvallara doğru iterken ve henüz tomurcuklanan meme başlarını, karnının çıkıntısını hissederken, "Canımı yakıyorsun!" diyor Amaranta.

"Namussuz! Hayvan! Bunun için mi geldin Oqueda'ya! Aynı baban gibi!" Anacleta'nın sesi kulaklarımda gümbürdüyor ve elleri saçlarımdan yakalıyor ve beni sütuna doğru savuruyor; Amaranta da bu sırada bir tokat yediğinden çuvallara kapanmış ağlıyor. "Sen benim kızıma ne şimdi ne hayatın boyunca dokunacaksın!"

"Neden hayatım boyunca dokunmayacağım? Bunu ne engelleyebilir ki?" diye karşı çıkıyorum. "Ben bir erkeğim ve o bir kadın... Kader birbirimizden hoşlanmamızı isterse, kim bilir bugün değilse de bir gün, ona evlenme teklif edemez miyim?"

"Lanet olsun!" diye haykırıyor Anacleta. "Olmaz! Bunu aklına bile getirmemelisin, anlıyor musun?"

"Yoksa o benim kardeşim mi?" diye düşünüyorum. "Annem olduğunu kabul etmek için ne bekliyor?" Ve ona şöyle diyorum: "Neden bu kadar çok bağırıyorsun Anacleta? Yoksa aramızda kan bağı mı var?"

"Kan mı?" Anacleta toparlanıyor, battaniyesinin kenarını gözlerini örtene dek yukarı çekiyor. "Baban uzaktan gelmişti... Bizimle ne kan bağın olabilir ki?"

"Ama ben Oquedal'da doğdum. Buralı bir kadından..."

"Gidip kan bağını başka yerde ara, bizim gibi zavallı Kızılderililer arasında değil... Baban bunu söylemedi mi sana?"

"Yemin ederim Anacleta, bana tek kelime etmedi. Annemin kim olduğunu bilmiyorum..."

Anacleta elini kaldırıyor ve ilk avluyu gösteriyor. "Evin hanımı neden kabul etmek istemedi seni? Neden seni hizmetlilerin yanında konaklamaya gönderdi? Baban seni bize değil, ona yollamıştı. Git, kendini Dona Jazmina'ya tanıt ve şöyle söyle: 'Ben Nacho Zamora y Alvarado'yum, babam senin ayaklarına kapanmam için buraya yolladı.'"

Öykü tam bu noktada; Oquedal'ın efendilerine ait olan ve

bugüne kadar benden gizlenen ikinci aile adımın açıklanmasının yarattığı kasırgayla sarsılan ruhumdan söz etmelidir; demek ki eyalet genişliğindeki araziler benim aileme aitti. Zaman içinde geriye yaptığım yolculuk yüzünden girdaba kapıldığım karanlık yolculukta Alvarado sarayının birbirini izleyen ve iç içe geçmiş gibi görünen avlularının tümü ıssız belleğime hem çok tanıdık hem çok yabancı geliyordu. Aklıma gelen ilk düşünceyi kızının saç örgüsünü yakalayarak Anacleta'ya açıklıyorum: "O halde ben sizin efendinizim, kızının efendisiyim ve istediğim zaman sahip olurum ona!"

"Hayır!" diye haykırıyor Anacleta. "Sen Amaranta'ya elini süremeden gebertirim seni!" ve Amaranta inleme mi yoksa gülme mi olduğunu anlamadığım bir ifadeyle dişlerini gösteriyor.

Alvarado ailesinin yemek salonu yıllardan beri akan mumların sardığı şamdanların şöyle böyle aydınlattığı ışığıyla, belki de kabaran badananın, perdenin sökülen dantellerinin görünmemesi için oldukça loştu. Evin hanımefendisi tarafından yemeğe davet edildim. Dona Jazmina'nın yüzünü örten pudra katmanı neredeyse kopup tabağın içine düşmek üzere. Bakır rengine boyanmış ve maşayla kıvrılmış saçlarının altında o da bir Kızılderili. Kaşığını hareket ettirdikçe ağır bilezikleri şıngırdıyor. Kızı Jacinta kolejde eğitim görmüş ve beyaz bir tenis kazağı giymiş, ama bütün davranışları Kızılderili kızlarınkinden farksız.

"O dönemde bu salonda kumar masaları vardı," diye anlatıyor Dona Jazmina. "Oyunlar bu saatte başlar ve bütün gece sürerdi. Arazilerinin tümünü kaybeden olurdu. Don Anastasio Zamora'nın buraya yerleşmesinin tek nedeni kumardı, başka bir şey değil. Hep kazanırdı ve aramızda hile yaptığını konuşurduk."

"Ama hiçbir arazi kazanmadı," diye düzeltmek gereğini duyuyorum.

"Baban gece kazandığını, gün doğarken yitiren bir adamdı. Hem sonra kadınlarla başına açtığı dertler yüzünden elinde kalan az bir para da kaynadı gitti."

"Bu evde yaşadığı hikâyeler de oldu mu?" diye sormaya cesaret ediyorum.

"Geceleri aranmak için oraya, öteki avluya giderdi..." diyen Dona Jazmina Kızılderelilerin bölümünü işaret ediyor.

Jacinta, ağzını eliyle örterek kahkaha atıyor. O anda bambaşka biçimde giyinmiş ve taranmış olsa da Amaranta ile tıpatıp aynı olduğunu anlıyorum.

"Oquedal'da herkes birbirine benziyor," diyorum. "İkinci avluda asılı olan portre herkese ait olabilir..."

Biraz şaşırmış olarak bana bakıyorlar. Anne şöyle diyor: "O, Faustino Higueras idi... Kan olarak yarı Kızılderili, yarı beyazdı. Ruh olarak ise tamamen Kızılderiliydi. Hep onlarla olur, onların tarafını tutardı... Öyle de bitti."

"Anne tarafından mı yoksa baba tarafından mı beyazdı?"

"Ne çok şey öğrenmek istiyorsun?"

"Oquedal'da bütün hikâyeler böyle midir?" diye soruyorum. "Kızılderili kadınlarla beraber olan beyaz erkekler... Beyaz kadınların peşinden giden Kızılderili erkekler..."

"Oquedal'da beyazlarla Kızılderililer birbirlerine benzerler. Kanlar fetih zamanından beri karışmıştır. Ama efendiler hizmetlilerle birlikte olmamalıdır. Biz içimizden herhangi biriyle istediğimiz her şeyi yaparız, ama onu asla... Don Anastasio toprak sahibi bir ailede doğmuştu ama çulsuzun, meteliksizin tekiydi..."

"Babamın bütün bunlarla ilgisi ne?"

"Bırak da sana Kızılderililerin söylediği şarkının sözlerini söyleyeyim: ...Zamora geçtikten sonra... Hesap eşit oldu... Beşikte bir bebek... Mezarda bir ölü..."

Baş başa konuşabilme fırsatını bulduğumuz ilk anda Jacinta'ya, "Annen ne dedi duydun mu?" diye soruyorum. "Sen ve ben canımız ne isterse yapabiliriz."

"İsteseydik. Ama istemiyoruz."

"Ben bir şeyler isteyebilirim."

"Ne?"

"Seni ısırmak."

"Ona bakarsan ben seni kemiririm," diyor ve dişlerini gösteriyor.

Odada beyaz çarşaflar serili bir yatak var; dağınık mı duruyor yoksa gece için özellikle mi açılmış anlaşılmıyor; tepeden sarkan cibinlik bütün yatağı sarıyor. Jacinta'yı tüllerin arasına itiyorum; kız bana karşı mı koyuyor yoksa beni sürüklüyor mu anlamıyorum; giysilerini çıkarmaya çalışıyorum; o benim kurdelelerimi, düğmelerimi kopartarak karşılık veriyor.

"Ah, senin de oranda bir ben var! Benimle aynı noktada! Bak!"

Tam o anda başıma ve sırtıma yumruklar iniyor ve Dona Jazmina kükrüyor: "Ayrılın birbirinizden Tanrı Aşkına! Yapmayın bunu, bunu yapamazsınız! Ayrılın! Ne yaptığınızı bilmiyorsunuz! Sen de baban gibi namussuzun tekisin!"

Elimden geldiğince toparlanıyorum. "Neden Dona Jazmina? Ne demek istiyorsunuz? Kimle yaptı babam bu işi? Sizinle mi?"

"Utanmaz! Sen var hizmetlilerin yanına git! Çekil gözümüzün önünden! Git baban gibi hizmetçi kızları bul! Annenin yanına dön, defol!"

"Kim benim annem?"

"Faustino öldüğünden beri bunu kabul etmek istemese de Anacleta Higueras."

Gece indi mi Oquedal evleri, sanki alçaktaki ayın ağırlığını üzerinde hissedercesine ve sağlığa zararlı buharlara sarmalanmışçasına toprağa doğru büzüşür.

Kilise nişine yerleştirilmiş heykel misali eşiğin boşluğunda hareketsiz duran kadına, "Babam hakkında söyledikleri bu şarkı neyin nesi Anacleta?" diye soruyorum. "Bir ölüden, bir mezardan söz ediyor..."

Anacleta feneri duvardan alıyor. Birlikte mısır tarlalarını geçiyoruz.

"Baban ve Faustino Higueras bu tarlada kavga ettiler," diye anlatıyor Anacleta "ve ikisinden birinin bu dünyaya fazla geldiğine karar vererek birlikte bir mezar kazdılar. Ölümüne kavga etmeye niyetlendikleri anda aralarındaki öfke dindi sanki: Mezarı müthiş bir sevgi ve uyum içinde kazdılar. Sonra mezarın bir ucuna biri, öteki ucuna öteki geçti; sağ ellerine bıçak aldılar, sol ellerini pançolarının altına soktular. Sırayla biri mezarın üzerinden atlıyor, ötekine bıçakla saldırıyor, karşıdaki kendini pançosuyla savunuyor ve düşmanı mezarın içine düşürmeye çalışıyordu. Gün doğana kadar böyle dalaştılar; mezarın çevresindeki toprak öylesine kana doymuştu ki, toz bile kalkmaz olmuştu. Oquedal'ın bütün Kızılderilileri boş mezarın ve soluk soluğa ve kan içinde kalmış iki gencin etrafında çember olmuşlardı; yalnızca Faustino Higueras ve Nacho Zamora'nın değil, Tanrı'nın hepsinin yazgısını belirleyecek takdirini etkilememek için sessiz ve hareketsiz bekleşiyorlardı."

"İyi ama ... Nacho Zamora benim..."

"O zamanlar babana da Nacho derlerdi."

"Peki kim kazandı Anacleta?"

"Nasıl olur da bunu sorarsın evlat? Zamora kazandı: Tanrı'nın takdirini kimse eleştiremez. Faustino bu toprağa gömüldü. Ama baban için acı bir zafer oldu bu, çünkü aynı gece buradan ayrıldı ve bir daha onu Oquedal'da gören olmadı."

"Ne diyorsun bana Anacleta? Bu mezar boş."

"Sonraki günlerde Faustino'nun mezarına uzak yakın bütün Kızılderili köylerinden akın akın insanlar geldi. Devrime katılmak için yola çıkıyorlardı ve savaşta kendi alaylarının başında taşıyacakları altın kutuya koymak için benden bir kutsal emanet istiyorlardı: Bir saç lülesi, bir panço parçası, bir yarada kurumuş kan pıhtısı. Bunun üzerine mezarı açmaya ve cesedi çıkarmaya karar verdik. Ama Faustino yoktu, mezarı bomboştu. O günden sonra sayısız söylence çıktı: Kimi onu kara atının üstünde dağlar boyunca koştururken gördüğünü, uyuyan Kızılderililere göz kulak olduğunu söyledi; kimi Kızılderililerin ovaya indikleri gün yeniden ortaya çıkacağını ve atıyla birliklerin başına geçerek onlara kumanda edeceğini ileri sürdü..."

"Demek ki oydu! Onu gördüm!" demek isterdim ama bunu sözcüklere dökemeyecek kadar şaşkındım.

Ellerinde meşaleler taşıyan Kızılderililer sessizce yaklaştılar ve şimdi açık mezarın çevresinde çember oluşturuyorlar.

Uzun boyunlu, paralanmış hasır şapkalı, yüzü burada, Oquedal'da yaşayanları andıran, yani gözlerinin çekikliği, burnunun çizgisi, dudaklarının kıvrımı benimkine benzeyen bir genç ortaya doğru ilerledi.

"Nacho Zamora, ne hakla elini kız kardeşime sürdün?" derken sağ elindeki bıçak parlıyor. Bir ucu yere değen pançosu sol koluna sarılı.

Kızılderililerin ağzından bir mırıltı değil, yarıda kalmış bir iç çekiş dökülüyor.

"Kimsin sen?"

"Ben Faustino Higueras. Koru kendini."

Mezarın başında dikiliyorum, pançomu sol koluma sarıyorum, bıçağımı elime alıyorum.

10

Ircania'nın en katıksız entelektüellerinden biri olan ve haklı olarak Devlet Polis arşivleri genel müdürlük görevini yürüten Arkadian Porphyritch ile çay içiyorsun. Ataguitania yüksek komutanlarının sana yükledikleri görev dahilinde Ircania'ya varır varmaz ilk temasa geçmen gereken insan oydu. Bürosunun –sana hemen belirttiği üzere– "Ircania'nın en güncel ve noksansız, ister matbu yapıt, ister kopya, ister daktilo, ister el yazması olsun, el konan kitapların sınıflandırıldığı, sıralandığı, mikrofilme alındığı ve saklandığı" iç açıcı kitaplık salonlarında seni kabul etti.

Seni tutuklayan Ataguitania yetkilileri uzak bir ülkede bir görev ("hem resmî görünümlü gizli bir görev hem de gizli görünümlü resmî bir görev") yüklenmeyi kabul etmen halinde özgür bırakılacağını vaat ettiklerinde ilk tepkin geri çevirmek oldu. Resmî yükümlülüklere eğimli olmaman, gizli ajanlık mesleğine heves duymaman, üstlenmen gereken yükümlülüklerin sana yansıtılmasındaki karanlık ve dolambaçlı tarz, örnek cezaevindeki hücrende kalmayı yeğlemen için yeterli nedenlerdi; yoksa Ircania'nın kuzey tundralarında ne olduğu belirsiz bir yolculukta alacaktın soluğu. Ama onların elinde kalarak daha kötüsünü beklemek durumunda kalma düşüncesi, "bir okur olarak ilgini çekeceğini düşündüğümüz" bu göreve ilişkin merakın, işi kabul etmiş gibi yaparak onların planlarını suya düşürme hesapları, görevi kabul etmene neden oldu.

Ruhsal durumun hakkında gayet bilgili olduğu anlaşılan

Genel Müdür Arkadian Porphyritch, seninle yüreklendirici ve öğretici bir edayla konuşuyor: "Gözden yitirmememiz gereken ilk nokta şudur: Polis büyük bir birleştirici güç, yoksa dünya dağılıp gitmeye adaydır.

Farklı, hatta karşıt rejimlerin polislerinin işbirliği yapmak için ortak çıkarlarını kabul etmeleri doğaldır. Kitapların dolaşımı alanında..."

"Farklı rejimlerin sansür yöntemlerinde birleşmeye mi gidilecek?"

"Birleşme değil, ama birbirlerini karşılıklı dengeleyen ve destekleyen bir sistem yaratmak..."

Genel Müdür seni duvarda asılı olan dünya haritasını incelemeye davet ediyor. Farklı renkler şunlara işaret eder:

Bütün kitapların sistematik olarak toplatıldığı ülkeler;

Yalnızca devlet tarafından yayımlanan veya kabul edilen kitapların dolaşıma çıkabildiği ülkeler;

Sıradan, tahmini ve beklenmedik bir sansürün var olduğu ülkeler;

Sansürün ince, bilgili, bağlantı ve göndermelere dikkatli olduğu ve titiz ve fesat entelektüeller tarafından yürütüldüğü ülkeler;

Biri resmî, biri gizli olmak üzere iki dağıtım ağının bulunduğu ülkeler;

Sansürün uygulanmadığı, çünkü kitabın bulunmadığı, ama pek çok hevesli okurun bulunduğu ülkeler;

Kitapların bulunmadığı ve kimsenin bundan yakınmadığı ülkeler;

Ve nihayet, her gün genel önemsemezlik içerisinde, bütün beğeni ve düşüncelere göre kitapların yayımlandığı ülkeler.

"Günümüzde yazılı söze polis rejimleri kadar yüksek değer veren hiç kimse yok," diyor Arkadian Porphyritch. "Edebiyatın gerçek anlamıyla dikkate alındığı ülkeleri belirleme konusunda hangi veri onu denetlemek ve ezmek için ayrılmış paradan daha iyi sonuç verir? Böyle bir dikkatin nesnesi olduğu yerde edebiyat olağanüstü bir yetki kazanır; edebiyatın masum ve tehlikesiz bir oyalanma yöntemi olarak varlığını sürdürmesine izin verilen ülkeler için akla hayale sığmaz bir durumdur bu. Elbette baskının da soluk alma fırsatı tanıması, arada bir göz yumması, suiistimallerle hoşgörüyü dengelemesi, zorbalıkta arada bir ipleri gevşetmesi gerekir; aksi takdirde, baskı altına alacak hiçbir şey kalmazsa bütün sistem paslanır ve çürür. Açık konuşalım: Her rejim, hatta en otoriter olan bile değişken bir denge durumunda ayakta kalabilir, bu nedenle kendi baskı donanımının varlığını sürekli olarak haklı göstermesi gerekir ve baskı uygulayacak bir şeylere gereksinme duyar. Yönetim otoritesini rahatsız edici şeyler yazma isteği, bu dengeyi korumak için gerekli unsurlardan biridir. Bu nedenle bizimkinin tersi olan sosyal rejim ülkeleriyle imzalanan gizli bir anlaşma temelinde ortak bir düzenleme yaptık ve sizin de akıllılık ederek iş birliğinde bulunmayı kabul ettiğiniz bu düzenlemeyle burada yasaklanan kitapları ihraç, orada yasaklanan kitapları ithal etmeye giriştik."

"Bu gösteriyor ki, burada yasaklanan kitaplar, orada hoş görülüyor ve tam tersi..."

"Asla öyle değil. Burada yasaklanan kitaplar, orada haydi haydi yasaklanmış oluyor; orada yasaklananlara ise burada katmerli bir yasak uygulanıyor. Ama karşıt rejime yasaklanmış kitaplarımızı ihraç etmenin ve onlarınkini ithal etmenin her iki rejime de önemli iki yararı oluyor: Karşıt rejim muhaliflerini yüreklendiriyor ve polis servisleri arasında yararlı bir deneyim alışverişi yapılmış oluyor."

"Bana verilen görev," diye aydınlığa kavuşturmak için atılıyorsun, "Ircania polis görevlileriyle temas kurmakla sınırlı, çünkü muhaliflerin yazıları ancak sizin kanalınızla elimize ulaşır." (Yükümlülüğümün amaçları arasında karşıtların gizli ağıyla doğrudan ilişki kurmanın da bulunduğunu ve olayın şekline göre oyunumu şu ya da bu tarafa karşı oynayabileceğimi dile getirmemeye özen gösteriyorum.)

"Arşivimiz emrinizdedir," diyor Genel Müdür. "Size ender bulunan el yazmaları, kamuoyuna ancak dört, beş sansür komisyonundan geçtikten ve her sefer kesintiye uğrayan, değiştirilen, sulandırılan ve sonunda budanmış, şekerlendirilmiş, tanınmaz haliyle basılarak okura ulaşan romanların özgün yazmalarını gösterebilirim. Gerçekten okuyabilmek için buraya gelmek gerekiyor sevgili bayım."

"Ya siz okuyor musunuz?"

"Yani mesleki yükümlülüğümün dışında da okuyor muyum demek istiyorsunuz herhalde. Evet, bu arşivin her kitabını, her belgesini, her suç unsurunu iki kez okurum ve bunlar birbirlerinden farklı iki okumadır. İlki hızlı bir işlemdir, belgenin mikrofilmini hangi dolaba kaldırmam, hangi dosyada sınıflandırmam gerektiğini anlamak için belli başlı noktalarını okurum. Sonra akşam olunca (ben çalışma saatlerinden sonra, akşamlarımı da burada geçiririm: Gördüğünüz gibi sakin ve dinlendirici bir ortam vardır) şu divana uzanırım, ender bir yazının, gizli bir fasikülün filmini mikro-okuyucuya takarım ve kendi özel keyfim için yudumlarım."

Arkadian Porphyritch, çizmeli bacaklarını üst üste atıyor, parmaklarından birini boynuyla üniformasının nişanlarla dolu yakası arasında dolaştırıyor. Şunları ekliyor: "Siz Ruh'a inanır mısınız Bayım bilmem. Ben inanırım. Ruh'un kendi kendisiyle daimi olarak yürüttüğü diyaloga inanırım. Ve hissediyorum ki bu diyalog benim bu yasak sayfalarda dolaştırdığım bakışlarım aracılığıyla gerçekleşiyor. Polis de Ruh'tur; hizmet ettiğim Devlet, Sansür ve yetkimizi kullandığımız metinler de. Ruh'un soluğu kendini ortaya koymak için büyük bir insan kalabalığına gereksinme duymaz; karanlıkta gelişir, komplocuların sırrıyla Polis'in sırrı arasındaki karanlık ilişki içinde ebedilik kazanır. Bu lambanın ışığında, ıssız büroların bulunduğu bu büyük yapıda, görevli üniformamın ceket düğmesini gevşetebildiğim ve gündüz saatlerinde acımadan uzak tutmam gereken yasağın hayaletlerinin beni ziyaret etmelerine izin verebildiğim an, onu yaşatmak için bütün haklı ve haksız bağlantıları göz önünde bulundurarak metinleri ilgimi kaybetmeden okumam yeterlidir..."

Genel Müdür'ün sözlerinin sana bir rahatlama duygusu aktardığını kabul etmelisin. Bu adam okuma konusunda arzu ve merak duymayı sürdürüyorsa, bunun anlamı ortalıkta dolaşan yazılı kâğıtta henüz kadiri mutlak bürokrasinin üretemediği ya da işletemediği bir şeyler olduğudur, bu büroların dışında hâlâ bir dış dünya bulunduğudur...

"Sahte kitaplar düzenbazlığına ne diyorsunuz?" diye sorarken sesine mesleki bir soğuk ifade vermeye çalışıyorsun, "Bundan haberdar mısınız?"

"Elbette. Bu sorunla ilgili pek çok rapor aldım. Bir süre her şeyi kontrol altında tuttuğumuzu zannettik. Büyük iktidarların gizli servisleri dört bir yana dal budak sarmış görünen bu örgüte el koymak için ne gerekirse yaptılar. Ama düzenbazlığın beyni, düzmecenin Cagliostro'su* sürekli elimizden kaçıyordu. Kim olduğunu bilmediğimizden değil: Arşivlerimizde onunla ilgili her türlü bilgi vardı; sahtekâr ve dolandırıcı bir çevirmen olduğu saptanmıştı, ama eylemlerinin arkasındaki gerçek nedeni çözemiyorduk. Yarattığı entrikanın sonradan türeyen kollarıyla artık ilişkisi yokmuş gibi görünüyorduysa da onların dalavereleri üzerinde hâlâ etkisi sürüyordu. Onu yakalamayı başardığımızda amaçlarımız doğrultusunda kullanmanın kolay olmadığını anladık... Sanki her şeyi bir kadın uğruna yapıyor gibiydi. Onu yeniden kazanabilmek ya da belki sadece bir intikam alabilmek, onunla tutuştuğu bir bahsi kazanabilmek için yapıyordu bunları... Bizim Cagliostro'nun adımlarını izlemeyi başarmak istiyorsak bu kadını anlamamız gerekiyordu. Ama onun kim olduğunu bir türlü çözemedik. Tümdengelim yöntemleriyle kadına ilişkin pek çok şey öğrendik, ama bunlar resmî raporlarda dile getiremeyeceğim türden şeylerdi: Yönetim organlarımız bazı incelikleri kavramak konusunda yetersizdir..."*

"Bu kadın için," diyor sözlerini kaçırmadan dinleyişini gören Arkadian Porphyritch, "okumak her türlü niyetten ve kazanılmış her partiden arınmak anlamına geliyor; amacı en beklenmedik zamanda duyulan, nereden geldiği bilinmeyen, kitabın ötesinde bir yerlerden, yazarın ötesinden, yazının uzlaşmasının ötesinden gelen bir sesi yakalamak: Söylenmemişten, dünyanın kendi hakkında dile getirmediğinden ve henüz bunu söyleyebilecek sözlere sahip olmadığından. Adama gelince, o yazılı sayfanın ardında hiçbir şey bulunmadığını kanıtlamak istiyor; dünya yalnızca bir hile, bir yapmacıklık, bir yanlış anlama, bir palavra olarak var. Böyle olmasaydı biz kanıtlamak istediği için gerekli araçları sağlayabilirdik ona; biz derken farklı ülkelerde, farklı rejimlerde aynı işi yapanlardan söz ediyorum,

* İtalyan büyücü, 1743-1795. (Çev. N.)

çünkü işbirliği yapmayı hepimiz önerdik ona. O bunu reddetmiyordu, hatta tam tersi oluyordu. Ama oyunumuzu kabul eden o muydu, yoksa biz mi onun oyununda piyon oluyorduk? Ya söz konusu adam yalnızca delinin teki idiyse? Gizi bir tek ben çözebilirdim: Ajanlarımız aracılığıyla onu kaçırttım, buraya getirttim, bir hafta tek kişilik hücrede tuttum, sonra da bizzat sorguladım. Onunki delilik değildi; belki yalnızca umutsuzluktu; kadınla bahsi bir süredir yitirmişti; kazanan kadın olmuştu; meraklı ve doymak bilmeyen okuyuşuyla en utanç verici taklidin içine gizlenmiş gerçekleri ve gerçek olduğunu iddia eden sözler içine gizlenmiş halis düzmeceleri bulmayı başarıyordu. Bizim gözbağcıya ne kalıyordu bu durumda? Kendisini kadına bağlayan son bağı da koparmamak uğruna, kitap adları, yazar adları, takma adlar, diller, çeviriler, baskılar, kapaklar, başlıklar, bölümler, başlangıçlar, sonuçlar arasına karışıklık ekiyordu ki, kadın onun varlığının işaretlerini fark etsin, onun yanıt almayı umut etmeyen selamını alsın. 'Sınırlarımı anladım,' dedi bana, 'Okuma sırasında kudretimin yetmediği bir şey gerçekleşiyor.' Bunun en güçlü polisin bile aşamayacağı bir sınır olduğunu söyleyebilirdim. Okumayı engelleyebiliriz: Ama okumayı yasaklayan kararnamede asla okunmasını istemeyeceğimiz gerçeğe ilişkin bir şeyler okunacaktır..."

"Peki adama ne oldu?" diye sorarken dayanışmadan kaynaklanan bir anlaşma duygusu rekabet duygunun önüne geçiyor.

"O bitmiş bir adamdı; ne istesek yapabilirdik; bedensel çalışma cezası verebilir, özel serviste rutin bir işle görevlendirebilirdik. Oysa..."

"Oysa?"

"Kaçmasına göz yumdum. Düzmece bir firar, sahte bir yurtdışına kaçışla izlerini kaybettirdi. Arada bir elime geçen yazılı malzemede onun parmağı olduğunu hisseder gibi oluyorum... Kalitesi yükseldi... Şimdi düzmece olsun diye düzmece yapıyor... Gücümüz artık üzerinde etkili değil. Şans eseri..."

"Şans eseri mi?"

"Elimizden kaçan bir şey olmalıdır... Çünkü iktidar, etki edebileceği bir nesne, kollarını uzatabileceği bir yer arar. Dünyada sadece hile aşkına hile oyunları yapan biri olduğunu bildiğim sürece, okumayı, okuma aşkına seven bir kadın olduğunu bildiğim sürece kendimi dünyanın devam ettiğine inandırabilirim... Ve her akşam ben de o tanımadığım, uzaktaki Kadın Okur gibi kendimi okumaya veriyorum..."

Arkadian Porphyrich'in sevimsiz sözleriyle canlanan Kadın Okur'un kutsanmasının tadını çıkarmak için, zihninden Genel Müdür ve Ludmilla'ya ait görüntülerin uygunsuz çakışmasını çarçabuk kovuyorsun ve doğruluğu kadiri mutlak Müdür'ün sözleriyle onaylanmış olan bilginin tadını çıkarıyorsun; artık kadın ile senin aranda bir engel, bir gizem kalmadı; rakibin olan Cagliostro gittikçe uzaklaşan acıklı bir gölgeye dönüştü.

Yarıda kalan okumanın büyüsü bozulmadığı sürece mutluluğun tam olamayacak. Arkadian Porphyritch ile bu konuyu da görüşmek istiyorsun: "Koleksiyonunuza katkı olarak Ataguitania'da en çok aranan yasak kitaplardan biri olan Calixto Bandera'nın *Boş Bir Mezarın Çevresinde* kitabını size sunmak isterdik, ama polisimiz aşırı işgüzarlık sonucu kitapların hepsini hamur yapılmaya göndermiş. Ne var ki bu romanın Ircania diline çevrilmiş ve teksirle çoğaltılmış bir nüshasının gizliden dolaşıma sokulduğunu öğrendik. Siz bu konuda bir şey biliyor musunuz?"

Arkadian Porphyritch ayağa kalkarak bir arşivi inceliyor. "Calixto Bandera mı demiştiniz? İşte: Bugün itibariyle elimde bir tane var görünüyor. Ama bir ya da en çok iki hafta beklemeyi kabul ederseniz sizin için harika bir sürprizim olabilir. Yasaklanmış en ünlü yazarlarımızdan Anatoly Anatolin, –casuslarımızın bildirdiğine göre– Bandera'nın romanını Ircania ülkesine göre uyarlayarak yeniden yazıyor. Başka kaynaklardan öğrendiğimize göre Anatolin bir başka romanı daha sonlandırmak üzere ve bunun adı da: *Oracıkta Sonunu Bekleyen Öykü Hangisi?*; kitap el altından dolaşıma sokulmadan önce polisin beklenmedik bir baskın yapması işini ayarladık bile. Kitaplara el koyar koymaz bir kopya size ulaştıracağım ve siz de aradığınız kitabın o olup olmadığını söyleyebileceksiniz."

Şimşek hızıyla planına karar veriyorsun: Anatoly Anatolin ile doğrudan bağlantı kurman mümkün; Arkadian

Porphyritch'in ajanlarından önce suç mahalline varırsan taslağa onlardan önce ulaşırsın, yakalanmasını engellersin, kitapları da, kendini de, hem Ircania hem Ataguitania polisinden kurtarmış olursun.

O gece bir rüya görüyorsun. Bir trende, Ircania'yı boydan boya aşan uzun bir trendesin. Bütün yolcular kocaman ciltli kitaplar okuyorlar; gazete ve dergilerin pek çekici olmadığı ülkelerde, bu başka yerlerde olmadığı kadar kolay rastlanabilecek bir durum. Yolculardan bazılarının, belki de tümünün senin yarıda bırakman gereken romanlardan birini okuyor olabileceği düşüncesi aklına geliyor; hatta bütün o kitaplar senin bilmediğin bir dile çevrilmiş olarak aynı kompartımanda bulunuyor bile olabilir. Sözcükleri çözmenin olanaksız olduğunu bile bile cilt sırtlarında ne yazdığını okumaya çalışıyorsun.

Yolculardan biri koridora çıkıyor ve sayfalar arasına bir ayraç koyarak yerini kaptırmamak amacıyla kitabını koltuğuna bırakıyor. O çıkar çıkmaz sen kitaba uzanıyorsun, bunu karıştırıyor ve aradığın kitap olduğuna ikna oluyorsun. O anda bütün öteki yolcuların yersiz davranışını onaylamadıklarını belirten tehditkâr bakışlarla sana döndüklerini fark ediyorsun.

Kafanın karışıklığını gizlemek için yerinden kalkıyorsun, kitabı elinde tutmayı sürdürerek pencereden dışarıya bakıyorsun. Tren raylar ve sinyal direkleri arasında duruyor, gözden ırak bir istasyon dışındaki makas değiştirme noktasında olabilirsiniz. Hem sis hem kar olduğundan hiçbir şey görünmüyor. Yandaki raylarda, karşı yöne giden bir başka tren duruyor; bütün camları buğulanmış. Karşındaki pencerede beliren elin yuvarlak hareketleriyle cam biraz olsun saydamlık kazanıyor: Arkasında bir kürk bulutuna sarınmış bir kadın karaltısı beliriyor. "Ludmilla..." diye sesleniyorsun, "Ludmilla, kitap," demeye çalışıyorsun sesten çok el hareketleriyle, "aradığın kitabı buldum, burada..." ve treni kalın bir kabuk gibi saran buz sarkıtlarının arasından kitabı ona verebilmek için pencereyi indirmeye uğraşıyorsun.

"Benim aradığım kitap," belli belirsiz karaltı da seninkine benzer bir kitap uzatıyor, "dünyanın sonu geldiği duygusunu veren kitaptır; dünyanın, dünyada var olan her şeyin sonu olduğu duygusunu veren, dünyada var olan tek şeyin, dünyanın sonu olduğunu söyleyen kitaptır."

"Öyle değil," diye bağırıyorsun ve kitapta Ludmilla'nın sözlerini yalanlayabilecek anlaşılmaz bir cümle arıyorsun. Ama iki tren de hareket ediyor, ters yönlere doğru uzaklaşıyor.

Ircania başkentinin parklarında buz gibi bir rüzgâr esiyor. Sana yeni romanı olan *Oracıkta Sonunu Bekleyen Öykü Hangisi?* adlı yeni romanının taslağını verecek olan Anatoly Anatolin'i beklemek üzere bir bankta oturuyorsun. Uzun sarı sakallı, uzun kara paltolu, muşamba bereli bir genç gelip yanına oturuyor. "Bir şey yokmuş gibi davranın. Parklar en çok gözetlenen yerlerdir."

Bir çalılık sizi yabancı gözlerden koruyor. Küçük bir kâğıt demeti Anatoly'nin paltosunun cebinden senin pardösünün cebine geçiyor. Anatoly Anatolin ceketinin iç cebinden başka kâğıtlar çıkarıyor. "Kabarıklık dikkat çekmesin diye kâğıtları farklı ceplerime bölerek koydum", diyerek yeleğinin iç cebinden bir başka rulo çıkarıyor. Rüzgâr, sayfanın birini parmaklarının arasından çekerek savuruyor; hemen koşup yakalıyor. Tam pantolonunun arka cebinden bir başka tomar çıkaracakken çalılığın arasından fırlayan iki sivil giyimli ajan onu tutukluyorlar.

Oracıkta Sonunu Bekleyen Öykü Hangisi?

Kentimizdeki geniş Prospettiva Caddesi'nde yürürken, dikkate almamaya karar verdiğim konuları zihnimden siliyorum. Cephesi taşıyıcı heykellerle, sütunlarla, korkuluklarla, sütun temelleriyle, Dor rölyeflerle yüklü bir bakanlık yapısının yanından geçiyorum ve onu dümdüz, düşey bir yüzeye, mat bir cam levhaya, göze batmadan mekânı sınırlayan panoya dönüştürmek arzusu geçiyor içimden. Ama böyle yalınlaşmış olsa da o yapı üzerimde dehşetli bir baskı yaratıyor: Onu olduğu gibi yok etmeye karar veriyorum; çıplak toprakta onun yerine sütü andıran bir gökyüzü yükseliyor. Aynı biçimde öteki üç bakanlığı, iki bankayı ve büyük şirketlere ait iki gökdeleni de siliyorum. Dünya öylesine karmaşık, dolaşık ve fazlasıyla yüklü ki, biraz aydınlık bakabilmek için seyreltmek gerekiyor, seyreltmek.

Prospettiva boyunca gelip geçenler arasında sürekli gördüğüm kişiler değişik nedenlerden ötürü bende hoşnutsuzluk yaratıyorlar: Hiyerarşik olarak üstüm konumundaki kişiler bana bulunduğum alt koşulu, benim altımdaki insanlar bana bayağı gibi görünen yetkiyle donandığımı hissettirdiği için; bayağılık da kıskançlık, uşaklık ve kin duygusu uyandırdığı için. Hiç duraksamadan iki tarafı da siliyorum; gözümün ucuyla tümünün hafif bir sis bulutu içinde eriyerek yok olduğunu görüyorum.

Bu işlem sırasında bana asla rahatsızlık vermemiş olan gelip geçenleri, tanımadıklarımı, yabancıları korumak için dikkatli olmalıyım: Hatta bazılarının yüzlerini taraf tutmadan incelediğimde içtenlikli bir ilgiyi hak ettiklerini düşünüyorum. Ama beni çevreleyen dünyadan geriye sadece yabancıların oluşturduğu bir kalabalık kalıyorsa bir yalnızlık ve tedirginlik hissediyorum: En iyisi onları da toptan silmek; o zaman kafa yoracak bir şey kalmıyor.

Yalınlaştırılmış bir dünyada karşılaşmaktan hoşlandığım az sayıdaki insana rastlama olasılığım daha fazla; sözgelimi Franziska. Franziska öyle bir arkadaşım ki, bir yerde karşıma çıktığı anda içimi neşe kaplar. Birbirimize komik şeyler söyleriz, güleriz, belki başkalarına anlatmayacağımız, ama kendi aramızda konuşulduğunda ikimize de ilginç gelen sıradan şeyleri paylaşırız ve vedalaşmadan önce mutlaka çok kısa sürede buluşmamız gerektiğini vurgularız. Sonra aradan aylar geçer ve bir kez daha rastlantıyla sokakta karşılaşırız; neşeli tezahüratlar, gülüşler, yeniden görüşme vaatleri yaşanır, ama ne ben ne o bir buluşma ayarlamak için adım atarız; bunun nedeni belki de aynı şey olmayacağını bilmemizdir. Şimdi, basitleştirilmiş ve sadeleştirilmiş olan ve ortalığın önceden kararlaştırılmış durumlardan arındırıldığı bir dünyada benim Franziska ile daha sık görüşmem herhangi bir biçimde nitelik kazanacak bir ilişkiye sürüklenebilir; ufukta evlilik belirebilir; en azından bir çift olarak algılanırız ve bu durum her ikimizin ailelerine, bu ailelerden türeyen kişilere, kardeş ve kuzenlere uzanır; ortak yaşamın gerektirdiği çevrede doğan; kazançlar ve malvarlığı ile ilgili bağlar gündeme gelir; bizim konuşmalarımız çevresinde sessizce boy atan bütün bu koşullandırmalar ortadan kalkınca Franziska ile birkaç dakikadan fazla sürmeyen konuşmalarımız çok daha güzel ve keyifli olur. Bu nedenle yollarımızın kesişmesi için uygun koşulların peşine düşmem doğaldır; bu koşullardan biri de onu son kez gördüğümde üzerinde olan açık renk kürkün benzerini giyen kadınları ortadan kaldırmaktır; böylece onu uzaktan gördüğümde gelenin o olduğundan emin olurum ve bir yanlış anlama ve hayal kırıklığı söz konusu olmaz; aynı şekilde Franziska'nın erkek arkadaşı olması olası bütün delikanlıları da yok etmeliyim, çünkü bu kişiler belki de bilerek onun yoluna çıkıyor, rastlantısal bir biçimde rastlaşması gereken kişi benken, onu keyifli bir sohbetle oyalıyor olabilirler.

Sözü kişisel ayrıntılarla uzattım, ama bu silme işleminde öncelikle ve doğrudan kendi bireysel çıkarlarımı göz önünde tuttuğum sanılmamalıdır; ben bütünün (dolaylı olarak da olsa kendimin de) hayrına bir eylem yapmaya çalışıyorum. İlk adım olarak karşıma çıkan bütün resmî daireleri yok ettiysem; üstelik bunu merdivenleri, sütunlu girişleri, koridorları, holleri, arşivleri, genelgeleri, dosyaları içeren yapılar olarak değil; bölüm şefleriyle, genel müdürleriyle, müfettiş yardımcılarıyla, muavinleriyle, daimi ve yedek memurlarıyla gerçekleştirdiysem bunun nedeni onların varlığını bütünün uyumu içersinde zararlı ve gereksiz bulmamdan kaynaklanıyordur.

Görevli personelin aşırı ısıtılmış ofislerinden çıkarak, sentetik kürk yakalı paltolarını ilikleyerek otobüslere doluştukları saat geldi çattı. Gözlerimi kırpıyorum; hepsi yok oldu: Sadece uzaklardaki tenha sokaklarda tek tük yaya görünüyor; bu sokakları daha önceden arabalardan, kamyonlardan, otobüslerden arındırmıştım zaten. Sokak zeminini bir bowling pisti gibi boş ve cilalı görmek hoşuma gidiyor.

Sonra kışlaları, muhafızları, komiserlikleri ortadan kaldırıyorum; üniformalı bütün insanlar sanki hiç var olmamışlar gibi yok oluyorlar. Belki de elimi fazla uzattım: İtfaiyeciler, postacılar, belediye çöpçüleri ve farklı bir uygulama gösterilmeyi hak eden öteki takımlar da aynı kaderi paylaşıyorlar; ama artık olan oldu: Bu kadar ayrıntıyla uğraşmak zor. Sorun yaratmamak için yangınları, çöpleri ve hatta postayı da yok ediyorum; kaldı ki bunlar başa dert yaratmaktan başka bir şey değildi.

Hastanelerin, kliniklerin, huzurevlerinin ayakta kalmamış olmasına da özen gösteriyorum: Hekimleri, hemşireleri, hastaları silip atmak olası en sağlıklı yol olarak görünüyor gözüme. Sonra sıra savcıları, avukatları, suçluları, zarara uğrayan taraflarıyla olduğu gibi mahkemelere geliyor sıra; elbette içindeki tutuklular ve gardiyanlarla birlikte cezaevleri de siliniyor. Sonra bütün akademik kadrosuyla birlikte üniversiteyi; edebiyat ve güzel sanatlarla bilimler akademisini, müzeyi, kütüphaneyi, onları korumakla yükümlü danışmanlarıyla heykelleri, tiyatroyu, sinemayı, televizyonu ve gazeteleri siliyorum. Eğer beni kültüre saygı adına durduracaklarını sanıyorlarsa, yanılıyorlar.

Sonra, uzun zamandan beri hayatlarımızı ısrarla belirlemek konusunda kendilerinde hak bulan ekonomik yapılara sıra geliyor. Ne sanıyorlar kendilerini? Temel gereksinim maddeleri satanlardan başlayarak, gereksiz ve yüzeysel tüketim malları satanlara kadar birer birer bütün dükkânları kaldırıyorum ortadan: Önce malların sergilendiği vitrinleri silip süpürüyorum sonra tezgâhları, rafları, tezgâhtar kızları, kasiyerleri, bölüm şeflerini yok ediyorum. Müşteri yığını, bir an için ellerini boşluğa uzattığını, alışveriş arabalarının uçup gittiğini görünce şaşırıyor; sonra kendi de hiçlik tarafından yutuluyor. Tüketimden, üretime geçiyorum: Ağır ve hafif sanayii yok ediyorum; hammadde ve enerji kaynağı diye bir şey bırakmıyorum. Ya tarım? O da gidiyor! İlkel bir topluma doğru gerilemeye yol açıyorsun diyen olursa, av ve balık avını da iptal ediyorum. Doğa... Ah, ah doğanın da harika bir palavra olduğunu anlamadım sanmayın: Gebersin! Ayaklarımızın altında bir miktar toprak parçası kalsın yeter; bütün gerisi boşluk olsun.

Prospettiva Caddesi'nde gezinmeyi sürdürüyorum; burası şimdi uçsuz bucaksız, ıssız ve buzul bir ovaya dönüşmüş durumda. Göz alabildiğine tek bir duvar yok; hatta dağlar ve tepeler de yok; ne bir nehir, ne bir göl, ne bir deniz: Sadece dümdüz ve buz grisi kaya gibi sert bir zemin. Nesnelerden vazgeçmek sanıldığından daha kolay: İş başlamakta. Onsuz yapamayacağınız bir şeyi bir kenara bırakmayı bir kere başardığında, bir başka şey olmadan da yapabildiğini, sonra bir başka şeyden de sıyrılabildiğini göreceksin. İşte şimdi ben dünya denen bu boş yüzey üzerinde ilerliyorum. Zemini yalayarak geçen rüzgâr, yok olmuş dünyadan geriye kalan son döküntüleri kar tanecikleriyle birlikte savuruyor: Asma kütüğünden şimdi koparılmış gibi duran olgun bir üzüm salkımı, yün bebek patiği, iyi yağlanmış bir kardan mafsalı, İspanyolca bir romandan koptuğu anlaşılan bir sayfa; üzerinde bir kadın adı var: Amaranta. Her şeyin var olmayı sonlandırdığından bu yana birkaç dakika mı geçti yoksa pek çok yüzyıl mı? Zaman kavramını çoktan yitirdim.

Hâlâ Prospettiva Caddesi diye adlandırmayı sürdürdüğüm o hiçlik şeridinin dibinde açık renkli kürkü içinde bana doğru ilerleyen bir karaltı görüyorum: bu Franziska! Yüksek topuklu çizmeleriyle hızlı yürüyüşünü, kollarını manşonunun içine gizleyişini, uzun çizgili eşarbının rüzgârda uçuşunu tanıyorum. Buz gibi hava ve boş zemin harika bir görüntü sağlıyor, ama ona seslenebilmek için boşuna çırpınıyorum: Beni tanıyamıyor; hâlâ çok uzağız birbirimize. Koca adımlarla ilerliyorum, ilerlediğimi sanıyorum, ama bir nirengi noktasından yoksunum. İşte benimle Franziska arasında bazı gölgeler beliriyor: Bunlar bazı adamlar, paltolu ve şapkalı adamlar. Beni bekliyorlar. Kim olabilirler ki?

Yeterince yaklaştığımda onları tanıyorum: Bunlar D. şubesinin adamları. Nasıl olup da burada kalmışlar? Ne işleri var burada? Bütün ofislerin personelini sildiğim zaman onları da yok ettiğimi düşünmüştüm. Neden benimle Franziska'nın arasına giriyorlar? "Şimdi silerim onları" diye düşünüyorum; yoğunlaşarak. Hayır olmuyor: Hâlâ ortamızda dikiliyorlar.

"İşte buradasın," diye selamlıyorlar beni. "Sen de mi bizimkilerdensin? Aferin! Gerektiğince yardımcı oldun ve şimdi her şey tertemiz oldu."

"Bu da ne demek oluyor?" diye haykırıyorum. "Silme işinde siz de mi vardınız?"

Beni çevreleyen dünyayı yok etme işleminde nasıl olup da öteki seferlere göre daha ileri gittiğim konusunda merakımı yeniyorum.

"Söylesenize, siz hep çoğaltmak, güçlendirmek, artırmaktan söz edenler değil miydiniz?"

"Ne olmuş ki? Bunda bir terslik yok... Her şey öngörü mantığı içerisinde işliyor... Gelişim çizgisi sıfırdan başlıyor... Sen de durumun ölü bir noktaya vardığını, kötüye gittiğini fark ettin... Süreci uygulamaya koymaktan başka çare yoktu. Esas olarak kısa dönemde zarar olarak görülen bir şey, uzun dönemde bir özendirmeye dönüşebilir..."

"İyi ama ben sizin gibi düşünmüyordum ki... Niyetim bambaşkaydı... Ben başka türlü siliyordum..." diye karşı çıkıyor ve şöyle düşünüyorum: "Beni kendi planlarına dahil edeceklerini sanıyorlarsa, yanılıyorlar."

Geri adım atabilmek, dünyaya ait şeyleri birer birer ya da toptan geri getirebilmek, onların genel yok etme tasarılarına karşı, çeşitli ve somut maddeleri koca bir duvar gibi dikmek için can atıyorum. Gözlerimi yumuyorum ve kendimi akıp giden trafiği, bu saatte yanmış olması gereken lambaları, bayilerin tezgâhlarında beliren gazetelerin son baskılarıyla Prospettiva Caddesi'nde bulacağımdan emin olarak yeniden açıyorum. Ama: Hiçbir şey yok: Boşluğun çevresi bomboş; Franziska'nın gölgesi uzaktan; sanki yerkürenin eğimi üzerinden dolaşıp gelecekmiş gibi yavaş yavaş yaklaşıyor. Yalnızca ikimiz mi kaldık hayatta? Büyüyen bir korkuyla gerçeğin farkına varmaya başlıyorum: Zihnimin bir kararıyla silindiğini ve herhangi bir anda yeniden yaratabileceğimi sandığım dünya gerçekten bitmişti.

"Gerçekçi olmak gerekir," diyor D. şubesinin adamları. "Çevreye bir bakmak yeter. Bütün bu evren... dönüşüm sürecinde..." ve takımyıldızların, şurada toplanıp burada seyreldiği gökyüzünü; kimi yıldızların birbiri ardına çaktığı, kiminin ise son ışıklarını verip söndüğü göksel haritayı işaret ediyor. "Önemli olan şimdi yenilerin gelmesi, D. şubesini tam kadro halinde ekipleriyle, çalışan işlevsel yapılarıyla mükemmel bir işlerlik halinde bulmalarıdır..."

"Peki bu 'yeniler' kim? Ne yaparlar? Ne isterler?" diye soruyorum ve beni Franziska'dan ayıran buz gibi zemin üzerinde gizemli bir tuzak gibi uzanan inceden bir çatlak görüyorum.

"Bunu söylemek için henüz erken. Yani bizim, kendi tabirlerimizle dile getirmek için. Şimdilik onları göremiyoruz bile. Var oldukları kesin ve gelmek üzere oldukları konusunda uyarıldık. Ama biz de varız, onlar bunu bilemezler, ama daha önceden var olanla olası sürekliliği bir tek biz sağlayabiliriz... Bize gereksinmeleri var, bize başvurmadan, geri kalanın pratikteki yönetimini bize emanet etmeden yapamazlar... Dünya aynen bizim istediğimiz biçimde başlayacak..."

"Hayır, diye düşünüyorum; benim ve Fraziska'nın çevresinde yeniden oluşmasını isteyeceğim dünya size ait olamaz; ben yoğunlaşarak bütün ayrıntılarıyla arzulayacağım; şu anda

Franziska ile baş başa kalabileceğim bir ortam düşünmeliyim; sözgelimi kristal avizelerin yansıdığı aynalarla dolu olan, bir orkestranın vals müziği çaldığı, keman ezgilerinin mermer masalarda dalgalandığı, fincanların dumanının tüttüğü, kremalı pastaların yendiği bir kafe olabilir. Bu sırada dışarıda, buğulu pencerelerin ötesinde, insanlarla ve nesnelerle dolu dünya varlığını hissettirmeli: Dost ve düşman dünya, neşe verecek ya da mücadele edilecek bir dünya... Bunu bütün gücümle düşünüyorum, ama artık gücümün dünyayı var etmeye yetmeyeceğini biliyorum: Hiçlik her şeyden güçlüdür ve bütün yeryüzünü kaplamıştır."

"Onlarla ilişki kurmak kolay olmayacak," diye sürdürüyor D. şubesinin adamları, "ve hata yapmamaya, oyun dışına atılmamaya dikkat etmeliyiz. Yenilerin güvenini kazanmak için seni düşündük. Tasfiye sürecinde işi bildiğini kanıtladın ve eski yönetimle sorunun yok. Bizi temsil edecek, Şube'nin ne olduğunu, gerekli ve acil ödevler için onlar tarafından nasıl kullanılabileceğini açıklayacak kişi sensin... Eh, en iyi biçimde nasıl halledileceğini sen bilirsin..."

"O halde gidip arayayım onları..." diyorum telaşla, çünkü şimdi kaçmazsam, onu kurtarmak için bir an önce Franziska'nın yanına varmazsam birkaç dakika sonra çok geç olacağını, tuzağa düşebileceğimizi anlıyorum. D. şubesinin adamları bana sorular sorup yönergeler vermeden koşarak uzaklaşıyorum; buzul zeminde kıza doğru ilerliyorum. Dünya, bütün somut adlar bitmişçesine, soyut sözcüklerden başka bir şeyin yazılamadığı bir kâğıda indirgendi; şimdi ' kavanoz' sözcüğünü yazabilmeyi başarmak yeterli olur çünkü o zaman 'sahan', 'sos' , kalorifer borusu' yazmak da olası olacaktır, ama metnin biçemsel düzeni bunu yasaklıyor.

Beni Franziska'dan ayıran zeminde yarıkların, gediklerin, çatlakların açıldığını görüyorum; her an bir ayağım bir çukur tarafından yutulmak üzere; bu boşluklar genişliyor, yakında Franziska ile aramda bir yar, bir uçurum açılacak! Bir yakadan ötekine atlıyorum, aşağıda bir dip göremiyorum; yalnızca sonsuza dek süren bir boşluk var; dünya un ufak olmak üzere. D. şubesinin adamları bana sesleniyorlar, geri gitmem, daha fazla ilerlememem için umutsuz işaretler yapıyorlar... Franziska! Tek bir sıçrayışla senin yanındayım!

Ve karşımda, gülümseyen yüzü, ışıldayan gözleri, soğuktan kızarmış yüzü ile burada. "Ah, sensin! Prospettiva'dan her geçişimde sana rastlıyorum! Günlerini burada gezinerek geçirdiğini söyleyemeyeceksin herhalde! Baksana, şu köşede aynalarla dolu, bir orkestranın vals çaldığı bir kafe biliyorum; beni oraya davet eder misin?"

11

Erkek Okur; dalgaların oradan oraya savurduğu deniz yolculuğunun artık bir rıhtım bulmasının zamanı geldi. Hangi liman büyük bir kütüphaneden daha güvenli bir biçimde açar sana kollarını? Bir kitaptan ötekine geçerek yaptığın dünya turundan sonra döndüğün ve yola çıkmış olduğun kentinde elbette böyle bir kütüphane var. Okumaya başlar başlamaz ellerinin arasından uçup giden on romanın bu kitaplıkta bulunması gibi bir umudun var hâlâ.

Nihayet önünde serbest ve huzurlu bir gün uzanıyor; kütüphaneye gidiyorsun ve katalogu inceliyorsun; bir mutluluk çığlığı atmamak için kendini zor tutuyorsun; daha doğrusu on çığlık: Aradığın bütün yazarlar ve kitaplar katalogda düzenli bir biçimde kayıt edilmiş.

Bir form dolduruyorsun ve teslim ediyorsun: Sana katalogda bir numaralandırma hatası olmuş olabileceği bildiriliyor; kitabı bulamıyorlar, ama araştırma yapacaklar. Hemen bir başkasını istiyorsun: Okumak için ödünç verildiğini, ama kimin ne zaman almış olduğunun belirlenemediğini bildiriyorlar. İstediğin üçüncü kitap ciltlenmeye gitmiş; bir ay sonra geri gelecek. Dördüncü, kütüphanenin şu anda restorasyon için kapanmış olan bölümünde. Sen formlar doldurmayı sürdürüyorsun; şu ya da bu nedenle aradığın kitapların hiçbiri ellerinde yok.

Görevli araştırmasını sürdürürken sen kendi kitaplarına gömülmüş öteki şanslı okurlarla birlikte sabırla bir masa başında bekliyorsun. Başkalarının kitaplarına göz atmak için boynunu bir sağa, bir sola uzatıp duruyorsun: Kim bilir belki içlerinden biri aradığın kitaplardan birini okuyordur.

Karşındaki okurun bakışları, elinde açık duran kitapta değil, havalarda dolaşıyor. Ne var ki, dalgın bakışlar değil bunlar: Mavi gözbebeklerinde yoğun bir sabitleşme var. Bakışlarınız arada sırada rastlaşıyor. Bir noktada sana bir şey söylüyor, daha doğrusu kesinlikle sana yönelerek, ama boşluğa konuşuyor:

"Gözlerimin dört bir yanda dolaştığını görerek şaşırmayın. Aslında bu benim okuma biçimimdir ve okumamdan ancak böyle semere alırım. Eğer bir kitap gerçekten ilgimi çekerse zihnim metnin ona sunduğu bir düşünceyi, bir duyguyu, bir soruyu, bir imgeyi yakalayarak oradan sıvışmadan konuyu izleyemiyorum; düşünceden düşünceye, görüntüden görüntüye zıplıyorum, sonuna kadar gitme gereksinmesi duyduğum bir mantık ve hayal sürecinden geçiyorum ve sonunda kitaptan uzaklaşarak onu gözden yitiriyorum. Okuma dürtüsü ve bunun verimli bir okuma olması benim için vazgeçilmezdir, ama her kitaptan ancak birkaç sayfa okuyabilirim ancak. Gene de o birkaç sayfa bana dibine varamayacağım evrenleri yansıtır."

"Sizi çok iyi anlıyorum," diye söze karışıyor mumya gibi yüzünü ve kızarmış gözlerini kitabından kaldıran bir başka okur; "okuma sürekli olmayan ve parça parça bir işlemdir. Daha doğrusu şöyle: Okumanın nesnesi noktasal ve un ufak olmuş bir maddedir. Yazının yayılıp giden geniş alanında, okurun dikkati anlamca son derece yoğunluk gösteren küçük bölümleri, sözcük uyumlarını, eğretilemeleri, sözdizimi bağlantılarını, mantıksal geçişleri, sözcük dağarcığının tuhaflıklarını birbirinden ayırır. Bunlar çevresinde bütün geri kalanın döndüğü yapıtın çekirdeğini oluşturan elzem parçacıklardır. Ya da bir girdabın dibinde olan ve akımları içine çeken, yutan boşluk gibidir. Belli belirsiz algılanabilen şimşek ışığı misali bu sarmallar sayesinde kitabın taşıyabileceği gerçeklik, onun nihai maddesi kendini ortaya koyar. Söylenceler ve gizemler bir kelebeğin bacakları üzerinde kalan polenler gibi elle tutulamayacak zerrecikler gibidir; sadece bunu anlayan, açıklamalar ve aydınlanmalar bekleyebilir. Bu nedenle benim dikkatim, sizin söylediğinizin tam tersi olarak bayım, yazılı satırlardan bir an bile kopamaz. Değerli bir ipucunu kaçırmak istemiyorsam dikkatimi dağıtmamam gerekir. Bu anlam zerreciklerinden birine rastladığımda çevresini kazmayı sürdürmeliyim ki, bu külçe beni asıl madene götürebilecek mi anlayayım. İşte bu nedenle okumam hiç bitmez: Okurum ve her sefer cümlelerin katları arasında kalmış yeni bir gerçeği keşfedebilmek için yeni baştan okurum."

"Ben de okuduğum kitabı yeniden okuma gereksinmesi duyarım," diyor üçüncü bir okur, "ama her okuma bana bu kitabı ilk kez okuyormuşum duygusu verir. Acaba ben sürekli değişiyor ve daha önce farkına varmadığım şeyler mi görüyorum? Yoksa okuma çok sayıda değişkeni bir araya koyarak şekillenen bir yapıda aynı tasarımla iki kez inşa edilemez mi? Bir önceki okumada hissettiğim heyecanı yeniden yaşamaya çalıştığımda farklı ve beklenmedik izlenimler bulup çıkarırım, ama bir önceki heyecanı yakalayamam. Bazen bir okuma ile öteki arasında bir aşama kaydedildiğini düşünürüm: Örneğin metnin ruhuna daha fazla sokulurum ya da eleştirel uzaklığı artırırım. Kimi zaman ise aynı kitabın üst üste okumalarına ilişkin anıları sakladığımı sanırım; bunlar heyecanlı, soğuk, düşmanca olabilir ve birbirlerine bir bağ sayesinde bağlanmadan ve belli bir bakış açısı olmadan zaman içine dağılmıştır. Varmış olduğum sonuca göre, okuma nesnesi olmayan bir işlemdir; ya da onun gerçek nesnesi bizzat kendisidir. Kitap ikinci dereceden bir destektir, hatta bir bahanedir."

Bir dördüncü söze karışıyor: "Okumanın öznelliği konusunda ısrar etmek istiyorsanız size katılabilirim, ama ona yüklediğiniz bu merkezkaç anlamında değil. Okuduğum her yeni kitap, benim okumalarımın toplamını oluşturan o bütünsel ve tek kitabın bir parçasını oluşturur. Bu uğraşmadan olmaz: Bu genel kitabı oluşturmak için her özel kitap dönüşüm göstermeli, daha önce okuduğum kitaplarla ilişki içine girmeli, onun bir eki veya gelişmişi, veya düzelmişi veya yorumu veya referans metni olmalıdır. Yıllardan beri bu kütüphaneye gelirim ve onu kitap kitap, raf raf keşfederim gene de size tek bir kitabı okumaktan başka bir şey yapmadığımı kanıtlayabilirim."

"Benim için de okuduğum bütün kitaplar tek bir kitaba çıkar," diyor ciltli kitaplar kulesi arkasından yüzünü gösteren beşinci okur, "ama bu zamanın gerisinde kalmış bir kitaptır ve anılarımda zar zor yer bulur kendine. Benim için bütün ötekilerden önce gelen bir öykü vardır ve bu okuduğum bütün öyküler onun hemen kaybolan bir yankısıdır. Okumalarımda çocukluğumda okumuş olduğum o kitabı aramaktan başka bir şey yapmıyorum, ama onu yeniden bulamayacağım kadar az şey hatırlıyorum."

Yüzünü havaya dikmiş raflar arasında gezinen altıncı okuyucu masaya yaklaşıyor: "Benim için en önemli an, okumadan az önce gelen andır. Kimi zaman, başlığı, belki de var olmayan bir kitabın arzusunu içimde tutuşturmaya yeter. Kimi zaman kitabın başlangıcı, ilk birkaç cümlesi... Sözün kısası: Hayal gücünüzü harekete geçirmek için size pek az şey yetiyorsa, bana çok daha azı yeter: Okumanın vaat ettikleri."

"Benim içinse önemli olan sonudur," diyor bir yedinci, "ama gerçek, en son, karanlığa gizlenmiş olan kitabın seni götürmek istediği varış noktası. Ben de okurken sarmallar ararım," diyor gözleri kızarmış adama gönderme yaparak," ama benim bakışlarım sözcükler arasında kazı yaparak uzakta, 'son' sözcüğünün ötesine uzanan mekânlarda neyin göründüğünü keşfetmeye çalışır."

Artık senin de görüşünü söylemenin zamanı geldi. "Beyler, önceden şunu söylemeliyim ki, ben bir kitapta sadece yazılı olanı okumayı, ayrıntıları bütünle birleştirmeyi; bazı okumaları kesin olarak yorumlamayı, bir kitabı ötekinden ayrı tutmayı; her birini kendindeki değişik ve yeni olan için okumayı severim; her şeyden çok da bir kitabı başından sonuna kadar okumaktan hoşlanırım. Ama bir süredir her şey ters gidiyor; bana öyle geliyor ki dünyada artık sadece havada kalan ve yolunu yitiren öyküler var."

Beşinci okur seni yanıtlıyor: "Size sözünü ettiğim o öykünün de başını çok iyi hatırlıyorum, ama bütün geri kalanını unuttum. *Binbir Gece*'den bir öykü olmalıydı. Farklı basımları, bütün dillerdeki çevirileri karşılaştırıyorum. Pek çok benzer öykü ve hepsinin türevleri var, ama hiçbiri o değil. Acaba ben onu rüyamda mı gördüm? Gene de o kitabı bulmadan ve nasıl bittiğini öğrenmeden huzur bulamayacağım."

"Halife Harun el Reşid," diye söze başlıyor senin ilgilendiğini görünce öyküyü anlatmaya girişen adam, "bir gece uykusuzluk çekince bir tacir kılığına girer ve Bağdat sokaklarına çıkar. Bindiği sandal onu Dicle boyunca taşır ve bir bahçenin demir kapısına getirir. Bir havuzun kenarına oturmuş ay kadar güzel kadın elindeki lavtayı çalarak şarkı söylemektedir. Bir cariye Harun'u saraya alır ve ona safran rengi bir harmani giydirir. Bahçede şarkı söyleyen kadın gümüş bir koltukta oturmaktadır. Çevresine yayılmış minderlerin üstünde safran rengi harmanilere bürünmüş yedi erkek vardır. 'Yalnızca sen eksiktin,' der kadın, 'geç kaldın' ve onu yanındaki mindere oturmaya davet eder. 'Soylu baylar, bana gözü kapalı itaat etmeye yemin ettiniz ve şimdi sizi sınama zamanı geldi,' der ve boynundan incisini çıkarır. 'Bu kolyenin yedi beyaz, bir kara incisi var. Şimdi ipini kopartacağım ve incileri alaca somaki bir vazonun içine dökeceğim. Kara inciyi bulan kişi Halife Harun el Reşid'i öldürecek ve bana başını getirecek. Ben de bunun karşılığında ona kendimi sunacağım. Ama Halife'yi öldürmeyi geri çevirirse tekrar inci seçimi yapacak olan öteki yedi kişi tarafından öldürülecek.' Harun el Reşid ürpererek elini açar ve kara inciyi görür ve kadına dönerek: 'Yazgımın ve senin emrine boyun eğeceğim; tek koşulum, Halife'nin senin nefretini kazanmak için ne yaptığını bana anlatmandır,' derken öyküyü dinlemek için sabırsızlanıyordur."

Bu çocuksu okuma parçası senin yarıda kalan kitaplar listesinde olmalı. Ama acaba adı neydi?

"Eğer bir adı vardı ise bile, onu da unuttum. Siz bir ad takın."

Anlatının kesildiği sözler sana *Binbir Gece*'nin ruhunu iyice yansıtır gibi. Bunun üzerine kütüphane görevlisine boş yere sıraladığın başlıklar arasına *Diye Sorar Öyküyü Dinleme Sabırsızlığı İçinde,* adını da ekliyorsun.

"Bana gösterebilir misin?" diyen altıncı okur, kitap adları listeni alır, uzak gözlüklerini çıkarır, kutusuna koyar, bir başka kutuyu açar, yakın gözlüklerini takar ve yüksek sesle okur:

Bir kış gecesi eğer bir yolcu; Malbork kasabasının dışında, sarp yamaçtan sarkarken, rüzgârdan ve baş dönmesinden korkmadan gölgenin yoğunlaştığı aşağıya bakarak birbirine bağlanan çizgilerin ağında, birbiriyle kesişen çizgiler ağında ay ışığıyla aydınlanan yapraklardan halının üstünde, boş bir mezarın çevresinde "Oracıkta sonunu bekleyen öykü hangisi?" diye, öyküyü dinleme sabırsızlığı içinde sorarsa."

Gözlüğünü alnına kaldırır. "Evet, böyle başlayan bir roman okuduğum konusunda size yemin edebilirim," der... "Elinizde sadece bu başlangıç var ve devamını bulmaya çalışıyorsunuz değil mi? İşin fenası bir zamanlar bütün romanlar böyle başlardı. Issız bir sokakta yürüyen bir adam olurdu, dikkatini çeken bir şey görürdü, bu bir gizem ya da uyarı mahiyetinde bir şey olurdu; bunun üzerine bir açıklama isterdi ve ona uzun bir öykü anlatırlardı..."

"Ama bakın, burada bir yanlış anlama var," diye uyarmaya çalışıyorsun, "bu bir metin değildir... sadece başlıklardır... *Yolcu...*"

"Ah, yolcu sadece ilk sayfalarda görünürdü ve sonra ondan bir daha söz edilmezdi, işi biterdi. Roman onun romanı değildi..."

"Ama benim nasıl bittiğini merak ettiğim roman bu değil..."

Yedinci okur sözünü kesiyor: "Siz her öykünün bir başı ve sonu olması gerektiğine mi inanıyorsunuz? Çok eskiden bir öykü ancak iki şekilde biterdi: Bütün sınamalardan geçtikten sonra erkek ve kadın kahraman ya evlenirler ya da ölürlerdi. Bütün öykülerin ana fikrinin iki çehresi vardır: hayatın devamı; ölümün kaçınılmazlığı."

Bir an durup bu sözler üzerine düşünüyorsun. Sonra ansızın Ludmilla ile evlenmek istediğine karar veriyorsun.

12

Erkek Okur ve Kadın Okur, artık karı koca oldunuz. Çift kişilik, büyük bir yatak sizin eş yönlü okumalarınıza kucak açıyor.

Ludmilla kitabını kapatıyor, ışığını söndürüyor, başını yastığına koyuyor ve şöyle diyor: "Sen de söndürsene. Okumaktan yorulmadın mı?"

Sen: "Bir dakika daha. Italo Calvino'nun *Bir Kış Gecesi Eğer Bir Yolcu*'sunu bitirmek üzereyim."

Gilbert Adair
Şenlikli Bir Cinayet
Tahir Alangu
Kediler Padişahı
Keloğlan Masalları
Billur Köşk Masalları
Ömer Seyfettin - Ülkücü Bir Yazarın Romanı
Edmondo de Amicis
İstanbul
Martin Amis
Londra'da Bir Park
Görüş Evi
Kate Atkinson
Çarkıfelek
Emre Aracı
Naum Tiyatrosu
Özdemir Asaf
Kırılmadık Birşey Kalmadı
Dokuza Kadar On - Seçme Şiirler
Necla Aytür
Kitaplar Arasında
Talât Aydemir
Hatıratım
Julia Bachstein (der.)
Kedi Hikâyeleri
Honoré de Balzac
Lanetli Çocuk
Selçuk Baran
Bozkır Çiçekleri
Porselen Bebek
Bir Solgun Adam
Nevsâl Baylas
Dansa Âşık Bir Kuğu: Meriç Sümen
Dionysios Byzantion
Boğaziçi'nde Bir Gezinti
Patrick Absalon - Frédérik Canard
Ejderhalar -
İnsanlar Diyarında Canavarlar
Carlo Collodi
Pinokyo'nun Maceraları -
Bir Kuklanın Hikâyesi
Büyümüş de Küçülmüş
Faruk Nafiz Çamlıbel
Yayla Kartalı - Toplu Oyunlar
Akın
Han Duvarları - Toplu Şiirler
Ayşegül Çelik
Kâğıt Gemiler
Adnan Çelikoğlu
Bir Darbeci Subayın Anıları -
27 Mayıs Öncesi ve Sonrası
Ramis Dara
Sofralara Geldi Bahar
Christopher Dell
Canavarlar Garip Yaratıklar Kitabı
M. Uğur Derman (haz.)
Edebi ve Hattı ile Ali Alparslan
Güney Dinç
Aydınlığa Mektuplar (1928-1937)
Michael Dobbs
Geceyarısına Bir Kala
Hervé Drévillon, Pierre Lagrane
Nostradamus - Sonsuz Döngü
Metin Eloğlu
İçli Dışlı - Yazılar, Söyleşiler, Soruşturmalar
İstanbullu
Nedircik Yavrusu - Seçme Şiirler
Hasan Ersel (haz.)
Sözden Müziğe: Şairler ve Bestecileri
(Salı Toplantıları-2009)
Birsen Ferahlı
O Yaz...
Janet Frame
Baykuşlar Öterken
Juan Goytisolo
Yasak Bölge
Münir Göle
Yol Durumu
Yırtık - Yas Üçlemesi
Yansılar Kitabı
David Guterson
Öteki
Doğan Hızlan
Edebiyatımıza Dipnotlar
Seyit Ali Kahraman (haz.)
Evliyâ Çelebi Seyahatnâmesi'nden
Seçmeler
Kâzım Karabekir
İstiklâl Harbimizde İttihat ve Terakki
ve Enver Paşa
Yücel Kayıran
Kritiğin Toprağında -
Türk Şiirine Felsefeyle Bakmak
Yaşar Kemal
Binbir Çiçekli Bahçe
Yolda - Seçme Öyküler

Bugünlerde Bahar İndi
Bu Bir Çağrıdır
Atilla Kıyat
Üç Yıldız Bir Penaltı
Kenneth F. Kiple
Gezgin Şölen -
Gıda Küreselleşmesinin On Bin Yılı
Cemil Koçak (haz.)
27 Mayıs Bakanlar Kurulu Tutanakları (2 cilt)
Agota Kristof
Büyük Defter • Kanıt • Üçüncü Yalan
Erdem Kurtuldu (haz. ve çev.)
Klasik Çin Şiirinden Seçmeler
Onat Kutlar
İshak – özel baskı
Karameke
Sinema Bir Şenliktir
Unutulmuş Kent
John Macken
Kirli Küçük Yalanlar
Sir Thomas Malory
Kral Arthur
(Merlin ve Yuvarlak Masa Şövalyeleri)
Nezihe Meriç
Zor Yokuşu - Seçme Şiirler
Mark Mazower
Karanlık Kıta: Avrupa'nın Yirminci Yüzyılı
Filiz Özdem
Düş Hırkası
Yalan Sureleri
Kitap Kurtları İçin Hayvanlar Âlemi -
Doğadaki Dostlarımız
Yeryüzünden Binbir Efsane - Bakır Dağlar,
Kör Kuyular, Büyülü Kuşlar
Pascal Picq
Meraklısına Darwin
Marcel Proust
Kayıp Zamanın İzinde (2 cilt, Delta)
Aleksandr Sergeyeviç Puşkin
Ruslan ve Ludmila
Hubert Reeves
Atomlara ve Galaksilere İlişkin Yazılar
Paul Ricœur
Zaman ve Anlatı 2-Tarih ve Anlatı
Eleştiri ve İnanç - F. Azouvi ve
M. de Launay ile Söyleşi
Matt Ridley
Kızıl Kraliçe
Stella Rimington
Kaçak Avı
Gizli Ajan
M. Ertuğrul Saraçbaşı
Örnekleriyle Büyük Deyimler Sözlüğü (2 cilt)
Oliver Sacks
Migren
Daniel L. Schacter
Belleğin İzinde - Beyin, Zihin ve Geçmiş
Ömer Seyfettin
Türkçe Reçete - Seçme Öyküler
Mine Söğüt
Madam Arthur Bey ve Hayatındaki Her Şey
Jean Starobinski
Eleştriel İlişki
Didem Şenol
Kızınız Defneyi, Oğlumuz İskorpite...
Ertuğ Uçar
Dünyayı Seyretmek İçin Bir Yer
Gülten Uğurlu
"Hayat Dersi" Kaya Kaynar ve Dünyası
Turgut Uyar
Korkulu Ustalık
"Yitiksiz" (Kitaplarına Girmemiş Şiirleri)
Alper Uygur
Bizim Korsanlar - Akdeniz'i Köpürten
Osmanlı Leventleri
Yemeğe Kurt Gibi Saldırılır mı? -
Çocuklar İçin Görgü
Serhat Uyurkulak
Sesini Aramayan Şiir
İsmail Hakkı Uzunçarşılı
Osmanlı Tarihinden Portreler -
Seçme Makaleler I
Osmanlı Hanedanı Üstüne İncelemeler -
Seçme Makaleler II
Artun Ünsal
Bezgin Martı ve Çılgın Kelebek
Susamlı Halkanın Tılsımı
Solomon Volkov
Büyülü Koro - Lev Tolstoy'dan
Aleksandr Soljenitsin'e
XX. Yüzyıl Rus Kültür Tarihi
Şiir Erkök Yılmaz
İncir Çekirdeği Yanığı